安徽大學『雙一流』建設項目
安徽省古籍整理出版辦公室
資助

安徽古籍叢書

黄山書社

馬其昶文集

〔清〕馬其昶／撰　彭君華／校點

圖書在版編目(CIP)數據

馬其昶文集/(清)馬其昶撰;彭君華校點
—合肥:黄山書社,2023.12
(安徽古籍叢書第二十九輯/安徽古籍叢書編審委員會編纂)
ISBN 978-7-5737-0887-8
Ⅰ.①馬…　Ⅱ.①馬…　②彭…　Ⅲ.①中國文學—古典文學—作品綜合集—清後期　Ⅳ.①I215.22

中國版本圖書館 CIP 數據核字(2023)第 174936 號

安徽大學"雙一流"建設項目
安徽省古籍整理出版辦公室 **資助**

出 品 人　葛永波
選題策劃　胡中生
責任編輯　李霜琴
裝幀設計　李　軍
出版發行　黄山書社(https://www.hspress.cn)
地址郵編　安徽省合肥市蜀山區翡翠路 1118 號出版傳媒廣場 7 層 230071
印　　刷　合肥華苑印刷包裝有限公司
版　　次　2023 年 12 月第 1 版
印　　次　2023 年 12 月第 1 次印刷
開　　本　880×1230　1/32
字　　數　340 千
印　　張　18.75
書　　號　ISBN 978-7-5737-0887-8
定　　價　108.00 圓

服務熱綫　0551-63533706
銷售熱綫　0551-63533761
官方直營書店(http://hsssbook.taobao.com)

安徽古籍叢書編印緣起

我國歷史悠久，典籍豐富。我省地處南北之交，學術尤擅其盛。數千年來，哲學、史學、文學、藝術、語言、科技，作者輩出，著述如林，或自名一家，或蔚然成派，多爲中華民族文化之菁華，有裨於社會主義文化之建設。允宜及時整理，以廣流傳。

粤自明清，以至近世，南北郡邑已有涇川叢書、龍眠叢書、貴池先哲遺書、南陵先哲遺書諸刻。一九三一年，復有安徽叢書之編刊，所收皆皖人著作，分期影印。出至第六期，以抗戰軍興而中止。盛業未竟，論者惜之。

今者，中央倡導整理古籍，我省領導對此尤爲關心。省古籍整理出版規劃委員會幾經商討，決定編纂安徽古籍叢書。編纂宗旨是在歷史唯物主義指導下，批判繼承，古爲今用，弘揚民族優秀傳統文化，爲建設中國特色社會主義服務。最其體例，約有數端：

一、所收皆爲歷代皖人著作，時間一般以辛亥革命之前爲限，内容以文、史、哲爲主，分類成輯。尤其注意稿本、稀見本之搜輯與傳布。

二、整理方式包括輯、校、標點和注釋、今譯。校勘，力求採用善本爲底本，校以他書，或加補輯、編次。標點，採用新式標點。注釋，務求精確，但不作煩瑣考證。整理中，儘量吸收國内外研究的新成果。

三、先秦、兩漢著作及語言、文字之類，皆用繁體字，其餘則酌用簡體字。版皆竪排，以期一律。

四、凡熱心於本叢書編印及捐貲助刊者，得於書内題名。

安徽古籍叢書編審委員會

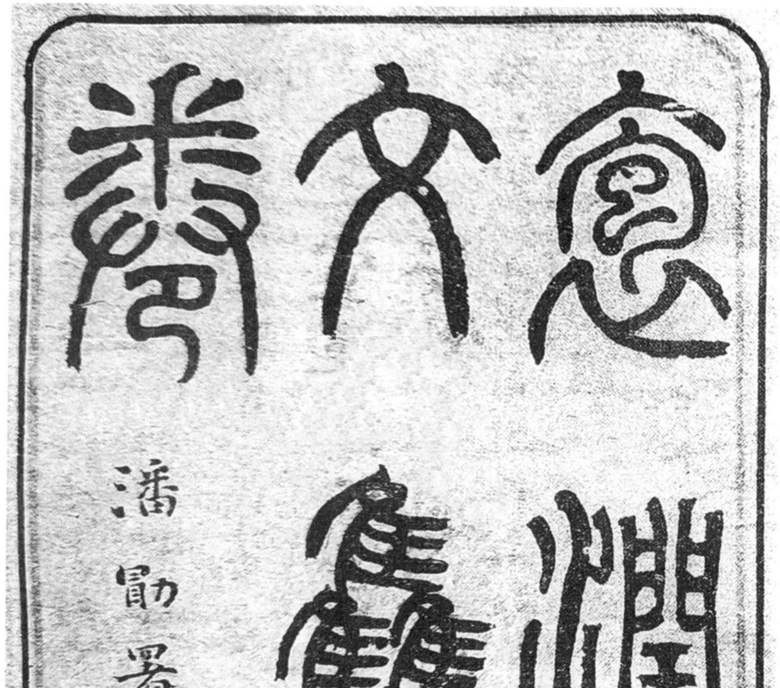

十卷本《抱潤軒文集》書影

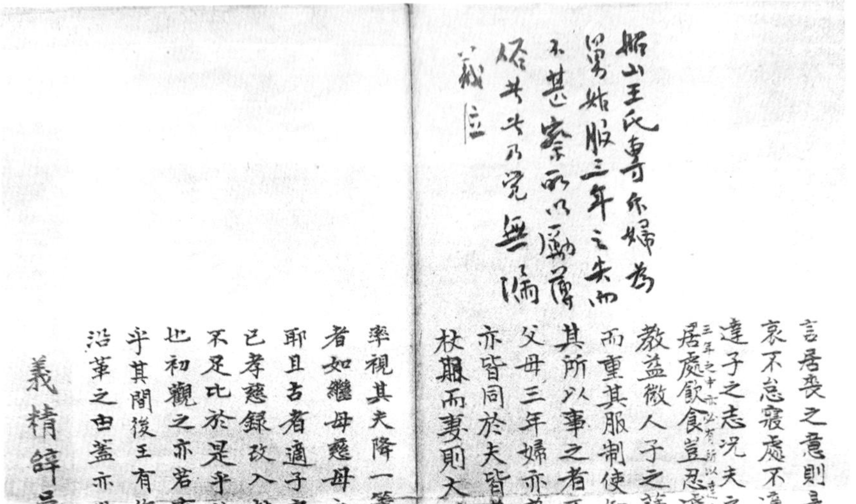
言居喪之意則是矣人子之守親喪三年不入於内悲
哀不怠寢處不遷雖以嚴父之尊猶必三年然後娶以
違子之志況夫之重[redacted]未釋則婦之服雖止於期而其
居處飲食豈忍遽即於常故曰與更三年喪也後世禮
教益微人子之薄其親者所在皆是而況其婦乎乃從
而重其服制使知婦之於舅姑子之於父母其服同則
其所以事之者不容有二亦所以勵薄俗也雖然子為
父母三年婦亦為舅姑三年矣即繼母生母慈母養母
亦皆同於夫皆為之三年乃其夫服本生父母齊衰不
杖期而妻則大功不得與夫同服何也婦人之從服固
率視其夫降一等矣今不降其父母即名義之同於母
者如繼母慈母之類亦不敢降而獨降其所生果何義
耶且古者適子之為庶母大夫以上無服士止於緦而
已孝慈録改入杖期其妻之服亦同書是所生之親而
不足比於是乎此尤理之不得其平者也聖人之制禮
也初觀之亦若有可疑者及參伍以求莫不有精意寓
乎其間後王有作則毋多抵牾而不安矣然觀其所以
沿革之由蓋亦世變使然云
義精辭是似望溪集中文字
郴山王氏專亦婦為
舅姑服三年之失而
不甚察所以勵薄
俗者乃究無漏
藏立

《抱潤軒文》書影

馬其昶文集目録

卷三　序跋

卷四　序

卷五 序 題辭

卷六 贈序

卷七 哀祭

卷八 狀疏書

卷九 書

卷十 書

卷十一 傳 行狀

卷十二 傳 行狀

卷十三 碑文

卷十四 碑文

卷十五　墓表

卷十六　墓表

卷十七　墓誌銘

卷十八　墓誌銘

卷十九　墓誌銘

卷二十　墓誌銘

卷二十一　記　書事

卷二十二　記

抱潤軒遺集

抱潤軒文輯存

一卷本文集輯存

十卷本文集輯存

集外文稿輯存

抱潤軒佚文零拾

附録一　墓誌銘

整理説明

一

馬其昶（一八五五—一九三零），字通伯，又作通白，晚號抱潤翁，清末安徽桐城人。祖父樹章曾任太常寺典簿。父起升議敘同知，曾師事戴鈞衡、方東樹。母親張氏，大學士張英六世孫女。其昶岳家爲桐城著姓姚氏。岳父姚濬昌曾任江西安福、湖北竹山令。濬昌父尊姚瑩爲姚鼐侄孫，官臺灣兵備道期間，值鴉片戰争爆發，他積極組織抵禦，曾五次擊退英軍進犯。

其昶曾受業於方宗誠、吴汝綸；與妻弟姚永楷、永樸、永概兄弟同時並起，以道義相切劘。學習古文，刻苦自勵，深得吴汝綸賞識。二十一歲時，吴汝綸把他介紹給時任江寧鳳池書院山長的張裕釗。吴汝綸、張裕釗與黎庶昌、薛福成有『曾門四大才子』之稱，名重一時。馬其昶同時師事吴張二氏，又由於其自身的聰穎勤學，終以文學享譽盛名，與連襟范當世同爲張門高足，成爲繼曾國藩四大弟子之後聲譽最高者，有桐城派『殿軍』之稱。其昶早年數應鄉試不第，文名日起後便淡於仕進。山東巡撫周馥力舉他爲經濟特科；安徽巡撫馮煦以他博覽覃思，文修學粹，上疏請得破格録用；還有人以碩學通儒推薦：他都一一婉言謝絶，無意爲官。

其昶熱心於教育事業，長期教習鄉里。光緒二十一年（一八九五），授經安慶藩司署中。光緒二十三年（一八九七）主講廬江潛川書院。光緒二十七年（一九零一）授經合肥李仲仙家。光緒三十年（一九零四），力襄吴汝綸辦學，出任桐城中學堂堂長，秉承吴汝綸辦學宗旨，以『培養濟世人才』爲己任。

其昶曾先後三次入都：

宣統二年（一九一零），應學部召，赴京編輯禮記節本。書成，以學部主事用，隨即補總務司主事。他勤於職守，深受學部諸公器重。

民國元年（一九一二），邑人舉之任縣議會會長；二年（一九一三），安徽高等學校聘之爲校長；三年（一九一四），入都，法政學校聘他爲教務主任，簡任參政院參政。

民國五年（一九一六），清史館聘之爲總纂，主修儒林、文苑及光宣大臣傳。於一代名臣宿儒遺聞軼事搜求極勤，撰稿内容頗豐，而又褒貶矜慎，成清史稿之儒林、文苑若干卷。

其昶晚年病痹，鬢髮盡白，然治學仍一絲不苟。卒後，葬於桐城汪河山麓。

二

桐城馬氏爲當地望族之一。其昶性有專嗜，治學勤勉。他自述道：『其昶自少所學皆符於空言，於世事一不通曉，獨好取古人敻高至賾之詣潛思力探。』（文集卷十復張楚寶觀察書）三十歲以前，以古文爲名；三十歲以後，研治羣經，兼及子、史、集部，晚年并旁及佛典。

其昶治經始於易。主講廬江潛川書院期間，『三年專此一經，旁摭精覆，往往能洞達閫指，成周易費氏學八卷。洎客合肥，諸生多從受易，誦數講貫，有所損益，寢饋久，用思略盡。』（文集卷三周易費氏學序）『治易既卒業，因下及九流百氏，求其可以繼易者，於儒家得中庸，於道家得老子，發明天人之故，此兩書爲備。』（文集卷五老子故序）成中庸誼詁、老子故。『曩治易、詩、中庸、莊子、屈原賦，多者二三十年，近亦十餘年，其搜集勤苦，至慫餐寢』（文集卷四金剛經次詁序）。易主費氏，詩宗毛氏，書宗大傳，旁列衆説，折衷去取。

其昶治學爲文固守桐城派矩範，以宗經爲本，自謂『爲文而不求之經，是無本之學也』（文集王樹枏序）。他試圖有意彌合桐城派與陽湖派的分歧：『孄宋宗唐祖漢而一本於經，安有彼此地域之殊異哉！』『要之，文章自有能事，其工者往往兼義理、考據之勝』（文集卷五清史文苑傳序）。在漢、宋之争中，其昶實歸命於宋。他評價柯劭忞説：『先生之學，其深於經乎！本經術以制行則行潔，以爲詞章則其言立。』『天下擾攘，復十餘載，予與先生浮湛燕市，無所聊賴，日取先聖遺經，發憤研誦，務明大道之原，存已壞之人紀，期至老死不悔。』（文集卷五蓼園詩鈔序）注重由實到虚，虚實兼備：『學之始利在實，其成也利在虚。虚也者，所以超萬類而莫滑其靈者也』；『文之爲方也亦然，不實則植幹不立，不虚則氣爲之累』（文集卷十與程抑齋先生書）。

其昶編纂撰述，數十年如一日，著作已刊、未刊者總二十多種，凡三百餘卷。除上列周易費氏學、老子故、金剛經次詁、禮記節本之外，還有詩毛氏學三十卷，尚書誼詁若干卷，大學中庸孝經合詁三卷，中庸篇義，定本莊子故八卷，屈賦微二卷，桐城耆舊傳十一卷附列女一卷，清史儒林傳稿若干卷，清史文苑傳稿若干卷，左忠毅公年譜定本二卷，桐城文録，抱潤軒文集，抱潤軒遺集，存養詩鈔，佩言録，筆記，尺牘。

三

整理本馬其昶文集，總計二百六十篇，絶大部分於篇題下均注明了寫作年代。依照二十二卷本的分類，大致如次：

其一，論、辨、議、釋，十三篇。
其二，讀，十四篇。
其三，序、跋、題辭，四十六篇。
其四，贈序，十三篇。
其五，哀祭，三篇。
其六，狀、疏、書，四篇。
其七，書，二十三篇。
其八，傳、行狀，二十九篇。

其九，碑文，十一篇。

其十，墓表，三十一篇。

其十一，墓誌銘，四十七篇。

其十二，記、書事，二十六篇。

其昶先生作爲學者，學術性構成了其文章的基點。他深於禮學，除應學部之請，編輯禮經課本——禮記節本六卷之外，『論辨類』中有關禮學者達七篇之多，集中在其文集卷一：爲人後辨、爲人後者其妻爲本生父母服辨、庶子爲其母黨服辨、爲長子服辨、葬期論、釋八蜡、祀天配孔議；此外，文集卷九有答外舅論嫁取遭喪一篇，卷十有與張聞遠孝廉書等。王樹枏謂『先生考辨禮制諸作，皆精鑿可據，真有功世道之文』（文集卷一祀天配孔議評語）。吴汝綸謂『折中至當，通變稱情，可謂深知禮意』（文集卷一爲人後辨評語）；『議禮諸篇可謂持之有故，言之成理』（文集卷一庶子爲其母黨服辨評語）。

『讀類』爲讀書筆記，涉及先秦諸子和史記、漢書若干篇目等。吴汝綸評曰：『所以論古人者具得其表裏。』（文集卷二讀韓非子評語）

『序跋類』包括自序所著十多篇，爲師長、親友著作撰序三十多篇，辨章學術，考鏡源流，持平立論，有識有情。

關注現實以表現其經濟思想的篇目，集中在文集卷八的末三篇。宣統二年上皇帝疏洞極時弊，剴切直陳，『忠懇痛切之言，針針見血』（王樹枏評語）；『四民至窮者農民，百官至窮者親民官，語之痛切，必非京朝清望之士所能言也』（章炳麟評語）。代常裕論新政疏，『痛哭流涕之言，以明白曉暢出之』（王樹枏評語）。二疏在一定層面客觀展現了風雨飄摇中的晚清社會民生的凋敝和朝政的窳敗。上大總統書奉勸袁世凱放棄稱帝，維護共和，『懇至詳盡，其胎息之厚似劉子政』（王樹枏評語）；『義理與利害兼陳，深嚴婉摯，粹然儒者之言』（陳寶箴評語）；『專就名實立論，反復悚切』（姚永概評語）。值得注意者在于，其奏疏中多用駢偶，這是他其他文章中幾乎没有的。其關注時政之作，還有答族兄質甫書、上于方伯論清賦書、再上于方伯書數篇。其昶先生際古今未有之世變，慨然欲舉天下之弊政而革新之，欲『以實心行實政』。

值高倡泰西新學以强國阜民成爲不可阻扼的時代潮流之際，新知識、新名詞在其昶文章中也時有所見，諸如：祀天配孔議之言祭天典禮，與『民主』概念相互關聯。集虚草堂記之言『炭養』（按，即二氧化碳）；論述『居宅衛生之學』，與周易、莊子等國學經典相互印證。讀管子二之言法制，當有鑑於盧梭的孟德斯鳩法意。南山集序之引用『種族革命』一語。送教習早川東明君還日本序之論及宗教戰争，『教與教争，教且與政争，甚者乃挾其國力以輔行其教，而兵禍隨之』。清故出使義國大臣許公墓誌銘之言變法圖强，『諸奉使臣皆上言立憲便，公獨謂中外立國根本異，宜慎所擇』。

傳記類作品多達一百二十篇，占到其昶古文總量的將近一半。傳主涉及頗爲廣泛的社會階層，舉凡達官貴臣，沙場勇士，親民循吏，儒學文藝，孝友義行，畸人處士，節烈母儀，乃至庸言之信、庸行之謹，展示了相當開闊的社會圖景，展現出動蕩時代的芸芸衆生相。在其昶的眼底筆端，他們占據着道義高地，維繫着社會倫常，是屹立于滔滔洪流之中的砥柱。其昶曾説：『余維傳記之作，蔚然成一家之言者，必竊取遷固之遺法，本末翔實而一歸諸雅馴，始足賡揚盛美，誘迪方來。』（文集卷三桐城耆舊傳序）其昶注重作品的教化功能，據事直書，剪裁熔鑄，提挈綱維，善於寫生，每好以逸聞趣事入傳，敘述瑣事典雅有則。吴汝綸謂之『敘事能達難言之隱』（文集卷十一蘇廷光傳評語）；『銘詩節奏、用韻甚入古』（文集卷十七陳母黄夫人墓誌銘）。

四

其昶曾自述其學習古文的經歷：『其昶學爲古文，自同里方柏堂、吴至父二先生，二先生愛之篤，教之切也。方先生曰：「文不衷理道，則其用褻。是宜本經史，體諸躬，旁及大儒名臣所論著。今子文雖工，曷用邪？」吴先生則戒作宋元人語，曰：「是宜多讀周、秦、兩漢時古書。」』至江寧拜謁張裕釗先生，其言曰：『文之道至精，古之能者義不苟立，詞不苟措，陳義必取其最高而尤雅者，造言必深古，不使片詞雜乎凡近，其句調聲響必在在叶乎鏗鏘鼓舞之節。』又曰：『培其源，無速厥成，善學者宜俟其自至。』（文集卷三書張廉卿先生手札後）

於古文的研讀寫作，他尋本探源，轉益多師，取法乎上：『由（張裕釗、吴汝綸）二先生之言，以上溯文正（按，指曾國藩）及姚（鼐）、方（苞）、歸氏（有光），又上而至宋唐大家而至兩漢，猶循階庭入宗廟而禘

昭穆也。』(文集卷四濂亭集序)

張裕釗爲文,推尊桐城義法,又師承曾國藩,并力救桐城派古文氣弱之失,强調『文章之道,莫要於雅健』(答劉生書),故其文思力精深。

吴汝綸治學,由訓詁以通文辭,博求慎取,窮源竟委,得於史記者尤深。其論文,宗法桐城派,而又主張『有所變而後大』,認爲『桐城諸老,氣清體潔,海内所宗,獨雄奇瑰瑋之境尚少』(與姚仲實),所以他的文章力追雄奇瑰瑋之境,既得桐城派整飭雅潔之長,又不全落桐城窠臼,風格矜煉典雅,意厚氣雄。

馬其昶爲文注重學養:『夫文字之見,隨所觸感,各肖其性識才學以出,其淺深高下不同之致,奚啻九級之臺乎?』(文集卷四古文辭類纂標注序)

注重内容:『内不充而文工者,皆須臾之耀也,終亦蕩然已爾。』(文集卷十答李健父書)

尤其崇尚『務去陳言』:『昌黎論文,務去陳言。凡一詞一義爲人人意中所有,皆陳言也。陳言爲文家所忌。』其文字洗練功夫得於昌黎浸潤者深。因爲於韓文心摹手追,至與之俱化,因而行文中便不時地自然涌上心頭,流於筆底,諸如其佚文安慶祠堂碑描述太平軍『其樹本堅,兵利卒頑』兩句,便見於韓文平淮西碑;文集卷二十一三公祠記『張獻忠屢悉衆來犯,死咋不得逞』,『死咋』一語典籍中頗爲難見,實則出於韓文曹成王碑『賊死咋不能入寸尺』。將其文集卷十七女得壙銘與韓文女挐壙銘兩相對照,更可以看出其間的傳承關繫。

刻意求工:『政典焉、人物焉,欲傳載之以餉後世,則文尚矣。而或工或否,相倍蓰焉,其傳載之久

暫晦顯，一視其文工否以爲之差。』（文集卷四陶廬文集序）

追求簡潔：將其二十二卷本與十卷本兩相重合的篇目加以比照，可見後出的二十二卷本多所刪削提煉。

其昶古文總體風貌大致呈現爲：斬截枝蔓，刊落凡近；瘦硬精謹，簡淡天成；雅潔古奧，經術湛深；善言名理，文氣充盈。在繼承其張吴兩位恩師精髓的同時，形成了自己的風格。時屯數極，陵谷變遷，禍亂相尋，百度更新，結轖在胸，鬱沈痛深，其昶之文因而低徊感慨，充滿了更多的末世哀音。

五

張裕釗、吴汝綸、陳三立、柯劭忞、章炳麟、王樹枏、林紓、吴闓生、方守敦、姚永樸、姚永概等其昶諸位師友的文末評語，多從其學識、文風、文法、淵源、功用等角度對其具體篇目加以評點，對於我們認識其昶古文頗有裨益，兹節録於後：

張裕釗　『學介甫文已甚肖似，此後便可上窺昌黎』（卷一荀卿論評語）。

吴汝綸　『俊邁，每於語盡處再振筆收足，最是精神恣肆』（卷三幸餘求定稿書後評語）。

陳三立（伯嚴）　『雅潔爲作者本色』（卷十二直隸永年縣知縣夏君家傳評語）；『敘列嫻整，斷截支蔓』（卷十三贈太子太保兵部尚書銜福建臺灣巡撫一等男爵劉壯肅公神道碑銘評語）；『作者與人書，往往逼肖退之』（卷十答金仲遠書評語）。

柯劭忞（鳳生）　『敍纖碎事典雅有則，銘尤古峻』（卷二十言室丁夫人墓誌銘評語）。

王樹枏（晋卿）　『先生每發一論，輒於國家治亂興亡之故三致嘆焉，是之謂言之有物』（卷五半巖廬題記明清廿八科進士履歷序評語）；『先生善於言情，左縈右拂，低徊欲絶』（卷三慎宜軒集序評語）；『語簡直而意味濃厚』（卷八許府君家傳評語）；『先生善爲錯綜參互之筆，意繁而詞潔，得史公義法』（卷十二洪孝女傳評語）；『先生善爲論贊』（卷十二王節婦傳評語）；『提綱挈領，關鍵森嚴』（卷十二唐桐卿先生傳評語）；『敍述事狀語語徵實，無一閒字，無一剩句』（卷十二張元莊先生行狀評語）；『寫庸行瑣事鑄語矜慎，極徵洗伐之功』（卷十四田孝子祠堂碑銘評語）；『善於言情，尤工於敍事』（卷十四醴泉村徐氏阡表評語）；『先生爲表誌多寓勸勉之意，讀之發人深省』（卷十七蘇恭人祔葬誌評語）；『修辭練格，學昌黎而得其神似』（卷十八清山西布政使張公墓誌銘評語）；『詞質而意濃，逼近熙甫』（卷十八朱太宜人墓誌銘評語）；『據事直書，不立間架而波瀾起伏，出之自然，固是昌黎本色』（卷十八兩淮鹽大使洪君墓誌銘評語）；『扼要鈎元，筆意矜重』（卷十九四品卿銜張君墓誌銘評語）；『每發一義皆能見其大，知其所息者深矣』（卷二十二安慶會館記評語）；『每讀先生近歲諸作，矚時抒議，低徊感慨，皆有關人心世道之文，所謂金口而木舌也』（遺集劉雲樵封翁七十壽序評語）；『善言名理，蓋得於經義者深』（遺集林母陳夫人壽序評語）；『先生敍事之文多得力於史公，讀之凜凜有生氣』（遺集何君墓表評語）。王樹枏評語獨多且切。

林紓（畏廬）　『轉折關鎖在在皆有家法，讀之尋味不盡』（卷四陶廬文集序評語）；『銘詞清健似昌黎』（卷十四泗州楊公神道碑評語）；『歸姚之文往往於人不經意處作纏綿語，令人神往。作者深得此法』（卷十五項母黄太淑人墓表評語）。

吴闓生（辟畺）『文境淡遠，乃作者獨擅』（卷四抑快軒文集序評語）；『孤懷微詣，寄之筆墨之外』（卷四江右赤田張氏譜序評語）；『義藴至多，而文特雍容閑雅』（卷五蓼園詩鈔序評語）；『通體謹嚴修潔』（卷十六陽江鎮總兵馬君墓表評語）；『精理名言，以崇奧之筆出之，意態雄偉，光氣熊熊。掃羣言而躋不朽，端賴此等』（卷二十二觀復堂記評語）。

姚永樸（仲實）『茂密嚴重，似秦漢人論事之書』（卷九再上于方伯書評語）；『傲岸之氣神似昌黎』（卷十復陳弢庵太傅書評語）；『其事詳核，其詞雅健，提掇斷續處皆合法度，可與歐公范文正諸碑抗行』（卷十四清故光禄大夫陸軍部尚書兩廣總督周慤慎公神道碑文評語）；『敘次淵雅，極似漢書』（卷十五張敬齋先生墓表評語）；『記事者必提其要，故核而不蕪』（卷十六資政院議長許君墓表評語）；『敘庸德，能使精神奕奕紙上』（卷十九章夫人墓誌銘評語）；『紀述庸行，清氣往來，自然生色』（卷二十陳静菴墓誌銘評語）；『事頗繁碎，獨得剪裁之妙，故能曲折盡致』（遺集錢母浦孺人墓誌銘評語）。

姚永概（叔節）『包孕宏深，絶無浪墨』（卷六贈邵伯絅序評語）；『妙義微言，文境乃酷類蒙莊』（卷十與程抑齋先生書評語）；『詳核雅鍊，史家極筆也』（卷十一贈太僕寺卿南昌縣知縣江君家傳評語）；『造語下字絶似孟堅』（卷十六劉君輔棠墓表評語）；『極淳古沖淡之致，其清在骨』（卷十六盧處士墓表評語）；『以議論行敘事，純從空際旋折，其氣彌厚』（卷十八四品銜刑部奉天司主事孫君墓誌銘評語）。

方守敦（常季、盤君）『敘瑣事極見文法，於質行交誼流溢真味，大是歸方』（卷二十二高念慈先世行實記評語）；『名論滔滔，鬱於中者深，故其發也肆』（遺集劉雲樵封翁七十壽序評語）。

六

馬其昶文集，如今可以搜到者六種，依刊刻時間先後爲序大略如下：

其一，抱潤軒文一卷，清稿本，安徽省圖書館藏。從范當世識語題署『庚子六月』可見，該稿寫定時間至晚不遲於光緒二十六年，即一九零零年。收録自甲戌至甲申（一八七四—一八八四）十一年中所作文二十二題。題識批評者有吴汝綸、陳三立、蕭穆、范當世、王尚辰、鄭杲、孫葆田。范當世題曰：『通白文四册，此來讀過半，惜因病未能卒業，而行又促也，姑志此。庚子（光緒二十六年，一九零零年）六月，當世。』王尚辰題曰：『癸卯（光緒二十九年，一九零三年）十月下旬，合肥願學弟王尚辰拜讀。』以陳三立評語爲最多，均加在天頭，共二十五則，幾乎篇篇有批語，送阮仲勉序署『覆讀又記』，可見他閲讀還不止一遍。

其二，抱潤軒文集十卷，宣統元年（一九零九）安徽官紙印刷局石印本。十卷分爲九類，總計一百零八篇。對應卷次具體是：論辨十篇，雜著十二篇，序跋十五篇，書説十八篇，贈序七篇，碑誌上十三篇，碑誌下十六篇，傳狀九篇，雜記十六篇，哀祭二篇。對於一卷稿本，除了原學、答族兄質甫書兩篇，其餘二十題，十卷本均予收録，并充分采録了各家批語。

其三，馬其昶文稿，清鈔本，北京師大圖書館藏。收文四十三篇，篇目下均標注寫作時間，多作於宣統二年（一九一零）至民國五年（一九一六）間，包括論辨四篇，序文十五篇，奏議三篇，書信一篇，墓誌銘十七篇，雜記三篇。二十二卷本剔除了該鈔本劉雲樵封翁七十壽序一篇，其餘均予收録，對其標題和內容偶有删潤。

其四，抱潤軒文集二十二卷。藏本著録『清光緒刊本，民國十二年京師增刊本』，即增刊於一九二三年。總計收文二百二十二篇，篇目下基本均標注了寫作時間。於十卷本中剔除了十六篇，并收録了十卷本剔除的一卷本中的答族兄質甫書，一卷本中的原學仍然未收。

其五，抱潤軒集外文稿一卷，民國鉛印本，復旦大學圖書館有藏。其昶所作文十三篇，由其弟子李國松交青鶴雜誌，分七次連載刊出。從該刊第七期所刊啓事『悼柯鳳蓀先生』，可知本期出刊時間在一九三三年九月以後。按，柯鳳蓀即柯劭忞（一八四八——一九三三），逝於當年八月三十一日。所謂『集外文稿』，即此前二十二卷本之外者，其各篇篇目之下均標注寫作時間，自癸亥至戊辰（一九二三年至一九二八年，即民國十二年至十七年），前後六年。其時，其昶離世業已三年。

其六，抱潤軒遺集一卷。題署『丙子仲冬孫壻吴常燾敬校勘』，即民國二十五年（一九三六）。收文十八篇，包括抱潤軒集外文稿十三篇中的九篇、清鈔本馬其昶文稿中的劉雲樵封翁七十壽序等，均未標明寫作時間。有自稱其昶先生弟子名緒昌者，於藏本扉頁題曰：『時在庚辰（民國二十九年，一九四零）冬，授課安徽三臨中學，廬江吴生常熙贈，緒昌讀。』并撰跋文。現爲了保持抱潤軒遺集的完整性，其與抱潤軒集外文稿重合者，我們的整理本存此删彼。

七

馬其昶文集，此前有孫維城先生校點的馬其昶集，與戴鈞衡集合訂，列入桐城派名家文集第八册，安徽教育出版社二零一四年十月版。該書收録二十二卷本抱潤軒文集及抱潤軒遺集，并輯録民國間其他版本所刊十六篇。孫維城先生還有馬其昶著作三種，安徽大學出版社二零零九年六月版，收録抱潤軒集外文稿、三經誼詁、屈賦微三種。

整理本馬其昶文集，收録抱潤軒文集二十二卷、抱潤軒遺集一卷，附抱潤軒文删存等，總計二百六十篇。應該説，目前能够見到的馬其昶文章均囊括於中。不同版本文字的比對，集中於二十二卷本與十卷本：凡兩本文字有歧異者，均以二十二卷本爲底本，出校條列十卷本異文。讀梓材、先太僕公逸事兩篇，鑑于兩本的文字出入過大，兹將十卷本兩篇分别附於二十二卷本的兩篇之下，以便對讀。此外，我們還輯録了二十二卷本之外各本的諸家評語。陳三立、姚永樸所撰兩篇馬其昶墓誌銘，原附於抱潤軒遺集之末，現與一卷本目録、十卷本目録一起作爲『附録』，移置全書之末。

安徽古籍叢書在二十世紀八十年代草創之初，即收録了馬其昶的定本莊子故和桐城耆舊傳。二零一三年，筆者又將桐城耆舊傳重新整理出版，仍然納入安徽古籍叢書。作爲桐城派末期的一位大師，馬其昶古文之重要自不待言。故筆者不揣謭陋，現予重新搜羅結集，認真研讀，精校細點。通伯先生涵泳經史，熟稔子集，引經據典往往熔煉而出，遣詞造語力求生新，文風奇崛。限於學養，斷句標點難度之大迥非尋常者可比，故筆者雖頗費斟酌，仍難免會有未融欠周之處，幸讀者諸君有以賜教。

本書的整理，受到通伯先生長孫茂元教授外孫女兒趙佳瑩女士的熱情鼓勵。在版本調查、資料搜集過程中，先後得到了安徽省圖書館石梅女士、白宫先生，復旦大學查屏球先生，上海博物館陳才先生，北京師大圖書館肖亞男女士的熱情幫助。同仁李霜琴女士、胡中生先生、馬曉波女士、李南女士爲本書的編輯出版付出了辛勞。在此，一并謹致謝忱！

彭君華

二零二三年歲次癸卯首夏

抱潤軒文集

序一

馬君通伯所爲文，去今二十年間，余獲而讀之。前兩歲，續成近百篇，自京師寄余，且督爲之序，余又獲而讀之。至謀所以序其文，皇然無所措。蓋以通伯籍桐城，桐城自方氏、劉氏、姚氏，迄於吴先生，宗派流演、相嬗而名者十數輩，其述作淵源見諸海内鴻彦碩儒推引稱説，不可勝原。通伯文雖甚精深微妙，卓卓樹立，固皆守其傳而有成，無復同異也，亦安取贅辭常論以加之通伯哉？

既久而思之：方劉仕國初，方興太平；姚先生及其弟子際乾嘉，聲教翔洽，稱極盛；獨吴先生覩光緒甲午之敗，益遘庚子八國會師擾畿輔之難，流離困阨，不遑棲息，已異於諸鄉先輩，而莫能同也。

然吴先生終光緒末葉，所謂『革命軍』且未起。而吾通伯者，則躬及宗社之遷移，萬方之喋血，其與吴先生生同時，而所遭又異。當吴先生之世，中外多故，改制之議寖昌，吴先生頗委輸萬國之學説緣飾其文，文若爲之一變。通伯不獲安鄉里，孤寄京師，廁搶攘闤之場，危禍交乘，聽覩皇惑，怏鬱之極，輯費氏易、毛公詩傳畢，遂浸淫於佛乘，通伯異日之文，當不免更爲之一變。審如是者，匪獨遠異諸老先生，即吴先生恐莫得而盡同矣。

嗟乎！天地之變無窮，文章之變亦與之無窮。然而，非變也，變而通其同異，而後能維百世之不變者與！

姚子叔節亦桐城人，屬文亞通伯，並以所列瞽説溷之，其可乎？

己未，義寧陳三立。

序二

古文無所謂宗派也。自桐城姚姬傳氏古文辭類篹出，於是，始有『桐城派』之目。久之，而傳播於人口者，無識與不識，幾習爲常言，不之怪，而毀譽是非亦滋多，交嘲互擠，各張其説，要之，於姚氏書均無當也。

吾觀姚氏所甄録，自周、秦、兩漢，下逮明清之文，大抵皆人人所目熟口咀而心炙之者，豈桐城所得私哉！桐城文惟方望溪、劉海峯二人而已。之二人者，其淺深工拙離合之故，較之周、秦、兩漢以來所謂文者奚若，派之同異又奚若，識者自能辨之，然亦未嘗自標其目曰『此吾桐城之文』，而别區一派於古人之外也。

譬之於聲，繩其節奏，審其清濁，察其曲直、繁瘠、廉肉之宜，一有不中則逆於耳。譬之於色，五采之施，染入渲和藻飾之法，一有失宜則遻於目。文亦有然，義法是也。若夫規隨於義法之中，而神明於義法之外，鉤深極變，古人要各有獨至之詣，而非義法之所能窮。得魚而忘荃，得兔而忘蹄，善爲文者何莫不然？

孟子曰：『羿之教人射，必至於彀〔一〕，學者亦必至於彀。大匠誨人必以規矩，學者亦必以規矩。』姚氏之爲是書也，蓋亦教人以彀與規矩，而毗陰毗陽四象之妙，則各視其性所近焉，盡乎人以合乎天。若是者，不言宗派，而實隱然有宗派之可尋，特不以桐城囿之耳。

雖然，桐城者，文章之淵藪也。乾嘉之時，姬傳先生繼方劉後，以古文義法倡天下。其在同邑，有從孫瑩石甫、方東樹植之，與上元管異之、梅伯言，並稱高第弟子。石甫子濬昌慕庭濡染家學，尤以詩名。植之傳戴鈞衡存莊，存莊不幸早世。而吴汝綸摯父蹶起同光之際，與武昌張廉卿皆篤守姚氏學説，爲清末鉅子。

吾友馬君通白，其尊甫慎庵先生，始事存莊，繼事植之，而君又嘗問業張吴二先生之門。同時，姚永樸仲實、永概叔節兄弟，與君並起，以道義相切劘。蓋二姚爲慕庭子，君其姊夫也。壬子國變後，余始識君京師，朝夕過從，得盡取其文讀之。君則自謂，爲文而不求之經，是無本之學也。時方治毛詩，既卒業，復治易，治尚書及秦漢諸子，乃於文若有所不暇爲者。今君年六十餘矣，雖不役志於文，而世之謀不朽其先，及假君一言以自重者，争輻湊其門，以得請不得請爲至榮大辱，皆曰：『姚氏之文，非君莫與歸也。』

然吾竊論之，姚氏際國家隆盛之會，上下嘽諧，萬物條達，故其文體潔而氣舒，志和而音雅。君乃不幸身丁喪亂，蒿目瘵心，常岌焉若不克終日，故其思深，其辭婉，其言雖簡而意有餘，往往幽懷微指，感喟低徊，令人讀之有不知涕泗之何自者。當其得諸心而輸諸手，躊躇四顧，儼然謦咳於周、秦、兩漢以來諸作者之旁，而邈然無與儔焉，桐城云乎哉！君手勒其文，自丙子以訖今兹，凡得若干篇，而屬予爲之序。君桐城人也，予有感於世俗宗派之妄論，爰借君文發之，以諗當世之知言者。

辛酉春，新城王樹枏序。

題辭

大作真退之也。年少氣雄如此，若鍥而不舍，積之以學問，劘之以歲月，其所就殆不可量，豈獨爲方姚替人哉！光緒元年乙亥冬，瑞安孫衣言。

讀足下上孫方伯書，往復再四不能已。不謂精進乃至於此，歐公所謂『老夫當讓此人出一頭地』者也。足下學介甫文已甚肖似，此後便可上窺昌黎。介甫之瘦硬精謹誠爲罕儔，恨意境少陋，更進以他家恢廓之，使不窘於邊幅，則善之善者已。丙子秋日，張裕釗。

大文與年俱進，甲申以後，所詣愈益老成，佳者幾及於古，老夫瞠乎後矣！光緒十九年十月，吴汝綸記。

史公之文詼奇俶詭，變化不測。而知言者獨曰參之太史以著其潔，『潔』之一字似易而實難，今之知此者稀矣。先生獨得此訣，足徵功力之深。拜讀數日，妄加評注，不能得一當也。甲寅冬日，樹枏識。

體絜思嚴，而摩戛之音、醇醲之味沁入心脾，前列孤詣，所醖釀往往欲據而有之，可謂深造自得、命世之作者矣。丙辰十月，陳三立讀畢記。

『韻出百家上，誦之心已醺。』此后山評涪翁詩句也，移以論作者之文亦然。三立又記。

先生文如空山高人，有遺世獨立之概，當與望溪、惜抱分堋角立，無論海峯以下也。癸亥仲夏，膠西柯劭忞拜識。

校記

〔一〕至於彀　當作『志於彀』，見孟子告子上。下同。

抱潤軒文集卷一

論辨議釋

李泌論 丙子

唐時，吐蕃入寇，嘗爲邊患。李泌謀結回紇、大食、雲南，與圖吐蕃，令吐蕃備多，能不用中國兵而吐蕃自困。嗚呼！泌之謀可謂深得天下之大計者矣。

昔者，聖人知夷狄饕誂之性〔一〕，不可以先王之法治也，故不與同中國；使夷得居中國，則吾之禍亟矣。古未有夷狄雜處，天下可以晏然無事者也。至後世，夷狄之禍尤烈〔二〕。吐蕃幸唐室之災，陷河隴數千里之地，又引兵入京城，使人主蒙塵於陝，天下之大，竟坐制於數千百暴至之寇，動摇其根本而莫敢誰何。當是時，宰相尚欲結吐蕃以攻回紇，彼豈以吐蕃爲可和以羈縻之哉！鄉使非泌反覆陳説，而其計竟行，則回紇之怨既深，大食必不可招，雲南必不可復，天下新承兵革之後，財力俱匱，吐蕃勢益驕，必起而乘其敝，據其要津，箝制其官吏，手揉而掌玩之，則唐之爲唐未可知也。今有分盜以財匄其生者，財不盡，盜之欲不止。何則？彼所以窺吾之隙而生其欲利者，固不僅如是遂已也。

且夫泌之心以爲：制夷者所以救天下之人也；救天下之人而制夷，遂不肯以制夷而困天下之人，第使之不敢犯塞害民而已。若窮天下力以逞志假狄〔三〕，則仁人所不忍爲也。蝮虵窟於深山人迹不接之區，必趨往以嘗其毒，則可謂大惑矣。夫以吾制夷，君子尚有所不忍，況使天下制於夷？是又與蝮虵並處，將爲所噬嗑而不知也。

嗚呼！先王政教之不明久矣，夷遂得乘虛而覬覦中國，不求自强以勝之之術，持忿而與之戰，天下遂不勝其鬭争之苦；忍一時之辱以連和，彼利吾之怯，愈益肆其侵暴而快所欲：然則求所以弭夷患，而又不勞吾民者，殊未有全策也。顧安所得如泌者，與之深計天下事哉！

孫佩南葆田曰：深明事體，文氣與蘇氏爲近。

吴至甫先生曰：按切時事，有長公之恣肆，而不鄰於輕剽。

陳伯嚴批曰：精允之論。（輯自一卷本）

荀卿論 庚辰

孟子之言性曰善，荀子之言性曰惡，何所言之異甚邪？曰：不異也，是皆本孔子。孔子曰：繼之者善，成之者性。又曰：性相近，習相遠；唯上知下愚不移。孟子之言性，天命之性也，無不善也。荀子之言性，氣質之性也，不能無惡。雖然，孟子曰形色天性，非即所謂氣質者邪？荀子曰塗之人可以爲禹，非即所謂天命者邪？知塗之人可以爲禹，而又曰性惡，何也？性命之旨不明於天下久矣，吾見其初之善，而人第見其生之不皆善也，則必有退脱以自遁者矣。責富人以財，彼且曰吾貧也；曰『女誠貧也，而費不可已』，彼富者則無辭矣。責人以性善，彼且曰吾未嘗善也；今稱曰惡，庶賢者聞之當益勉，而惰者亦可以警矣。然而，其説不足以警惰，而其弊足以誣賢。夫聖人之言，言於此可通於彼，故行之而可成，遵之而無弊。賢者鑑於彼以立言，泥於此或不勝其失，不察其指之所在，第以其言有失也，而執以爲疵，嗟乎！荀子安所逃其責乎！

聖人之言不可幾矣；賢者之言亦皆其所自得也；下此者，剽竊焉而已。一切習爲純美無疵之説，而不必其言之有於己、切於時。夫言不有於己，未有能切於時者。然而，較其純美，或有遠過前代者矣。若荀子者，固逆知吾説一出，終不免於詬病也，乃其熟思審慮而卒出於此者，憤時之心誠切，而救時之意誠急也。荀子之教也，始於勤學，終於崇禮，可謂深得先王經世宰物之原矣。懼人之不吾從，乃矯爲性惡之説，使人勉焉以就吾學、範吾禮。夫所謂就學範禮者是也，而抑知非性之善，則學與禮皆後起，而强人以本無，尚安必其從哉！吾於是知孟子之説之卒不可易也。

張廉卿先生曰：識議非俗儒腸胃中所有，文亦屈盤瘦勁。

陳伯嚴曰：古之人持説立教不一其端，要皆爲發憤救時而設。文能觀其大通，氣息亦厚。

蕭敬孚批曰：論正而文亦入古。（輯自一卷本）

風俗論 辛巳

前乎吾者千百世，後乎吾者千百世，皆人與人相續而嬗焉者也；接乎吾者，近自閭里之邇，遠逮四海九州〔四〕，皆人與人並立而生焉者也。人與人相嬗，古今以成焉；人與人並立，宇宙以塞焉。而其中獨有所謂聖者、哲者，則凡覺人之事屬之矣；有所謂君者、佐者，則凡長人之事屬之矣。此其才智勢位既高出乎人人，而凡爲人者，亦遂屈伏而受命、蟻附而羣趨，因其志之所嚮、意之所專，遂翕然而蒸爲風俗。雖然，風俗者其端甚微，其終乃莫之能禦〔五〕。人之生也，有口體耳目之欲，則遂有聲色嗜味之好；有聲色嗜味之好，由是有禮樂之節、刑賞之施，使其欲不至放於無等人之情。惟其未有以倡之也，而後有所憚而不敢鼠之竊、狐之淫，衆人者賤之，宜其憚而不敢犯。

然而，天下之淫且竊者何多也！兩驂載路，一馬奔踶，羣馬皆逸。兩敵對壘，一卒奔潰，百卒從靡。千畦之稻，不能無莠；千夫之村，不能無頑。衆人之所不敢犯，苟有一人焉犯之，則繼之者靡然起矣。孔子曰：『始作俑者，其無後乎！』誠痛之也。是故，食取充饑，稻粱非不具也，進以庶羞，則山海珍錯不足於口；衣取蔽寒，布帛非不完也，被以文繡，則白縠薄紈不足於體：節之則情淡而日損，縱之則蹈欲無窮，不陷滔天之姦不止。故君子戒懼於隱微，絶惡於秒忽，委曲煩重，不敢偷爲壹切。豈好爲是拘苦哉？誠懼其欲之縱而不可制，己之德不立，而人又將於己取效也。世之人輒以爲細行也忽之；不然則曰：『吾一身何與人爲？』夫一人之身，密邇者豈啻十人？十人密邇，百人習焉；百人密邇，千人習焉。習之所尚，曹好之所趨，而能堅己以獨行者少矣。

嗟乎！先王之遺俗，存者萬一而已。累世之聖哲君佐，陶鑄之，整齊之，歷數十百年而始成；及其敝也，一狂夫庸人不自勝其一念之媮，足以蕩民風而夷世教。是故君子在上則軌度一世而大爲之坊；在下則堅貞碩立，宏己之學，而不惟獨善自完。外是二者，大率戢戢之凡民，其亦約身寡過焉可也，雖無與於長人、覺人之數，即亦何忍使天下風俗之始我靡乎？而況侈然民上、實操風俗之權者哉！

方柏堂先生曰：氣醇理充，而筆法變化。

孫佩南曰：立論皆碻有見地，不獨詞氣與周秦人爲近，當與曾文正原才篇並傳。吾鄉郭君卿刑部尤愛此作，謂所言有關於世道，曾屬傭書人録副以去，亦通伯一真知己也。〔六〕

陳伯嚴曰：氣體博厚。（輯自十卷本）

爲人後辨 甲申

予家自九世祖西屏公爲恕菴公長子，傳至訓導公，爲適長者八世矣。訓導公卒，無子，其昶奉王父命爲之後，於倫序實從伯父也。後十年，母氏吴宜人卒，持服三年。又十八年，本生母氏張恭人卒，有數弟，皆殤矣，請於官，其昶得兼祧，然格於例，不得復持三年服也，乃私痛而爲之説曰：

爲人後者之義何居乎？重宗也。重之，則爲之服斬，而降其父母期，示其義有所專云爾。嗟乎！父母，天親也，非人之所能爲也，不可得而更易也。今於其伯叔父母或再從，或服或無服，疏遠之人而父母之焉；於其父母而伯叔之焉：人子之心其安乎哉？然而，先王曰：大宗之統至重也，不可絶也。重於此，則不得不輕於彼也。

蓋嘗論之：宗法者，與封建相表裏者也。古者，天子世天下，諸侯世國，大夫世家。其繼世而爲天子、諸侯、大夫者，即爲其天下國家之所宗者也。天下之族，不皆天子、諸侯、大夫也，則推其大宗之適長而爲宗子，以統治其族。其族而有蹶起爲大夫者，則又爲繼別之宗。故夫天下雖大，如身使臂，臂使指，而不稍紊焉。宗法行，則庶姓有統。一族無宗，則一族之衆散而無紀。天下者，族與族相積以成焉者也。一族無紀，則天下之勢亦有所閡矣。然則，天子也，諸侯也，大夫也，庶姓之宗子也，皆所以爲統者也，如之何其可絶也？統不可絶，是爲後之義所自昉矣。禮曰：『爲人後者，孰後？後大宗也。曷爲後大宗？大宗者，尊之統也。』其非大宗而亦爲之後者，非古也。

秦廢封建而郡縣其天下，自其公卿大臣以下皆不能世其禄。於是，所謂宗子者，或單寒愚賤，不足以庇其宗，而遂寖微寖廢，勢使然也。封建壞於上，欲宗法之存於下，豈可得哉！封建壞而宗法亡，宗法亡而爲後之義始濫；爲後之義濫，而人之倫理幾乎其滅矣。此古今世運之一大變也。何以言之？古之爲後者後大宗；若小宗，則舉從祖祔食之禮，而不爲之立後。孔子曰：『凡殤與無後者，祭於宗子之家。』無後而得祭，則亦不必後之矣。惟大宗而後可後，則爲後者亦少矣。

嗟乎！父母，天親也，非人之所能爲也，不可得而更易也，此先王之所以難之也。自宗子不能收其族，則小宗之無後者，求祔食而不得，不其餒乎？由是而降，凡無子者，莫不爲之置後，亦勢使然也。宗法以維封建於下，立後以濟宗法之窮。封建既壞，宗法不得不亡；宗法既亡，爲後之義乃不得不濫。蓋宗無以聯，雖其伯叔父母之親，苟非號爲父子云者，未有不死而遺之者矣。於斯時也，必舉小宗可絶之説以持其後，亦人情所萬不便也。然以不忍其無後者之心，至抑其天性之愛，且舉世皆然，薄其所生而不之怪，不誠爲人道之大變哉！

然則，如之何而可？曰：古者有斬衰三年之服，有齊衰三年之服，其降是一等者則期服也。斬不可貳，故斬於大宗，則服其所生父母期。今之服斬者多矣，如子之爲母、婦之爲舅姑，及繼母、生母、慈母、養母之類，皆斬也。所生父母，縱不敢亢於所後而服斬，比之慈養之母不亦可乎！明太祖定孝慈録，凡昔之服齊衰三年者，或加入斬，或降爲期，而此服遂闕，並其名而亡之，此又古今服制之一大變也。

今誠爲所後父母服斬衰三年，以示爲後之義；爲所生父母服齊衰三年，以申人子無已之情；而凡所謂慈母、養母者，仍服以齊衰，以重斬衰之服，而又可以略存周公服制之舊，是一舉而數善集也！

夫先王制禮之義至深微矣，非可以意增損之也。今既不能一循先王之舊，則必推考古今世變之所由，以求得其天理人情之稍安者。予故妄爲之説，將以折中於知禮之君子。

吴先生曰：折中至當，通變稱情，可謂深知禮意。

陳伯嚴曰：犁然當於人心之文。

姚叔節曰：此文前幅可與余祔廟説相成。（輯自十卷本）

爲人後者其妻爲本生父母服辨 甲申

婦人斬衰三年之服，惟在室服其父，既嫁則降其父而以服其夫，又以祖禰之正體服其長子。雖以舅姑之尊，乃服止於期者，有三從之義，無專用之道也。宋太祖時，改舅斬衰三年，姑齊衰三年。明太祖并姑亦改斬衰，而降其長子之服。今律文因之。夫聖人之制禮，義精仁至，非苟焉而已也。

顧氏炎武曰：『婦事舅姑如事父母，而服止於期，不貳斬也；然而，心喪則未嘗不三年矣。故曰「與更三年喪，不去」。』予謂經言不貳斬者，皆當服斬而降爲齊衰；期者，婦服舅姑，從服也，顧氏以降服言之，非也；乃其言居喪之意，則是矣。人子之守親喪，三年不入於内，悲哀不怠，寢處不適，其痛如此。雖以嚴父之尊，猶必三年然後娶，以達子之志。況夫之重憂未釋，則婦之服雖止於期，而其三年之中，亦必有所以達夫之志者，故曰與更三年喪也。後世禮教益微，人子之薄其親者所在皆是，而況其婦乎？乃從而重其服制，使知婦之於舅姑、子之於父母，其服同，則其所以事之者不容有二，亦所以勵薄俗也。

雖然，子爲父母三年，婦亦爲舅姑三年矣；即繼母、生母、慈母、養母，亦皆同於夫，皆爲之三年。乃其夫服本生父母，齊衰，不杖期，而妻則大功，不得與夫同服，何也？夫婦人之從服，固率視其夫降一等矣；今不降其父母，即名義之同於母者，如繼母、慈母之類，亦不敢降，而獨降其所生，果何義邪？且古者，適子之爲庶母，大夫以上無服，士止於緦而已。孝慈録改入杖期，其妻之服亦同，曾是所生之親而不足比於是乎？此尤理之不得其平者也。

聖人之制禮也，初觀之亦若有可疑者，及參伍以求，莫不有精意寓乎其閒。後王有作，則每多抵牾而不安矣。然觀其所以沿革之由，蓋亦世變使然云。

吴先生曰：義精辭足，似望溪集中文字。

陳伯嚴曰：探追情變碻義，以成其通論。

陳伯嚴批曰：船山王氏專斥婦爲舅姑服三年之失，而不甚察『所以勵薄俗』者，此乃覺無漏義。（輯自一卷本）

庶子爲其母黨服辨 甲申

或問曰：庶子得爲其所生母之黨服乎？曰：可。喪服記：『庶子爲後者，爲其外祖父母、從母、舅，無服；不爲後，如邦人。』是也。

然則喪服傳何以無之？曰：是固不能概爲之服也。古之爲妾者有辨：大夫之姪娣，士之長妾，皆得服其私親。其子之不爲後者，皆得服其母黨。若買妾，不知其姓則卜之者，固已絶不與通，安得復爲之服？是故深没其文於正傳，而旁達其情於後記，以待處之者之自爲權衡，此聖人之微意也。

今律無庶子爲母黨之服。萬氏斯大據喪服記之文，謂凡世之庶子皆當爲母黨制服，而又推本修身遠色、娶之以道，俾子得服其母黨之親而無所嫌。其爲説善矣。然自三代以後，不復有姪娣之媵，其所謂妾，大抵益微賤，世之名族孰肯爲妾於人者？必度其子可以視爲母黨之親，而始得爲妾，則世之無子而求妾者難矣。

且夫制禮之大端，固將正名定分，别嫌疑，防僭亂也。今律雖加庶子服所生母三年，而削去其母黨之服，凡以嚴適庶之閑而已。古者，公妾及士妾服其父母期，故其子得爲母黨服者，從服也。今使庶子爲母黨服，必先使妾得爲其父母服而後可，而其事豈可行哉？今昔異勢，喪制屢更，不正其本而徒取末節行之，轉見其多所抵牾，且滋弊也。其或所處情事有可爲制服之道，則援喪服記之文，仿古姪娣、長妾之例，請於父與適母，得命而後服焉可也。

萬氏謂天下無無母之人，固也；然欲申私恩於己母之黨，無所顧慮而概爲之服，是無父也。世之庶子不達斯義，以抗其所生爲孝，不惟蔑視適母，抑且無父實甚。萬氏之説，適足爲其所藉口也，其殆不足爲訓哉！

吴先生曰：議禮諸篇可謂持之有故，言之成理。

陳伯嚴曰：達識雅辭，與前二篇相稱。

爲長子服辨 甲申

斬衰者，服父之服也，不得服其母，而以服其長子。子爲母衰三年，必父殁而後可。母爲長子衰三年，即父在亦然。是何其輕重之不倫乎！然而，先王制服乃若是，何也？傳曰：『正體於上，又乃將所傳重也。』又曰：『父之所不降，母亦不敢降也。』蓋敬宗之爲義大矣。敬宗之義大，故正適之統尊。尊正適之統，故爲長子三年，衆子期，適婦大功，庶婦小功。雖以大夫之嚴，而不敢降其祖禰之主，所以正名分、窒亂源也。歷代以來，未之或改也。

唐顔師古等乃請加冢婦期，衆婦大功，至今因之；然其服長子三年者，仍自若也。明太祖定孝慈録，始改長子、衆子皆不杖期，至今因之；然其冢婦、衆婦之服又仍自若也。夫同一不杖期也，則長子與衆子無别也，而獨異冢婦之服於衆婦，豈正適之統不係於子，而係於婦乎？此何説也？

祖之服適孫期，故爲適孫婦小功；服庶孫大功，故爲庶孫婦緦。古之制也，亦至今因之。夫長子與衆子之服既同，則適孫與庶孫之服不得有異；適孫與庶孫之服既異，則長子與衆子之服何得獨同？豈正適之統不係於子而係於孫乎？又何説也？

春秋桓公六年九月丁卯，子同生。胡氏安國曰：適冢始生，即書於策，與子之法也。與子者，定於立適，故有君薨而世子未生之禮。植遺腹，朝委裘，而天下不亂者，名分素明，而民志定也。公儀仲子之喪，舍其孫而立其子。子服伯子曰：『仲子亦猶行古之道也。』孔子曰：『否立孫。』鄭康成注謂：周禮，適子死，立適孫爲後。由是觀之，父之於子，祖之於孫，未有不加隆於其適者也。其加隆於適孫者，以其爲適子之子也。今降其長子之服以同於衆，是無所謂適也。子且無適，更何有於孫乎？古人正體傳重之義於是掃地盡矣，卒致他日召强藩稱兵奪統之釁。賈生曰禮禁於未然之前，不其然哉！

方懿文太子之卒也，帝意欲立燕王，學士劉三吾進曰：『皇孫世適之子，子殁，孫承適統，禮也。』帝大哭而罷。使建儲立適之説不足泥邪？則燕王之長且賢，胡爲舍之而不立也？以正適不可奪邪？又胡爲降長子之服以等於衆子也？此所謂進退失據，自貽伊戚者也。

然則，宜復古者三年之服乎？曰：宗法之不行久矣，徒服子以父母之服，人情之所駭也。然則宜何服？曰：妻道也，子道也，一也。妻服其夫三年，而夫服以杖期；子服父母三年，而父母亦以杖期服之可也。記曰：『爲長子杖，則其子不以杖即位。』則父爲長子杖焉宜也。爲之期以成其爲子之服，爲之杖期以别異於其衆子之服，是猶愛禮存羊之意也，是劑其輕重之宜者也。

呂氏柟曰：『爲長子不杖期，其記録之誤乎？』然兩朝之禮文律令皆如此，不應皆誤也。予故從而極論之。

吴先生曰：論難既能分風擘流，斷制亦極精審。

陳伯嚴曰：極控縱恢疏之致，立説忠允更無待言。

蕭敬孚批曰：此文可載續皇朝經世文編。（輯自一卷本）

葬期論 甲申

葬宜定期乎？曰：親死而不葬，人子之大罪也，烏可以不定？古之葬期七月、五月、三月，踰月無或爽者，今不能從，何也？葬地之難擇，而其期迫也。然則定期奈何？曰：期三年。今律文亦有停柩不葬之禁矣，而民不之畏，以天下之不葬者多也，勢不能一一按之罪，則雖設是律，空文耳。三年之限獨非空文乎？曰：據禮經未葬不除服，又略法周廣順之詔令：已仕者不得赴官，未仕者不得應舉，庶幾其可懲矣。必三年，何也？葬地之不易得也；期之以三年，則亦可以得矣。夫終喪三年，固當不治他事，如是而不葬，則是不以葬爲事也；不然，則是有大故也。有大故者，人子之所深痛，安忍仕進？何子平是已。不以葬爲事，則不孝也，不孝者罪之固宜，第不許其仕進，猶寬之也。

曰：周禮有冢人、墓大夫之職，凡公墓、邦墓之地，皆爲之圖而掌其禁令，其葬也有定所，無待於擇。今必曰擇地，於古何徵乎？曰：孝經固有『卜其宅兆而安厝之』之文矣。子造塋而卜，豈徐氏乾學謂，世數無窮，而地域有限，其勢必至於改卜，又有始、遷之別。後世人卜一邱之謂哉？此其説甚辨矣，吾恐其於聖人之意猶有所未盡也。蓋地勢之不同，地之情也。周禮所云，大抵主中原之地水土深厚，故能大其兆域而行族葬之法。不惟先王之制使然，今之北方亦猶是也。若江浙數郡，山川峭薄，即一棺之藏，非精以求之，患不免矣。聖人俯察於地理，而深知其不可强同，故謀之卜筮以致其慎，又兩存其義以待處者之各適其宜，此其所以爲聖人之經也。且吾意，冢人、墓大夫既世其官，掌其事，則辨兆域、正墓位之法亦必猶有其詳，如詩所云『相其陰陽，觀其流泉』者，特無所謂禍福之説爾。

曰：司馬文正爲諫官，奏乞禁天下葬書。張無垢至欲律葬巫以左道亂政之辟。歷代儒者亦無不深詆其術。今子所云，得無戾於此乎？

曰：自地勢不同，而相墓之術興；相墓之術興，而休咎之徵驗益起。人子不勝其禍福之心，至有終身累世而不克葬其親者，此儒者之所以痛心疾首於斯也。夫親死不葬，而福蔭是謀，此誠不孝之大者也。精其術以避諸患，而藏吾親，則亦不可以已也。吾讀禮經，見古人之於喪禮蓋至慎矣：始死而襲，襲而殮，殮而殯，殯而後葬，極纖且細，各有定程。夫自襲以至於殯，若是其慎之也。慎之也者，所以期成乎葬也。至於葬而顧可不慎與？附身附棺之慎，其事皆可取辦一時，至葬則一藏而不可復啓，水泉之侵否、風蟻之不易預知也，於此有術焉，可以審形勢、決取舍，豈非格物之一端，而人子慎終者之所有事乎？夫古者既有官以掌其事，卜以決其疑，不幸而有患，且制有改葬緦之服。吾於是知古人所以慎其葬者，猶有非後世之所能及也。其後，程子、朱子亦謂地不可不擇，大儒之通論足爲萬世法矣。

若徒儌希福不葬之弊，並其術之可以致慎於葬者而亦絶焉，其毋乃因噎廢食者類與？吕新吾至謂朱子遷葬有福利之心，爲生平之一迷。嗟乎！求善地者安親也，不惑於風水者爲己名也，己名與親體孰重？今夫人之置一器也，不得其安處，再更之不爲嫌，況吾親體魄之所藏哉！既已不安於心，豈可幸其不見而苟自欺乎？若曰有福利之心，是以親爲市也，曾是大賢也而忍以親爲市乎哉！

吴先生曰：陳義絶精，此所謂先王未之有而可以義起者也。

陳伯嚴曰：本人心所安以推禮意而盡其變，故不徇高論、不牽俗情如此。

鄭東父曰：葬地難得，當預早求之，親年不俟，然後用斯義可也。（輯自十卷本）

蕭敬孚批曰：自爲人後至此五篇，持論皆當，均可載續皇朝經世文編。（輯自一卷本）

釋八蜡 己酉

八蜡之祭何昉乎？尚矣！自伊耆氏始也。周禮籥章：『國祭蜡，則吹豳頌，擊土鼓，以息老物。』周衰禮廢，國人若狂，孔子以爲未足深過。歷代王者皆制爲祀典，以至於今，莫之敢廢也。

其祭之義奈何？記言之矣，曰：『蜡也者，索也。歲十二月，合聚萬物而索享之也〔七〕。蜡之祭也，主先嗇而祭司嗇也，祭百種以報嗇也。享農及郵表畷〔八〕、禽獸，仁之至、義之盡也。古之君子，使之必報之：迎貓，謂其食田鼠也；迎虎，謂其食田豖也。迎而祭之。祭防與水庸，事也。』

其八者，何也？鄭康成曰：先嗇一，司嗇二，農三，郵表畷四，貓、虎五，防六，水庸七，昆蟲八。昆蟲害稼者，又記所不言，曷爲其祭之？貓也虎也，二而一之，亦非也。王肅出昆蟲，分貓、虎。橫渠張子又據記文增百種，是也，而仍以貓、虎爲一。

說者謂先嗇神農，司嗇后稷，而顧與貓、虎同祭，不其瀆乎？非瀆也。記言之矣：『蜡之祭也，主先嗇而祭司嗇也。』是先嗇、司嗇，祭之主也。自百種以下皆所謂合聚萬物而索享之者也。其祝辭曰：『土反其宅，水歸其壑，昆蟲毋作，草木歸其澤。』土反其宅，故報防也。水歸其壑，故報水庸也。昆蟲毋作，故迎貓、虎。草木歸其澤，故祭百種。農，則凡有勞於田者也。古之君子，使之必報之也。

獨所謂郵表畷者，何神乎？說之者曰：郵表畷，謂田畯，所以督約百姓於井閒之處也。而因爲神號，不詞甚矣。郵表畷，非所以號神也，是即防也、水庸也，畜障受泄，爲水之郵，必有表識連畷，故曰事也。郵表畷之指防、水庸，猶禽獸之指貓、虎也。享農及郵表畷、禽獸，仁之至、義之盡也，蓋預探下事而言其義也。不然，郵表畷果別一神也，貓、虎外又何不數禽獸乎？以是知其非也。

然則所謂八神者，先嗇也，司嗇也，農也，百種也，防也，水庸也，貓也，虎也。今祭不及百種，而防、水庸又與郵表畷雜出，豈非儒者釋經之未審乎？子曰：『名不正，則言不順。』竊謂當據禮經改祀，以正其名。

方倫叔守彝曰：曲折詳盡，深契乎制禮之原。經學明而後名學精也。

柯鳳生曰：精審，可入國史禮志。

祀天配孔議 癸丑

某月日，奉國務院訓令：祀天配孔，關係絶重，應徵集國民多數意見。并發交王式通請定祀典説帖、徐紹楨請改天壇爲禮拜堂呈文二件。仰見博采羣言、慎重典禮之至意。雖愚陋，曷敢不竭其忱？

謹按，治國以禮爲重，五禮以祭爲先，而祀天之禮又祭禮之大者也。周禮：冬日至，祀昊天上帝於圜丘。禮器云：『因吉土，以饗帝於郊。』是也。今之天壇義本於此。禮經稱名不一，或言天，或言帝，或言上帝，言五帝，言皇天上帝。鄭康成又據緯書有『耀魄寶』『靈威仰』『含樞紐』諸稱，儒者咸闢其誕。夫緯書『耀魄寶』云云，特後世崇上徽號之類耳，要其爲天則一也。古者圜丘祭天，方丘祭地，各有專祀。而天無所不統，則祀天而以地從之，亦無不可者。南郊北郊之異，分祭合祭之説，聚訟千載，迄無定論。竊嘗以謂先王制禮之大原，在洞達天人之故，而管懾乎人心以即於安，雖一名一物之微，莫不有精義存焉。苟得其精義之所存，則因革損益，禮隨時變，舉凡名物之微、紛紛異同之論，又有不足道者矣。

蓋天生人而立之君，以一人加乎億兆人之上；其刑賞舉錯出乎一人，必無以合乎億兆人之心。億兆人之心即天心也，故稱天以治之。討曰『天討』，命曰『天命』，禄曰『天禄』。舉其大者言之，則征伐、禪繼之事皆歸之於天。書曰：『予畏上帝，不敢不正。』詩曰：『上帝臨女，無貳爾心。』孟子曰：『天與賢，則與賢；天與子，則與子。』舉其細者言之，則一呼吸出入之頃，無不與天相肸蠁焉。詩曰：『昊天日明，及爾出王。昊天日旦，及爾游衍。』書曰：『顧視天之明命〔九〕。』其言天親切如此，而又非矯誣以託於窈冥不可知之天也。書曰：『天聰明，自我民聰明。天明畏，自我民明威。』以天治君，以君治民，而又以民驗天，古之王者無一時一事敢或恣於民上，誠畏天也。世謂吾國君主專制，而不知實有民主之精義存焉。自天子以至庶人，皆畏於天，曷敢自專哉！以孔子之聖，猶畏天命，畏大人，畏聖人之言。蓋天下大亂，必自人心之無所畏憚始矣。先王知其然也，故祀天之禮不厭其煩。

冬至圜丘，爲祀天之正祭。孟春祈穀於上帝，仲夏大雩帝，季秋大饗帝，其禮皆殺於冬至，其事皆主於爲民。然冬至之祭圜丘，郊特牲曰：『祭天，掃地以祭焉，於其質而已矣。』則亦不似後世之勞費也。一歲四祭天，至於陟位、行師、巡守諸大事，又有所謂類祭焉。風雨水旱，無不致其祈禱，而日月薄蝕可推測而知者，廟堂之上猶必齋戒修省，積其精誠恪慎之心，以上答天譴。董仲舒所謂天人相與之際，甚可畏也。而說者疑古神道設教，藉以儆人主，猶未爲知天也。聖人純亦不已，時時有對越上帝之思。其在常人，則必制爲登降拜跪之儀，以作其震動恪恭之氣。

今民國肇建，號稱共和，天下之心皆放無紀極，昔患一人專横於上，今乃患億兆人縱恣於下。欲已其亂，惟崇禮而重祀天。一人專横，則稱天以治之；億兆人縱恣，則立君以治之。以天治君，以君治民，復以民驗天，而民又如此其縱恣也。民之中有聖人焉，聖人之心實合乎億兆人之公心，乃所謂天心也。聖人與天一而已矣。禮也者，聖人之所制也。謂祀天之禮爲可廢者，是自絶於天也。冬至之祭，大總統主之。其餘祭，國務卿輪主。民庶預往所不禁。此自吾國舊典，毋庸效法他族。徐紹楨請改天壇爲禮拜堂，名稱不正，不可施行。王式通謂郊祀之禮總統不親，總統亦萬民之一也，敬天之義人人所同，何有帝制之嫌乎？

又案，萬物本乎天，人本乎祖。知本乎天，則知祀天之禮；知本乎祖，則知配天之禮。大戴禮曰『祀天於南郊，配以先祖』，是也。唐、虞、三代之祖，若黄帝，若顓頊，若帝嚳，若契，若稷，若文王，皆聖人而在天位，其配天宜也。後世王者，各隆其祖以配天，疑於僭矣，尤與民國之制不合。匹夫而可以配天，宜莫如孔子。孔子嘗援天以自信，曰『天生德於予』，曰『知我者其天』。明太祖曰：『仲尼之道，廣大悠久，與天地相並。』前清升孔子爲大祀，則孔子之當配天也久矣。子思作中庸，以昭明聖祖之德也，其言曰：『仲尼祖述堯舜，憲章文武，上律天時，下襲水土，此天地之所以爲大也。』又曰：『天之所覆，地之所載，日月所照，霜露所隊，凡有血氣者，莫不尊親，故曰配天。』今已兆其端矣。人之性與天地之性同其大；以蔽於有我之私，斯渺乎小耳。惟孔子爲能盡其性以盡人物之性，故與天地參。孟子曰：『逸居而無教，則近於禽獸。』大之可以參天地，小之不免爲禽獸。設世無孔子，人之不禽獸也幾希！

或謂孔子尊君不適於今制，不知民國非無君也，特君不專屬，詩不云乎，『天命靡常』；況孔子大同之旨載於禮運，彼自不察耳。孔子明人倫，覃教思，集大成，於道爲至高。東西國學者苟稍通儒術，莫不尊親，而吾乃弁髦視之，失崇德報功之旨，非所以揚國華、明宗教也。祀天而配以孔子，實協於禮，當乎人心。

謹議。

柯鳳生曰：議禮之文，皆樸茂淵懿。此作尤兼擅醇肆之盛。使南豐見之，亦當推服。

王晉卿曰：窮搜脉縷，洞見聖人制禮本原，故能曲暢以盡其致。吾見先生考辨禮制諸作，皆精鑿可據，真有功世道之文。

校記

〔一〕饕詖　十卷本作『豺狼』。

〔二〕烈　十卷本作『甚』。

〔三〕假狄　十卷本作『豺狼之國』。

〔四〕『近自』云云　十卷本作『閭里鄉里；睽乎吾者，四海九州』。

〔五〕『其終』句　十卷本作『其終莫禦』。

〔六〕『吾鄉』云云　據十卷本補。

〔七〕享　禮記郊特牲作『饗』。

〔八〕享　禮記郊特牲作『饗』。

〔九〕視　尚書太甲上作『諟』。

抱潤軒文集卷二

讀

讀法言 庚辰

昌黎亞荀卿於孟子，是誠篤論。予讀荀氏書，好之，嘗著論明其怡。若揚雄者，昌黎推爲大醇，與荀卿氏并舉，後世尚論者卒不易其說；自予觀之，非其倫也。

方雄之草元，譔法言，寂寞傲睨，陋巷之中湛思孤往，彼遂真以仲尼自尸。夫以聖人之道之大，而雄乃欲以言語摹肖之。當是時，王莽亦竊擬周公，條教誥令莫不依飾經術，雄直爲其所紿耳。何則？彼周公，固仲尼所寤寐欲親見之者也，高明之士往往躐求非常過分之等，其蔽也或反昧於庸人之所及知。

王仲淹續詩與春秋，朱子譏其欲爲仲尼，而不知漢魏不足爲三代。予謂世變雖大，要在有所衷擇。仲淹之志猶有取也，雄之書則何爲者邪？雄豈汲汲於利禄者？竊聖人以

自尊，巧相值而得莽，卒以裂其生平，悲夫！〔一〕

昔司馬君實好雄書，稱其道孟荀不足擬。蘇子瞻則並其文深譏之。雄之長，在此不在彼。二公固皆知言之徒，而所稱若此，何哉？

陳伯嚴曰：識議獨出，所謂擬之而後言者與？

陳伯嚴曰：高簡畢括其所見。（輯自一卷本）

讀蓺文志 丁亥

班氏序六蓺，言古之學者存其大體，玩經文而已，是故用日少而畜德多。後世經傳既已乖離，博學者又不思多聞闕疑之義，而務碎義逃難，便辭巧説，破壞形體，説五字之文至二三萬言。後進彌以馳逐，幼童而守一蓺，白首而後能言。安其所習，毀所不見，終以自蔽，學者之大患也。嗚乎！此其言可謂深切著明者矣。蓋聖人之道，大者内足以軌度其志體，外足以經世育物。若夫訓詁文字之學，亦儒者之所有事。然志獨區其類曰小學家，則古聖人立教之大，未遂可以小學域之也。夫經術莫盛於漢，而當時通儒之論乃若此。今之述漢學者，蹈其蔽而適犯其所嘲，亦見其惑也。

太史公以老子、韓非列傳，獨推孔子世家，斷之曰至聖。言六藝，則折中孔子，於孔子仕止進退生卒皆謹書之。而其自序述父談論六家指要，則謂儒者以六藝爲法，六藝經傳以千萬數，累世不能通其學，當年不能究其禮，故博而寡要，勞而少功。彼其推孔子也如彼，而其論儒又絀之如此〔二〕。昔子夏以文學教授，而孔子告之：有君子之儒、小人之儒，莫不有文武之道，賢者識大，不賢者識小。儒之有大小久矣〔三〕。昌黎韓氏言孔子傳之孟軻；軻之死，不得其傳。其後，士果有奮起千載而紹孟軻氏之傳者〔四〕。

嗚呼！司馬氏、韓氏之識其殆已及此哉！而固乃反譏遷論大道則先黄老而後六經。夫遷學儒學，崇孔子道，曷嘗後六經？特病世儒者之習經如志所云耳〔五〕。孔子之後，流而爲儒，儒不足以概孔子〔六〕。

吾聞之師曰：班氏藝文志辭甚高，與其它所爲文異甚。考司馬貞史記索隱，則知多出劉向别録語，而固取之者，蓋文高下不可假如此夫！豈獨文高下不可假哉！予讀志所序論，意固之識乃皆不及此，則其譏遷也亦宜。

王晉卿曰：苦心分明，非好學深思心知其意者，烏能語此？

讀蒙恬傳 己丑

秦既夷六國，統區宇，乃使蒙恬將三十萬衆北逐匈奴，築長城，起臨洮，至遼東，延袤萬餘里，用險制塞。烏乎偉矣哉！古未嘗有也。

夷狄之患中國，自聖人不能以禮義騾化，於是，秦獨奮其全力，塹山湮谷，維萬世之安，亭障攝然屹立，以至於今，扞蔽邊垂，永久利賴。稷教稼，禹抑洪水，無慮皆勤民力以興利天下，輒身享其成功，子孫食報者且數百祀。而秦獨不幸，身殁而殃禍隨至也，悲夫！蒙恬引決，至自咎絶地脉。當是時，暴師於外十餘年，財幣單竭，士卒任罷，廑乃有成。太史公謂天下痍傷者未瘳，恬爲名將，不以此時彊諫，振百姓之急，養老存孤，而阿意興功，兄弟遇誅。痛哉言乎！事有見爲大利，造端非時，而不勝其伏害，悍然恣睢，蓋民之欲而創爲之，一切以要其成者，往往而受禍若此也。

秦起長城，功成而滅。宋行新法，功不成而禍天下。上下數千年閒，事變日新無窮，覆轍踵踐，乃至後世悲之不能及，及其時者又罔或能一寤者也。余讀恬將死之語，蓋尤痛之。嗟乎！方秦之强，恬被尊寵，設以養老存孤之説進者，彼且不以謂闊遠於事情乎哉！

陳伯嚴曰：峻潔純雅之作。

讀韓非子 癸巳

韓非作説難，類有智術者之言，乃卒不能自脱。善乎！揚子之言曰：『説難蓋其所以死乎！』

自周衰，儒術既擯功利，狙詐益起，范雎、蔡澤、蘇、張之徒立談取卿相，窺世主喜怒爲用，苟容身持寵，孟子所譏妾婦之道，荀卿所稱態臣者，皆是也。而非之智，乃尤能究極物情之所不能遁。吾讀其書，大抵皆乘機挾智術以相勝，自親戚前後左右，莫非危機陷井存焉。天道各以類感，備世愈甚，則其機之所召來者皆危；且以己一機御物萬機，固未有能勝者也。古之有道術者知之，虛無因應，一歸之自然，而世患不攖。太史公序列老聃、莊周，而綴以申韓，又傳周末諸子，不載所爲書，而獨詳説難，其指微矣。

吴先生稱非受學荀卿〔七〕，荀卿書有所謂『凡説之難』云云者，非爲説難，本誦師説，惜其言行相背，卒以致死。余謂非述卿言，蓋失其指趣。卿之言曰：君子度己以繩，故卒爲天下法則；接人用枻，故能寬容，因求以成天下之大事。與非之幾親近、渥周澤者不類。要之，非與李斯皆學於卿，皆背棄師説以讎其術。

非身爲韓客，秦王慕用，甘死一見，沮姚賈上卿之封，彼蓋有所恃矣，不勝其權寵利勢之炎中，蹈瑕任術，以謂秦王遇己厚〔八〕，適足以召殃禍，隕其軀，此固莊生所太息深痛者也。烏乎！人之遊斯世者，其知所處哉！

吴先生曰：所以論古人者具得其表裏，其處世亦深有得老、莊氏之旨矣。

陳伯嚴曰：明微之論。

讀荀子 丙申

荀卿書崇王道，小霸業。其於經，善詩、易、春秋，尤致隆於禮，最推周秦閒老師。前代皆儗孟子，其黜自宋儒，以不知性，謂性故惡，其善者僞也。解之者曰：卿之意在彊學，不恃性，此與宋儒言氣質貴變化者曷異？卿又非子思、孟子，或據韓嬰詩外傳，卿所非無子思、孟子〔九〕，故其書稱孟子能自彊，又載孟子軼事，攻齊宣王邪心〔一〇〕，其不非孟明矣〔一一〕。然孟荀要爲牴牾〔一二〕：孟子闡性善，達天人之原，卿言性主資朴；孟子稱唐、虞、三代，卿言法後王。子雲譏其同門異户，以此。吾謂卿持論雖異孟子，其行則同，皆不屑詘道以阿世苟合者也〔一三〕。

孟子既困於齊梁，卿廢蘭陵，於是，秦兼六國，李斯得志，惡天下學士起繩己，遂乃燒詩書，愚黔首，不旋踵而身與國俱糜〔一四〕，悲夫！斯所謂倒行逆施者，彼徒懲儒術易忤世，故悍然違其本師，以取快世主，致尊用〔一五〕。自是以來，談霸王之略者類無不末殺道德，偷一切便利，其爲人皆斯之徒也，而斯獨專惡聲於萬世，其亦不幸矣哉〔一六〕！

姚叔節永概曰：起結轉變，筆力嶄絶，此境至高。

讀九歌 壬寅

余讀屈原文，高其詞，悼其不遇。意其始贊懷王，必有卓犖大計過絶人者。今所傳，自離騷以下皆原放斥後所爲，九歌詞恉尤不可驟曉。王逸稱楚俗信鬼好祠，祠必作歌樂鼓舞，原陋其辭，爲作九歌之曲，陳己冤結，且風諫，故章句錯雜。是説也，余疑焉。

假令原欲自言志，奚託於事神？事神乃陳己冤結，神其瀆矣！其身既疏遠，更欲致其敞罔不可驟曉之辭爲風諫，何其迂計者與！且吾意，古君子雖甚不得已於天下，其孤懷湮鬱不蘄白於塗之人決也，原奚喋喋至如此？及讀漢郊祀志載谷永之言曰：『楚懷王隆祭祀，事鬼神』，欲以助卻秦軍，『而兵挫地削，身辱國危』，乃知九歌之作，原承懷王命而作也。推其時，在離騷前。

太史公稱原博聞彊志，明治亂，嫺辭令。懷王使原造憲令，上官大夫見而欲奪其草稾，原不與，因讒之王曰：『每一令出，原曰非我莫能爲。』懷王怒，疏原。原豈自矜其能者？然當時爲文，要無出原右。彼懷王撰辭告神，舍原誰屬哉！懷王十一年爲從長，攻秦；十六年，絶齊和秦；旋以怒張儀故復攻秦，大敗於丹陽，又敗於藍田。吾意懷王事神欲以助卻秦軍，在此時矣，故曰：『舉長矢兮射天狼。』天狼者，秦分野也。其後十八年，與秦和，張儀來謝，原使從齊來，曰：『何不誅儀？』二十年，齊湣王爲從長，又合齊而倍秦。二十四年，復與秦和。楚之衰，自懷王始。

今讀原所爲辭，前後著其事神之敬，無己之情；雲中君見神貺之無私；湘君、湘夫人反復於盟誓之不可信，修政之宜及時；河伯非楚境内山川遥望僭祭之非禮，即神所弗格；山鬼明淫祠、禱祠之無益；而大司命、少司命因其祈福，上陳性命之情，祝宜子，祓不祥，而隱動其爲民父母之心。至所謂事神若鬼，欲以助卻秦軍者，則爲盛言當時聲色之娱嬉、兵禍之慘怛，利害明白昭著如此，儻所謂卓犖大計，非邪？

懷王不寤忠諫之指，竟虜於秦，爲世大僇，無足怪。乃至千百世讀其文，亦無能通知其意者，或且疑其章句錯雜，悲夫！古之貞臣烈士孤苦不可告語之懷不吾知則已矣〔一七〕，而禍釁卒搆於家國，兹屈子所爲痛心也。甚矣哉！兒童之見也，當懷王時，乃欲持孱楚媚鬼神以卻虎狼之强秦也，寧有幸乎哉！

吴先生曰：以谷永之言，證九歌爲承王命而作。〔一八〕議創而近是，收束神來氣來。

陳伯嚴曰：據郊祀志，定九歌爲承懷王命而作，乃成碻誼。而文情綿渺，若不可控摶。

讀封禪書 壬寅

太史公作禮書，乃頗采荀卿氏之言。或曰後人所附益，遷所爲止數百言，其於禮意、禮制故已具，不待取足荀書，然其於漢制要爲簡略。

秦雜六國禮儀用尊君抑臣，宜無可紀述。漢興，叔孫通定儀法，希世取寵，大抵皆襲秦故。孝文好道家言。孝景時，廷臣鼂錯受誅，無敢言更制。其有意儒術制作者，獨武帝耳。武帝興祠祀，致不死之術，其侈心廣騖一與始皇同。當是時，宮觀、土木、禱祠、巡行、賞賜之費至不可殫數，海内騷然受其弊。遷別爲封禪書，不與禮書合，明其祠祀之非禮，未能賡續聖制。而叔孫通之起朝儀，亦陋其事，不見本紀。非洞禮樂之原，烏能及此哉！其後，班固之志郊祀，不載漢宗廟諸興壞之議，反取封禪書以充入之。遷固之識，其懸絶乃至此！

吾讀封禪書，其於鬼神事具見其表裏〔一九〕。誠使武帝因其言或發痞於心，何至自沈溺必不得之數，以匱竭元元，取譏後世？宋真宗之崇『天書』也，其臣孫奭猶得援遷所記載以著其矯誣。且夫文之不得已，而指陳過失無所避者，其爲用二焉：曰忠諷，曰鑑後。是非者天下之公也，或乃不得直致其詞，則微文隱約，要歸於紀其實而已。斯義不明，世乃謂遷以身陷刑之故，而有所刺譏貶損，悲夫！遷之爲謗書也久矣。

吾友鄭杲論三百篇之有美刺，以謂凡詩刺其人，蓋皆愛其人而欲救正之。故方書之言刺其穴者，皆所以已其疾也。詩意欲得此人聞之，非欲他人聞之也。若求快己意，抒憤懣，爲深疾之辭，豈刺之謂乎？自説詩者失其義，而温柔敦厚之思遂不可復覩。吾謂他人聞之，亦所以已他人之疾，此鑑後之説也。

人與人相續於終古，是非得失之切於君父，與吾身無以異也，吾愛之救之，刺之生之。又有來者焉，其是非得失踵相起也，則吾愛救斯人之心又寧有極乎？烏乎！吾蓋未見遷之果爲謗書也。

吴先生曰：後幅思筆要眇。

陳伯嚴曰：陳義高碻，末段綿奥類半山，宕折又類明允。

讀伯夷列傳 甲辰

太史公書列傳七十，首伯夷傳。其言曰：『夫學者載籍極博，猶考信於六藝。』此自明其作述義例，以六藝爲歸〔二〇〕，所爲成一家之言者也。雖其好奇多愛，掇拾灰燼之餘，上下數千年閒去取不無牴牾，要必折衷於仲尼〔二一〕。仲尼不稱由光，由光事雖流俗傳信，宜其不載，而託始伯夷〔二二〕。當周之興，伯夷、叔齊既兄弟歸周矣。周有天下，天下宗之〔二三〕，二人者乃獨餓死。韓愈氏稱其非聖人而自是，窮天地亘萬世不顧，則其行不爲當代士論所嘉與可知矣〔二四〕，而孔子顧亟稱其爲人。伯夷自爲詩，悼黄、農、虞、夏之没，蓋怨悱特甚，而孔子乃稱其無怨。抑伯夷匪獨窮於人也，天實厄之〔二五〕。天命既改，易商而周〔二六〕，悲夫！伯夷餓死，顔淵早夭，人能宏道，無如命何！自夫子稱之，而遂聲施後世〔二七〕。

古之仁聖賢人，孤行其志，其軫戾頓萃於身世閒者，曷嘗有所冀幸於後〔二八〕？然而，人事之窮極、天道之不可必知如此。使無聖人爲之推大顯白，一瞑而萬祀不睇，即後來者曷以勸焉？且所貴乎立言者，爲其能樹立，持獨見，不碌碌隨俗骫骳爲常説云爾也。文字興，而人類之生世者皆有所託命。太史公發憤著書，褒譏貶損，以賡續孔子之爲，儻所謂明於天人之際者邪！

或曰：列傳始伯夷，亦猶春秋之始隱公也。二者皆記人倫之變，用以持綱常、立名教〔二九〕。傳曰作易者有憂患，吾於遷史亦云。

陳伯嚴曰：精語不刊。

讀魯仲連鄒陽傳 戊申

魯連義不帝秦，有邁越不移之操。太史公嘉其布衣，談説當世，不詘於諸侯，而以鄒陽附之列傳。自司馬貞疑爲不類，説者卒未有當。余讀之，而知史公之意至深痛也。

士固不能離羣獨處，魯連雖高節，未嘗不經世務〔三〇〕，彼其言曰：所貴於天下士者，爲其排患釋難解紛亂而無取也。世善其不縻爵禄，患亦不及。夫史公自處豈後於魯連？其於爵禄曾不足當其一眄，豈顧問哉！其推言李陵功罪，抑所謂排患釋難解紛亂者，忠貞不白，遽與禍會。秦既一統，君之尊至不可指〔三一〕，生死惟其所意，以魯連蕩然肆志，竟得免者，幸耳。抑猶處戰代之時，列國以養士相傾，而士重，故易以自全與？悲夫！入世者譬遊羿之彀中。茲鄒陽之所爲發憤而道也，雖在縲絏，氣不抑撓，與魯連類。諷其辭，傷其遇，故連類書之〔三二〕。

世之論人者，徒執成敗之迹，豈足語夫孤懷曠識成一家言，如史公之書之指，有寄於言議之表者哉！

姚仲實永樸曰：感觸無端，別有懷抱，古之傷心人也。

讀管子一 戊申

劉向七略，管子在法家。漢志入管子道家。隋、唐志則仍七略，當矣。管子内業篇言道術甚具，故班氏推其本，以管子一匡九合之業皆原道德。然管子書固不重是，是殆古昔相傳衛生之學耳。近嚴氏可均以其書泛及儒家、陰陽家、法家、名家、農家、兵家言，謂管子當入雜家，此謬説也。

古未有不通衆家之略，而能有立者。操一以御餘，人特舉其重者號之耳。淮南鴻烈成自衆手，學無有宗主，斯誠雜家。管子書雖不免坿益，皆輯録者爲之，不與淮南比。漢志儒家有周史、六弢，又有周法、周政，甚至高祖、孝文諸篇皆入之儒。班氏之識猶能窺儒以治世爲義，故凡法度、政教之書多與儒相出入，而陋者乃始顓誦習，矜己蒐殘，高言寡實，儒之途寖隘。

章氏學誠反以譏班之部居未審，是殆密於論例，而疏於論儒，與嚴氏之失也均。

姚仲實曰：學子厚爲文，而加以恣肆，有尺幅千里之觀。

讀管子二 戊申

管子曰：『不法法則事無常，法不法則令不行，令而不行則令不法也，法而不行則修者不審也，審而不行則賞罰輕也，重而不行則賞罰不信也，信而不行則不以身先之也。故曰禁勝於身，則令行於民矣。』烏乎！千古論法者，盡此言矣。人主之所操以馳驟天下者，法也。法出而行於人之謂令。是法也，上施之，下遵服之，而其始也孰立之？管子又有言曰：『夫民，別而聽之則愚，合而聽之則聖。雖有湯武之德，復合於市人之言。是以明君順人心，安性情，而發於衆心之所聚。』衆心之所聚，非法也，而法之所由立也。孟子言王道在同民好惡，豈異於是乎？

然而，管子知有齊而已矣，其所謂衆心，齊民之心耳。嘗試觀於大圜之宇，無西無東，無外無中，灝乎其無窮，區區於其間而獨私一齊，孟子之卑之也則宜。向使管子以齊王，齊利天下亦利；而獨以利齊，則其不利者必在諸侯之國。是故，管子之術不可充者也。夫以一齊利齊，與以天下利齊，二者勢孰便？則必曰天下利之便。天下利之，則凡所爲陰謀機詐皆可無設。不要其終之效，第見其陰謀機詐之不設，遂曰王道迂也，豈理也哉！

雖然，管子不及於王，使其霸齊之法齊能世守之，雖至今存可也。而管子身歿而遂隳者，無其人，法不獨行；行其法，或不便於其身也：是謂以人持法。吾能立法，而不能必人之法吾法。下不法法，則上威之；上不法法，下不能威之，而賢人君子猶能争之；争之不得，則援天以臨之；天之説不勝，則其術窮；術窮則所謂法徒以便上之人之縶其下。上益横，下益困，人不得遂其生，故争裂其法，而天下遂大亂。知其亂之必至，於是也豫立一法，而上下同範於其中：下不能持上，法能持之；不如是法，不許其爲上。上有所劫而法，愚者憚其劫，智者知其劫，而法而遂可以永存，爲吾之至便，又何憚之有？是謂以法持人，上下交相持，而法峙焉不窮，無復之不值其機。烏乎！此非古之時之所幾也。

王晉卿曰：精鑿透澈，足括盧氏法意一書。

讀呂氏春秋 己酉

古之著書立言者，往往篇終敘述己意。孟子陳堯舜以來聞知見知之統，莊子天下篇之論古道術，其旨趣類宏遠。下至司馬遷、班固亦各有自序，言其義例。獨呂不韋爲春秋，以十二紀、八覽、六論爲綱，而其所謂序意者，即閒廁十二紀後，一若亟亟不暇待其辭之畢者，何邪？

余嘗取而讀之曰：『維秦八年，歲在涒灘，秋甲子朔，良人請問十二紀。文信侯曰：「嘗得學黄帝之所以誨顓頊矣。」』既著其年時，又必著其書之出文信侯者何也？曰：黄帝所以誨顓頊，託言己所以教始皇也。中言法天地之道而曰：『智不公，則福日衰，災日隆，以日倪而西望知之。』日倪而西望，正所謂上揆之天也。後復綴以青荓、豫讓事曰：『少而與子友，子且爲大事，而我言之，是失相與友之道；子將賊吾君，而我不言之，是失爲人臣之道。如我者，惟死爲可。』其事與前所稱絶不類，讀者疑其錯簡。嗚呼！此微言也。不韋以太后事懼禍，求自脱，乃進嫪毐。及始皇八年，毐封爲長信侯，益驕恣，明年遂以反誅。然則，秦之八年，其殆日衰側之時乎？不韋慮禍之及己，中立而兩利之，一託於君，一託交友，而預言於此，以自飾其不舉發賊君之愆。又懸其書咸陽市，誘之以金，使衆共覩，庶可告無罪於天下，彼豈真謂其書不可增損一字者哉！揚子雲恨不生其時，輦金而歸。識闇如此，宜其見欺於僞莽矣。

不韋之作春秋，懼禍而作也。太史公知之，故曰：『不韋遷蜀，世傳吕覽。』謂其知有遷蜀之禍而爲之也，豈謂遷蜀後始爲書乎？明方正學先生以此譏史公之失，亦疏也。姦人趨避之術之工，可謂至極。世固有禍機猝發，黠者翻持正論以自解免者矣，而不韋卒坐毒死。不韋書言法天道，不知天道固忌僞巧，身殄族夷，爲後世笑，此其所以爲大愚也，悲夫！

章枚叔炳麟曰：精思冥索，幾於鑄鼎象物。

方倫叔守彝曰：文之深美者，本乎識之通微，此史公所以敻乎絶也。作者其幾矣。

讀梓材 辛酉

周書明堂解：周公攝政，六年而天下大治，大朝諸侯明堂之位，制禮作樂，頒度量，而天下大服，各致其方賄。七年，致政成王。梓材之作，必大朝諸侯明堂時也。

初，武王克殷，封弟康叔於康，作康誥。成王誅武庚，徙封康叔於衛，作酒誥。至是，周公致太平，城成周，諸侯來朝，既誥殷多士，又以康叔爲諸侯長也，故作梓材，誥康叔以戒邦君。史臣連屬三誥，而敘其緣起曰：『周公初基作新大邑于東國洛，四方民大和會』，至『周公咸勤，乃洪大誥治』四十八言，舉最後之成功爲梓材書也。於是，乃追述康誥，又追述酒誥，而及於梓材。康誥、酒誥，即人即事言之耳；若梓材，則普告諸侯，正所云『乃洪大誥治』也。

太史公謂作梓材，示君子可法則，蓋制禮作樂可爲天下諸侯之法則矣。『以厥庶民暨厥臣達大家，以厥臣達王惟邦君』；邦君若是其重也，而皆於方伯連帥乎是責。『汝若恒越曰』者，教康叔、戒邦君，達民、達王之説如此也。其達民奈何？曰『至于敬寡，至于屬婦，合由以容』而已。其達王奈何？曰『用懌先王受命』而已。受命在明德，明德在保民，保民在鰥寡，此天人之機之至捷者也。詩云：『哿矣富人，哀此煢獨。』嗚乎！文王之受命基此矣。

自梓材失其義，遂並篇首四十八言皆疑其錯簡，而史臣連屬三誥之旨及康叔治化之始終舉不得見。甚矣！讀經之不可不審也。

陳伯嚴曰：深湛。

附十卷本　讀梓材 丙申

先儒之説梓材錯簡不可讀，其信然乎？

曰：不然。昔者，武王封康叔，作康誥。周公相成王，誅武庚，以殷民封建母弟，而康叔遂爲方伯連率，徙於衛，於是，作酒誥。梓材、康誥之與酒誥，非同時也。姚氏鼐謂在昔武王所命，成王不敢易焉，史臣庸是屬三書而次之爲一。

雖然，康誥教以明德慎罰，酒誥絶其亂源，所以戒康叔者詳哉其言矣；梓材之作，何爲乎？

曰：戒邦君也。『以厥庶民暨厥臣達大家，以厥臣達王惟邦君』；邦君若是其重也，而皆於方伯連率乎是責。『汝若恒越曰』者，教其戒邦君，達民、達王之説如此也。

其達民奈何？

曰：『至於敬寡，至於屬婦，合由以容』而已。

其達王奈何？

曰：『用懌先生受命』而已。受命在明德，明德在保民，保民在鰥寡，此天人之機之至捷者也。詩云：『哿矣富人，哀此惸獨。』嗚乎！文王之受命基此矣。

然則，邦君者亦期至萬年爲王，子子孫孫永保民爾。闡王言，陳天命，達民隱，敕厲邦君而懲其殘賊，是方伯連率之責也。其曰梓材奈何？曰：稽田，喻民事也；室家，喻國基也。梓材者，喻臣職也，梁棟之資也，期之康叔者也。其諸命篇之意也與！

陳伯嚴曰：深湛。

再讀藝文志 壬戌

藝文志序六藝爲九種：易、書、詩、禮、樂、春秋、論語，後次以孝經，其言曰：『夫孝，天之經、地之義、民之行也。』孝經獨自爲類，宜矣；顧所收書雜廁，不名一家，何邪？曰：古教學遺法，其可考於今者，莫備於此。序謂舉大者言，故曰孝經，明不純言孝也，蓋人類普通肄習之業在焉。古之學者貴讀經，荀子曰『誦數以貫之』，是也。經旨奧博，未可驟曉，埘入弟子職以練其行，五經雜議以暢其旨，其義吏乎經，其文循乎時，故取諸石渠論。由是而進焉，可以至於大成；畫焉，徙業焉，則所謂孝弟、謹信、愛衆、親仁者，已得其要略。

爲宋儒學者曰此小學也，坿入爾雅、小雅、古今字，則餘力學文之事。爲漢儒學者曰此小學也，古之教者兼收焉而不歧，歧之自末師始也。不慢人以所易，故期之者至大；不困人以所難，故課之者至約。三代學校之精義在此矣。

抑爾雅既入孝經類，又別出史籀、蒼頡十家爲小學，何也？曰：專家之學，非盡人所必由也。通知爾雅，足以讀經，明大誼可矣。彼十家者，其爲事也艱，其爲功也細，故以殿六藝之末。

嗚呼！判爾雅、小學爲二，非好學深思，其不以爲牴牾乎哉！

王晉卿曰：讀班敘次六藝之旨，得此便了然於心目之閒，可知古人著書非苟焉已也。

校記

〔一〕十卷本此下有「使雄之文非出於摹肖，一放意爲之，當愈可快，然其詞要已工」。

〔二〕而其論儒　十卷本作「而其論儒者反出道家下」。

〔三〕「儒之」句　十卷本無。

〔四〕「而紹」云云　十卷本作「明道本，際廣大，而紹孔氏不傳之絕學者」。

〔五〕云耳　十卷本作「云云，夫何譏焉」。

〔六〕『孔子之後』云云　十卷本無。

〔七〕吴先生　十卷本作『吴先生至父』。

〔八〕『以謂』句　十卷本無。

〔九〕卿所非　十卷本無。

〔一〇〕邪心　十卷本無。

〔一一〕『其不』句　十卷本無。

〔一二〕此下十卷本有『子雲譏其同門異户以此，蘇子瞻尤病其高論。抑予以謂卿所言特獷耳』。

〔一三〕『子雲』云云　十卷本作『宜其論卑而易行。然卒距不受，則卿非屑詘道以阿世苟容決也，何至乖謬異甚！豈其見之所及者然歟？』

〔一四〕『不旋』句　十卷本作『一傳而禍烈至此』。

〔一五〕『彼徒』云云　十卷本作『彼徒懲儒術寡效，悍然違本師，取決世主，致尊用，斯專惡聲於萬世』。

〔一六〕『其爲』云云　十卷本作『元世祖之一區宇也，文正許公獨以純儒之業輔治，用能區區起假逖，主中夏，肇有元一代之休烈。嗚呼！彼斯之效秦者何如哉！』

〔一七〕古之　十卷本作『古今』。

〔一八〕『以谷』云云　據十卷本補。

〔一九〕十卷本此下有『此所謂明於天人之際者耶？是篇通紀三代，而獨詳於漢事』。

〔二〇〕『以六』句　十卷本無。

〔二一〕『要必』句　十卷本作『要之必本於仲尼』。

〔二二〕『宜其』云云　十卷本作『宜其不道，且仲尼之所爲稱伯夷者固異』。

〔二三〕『天下』句　十卷本作『天下所禱祀以求者也』。

〔二四〕可知矣　十卷本作『無惑』。

〔二五〕『天實』句　十卷本作『惟天亦若助厄之者』。

〔二六〕『天命』云云　十卷本無。

〔二七〕十卷本此下有『故曰：求仁得仁，又何怨？君子疾没世而名不稱』。

〔二八〕『曷嘗』句　十卷本作『不受之於吾心，即天與人舉無能相困。彼其立意較然，固非有所冀幸其後』。

〔二九〕『亦猶』云云　十卷本作『蓋以存君臣、父子、兄弟之倫次，管晏於朋友、夫婦相勖勉之義三致意焉』。

〔三〇〕十卷本此下有『思以自效用』。

〔三一〕『君之』句　十卷本作『君權日崇』。

〔三二〕『故連』句　十卷本無。

抱潤軒文集卷三

序　跋

左忠毅公年譜序　癸未

其昶嘗恭閲欽定明史藝文志：左光斗奏疏三卷、文集五卷。後求諸左氏，得公子國材舊刊本，凡奏疏二册，尺牘、雜文一册，詩一册。又得祠堂本，缺尺牘、雜文。據公子國材跋稱，公遘禍時，家人取所著稿投火，即典兵疏與二魏交通三十二可斬等疏，皆不存。蓋史志所據，猶明季人親見公全書，故卷裒視今多。又有四書文及周易文内外篇别行。

其昶今重編公集：奏疏仍二卷，諸本雜廁互異，今案時事年月次其先後；尺牘、雜文分二卷；古近體詩、四書文又各二卷。雖不能復史志所載之舊，然大略具此矣。

忠毅年譜上下兩卷，公曾孫宰所編也。宰字雒三，康熙辛卯舉人，爲福建建陽令，有治績，其紀移宫始末及在獄事甚具，自云：『本家藏舊稿，及同難諸公所記，有史所未詳者。』惜所考他事猶疏舛，文不雅馴，取舍失要，故四庫全書未著録。其昶嘗與外舅姚慕庭先生審正義例，博考遺文，證之明史及諸家傳狀碑誌，刺取而要删之，仍爲兩卷，曰年譜定本，附公集後，寄天津廣仁堂刊行。

蓋公之所遭亦極難矣，其平生志事之所得伸者，惟力争李選侍移宫而宸極獲正；出按畿輔，而興水利、開屯學、講武備；拔史公可法而造成其材。而一時畿輔諸賢，如定興鹿太公、容城孫徵君等，亦莫不慷慨奮發，急公之難。『人之云亡，邦國殄瘁』，故高陽孫文正公爲三十五忠詩以寄其慨。於戲！觀公師弟朋友患難死生相與之誼，甚足悲也。是公之大節在天壤，而靈爽所憑式，未嘗不於畿輔尤惓惓焉。然則，刊公集於兹土也，儻亦有篤古奇傑之士聞聲興起，而曠代相感者與！

父友蕭敬孚曰：公晚歲於易特深造，見於方中丞孔炤周易時論中者，其陳義皆精。道光閒，湘鄉左君春輝刊公集，稱易經制蓺嗣出，似當時猶有全稿，今不知其存亡。由是觀之，公撰述之不盡傳世者，固非僅奏疏、文集，即其潛德隱行如高陽所云『遠志包寰區』者，又豈兹譜之所能盡哉！

先孝子公血書梵經跋後 甲申

右先七世祖孝子公血書金剛經二分，心經一分，了義經上下二卷，楞嚴呪四分，楞嚴經三卷，墨書楞嚴呪五分、殘一分，都十二册。

謹按：公諱懋襄，字爾共，明萬曆中縣學增生，太僕府君子也。年十一，母包淑人歿，哀毁甚，以孝聞一時。既長，益勵於學。太僕在官，公家居，鍵户玉屏山莊，跬步必飭。行市中，下至傭販，亦斂躬循牆讓之。每白衣省覲，數千里以一力負襆被自隨，時人比之袁閎、趙至。痛母不逮養，刺指血書梵經，三年晝夜然一燈，跪古佛前懺誦。卒年二十八〔一〕，國朝敕旌孝子，祀忠孝祠。

太僕府君既痛子歿，因建蘭若玉屏山，貯所寫經。閲今二百五十餘年，再經兵火，菴已燬。余先人展轉護藏此經〔二〕，及太僕府君遺像遺簪，幸存無恙。光緒辛巳，其祖以經册朽蠹〔三〕，攜至京師，謹裝潢之。其後二年，其祖亦爲無母之人矣。

嗟乎！人子當親之既歿，欲自致其心與力者，蓋亦無所可致也。聖人深知幽明之故，而制爲塗車芻靈之屬、聲臭祭享之儀，凡以達人子不可奈何之思，而以致其心與力焉云爾。自漢以來，人人之心皆以佛氏之法足爲亡者利矣，假如其術千萬萬億而有一之效也，天下皆用之，而獨歎於吾親，其能安乎？朱壽昌刺血寫經，求得其母，當時諸公大賢皆歌詠其事，而稱之爲孝。夫壽昌得母，未知其適然邪？抑果佛力所加被邪〔四〕？要其不可奈何之思，固聖人之所許也。

嗟乎！天下之不可奈何者，縱心一往，又孰暇計其他哉！於是，其昶展公手澤，乃涕淚悲泣而謹誌之。

吴先生曰：沈至，文與情稱。

陳伯嚴曰：低抑悽惋之音，泠泠欲絶。

桐城耆舊傳序 丙戌

余既論次吾邑名臣、忠節、循吏、儒林、文苑、孝義，自前明以迄近世百數十人，爲桐城耆舊傳二十一卷，坿列女一卷，乃謹敘其端，曰：

烏乎！一代人才之興，其大者乃與世運爲隆替。觀於鄉邑而可知天下，豈不信然哉！

蓋當燕藩奪統，吾鄉方斷事法，以遐方小臣不肯署表，自沈江流。厥後，齊廉使之鸞、余廉使珊及先太僕，皆以孤忠大節與世齟齬。陵夷至天啓，左忠毅乃死於璫禍，千載有至痛焉。而明之社稷亦遂淪胥以亡。當是時，鉤黨方急，方密之、錢田閒諸先生，於閒關亡命之餘，猶沈潛經籍，纂述鴻編。風會大啓，聖清文治，遠邁前古。於是，吾邑人才後先迭起，彬彬稱極盛矣。而方姚之徒益以古文爲天下倡，海内言文章者必推桐城，而桐城之文遂爲宗於天下。

吾嘗以暇日陟峿峍、投子之巔，望西北，曾巒巨嶺隱然出雲表，而湖水池灑蕩潏於其前。因念姚先生所稱，黄舒之閒，山水奇傑之氣藴蓄且千年，宜其遏極而大昌。又竊怪今者風流歇絶，何其蹶而不復可振也？豈不以師友之淵源漸被淪而日薄，士或數典而忘其祖，聞見孤陋，不足感發興起之與！詩曰：『維桑與梓，必恭敬止。』蓋言邇也。仰前哲之芳躅，悼末俗之陵替，文獻放失，余甚懼焉。

曩者，先伯祖嘗有龍眠識略之輯〔五〕，遘亂亡佚，郡縣志乘又缺略不全。余維傳記之作，蔚然成一家言者，必竊取遷固之遺法，本末翔實，而一歸諸雅馴，始足賡揚盛美，誘迪方來。因不自揆，乃旁羅載籍，會稡舊聞，著爲此書。

烏乎！吾之述此，第及一縣之地，遠不出數百里外，而上自名卿碩輔，以逮文儒忠義之彦，操行不一，要皆特立於一時，而可不泯没於後世者。吾黨之士，苟一關覽，非其先祖，即其邦之老成宿望。世近已，則欣慕之情切；耳目所能逮，則疑沮不生。而兩朝之學術風趨、盛衰得失之林亦略具於此。又欲令異世之承學治國，聞者有考焉。〔六〕

吴先生曰：中幅深情往復，低徊頓挫，韻味最勝。

鄭東父曰：完美，意亦善。

陳伯嚴曰：韻度和美，似歐公五代史諸敘。

幸餘求定稿書後 辛卯

去年冬，叔節還自安福，持示新所刊外舅詩，曰幸餘求定稿者十二卷。其昶既敬受讀終卷，則作而言曰：

外舅自始學到今，深自匿晦，絶譁衆表襮之行，獨爲其難於至隱，而不以學道自杓；淹貫羣籍，而退然若怯夫之無所一能，於人世爭趨進取之途，頹然泊然，不以經其慮，而益肆其力以滂沛恣取於古人。蓋其學無所不窺，而獨晦之於詩，詩之工至數十年之專且久，世或不知；世知其詩，而要其冥冥乎所自怡而得者，人不能知之也。晦之久則光益曜，今其時乎！

於是，徐椒岑丈歸里，乃相與推論吾邑文學之緒：『自惜抱先生蔚出，爲大宗，海内羣士歸之。方植之先生於詩莫深焉。繼是而振起者，必首子外舅。他作者，乃皆不能自具體貌，即無望其行遠耳。』其昶曰：『士苟挾所業能自立於不朽者，彼其初必有所舍。羣天下之物之可爲名者，吾百涉之，必不能以精乎其一，況心乎榮利世俗之紛紛者哉！詩之道，易爲而難成，自豎儒小生，已粗解其聲律；而其事，則一本乎性情之爲。彼乃頗往往不能無所冀，特取徑乎此，固無幸焉。然則真潛而罕營如吾外舅者，庶不波於物，而有以澹其神明者邪。其神明澹者，其詩好也。』

其昶既嘗舉此誦於人，及來安福，淹留數旬，日則益早暮從外舅討論所以自軌其身及學問利弊。閒言及此，外舅曰：『是何敢望！然至以學市而蕲償於人世所競取而不可必得者，予則恥之。汝知我者，其可無言？』其昶敬諾，乃退而記其説如此。〔七〕

吴先生曰：駿邁，每於語盡處再振筆收足，最是精神恣肆。

陳伯嚴曰：内氣潛轉，造入單微，鬱而爲油然之光。

莊子故序 甲午

莊子之書，自前世皆列道家。道家祖老子。孔子當周衰，以聖德不得位，序詩、書、禮、樂，爲儒宗。老子生並孔子，孔子所嚴事。當是時，其道未大顯。至戰國，孟子尊孔攘楊墨至力矣，無一言及老子。吾意老子遯世无悶，隱君子也，其清虚淡泊，不大異孔子道；不然，孟子排異端，必不釋老子不置論者。世益陵夷，狙詐争戰之風日熾，賢者自放不得志，痛當時諸侯王無慮皆爲民害，而世儒又貌襲多僞，乃發憤取老氏之説，務推本言之，以救其失，則莊周之徒興焉。其詞洸洋放恣以適己，其意則重可悲矣。

秦得天下，益尚詐力，燒詩書，民萌凋瘵，天下滋欲休息，慕黄老之無爲，質文異尚，時各宜也。上自文景之君，蕭曹之相國，儒者司馬氏父子，賈誼之論大道，皆右黄老，黄老之學於是爲極盛。而諸儒老師，區區守詩書燬棄之餘，蒐殘討遺，用力至勤苦，六經始萌芽嚮明。黄老專道之稱者千餘年，浮屠氏乃益乘閒入中國。正始以來，士大夫尚清談，崇高致，人人言老莊，卒放棄禮法，天下大亂。老、莊氏之教，外形骸生死，寧静自勝。王衍、何晏之倫，溺心勢物，殆不啻與之背馳絶遠，而老莊不幸蒙其名。是故，其學盛於漢，而極衰於魏晉，道不軌於中庸，循其末之弊，固將無所不極。然苟得其本志之所存，其爲禍豈至是哉！

初，浮屠之入中國也，詞至猥淺。老莊既爲世詬病，高明邁俗之士，知名物訓故之學未足彌道之量，乃竊其説而附益之，於浮屠宏闡而精研，至不可究詰。烏虖！道家微而釋氏興，雖以程朱大儒昌詞排之，不能驟絶其流，豈擴清之功不可冀與？抑士之傺咤失志者多樂其説以自廣與？不然，則其道果有可自立者存也。

莊子書詞尤高，好文者尚之，前後爲注者百數十家，獨郭象注最顯。陸氏釋文多存唐以前舊詁，自象注及諸家益各用己意爲説，本指荒矣。余讀其書，爲衷取羣解，略發指趣，要以通其詞爲歸。嗟乎！莊生之言曰：『有機械者必有機事，有機事者必有機心。』又曰：『大亂之本，必生於堯舜之閒，其末存乎千世之後。千世之後，其必有人與人相食者。』悲夫！余讀其言，未嘗不慨焉流涕也。〔八〕

釋文稱内篇，衆家並同；自餘或有外無雜。余謂外雜二篇皆以闡内七篇之義，其分篇次第果出自莊生以否殆不可考，其閒皆不無羼益，以其傳久，故一仍之。其讓王以下四篇，舊次列禦寇前，然自蘇子瞻輩皆斷其僞，今觀之猶信。太史公稱其作漁父、盜跖、胠篋，以詆訾孔子之徒，以明老子之術。世所號儒者，皆託爲孔子之徒，今胠篋所言不及孔子，第絀儒信老，是其義矣。若盜跖，直詆訾孔子，是殆擬爲之者讀史公語未審耳，且又烏覩所謂『老子之術』者哉！非史公所見之舊，其爲贋決也。因從宣穎南華經解例，退其篇目附於後。

又，姚姬傳先生謂漢志莊子五十二篇，郭象存其三十三篇。然今本經象所删，猶有雜入可決其非莊子所爲者，則其十九篇恐亦有真莊生書，而爲象去之矣。昔王伯厚輯莊子逸文，今更益采掇，録而存之，亦猶姚先生之志也。

其昶又記。

陳伯嚴曰：志深而味隱，惜抱翁爲老、莊章義各序茂密淵雅，直追子固。此作疑無多讓焉。

陳劍潭澹然曰：就莊生一書推論千古學術、世道大原，閎遠潔深，突過惜抱莊子章義序矣。

來安章氏家乘序 甲午

來安章氏，其先福建人。當唐之季，高州刺史、檢校大傅諱仔鈞最顯聞。夫人練氏賢而達識。南唐諸將邊鎬、王建封初爲校卒，坐法誅，夫人爲言仔鈞，得不死。及是，鎬等攻破建州，議屠城，以夫人居城中，遂止不屠，城民獲蘇。仔鈞生十五子，皆貴達，支裔益蕃。其後，或遷徙他郡邑，皆祖浦城而宗龍泉。

明初，有御史中丞諱溢佐太祖有功。初，與劉基、葉琛、宋濂同徵，太祖曰：『爲天下，屈四先生。』事具明史傳。中丞三子，其季曰存厚。存厚之孫有曰顔者遷來安，於是又爲來安人。其在龍泉以上，宋文憲公濂撰龍泉章氏世系碑，紀其先所出甚詳。

既遷來安，則皆祖顔。顔生洪潤，而復别爲二宗：洪曰南支，潤曰北支，代有潛德。南支丁單於北，十一傳而至先甲，少孤也，事母孝，母病，惡囂，嘗跣足行，懼履舃聲驚母。咸豐中，計偕入都，母卒，東南亂起，道梗不得歸，痛自刻罰。久之，成進士，授縣令四川，投牒去，請歸補前喪。親舊尼之，則曰：『棄親遠遊，生死不相守，不可爲人，況民上乎！』語絶痛，卒不赴官，尋病殁。

子法護繼成進士，觀政禮部，痛先烈之不耀也，乃賡續舊聞，乞編修馮煦爲文紀之，曰來安章氏世系碑。又益博稽載籍，補綴叢殘，不僭不遺，具有條法，凡三歲而成章氏家乘若干卷。於是，上自浦城、龍泉，以迄近代，章氏千餘年支屬疏戚粲然著矣。法護之勤其先者如此。又嘗手寫二碑文暨家傳萬餘言，授其友馬其昶爲之序。其昶既敬受而讀之，則肅然歎曰：

嗟乎！仁智之用，豈不大哉！仁其昆弟者，必智能及其父；仁其從父及再從昆弟者，必智能及其曾祖、祖、考者也；等而上之，智及其先祖，則仁亦及其同先祖以下：而要必自親者始，父母之不知，他何有焉？今君承贈公篤孝之懷，益兢兢推及其前世遠祖惻然一本之思，而世之人顧自其一身妻子以外，輒歧而二之，何也？烏乎！觀於茲譜，其尚知所返乎！是則君之爲此，又豈獨章氏萬子孫所當深念者乎！至其世祚之綿久勿替，宋馮二碑臚載已具，余故從而略之也。〔九〕

書張廉卿先生手札後 丙申

其昶學爲古文，自同里方柏堂、吴至父二先生，二先生愛之篤，教之切也。方先生曰：『文不衷理道，則其用褻，是宜本經史，體諸躬，旁及大儒名臣所論著。今子文雖工，曷用邪？』吴先生則戒作宋元人語，曰：『是宜多讀周、秦、兩漢時古書。』又言：『今天下宿於文者，無過張廉卿。子往問焉，吾爲之介。』賦詩一篇，諧莊雜出，謂得之桐城者，宜還之桐城。其昶至江寧，謁張先生鳳池書院。先生則大喜，賦詩爲答。於是，其昶年二十有一矣。

後屢赴江寧試，從遊久，益多聞緒論。先生之言曰：『文之道至精，古之能者義不苟立，詞不苟措，陳義必取其最高而尤雅者，造言必深古，不使片詞雜乎凡近，其句調聲響必在在叶乎鏗鏘鼓舞之節。』又曰：『培其源，無速厥成，善學者宜俟其自至。』一日，櫂小舟，招其昶遊妙相菴，登臺觀落日，誦杜公出塞諸什〔一〇〕。迴顧鍾山，雲氣滃起，須臾彌滿，雨甚，侵夜及曉。菴内一室祀曾文正公，相與危坐其下，先生爲述文正軼事，慨今者之無其人，天下幸終平治矣乎？ 昒爽，走叩王蓋臣副戎壁門，借馬騎行。王未起，大驚出迎，不與騎。餐罷，復乘舟歸。

其後，先生移主保定講席，再移武昌，遂曠隔不見。武昌，先生故鄉也。既歸，以書抵其昶，道相念，且曰：『子來就我，兩三日程耳〔一一〕。』其昶以親喪未葬，不克行。前歲客保定，過天津，則聞先生就養陝西，不幸卒矣〔一二〕。先生之去保定，吴先生繼主講席，每與其昶追語先生暨方先生，輒纍欷太息，謂東南耆舊文儒盡矣。

其昶自悼幼時喜名，後乃痛矯厲，閟聲光一室之中，十餘年不出，以先生期待之厚，猶遂避弘遠而自阻也。今先生已不可復見，而其昶之齒亦遂倍初見先生之歲，嗚乎！此其尤可慨者已。

先生工書，力晞魏晉，自唐宋以下，蔑如也。爲其昶作書至多，今復彙前後手札十餘通裝池之，而誦其所聞大略，綴於後，以見文藝末耳，而其昶之負其師傅且如此也。

王晉卿曰：追述師友淵源，念往感來，情詞悱惻，極似歐公。

素光閣讀經記序 丙申

仲實治經，自與余同學易始。余略涉諸經〔一三〕，遂及秦漢子史，下逮唐宋詞章義理之學，茫乎其無津涯〔一四〕。而仲實則摶揖於經凡十有餘年，而十三經畢委心前訓；不得於衷，乃下己意。其説成而徇余言，削之者幾半，今存者猶二十六卷。烏乎！何其勤也。余對之，未嘗不自憾其多歧。而仲實不忘其始事之同劬也，願得余一言序其端。

余讀前史藝文志，歎其著録浩衍，莫可殫數，隋唐所入視漢什百焉，宋明視隋唐又什百焉。然而，自漢迄明，書之零落就湮者尤往往什百其所入，不幸而史遺不録，則益無覬耳。其閒，惟託業經術者於道爲尊，故古今説經之文充棟。道尊，懼吾説之乖於聖；託業者衆，病吾説之同於人。是故，經者窮垓埏綿萬祀不敝者也。託之以存難，存而誦習於人也尤難。施、孟、梁丘之易，齊、魯、韓之詩，歐陽、大小夏侯之書，亡慮皆立學官，師弟子傳業相嬗，猶且微絶，況乃私撰孤行，蘄其歷載彌久，知其難也。鑠心力於至艱之途，而或不存；存矣，而吾身則既塊然無覺久矣夫！亦奚樂於此乎！

然而，自古鴻生鉅儒皆甘心焉而弗悔者何也？吾之寄此身於斯世者暫耳。千百世上有聖人焉，吾不得而見之也，其言吾不得而聞之也；吾讀其書，則吾之心與聖人之心可歙然冥契於言議之表，天下之至樂，又孰有加此者邪？期適乎吾心之獨喻，而非必果有所待於後。且吾既捐百爲、屏羣趨而篤古者，貴其自得也，不覬當時之榮，而乃采名於没世，自苦其生以供不知誰何者之慕惜，寧非傎乎？吾於是而知，不得於今，必有傳於後，此猶有競心焉，終其身於聖人之籍，放意寥闊，而毋或有人之見者存，則庶幾其所謂自得者乎？

仲實之學過吾遠甚，而知之惟余獨深。其勤於業而不急於聞知也，殆與今之學者異。因讀其書，爲發其旨趣以告後之人，亦所以訟吾不恒之愆用自創云。

吴先生曰：其言多驚心動魄，可泣鬼神。

陳伯嚴曰：其氣翔翥於虚無之表，而其聲動心。

姚叔節曰：感喟處古人從未道及。讀之蒼涼欲涕。文則近肖半山。

謙齋詩集序 癸卯

曩侍先子，檢書架上，得徐毅甫先生詩數篇。先子爲言：『徐先生合肥人，同時以詩名合肥者三人。』余時尚幼，不能問其詳，徒意以爲古之人也。其後，友人孫佩蘭宰合肥，余客其所〔一五〕，因得見謙齋王先生。先生老而善談，方以風雅詔後進〔一六〕。歸告先子，先子曰：『是固所稱「合肥三怪」者也。今無恙邪？』

歲月駸尋，先子之殁已十餘載，余重客合肥，問知先生猶健在〔一七〕，未遽求見。久之，先生聞而先施焉，惶愧出謁，一見即問先子所爲四體書家存者幾何矣；更問平生所與遊故人子弟〔一八〕，如戴先生存莊、文徵君斗垣，皆昔先子所嚴事者。自是，每見必以爲言。

近時士風，喜言新學，於老成人殆忽視焉。夫士負奇自喜，不與衆同酸鹹〔一九〕，則羣起怪之，此其習尚誠非厚。雖然，彼其怪之，猶知其可貴也，今相率賤簡之耳。先生盛壯時，嘗獨身往説捻首苗沛霖，意氣甚豪。樽酒賦詩，一時名流貴卿暨郡邑長吏交相引重。撫然卒困於諸生，今年且八十矣。家有小園，蓄一鶴、一漢銅鏡〔二〇〕，古書名畫參錯几席，撫孤孫，吟嘯其中，人事之紛乘〔二一〕，猶不得不降其辭色，與後生少年通殷勤、相款語，俯仰今昔，數十年閒世運之遷變乃如隔千歲，固宜其見於詩者憤惋而不平也。

先生詩已印行，今出其續集未刻者，命題其後。余讀之，愴然不知所以爲懷，匪獨先子音容邈不可接，即歲時親朋宴集，欲從容追詢前代舊聞逸事，環顧左右，莫可告語，獨其曩時所嘗意以爲古之人者，今猶存天壤閒，吟詩如昔，是可慨也！

陳伯嚴曰：似惜翁學熙甫之文。

周易費氏學序 甲辰

往其昶束髮就學，閒侍先君子，問家世以上傳業，得知先五世祖一齋府君佩服儒素，邃於易，頗有所論説，軼不存，因請退而受易。既孤，再遊京師，友人鄭杲東父爲舉番禺陳蘭甫先生論十篇解易之旨。時予説易已數卷，無一當者。及主講潛川書院，三年專一此經，旁摭精覆，往往能洞徹閎指，成周易費氏學八卷。洎客合肥，諸生多從受易，誦數講貫，有所益損，寢饋久，用思略盡，於是乃述稽文明孔本費繹傳徵注五篇，矗陳纂輯大凡，而復綴以辭曰：

自孔子親授易商瞿，瞿授橋庇，庇授馯臂子弓，子弓授周醜，醜授孫虞，虞授田何。漢興，田何最爲易大師，田何上溯孔子學業承傳端緒，一貫如此〔二二〕，且秦燔書，自詩、禮、春秋、尚書之屬，無慮皆殘滅；易以筮卜書不禁，其編獨完。又諸經釋自後儒，人人異端。易有夫子『十翼』，解剥爻象之旨〔二三〕，燦焉大明，而世學者乃反謂易爲難讀，予甚惑焉。太史公述其父談受易於楊何，而其言曰：『易著天地、陰陽、四時、五行，故長於變。』又曰：『易以道化。』漢易師施、孟、梁丘，其傳絶，莫能究其指要。劉向謂楊叔、丁將軍大誼略同，諸易家皆祖田何。然則，太史公所述，真孔氏微言矣。

費氏之學不詳所自，徒以彖、象、繫辭、文言解説上下經，此與丁寬易説所謂訓故舉大誼者何以異？是費學亦出田何可知爾已。予治易，一本費氏，以十篇概乎衆家之説，而要以變化爲主。其自爲義例，不詳於繫辭、彖、象者皆不録，凡所採，起周、秦、漢、魏、晉迄唐，十分而有其三；宋賢之説有二；元明已來諸儒所遞闡者加二；而予所區區辛苦而幸獲者又加一焉：蓋易之可通者十而七八矣。

夫古今遼遠，好學深思之士顑悴窮巷，爲書不傳，與雖傳而限於聞見，予不及收者不知凡幾，又不知後來之所得者更復何如。嗟乎！當其澄思孤往，入泉出天，孯精乎風、姬、孔子三聖之文，校其離合分刌，冥冥乎，成成乎，而忘其身之所存，而古若今乃邈不相接也，此尤予之所掩卷愾慕而不能自止者也。〔二一四〕

陳伯嚴曰：質理蒼潤，篇末混茫之思挑橈無極。

法言章義序　乙巳

往余讀法言，至卒章曰：『周公以來，未有漢公之懿也，勤勞則過於阿衡。』以謂揚擬孔，莽擬周公，適相值而見紿耳，故誦言其美而無慙。烏乎！揚子而憃無知焉則可。且自韓、柳、曾、王、司馬文正諸公，皆盛推揚子，是必此數公者亦皆惷無知焉則可。烏乎！其不然矣。

後見吴先生發明揚子劇秦美新爲刺譏之作〔二五〕，且謂揚子雖禄隱，後之知揚子者謂揚子之視勢利蓋泊如也。其爲説卓矣。顧獨以法言歎安漢公之懿，爲著書者之所不得已：彼貴人必好人諛己，人人諛之，一人不諛，則惡其慠，吾身之不容，其於書也何有？君子欲成吾書，則俛默以就容焉；彼觀吾書，而得其疑似之辭〔二六〕，且曰謗我必章章然稱道歎羡之也？乃始憖置而相忘焉：故曰不得已也。余謂著書以明道也，諛貴人以求成吾書，不惜俛默就容〔二七〕，誠若是，亦何貴有其書？且揚子通律曆，究象數，依隱末秩，無鈞軸之寄，誠欲詭辭以自免，則劇秦美新亦足矣，必干世論之不韙〔二八〕，而明告萬世以爲法言，雖惷無知者不爲，而揚子之書乃有是，何哉？

今年，李生國松從余假方樸山、姚姬傳兩先生手校法言本，録其説，益旁摭諸家，慎其持擇，爲章義十三卷。余重取讀之，至問神篇，於梁、齊、趙、楚之君視之無有，而歎谷口鄭子真之不屈其志，此揚子所自況也。繼之以『或問「人」，曰：「難知也。」曰：「焉難？」曰：「太山之於嶝峌〔二九〕，江河之於行潦，非難也；大聖之與大佞，難也。烏乎！能辨似者爲無難〔三〇〕。」』然則，揚子之意可知爾已。

史稱莽敢爲激發之行，虛譽隆洽，當時頌莽功德者，朝野上下無慮數十萬人，此正所謂『大聖之與大佞難也』，並舉莽、伊、周，且謂其過之，非欲人之辨似乎？向使綴此數章於一篇，其意旨固顯白，而乃錯出以自紊，斯誠君子譎變以免於亂世，明哲之道也。莽之智有所蔽不足怪，獨惜後之人亦尠識其微恉，而揚子遂蒙詬於天下。

抑吾觀其書，既美安漢公之懿，又繼之曰：『漢興二百一十載而中天，其庶矣乎！』莽之僭僞，漢統之不中絶而光武興，揚子殆若有前知者，苟全性命以待時清〔三一〕，吾又知揚子之學於易者深矣。

然則，宋大儒斥其仕莽者非與？曰：奚其非？斥之者爲萬世立教也，不暇爲揚子一人審也；恕之者以爲得其心即無害於教。因發斯義於簡首，冀與篤信好古之君子相質正焉。

姚仲實曰：誦其書而得其微旨之所在，具此識鑑，乃可與論古。

屈賦微序 乙巳

漢蓺文志屈原賦二十五篇。王逸楚辭章句：離騷一，九歌二，天問三，九章四，遠遊五，卜居六，漁父七，九辯八，招魂九，大招十，其篇第與釋文互異。又不依作者以次其先後：釋文次宋玉九辯於九歌前，王逸既以招魂屬宋玉，大招屬屈原，而又次大招於後。太史公明言『讀離騷、天問、招魂、哀郢，悲其志』，則招魂爲屈原作固然無疑。逸乃以大招當之，誤矣。洪興祖則斷自漁父以上爲屈賦，以符漢志二十五篇之數。朱子集註承用其説。蓋九章九篇，九歌十一篇。九者，數之極，凡甚多之數，皆可以『九』約之，文不限於九也。王船山先生説九歌前十篇，皆有所專祀之神，至禮魂則送神之曲，爲前十篇所通用。然則禮魂各坿前篇之末，不自爲篇數。今定自離騷至漁父二十四篇，入招魂一篇，凡二十五，與漢志適合。蓋原之賦具此矣。

淮南王安序離騷傳，以謂兼國風、小雅之變，推其志，與日月争光。太史公采其説入本傳，而益反復明其存君興國之念，無可奈何而繼之以死。悲夫！死，酷事耳，志定於中，而從容以見於文字，彼有以通性命之故矣，豈與夫匹婦匹夫不忍一時之悁忿而自裁者比乎！天地之氣儲與扈治，爲人物之所公得，而其閒條縷分晰，乃至秒忽不相越紊。宗國者，人之祖氣也。宗國傾危，或乃鄙夷其先，故而潛之他族，冀綿須臾之喘息。吾見千古之賊臣篡子，不旋踵而即於亡者，其祖氣既絶，斯無能獨存也。事可爲，則單瘁心力以善吾生，且善人物之生；一人一物之生不善，即吾所得全，於天之氣不有虧乎〔三二〕？事不可爲，則返其氣於太虛，太虛不毁，彼其氣之浩然者自旁薄而長存，吾又未見屈子之果爲死也。

性與性相通於無盡，是故屈子書人之讀之者無不欷歔感泣，然真知其文者蓋寡，自王逸已見謂文義不次。今頗發其旨趣，務使節次瞭如秩如，分上下二卷，名曰屈賦微。人之讀之者，其益可興起而決然袪其疑惑乎？又非徒區區文字得失閒也。〔三三〕

陳伯嚴曰：醇意高文，其聲激楚。

慎宜軒集序 戊申

外舅安福君謝官歸，余爲館甥，時叔節偕其兩兄方就外傅，三人者性質殊，然皆與余相善也。外舅工爲詩，其論學戒炫鬻，吾鄉硜硜一循其軌轍。叔節年少，學驟進，詩文並茂。余不能詩，嘗一爲之不工，遂棄去。外舅之重莅安福也，通州范肯堂亦就婚官舍，遂大爲詩，父子兄弟甥舅夫婦更迭和唱，裒然成編矣。其後，改令竹山，終於任所，閑伯已前卒。肯堂會喪桐城，時幽燕俶擾，天子蒙塵，肯堂被病清羸，感觸身世之際，淒然苦語窮朝暮，索余文觀之，未及半而去。

今肯堂則既死矣，獨余與仲實、叔節猶得假館近縣，歲時歸聚，從容出所業相質正，然誠不意今便爲逾五十人也。頃，叔節見語郡守惲公録其文，將爲印行，徵余序，余未及爲。先是，叔節以皖中新刻肯堂詩寄我，評目其詩國朝第一。余復書，論肯堂所詣誠過絶人，顧詩家各有其性情體貌，正不容軒輊。且吾輩數人暱好，世所聞也，稱心而言，人疑其鄙，因約刻集不相爲序，叔節遂亦不余强也。

余既盡讀肯堂詩，私念今世寧復有是詩，又寧復有斯人乎？世曷嘗無人？有之，而不與吾接，則等於無矣。幸而並生一域，又託爲骨肉親愛，當其生，不知其難得也；及其既逝，彼此志業所期或頗未傾寫，猶不若後人讀吾書者之我知，寧非憾邪？所謂戒炫鬻，又豈此之謂乎？然則叔節之檢存所作，用諗同志，有以哉！余雖欲不言，烏得已也？肯堂殁，余未有紀述，敘叔節文，感而思焉。若夫叔節才美不後肯堂，同爲吴先生所激賞，其名聲已自能顯於世，余故不暇以詳，仍前志也。

王晉卿曰：先生善於言情，左縈右拂，低徊欲絶。

校記

〔一〕『卒年』句　十卷本作『又恐觸太僕府君悲也，隱憫傷懷，遂以成疾而卒』。

〔二〕菴已燬余先人　十卷本作『菴屢有興廢移置，粵寇之亂，予家無寸物留遺，獨』。

〔三〕以經册朽蠹　十卷本無。

〔四〕『夫壽』云云　十卷本作『夫壽昌之得母，未必果出於佛力』。

〔五〕伯祖　十卷本作『大父』。

〔六〕十卷本末署『光緒十二年春，馬其昶撰』。

〔七〕十卷本末署『光緒十七年辛卯，夏五月二十八日，子壻馬其昶謹跋』。

〔八〕十卷本末署『光緒二十年冬十一月，桐城馬其昶撰』。

〔九〕十卷本末署『光緒二十年冬十一月，桐城馬其昶謹拜撰』。

〔一〇〕十卷本此下有『音響振越』。

〔一一〕『且曰』云云　十卷本作『速來就我』。

〔一二〕不幸卒矣　十卷本作『卒矣。自營壙有宋大儒張子墓旁』。

〔一三〕諸經　十卷本作『易、書、詩旨趣』。

〔一四〕『詞章』云云　十卷本作『瑰瑋之文、脩正之詣，業庬而力孱，勤苦而寡所獲』。

〔一五〕『余客』句　十卷本作『余來視之』。

〔一六〕詔　十卷本作『提倡』。

〔一七〕十卷本此下有『耳目聰明不減少壯人，其昶時方治易，矻矻少暇』。

〔一八〕十卷本此下有『拳拳不置，大抵皆吾鄉道咸間先輩』。

〔一九〕『負奇』云云　十卷本作『自負所學，稍違異於衆』。

〔二〇〕十卷本此下有『一晉劍』。

〔二一〕『人事』句　十卷本作『寂寥無俚，時出酬酢』。

〔二二〕十卷本此下有『而著家乃唯易獨多異詑』。

〔二三〕『解剥』句　十卷本作『韋編三絶而後成，解剥爻象，天人之故』。

〔二四〕十卷本末署『光緒三十年秋七月，桐城馬其昶』。

〔二五〕後見吴先生　十卷本作『吾師吴摯甫先生尤喜揚子書』。

〔二六〕疑似　十卷本作『褒貶疑似』。

〔二七〕『余謂』云云　十卷本作『竊嘗求其説而致疑焉』。

〔二八〕十卷本此下有『必載之法言奚爲者』。

〔二九〕嵦　當作『螘』。

〔三〇〕辨　今見本法言問神篇作『别』。

〔三一〕『苟全』句　十卷本作『其言曲而中』。

〔三二〕『即吾』云云　十卷本作『即吾之氣不有虧乎』。

〔三三〕十卷本末署『光緒三十一年夏五月戊戌，桐城馬其昶敘』。

抱潤軒文集卷四

序

合刻朱子語類鈔政績記序 庚戌

太史公言：『儒者博而寡要，勞而少功。』蓋七十子喪而大義乖，此所謂儒據乖喪後言之耳。孔子曰：『博學於文，約之以禮。』孟子曰：『博學而詳説之，將以反説約也。』曷嘗寡要哉！漢後，儒者得聖人之博，六藝九流百家諸子各有所發明，咸得其一體。宋賢蹶起，默契道真，至朱子而集厥成。

朱子之學，自天地、陰陽、曆算、兵刑、食貨、國故、朝章，以逮詩文、藝術，犨之極其精，討論之極其備，其博也如此，而其雅言切至，則不外主敬、致知、修己、治人之道，又何約也！此與孔孟之所爲教何以異？自後，君天下者雖不能躬有其道，必採其學説以持世。由宋歷元，以至明中葉，儒者風趨嘗迭更矣，實皆莫越朱子之圍範，篤守前軌以謹身寡過，此其所得也；而辟者至乃溺章句，昧本真。於是，陽明王氏起倡『良知』之説，用駕朱子，著朱子晚年定論一書，取其合於己者，以謂此定論也；其不合者誤也。夫『良知』之説，朱子何嘗不言？彼自矜爲創獲，求之朱子書，皆已具，引之以救末流之失，奚不可者？必以爲晚年定論，則誣矣；因末流之失，而更致疑朱子之誤，則尤誣也。當世衰道敝、人心憒眊之餘，王氏之説出，又豈無摧陷廓清之功哉？偏主所學而務張之，遂不勝其弊矣。

我朝聖祖仁皇帝乘千載之會，躬修心得，益契符朱子，躋之十哲之列。當是時，君相所相與講求者，惟朱子之學，彬彬乎，彧彧乎，斯道之極盛已！而一二儒者或矯王氏之失，務實事求是，攷證訓詁，以博爲量。夫實事求是，亦朱子之學也，而諸儒必别其門户，羣集矢朱子，久之，風尚移而世運亦滋替矣。良知家言主於約，實事求是；漢學家言主於博：皆出於朱子，而皆叛焉，則好勝之情有以蔽之，故君子慎之也。

朱子語類凡百卷，番禺陳蘭甫先生嘗鈔録五卷，皆言克治之事。其東塾讀書記，别有朱子一卷，乃皆博學多聞之事。二者皆所謂實事求是也，博觀朱子書而約取焉，絶無競心勝念萌於至隱。使乾嘉諸儒見之，可以息異同之畛；使陽明王氏見之，本其意以尚論昔賢，更不至有矯誣之失：斯可謂善讀朱子書者矣。同時，當塗夏弢甫先生有記朱子外任政績二卷。合陳夏二書觀之，而朱子之學所爲體用本末燦然略具。

抑又聞昔大興王崑繩以經世氣節自高，意輕朱子。方侍郎靈皋規之曰：『子毋視程朱爲氣息奄奄人也。觀朱子上孝宗書，雖晚明楊、左之直節無以過。』王聞之悚然。今之好詆娸朱子者，皆其於朱子書從未寓目者也，余故附論及之。

王晉卿曰：持平立論，不爲囂張，足徵作者學養之深。

柯鳳生曰：本源盛大，非淺學所知。

書方望溪評點柳集後 庚戌

憶小時自塾歸，或持望溪先生致雷翠庭札數通求售。請於先君，願留藏，先君許諾，議價卒未諧。迄今四十年矣，猶時時往來胸中。先生僑居江寧，故遺墨存里中者殊罕。蕭敬孚丈留心鄉邦文獻，喜藏書，每文酒高會，輒舉其所有以詫衆曰：『此足以傲公等矣。』嘗自矜言有先生家書，然不以示人。蕭丈故後，圖籍散佚，余從其子受鎔求所謂家書者，實乃殘札一紙耳。合方盫山、百川兩先生手書，共三紙，前有蕭丈題字。

今年，攜來都中裝池，偶過廠肆，見朱筆評點柳集八册，無年月款識，其評語實出先生，余曩從他本移録之。吴至父先生嘗笑謂：『吾輩讀柳文，幾仰若天人。方侍郎乃殊不快意，時摘其瑕纇。何識量之相懸邪！』即謂此評也。細審其字畫，與殘札無纖毫異。册首皆有程嵩印記，程固先生門下士也，則此書爲先生親筆講授，無可疑者。前有補綴處，當是南山集禍作，藏者翦除款識以泯其迹。余得南山手書贈張文端公詩册，其名氏亦滅没也。是時，適頒冬季俸米四石有奇，亟糶而購得之，殊不自意老年入都，漫補一官，神者餉我，俾獲此書，以慰其區區數十年之積想。古人音塵不可接矣，得覩其遺迹，意乃彌親，儻亦拙者尋樂之一方也。家有姚姬傳先生評點法言三册，外舅竹山公所賜也，當一匣而併藏之。

比年讀書者日少，書值乃驟高，東雅堂韓集、濟美堂柳集，價至二百金。此亦明時刻本，向使款識未滅，書賈知而居奇，則非余力所能有，今竟有之，幸矣！因詳識於此，庶後之得者加愛護焉。

此書暫不出門，朋儕中或欲傳寫，請以其副本。

吴辟畺闓生曰：寫得意處極有神態，是大家率意之筆。

王晉卿曰：自道其平生所嗜，故文特雋快。

夬齋集序 辛亥

婁縣張符瑞先生諱爾耆，早歲受詩、古文法於姚春木先生，文宗宋歐陽氏、曾氏，詩喜韋孟，自署其燕居之室曰夬齋。既歿，其令子聞遠孝廉裒輯所著詩五卷、文一卷，刊之曰夬齋集。

先生生吴會，盛文藻，又承乾嘉後，經史多勘定本。年十九，補博士弟子，即棄科舉業，求諸家平校祕籍，手鈔盈數十篋，燔於寇亂。今存者九經注疏：書、詩、三禮、三傳、爾雅皆用惠氏棟本，周易用嘉善浦氏鏜、金山沈氏大成本。晉書用錢氏大昕本。而杭氏世駿點識横雲山人明史稿，則移録於明史。尤喜全唐詩，用丹黄紫墨别識之。暨他雜史子集，猶可四篋。平生篤行誼。本生父置義田未就，推己所應受者，卒成之。後從子某私售義田償博進，族人欲訟之官，復傾貲贖之歸，家以中落。

先生有子錫恭傳其學，即聞遠孝廉也。盡發篋，取先生遺書讀之，通三禮，尤精喪服。人謂先生棄産卒，其所以爲後嗣計留者孰爲多？光緒末，詔開禮學館，大臣聘聞遠爲纂修官。後遇其祖京師，出先集請序。

余惟漢經師往往家世傳業，以聞見切，材易範，學易染也。先生博覽而通，而聞遠遂爲禮經專家。辭貌樸訥，每與聞遠接，疑不類今世人。因益追想先生風槩，恍如睹焉，故不辭而序之。

王晉卿曰：如龍門百丈之桐，扶疏無枝，置之昌黎集中，殆無以辨。

方常季守敦曰：淵茂整潔，集中高文。

許編修詩集序 辛亥

編修與余未相識，則嘗致其先王父事狀以屬余。去年入都，乃得晤。雖不恒見，然心知其篤古好學人也。久之，盡出所爲詩歌數百篇見示，蓋官翰林，事簡，無他慕，則一究於詩。初學唐人温庭筠、李長吉，繼乃專主昌黎。賦五言古詩贈我，不謂之韓，不可也。

京師賢豪所萃，余所與遊，其稍深者，則其性情嗜好每與世殊，沈隱下僚，坐觀時事之遷變，憤憂太息，無聊不平之氣往往發見於文字，爲詩歌者六七人焉，爲古文辭者二三人焉。時政聿新，貴要顯密之途爭采士譽望，破常格取用。不於此時樹立名績，而憔悴專一以娱嬉於古，其見識通識宜矣。然而，古今中外所推鉅人長德，能致尊主庇民之烈，彼其中之所存，必有以自異，決非營營於禄利者比也。吾又疑諸人所未可知者才耳，以其篤古，不營營禄利，遂謂異日能致尊主庇民之烈，誠亦未敢遽信也。雖然，世無尊主庇民之士；苟有之，必自於此，不自於彼，無惑焉已。

始，翰林爲朝廷儲才地，負清望，不勞以吏職，歲除月遷，卒致位公輔。自國勢再挫，天下憬然知實學之足重，詔罷科舉，立學堂，翰林之選輕矣。舊以文學居是職者，既無能一當；而游學東西國，習工商醫礦雜業，懵不知綴辭屬文爲何事，洎反國，部試則寬假之，幸得上列，亦畀以翰林之職，歲增數十人，皆冀用新知踰等超進，饋遺造請，汲汲無少暇，其所已學曠日不復理，又皆怠忘廢棄。韓非有言：『所養非所用，所用非所養，此所以亂。』豈獨科舉時然哉！

然則，編修不並其心力，希古人，以從事於詩，更何爲乎？今將刊布其集，勤以序請，辭不獲已，余乃慨然而書之。

王晉卿曰：夷猶跌宕，如白雲在空，有舒卷自如之妙。

章枚叔曰：其言曲而中，其事肆而隱，主文譎諫之流也。全袟之中，斯爲絶作矣。

南山集序 甲寅

吾縣當康熙朝，方望溪侍郎以古文名天下。而同時與之齊名、最爲侍郎所心折，則戴先生名世也。先生字田有，一字褐夫，號憂菴，晚歲築室南山岡，學者稱南山先生。侍郎篤於經學，風檢嚴峻，文肖其行。先生則負逸才，生際鼎革，讀太史公書而慕之，網羅放佚，將欲成一家言，於朝章國故及倫紀義烈瑰瑋之行，周咨博訪，若嗜欲之切於身。不幸家貧，粥文爲活，無從容一日之暇得就其業也。其邁往不屑之氣睥睨一切，諸公貴人畏其口，尤忌嫉之。年五十七始中式，會試第一，殿試一甲二名及第。又二年，而南山集禍作。先生之所欲自奮於不朽以頡頏太史公之所爲者，豈唯業之未就？並其身而殉之，兹其可爲痛悼者矣！

先是，門人尤雲鶚刻先生古文，曰南山集，而侍郎爲之序。集中有與余生書，稱引明季三王年號，又引及方學士孝標所著滇黔紀聞。趙公申喬方掌風憲，奏劾南山集狂悖不道，遂逮下獄。侍郎與學士同宗，又序南山集，坐是，方氏族人及凡挂名集中者皆獲罪。先生在獄兩載，九卿奏當極刑，猶賴聖祖矜全其親族。又以安溪李公言，宥侍郎及方氏全宗。既爲竊嘗究觀是獄，而深疑焉。先生雖輕世肆志，而雅尚儒術，尤喜推大忠孝之節。

清臣，復何所不足而致其怨望？趙公號爲名臣，又上值仁聖之主，區寓乂安，羣萌被澤。先生乃獨以文字受禍如是之烈，其故何也？豈非天下初定，文儒學士議論之向背足以移易世風，民情易蕩而難靖？觀近者種族革命之説興，而累世之基涣於一旦，則當時君相必嚴懲之以遏其萌者，誠計深慮遠，而有所不得已也。雖然，行之而可久者道也，勢則有時而窮。勢之既窮，則前之抑者愈甚，後之動而反也愈力，固不如大同壹納於道者之無所於競也。夫道與勢之勝負，必要其終極而後知；而當其始，固未暇恤一人之冤，坐貽宗社傾危之禍。而先生不幸遂罹其殃也，悲夫！

先生既得罪，南山集燬矣。私家閒有寫本，隱其姓名，曰宋潛虚集。光緒初，禁網大弛，書賈争傳印，訛奪不可讀。先生嘗自言其文未經鍛鍊，欲細加別擇更定而後出。今所行率多應俗之篇，決知其不欲存者。惜哉！其不及自定之也。侍郎亦謂尤氏所刻猶非褐夫之文也；褐夫之文，蓋至今藏其胸中而未得一出焉。

仁和邵君伯絅好先生文特甚，謀欲精刻之，以校訂之役見屬。因本先生別擇更定之意，集録其文百六十四首，爲十二卷，蓋先生文之精者具此矣。至其藏之胸中而未得出者，已終古不可復見，又寧獨先生之不幸也哉！故余頗推論其學行，及被禍始末，以待後之人攷鑑焉。

林畏廬紓曰：古今事變，數語括盡。其行文精爽，純是昌黎家法。除夕，與陳弢叟談當今作手，叟首推先生。信乎！叟之知人也。

王晉卿曰：高識精論，可當一子讀之。但覺方來之禍可危可懼。

章枚叔曰：道可久而勢有窮，斯論足爲千古龜鑑。立言微婉，亦與良史同符，可謂藴藉深厚之辭矣。

濂亭集序 甲寅

往者，武昌張先生主講金陵鳳池書院，年六十矣。門人查燕緒謀所以爲壽，因寫録先生文稿刊行之，曰濂亭文集八卷。未幾，移主保定講席，又移鄂，最後就養西安，遂卒，年七十有二。黎庶昌蒓齋觀察蜀中，爲刻續著文二卷、詩二卷，曰濂亭遺集。今先生孫孝移既重刻遺集於京師，而復取查本刻之，合爲全集，屬識其緣起。其昶於先生文，誦習久乃敢究論之曰：

文章之傳尚矣，古無所謂宗派之説也。自周末文勝，百氏雜家並出，非堯舜，薄湯武，詆排周孔，坑焚之禍遂作。其歷灰燼而幸存者，皆其文之至精者也。世徒咎秦燔書，不知詩書六藝至精之文，非秦所能燔也，故不久而遂出。若夫非聖無法之篇，澌滅亦固其所；

使其盡存，爲禍當益烈。漢隆儒術，其文辭彬彬爾雅，冠絶後代。建安以還，競尚藻繢。至唐韓子乃矯而返之六經。於是，歐陽公稱韓李之徒出，元和之文始復於古；又稱宋興幾百年，而古文始盛於今。由歐公之言觀之，疑若示天下以不廣。然而，後世知言君子卒不能易其説也。自歐公之存，南豐、臨川、眉山父子相與爲師友，誠可謂極盛。其後數百年，明則有歸氏，清則有方氏、姚氏、梅氏，此數家者，尤學者所歸嚮。同治中興，曾文正公以德行、文學鑄陶天下，羣材輻輳，不專一長。曾公論文，私淑方、姚而友梅氏，其於門徒則盛稱張廉卿、吴至父兩人。廉卿者，先生字也。吴先生後死，文名被海内外，乃獨心折先生。由二先生之言，以上溯文正及姚、方、歸氏，又上而至宋唐大家而至兩漢，猶循庭階入宗廟而禘昭穆也。

古今爲文者衆矣，然而淺深離合之際其辨至嚴，世固有能審雅宴之聲而别淄澠之味者，宗派之説即由此起焉。曾公序歐陽生文集詳矣，學問之淵源漸被誠未可誣，要皆不盭乎經術，足以持世而章教。當文正公開閣延士，賓僚極一時之選；朝廷置封疆大臣，率取材曾門。先生受知最夙，不緣舊恩有所階進。弱冠舉於鄉，選内閣中書舍人，即棄去，一肆力於文，故其成就卓卓如此。今先生殁逾二十年耳，而國論大變，視古聖籍若糞土矣。讀先生文，因寄其慕思於千載上，不知世變之何所終極，乃慨然而書之。

王晉卿曰：樸茂淵懿，中閒由曾文正入張廉卿，尤有御風而行之妙。

陶廬文集序 甲寅

曩余客保定，則嘗聞王晉卿先生文學爲北方稱首。比移録其校定墨子及易說數則以歸，及今三十年，始遇之京師。朝夕談藝相得，各出所著文，評騭當否。嗚呼！文事之輕於天下久矣，況世變日亟，曾不能抒謨建議，乃抱其陳朽之業互慰寥寂，召笑取侮而不知止者，何也？竊嘗以謂，人之命質於天也各有所宜，善用之，其長皆有以自見：或以德淑，或以才效，或以言牖，叔孫氏所謂三不朽者，不必强同，要歸有益於世而已。

世與世相續，以至於無窮。有此一世，則有此一世之政典焉、人物焉，欲傳載之以餉後世，則文尚矣。而或工或否，相倍蓰焉，其傳載之久暫晦顯，一視其文工否以爲之差。故世不能無賴於文；賴於文，又不能不求其工，亦其理然也。且夫天下事理之繁賾，非一人之神智所能獨淪也。人人有其神智，各以其所自得者著之策而餉於人。推之於前古，推之於四海九州，凡其著於策者皆可資人之益。然而，人之資焉者，有得，有不得；得之者，有閎有瑣，有易有艱：則辭之高下爲之也。文豈不難哉！歐陽公稱古聖賢之不朽者，不待施於事，況於言乎？而因譏勤一世以盡心於文字閒者，皆可悲也。予謂文患不工耳；誠工矣，則雖鉅德隆功且賴文以載之不朽，又可譏乎哉！

晉卿先生著書四十餘種，凡百八十餘卷。其釋羣經、諸子，實事求是，一本之故訓。其攷輿地及紀泰西列國事，皆精碻而具史裁。其爲詩、古文辭，則謹守家法，而於吾鄉方姚諸先生之緒論，尤津津道之不厭也。其爲書雖浩博，而戾於道者鮮矣，故能裨益世用。先生名樹枏，新城人。其大父重三先生以名進士都講郡城，門下著籍者數千人。先生濡沐先業，早惠夙成。既通籍，由牧令以躋監司，躓而再奮，鍥學不舍。今老矣，太夫人猶在堂，家累數十口，貧不能歸，每與余言之太息也。會開清史館，先生承今相國命，取畿輔先正遺集，蒐討而論述之，將以備一方文獻，可謂勤矣。其所自著陶廬文集二卷、文莫室詩集八卷，已刊行。今續刻詩文集共若干卷，余發斯義簡端，言之而不怍，亦欲援先生以自壯也。

王晉卿曰：於文章身分自命甚高，筆筆以波折出之，紆迂動宕，餘味曲包，但刻畫無鹽處未免阿好耳。

林畏廬曰：轉折關鎖在在皆有家法，讀之尋味不盡。

林畏廬韓柳文研究法序 甲寅

今之治古文者稀矣，畏廬先生最推爲老宿。其傳譯稗官雜説徧天下，顧其所自爲者，則矜慎斂遏，一根諸性情。劬學不倦，其於史漢及唐宋大家文，誦之數十年，説其義，玩其辭，醰醰乎其有味也。往與余同客京師，一見相傾倒。别三年，再晤於京師，陵谷遷變矣，而先生之著書談文如故。一日，出所謂韓柳文研究法見示，且屬識數言。

世之小夫有一得輒祕以自矜，而先生獨舉其平生辛苦以獲之者，傾囷竭廩，唯恐其言之不盡。後生得此，其知所津逮矣。雖然，此先生之所自得也，人不能以先生之得爲己之得，則仍誦讀如先生焉；久之而悠然有會，乃復取先生之言證之，或反疑其不必言。然而，不言則必不能久誦讀如先生決矣，故先生言之也；人之得不得，於先生何與？乃必傾囷竭廩唯恐其言之不盡，嗚乎！同類之相感相成，其根於性情，殆亦有弗能自已者乎！

王晉卿曰：跌宕多姿。

古文辭類篹標注序 乙卯

蕭縣徐君又錚，既去官，則大肆力於文。取古文辭類篹讀之，苦無以發其意也，因集録歸方以逮近世梅、曾、張、吴諸家之説，覃思而熟復之，又將刊以餉同志，屬予序焉。

古者，左史記言，右史記事，文字之用萬端，要不外事、言二者而已。由是二者推衍而析其類，則名目繁多，至不可勝紀。總集昭明文選最著，顧其分類多未當理。李漢親業韓門，其編昌黎集，出入亦不無可議者。自吾鄉姚先生書出，義例至精審矣。姚選分十三類，曾文正公更約爲三門十一類，曰論著，曰告語，曰記載，與姚説小别大同。學者誠準此二家以辨，文體晰如也。蓋審同異、别部居，可以形迹求也；若夫古人之精神意趣寓於文字中者，固未可猝遇，讀之久而吾之心與古人之心冥契焉，則往往有神解獨到，非世所云云也。故姚選平注至簡。昌黎論文，務去陳言。凡一詞一義爲人人意中所有，皆陳言也。陳言爲文家所忌，即何容取常人意中之語，以平議古人至精深奥賾之文乎？此姚氏之所慎也。

懸九級之臺於衆閒，躡其一級，則所見視平地有加焉；累而上之，級愈崇則其見愈廣；塊坐一室之中，而冥度其上，無當也。天高氣肅，目際無垠，據其巔述其所嘗覩，則思攬其勝者踵至矣。夫文字之見，隨所觸感，各肖其性識才學以出，其淺深高下不同之致，奚啻九級之臺乎？姚氏之書所以足重者，以其鑑别精、析類嚴而品藻當也。今又錚又集録諸家之説以輔益之。自來論文精語，未有過此諸家者。其爲説雖多，與姚氏之旨曾無少異，何則？其淵源同也。述所目覩以導先於人，又錚之爲此誠善矣哉！

抑又錚以幹濟才，時方多難，不盡瘁國事，乃區區勤儒生之業，吾又且爲世惜也。

王晉卿曰：作者於姚氏之學資之甚深，故津津言之，皆抒其所自得。其夷猶跌宕之妙，尤令人挹之不盡。

抑快軒文集序 乙卯

福建有清一代以文學名海内，最著者二家，曰朱梅崖、陳恭甫。鄉者，予得陳氏書數種，其考證皆精贍。梅崖文往往見近時諸家選録，未覩其全也。及來京師，陳弢庵師傅以梅崖集見餉。讀已，歎其沈浸於古者深矣。一日，又出示抑快軒集廿卷，曰：『此光澤高雨農先生遺稿也。無刻本，予舊從其家録副，今又購此。子試觀而究論之，其不終泯没乎？』時予方治毛詩，未暇及。

偶展讀焉，則其味澹如泊如也。久之再讀，醰如也。其陳義高，其言不過物，其思穆，能使人愉、使人慄以栗，如寤而聞寥廓之鳴聲。其創意造言遜於朱，該洽遜於陳。要其天機清妙，高視塵堨之表，卓然能自樹立，非二家所可囿也。

既誦其文，則益欲考其行事。蓋先生諱澍然，爲梅崖再傳弟子，而恭甫編修則其平生所嚴事者，又與二張氏爲石交。二張氏，族兄弟也：紳字怡亭，能古文；際亮字亨甫，以詩名者也。先生充嘉慶七年選拔貢生。是年，獲鄉舉，考授内閣中書。未幾移疾歸，教授郡邑，終其身研説經傳，尤篤嗜韓李二集，著有春秋釋經、論語私記，及韓文故、李習之文讀。

先生之言曰：『人品之邪正視心術，心術之清濁視利名之澹否。』故其告歸也，方壯齒，讀其文知其行也，觀其行又益知其文也。且非獨先生然也。自朱陳二先生皆生際休明，掇巍科，敝屣不有，以自成其學，爲盛時之大隱。嗟乎！唯盛時乃能隱也。朝野蹵蹵，容身無所，棄奇以與人同，古有之矣，求隱而不得，尤可悲與！抑君子所能自靖者心耳，吾之心不蘄白於世；而世知之者，以其文存也。讀先生文，觀其行，不禁罣然高望於其世焉，書此以復陳公，俾刊傳之。豈第存其鄉邦文獻？亦使異世孤懷自潔之士聞而興感也。

王晉卿曰：文境之超逸，冷然如御風而行，繞梁之音尤令人不知涕泗之何自。

吴辟畺曰：文境淡遠，乃作者獨擅。後數行尤卓然於意言之表。

壯陶閣書畫録序 乙卯

癸丑春，予主皖高等學校，時霍邱裴君伯謙參帥府戎幕，因得相見，談蓺甚驩。君淹雅精鑑别，其藏弆古書畫，自晉、唐、宋、元以迄近世諸家，數以百十計，皆見前人著録。其所以得多如此者，以咸豐時圓明園被夷禍，粤匪起東南，禍尤烈，光緒時有拳禍，上自天府琳瑯、故家舊物，皆頗散出。君生際其時，又遊處高明。少隨宦江蘇。洎登第，留京朝，旋改官粤，皆大都會，人文之所萃也。物聚所好，亦會有天幸，往往得名迹。嘗摹刻數十卷，世所稱壯陶閣帖也。今年，復遇之京師，君將集寫所藏書畫諸題跋，爲壯陶閣書畫録，屬予弁言。

予維吾皖文物盛美，爲海内所推，自大儒名臣，以逮文章蓺術，各自名家，獨以收藏著稱者罕。今君書出，視孫北海、高江村輩，所録且倍蓰焉，其亦足以補先輩之遺矣。然予謂此於君抑末也。始，君有幹略，出爲大縣，高自標特。當是時，粤中大府以勳臣子驟起爲督，厲威稜，喜怒無恒操，尤惡君文儒敢抗己，誣奏君，必欲置之死。求君罪不得，則遣戍極邊。君夷然就道，歌吟笑呼，平騭今古，著河海崑崙録八卷。讀其言，平恕近理，知爲君子人也。而前總督誣奏君者，時移勢易，至失所據依，爲天下笑。君乃不憤於前，不忻於後，託身幕府，婁膺薦牘，非仕非隱。每高朋宴集，出斷爛紙墨，交訂互賞，一如曩時。其意量抑何遠邪！當其得意，幾不知朝市之已變更，豈非鍥古者深，則其視人世之榮辱虧成夷險憎愛，眇然若籜葉之隕吾前，曾不足當其一眄也，況夫斷爛紙墨之無與吾身者哉！然則，是編也，君平生精力所嘗竭也，要之，亦其寄焉者爾。

吴辟疆曰：前就集録書畫言之，而生平行迹賅括略具，文法甚奇。末段高情遠韻，超邁無倫，古今之至文也。

裴伯謙曰：雄渾沈鬱，勁氣内涵，兼六一、半山之勝。中後忽開異境，字字以噴薄跌宕出之，奄有昌黎恣肆矣。

江右赤田張氏譜序 乙卯

長江巡閲使定武上將軍張公紹先，續修族譜既成，最其世系、分遷本末，介予友楊昀谷來謁序。

張氏故江西望族也。宋初，有瓊公者爲殿前都虞候，自撫州卜築奉新洪田村，徙赤田，是爲始遷之祖。瓊公三子，分三支，其後益蕃衍，分居散處，譜所載綦詳。歷元明至清末，而篤生將軍，由行伍起家，武功彪炳震寰區矣。

始，將軍以孤童從戎，法越之戰、中日之戰，皆親其役，以勇略著聞，尤見奇於今大總統項城袁公。時袁公方治兵北海，留部下，洊保至專閫，總領諸軍，錫勇號，最後授江南提督，而武昌事起。當是時，封疆大吏、統兵將帥之臣皆望風潰。獨金陵一城屹立重圍，爲國堅守，謗議沸騰，不少撓曲。旋承異數，改授兩江總督。共和既成，留鎮徐兖，猶時建讜論，調護前朝。贛江肇釁，金陵再陷，而卒奪之歸，俾殘孽失其穴巢，江淮清晏，則將軍之功爲尤大焉。及其來覲，既詣袁公，復請見舊主，不以隆替改節，求之近古，所未有也。迺者，識時之士知共和之不可久長，又議更國體。將軍仍獨拳拳以優待清室爲言，四載之閒，政令迭嬗，而將軍始終一操，威望日崇，豈其性質之殊人哉？嗚呼！觀其篤宗族，勤譜事，修省館，睦姻任恤，其建樹之本可知也。

蓋聞人之倫五，所以行之者一而已矣，未有薄於親而能厚於君者也，即未有薄於舊君而能厚於新君者也。君親一也，然而，有天有義：天合者不可離，義合者有時而離，悲乎哉！離矣，而義亦未嘗不行焉，如將軍者可風也。若夫本之天不可離者，由父子而兄弟而九族，延及乎無窮，分居散處，其勢亦且至於離，則綿之屬之，書之册以存録之。蘇明允曰：『幸其未至於途人也，使其毋至於忽忘焉。』此又兹譜之所爲作也。予發斯義以質將軍，其亦有慨於中乎？

王晉卿曰：若合若離，純用項莊舞劍法，文筆之妙不可思議。

吴辟畺曰：孤懷微指，寄之筆墨之外。其神氣縱蕩處則大似莊子。

詩毛氏學序 丙辰

予讀毛詩序，至『詩者，志之所之也』，『先王以是經夫婦，成孝敬，厚人倫，美教化，移風俗』，曰：嗚呼！盡之矣。漢儒司馬遷以爲備王道，成六藝；班固謂王者所以觀風俗，知得失，自考正；而翼奉言詩有五際，君臣、父子、兄弟、夫婦、朋友：是皆有得於詩教七十子之遺言也。兩漢儒者説經，曷嘗不務明大義？然詩書當焚禁之餘，去古久遠，訓詁制度莫明，明其粗者，於其精者則引其端躍如也，詁經之體固宜若是，惟毛氏爲然。唐詔儒臣采集衆説，疏通證明，亦多其粗者。宋儒讀注疏，乃益進而求其意旨之所在，久之，人自爲説，至廢序不用，注疏束高閣矣。今使讀同時人集，去其前題，而以意測其詩旨云何，鮮有當者，況出於古人二千餘年以上之詩篇哉！古者，國史明乎得失之迹，其觀風采詩，進於王朝，必記其詩之所由作，故序爲國史舊題，無可疑也。

清代經師懲明季空談之弊，崇尚樸學，於詩信小序，宗毛鄭，是已；宋後儒者之説，乃擯不與。其考訂、訓詁過唐代遠甚，立『漢學』之名自標異。然以校漢儒經注，則見其辭益繁，義益瑣，是特唐人注疏之精者耳，於孔子論詩興觀羣怨、事父事君之指稍違異矣。

亡友鄭杲東父嘗論言語之體有二：一質一文。質言如書，辭達而已。文言如詩，一言可畢而故引申之，直言易達而故含茹之，於是，有比興之旨，有反復之辭，有韻節之和，有言外之思，有纏綿悱惻之情，有温柔敦厚之致。其爲用也，巽而易入，所以救質言之窮。詩三百篇，大抵皆賢聖之諫疏也。夫子論諫取其諷者，諷莫諷於風雅之音矣。召穆公諫弭謗，稱天子聽政，使公卿列士獻詩。周公遭變，爲詩貽王。祭公謀父作祈招之詩以止王心。周人之諫，十九以詩，積數百年仁人志士之用心，立言之法備矣。王迹既息，列國朝聘猶且賦詩以見志，斷章以示諷。予謂孟子言王迹息而詩亡，詩亡然後春秋作，是詩與春秋皆聖人經世之志之所存也。然不通其辭，則其義不著；不博稽載籍，逆之以意，則其辭莫由通焉。

利禄之途開，士人讀經，卑者以資進取，高者妄希殁世之名，研精殫歲，益瑣益繁，無裨宏旨。然而，大義微言之寓於中者，猶日習月誦，漸漬而不自覺也。陵夷至今日，學校之中至以讀經爲厲禁，烏乎！今天下風俗教化何如乎？所謂君臣、父子、兄弟、夫婦、朋友之倫猶有存焉者乎？言治而不本之性情，則其發見於事爲者無不暴戾恣睢，而卒歸於壞亂。

廢經之説近起，自光宣一二十年來而深入人心，其效如此，尚未知其所終極也。

予治詩，一以毛傳爲宗，三家之訓可互通者亦兼載之，多存周秦舊説。自唐宋到今，不區分門户，義取其切，辭取其簡。其有異解，不加駁難，是者從之，務在審其辭氣，求其立言之法以明經大義而已。庚戌在京師始創稿，至小雅而亂作。乙卯再至都，閉關蕭寺，重理舊業，甫録清稿，未及再校而世變復作，浩然歸去。饒君敬伯初訂交，慨然謂時事不可知，請任剞劂，庶幾流布人閒，不致遽泯。予感其言，舉稿付之。逾歲印成，書來，索撰序言。

先是，予在京寓所，與東父故廬相望，每治經，獲一義，畜一疑，欲是正於人，皆卒卒少暇。悵歲月之遷流，良友之不作，未嘗不蒼茫四望而傷心也。今吾書成，倉卒付印，不獨無東父之助，且弗克從容自審，一若禍變之至，有迫之不及待者。是孰使之然哉！以古昔志士仁人之所用心，吾聖人之所雅言諷誦，歷代由之而治，倍之而殃禍立見者，毁棄之曾莫之顧，而吾與敬伯乃獨區區於是，其尤可慨也夫！

方常季曰：宏偉切至，深痛之言，當世誰能道此？讀之慨然三歎。

王晉卿曰：深明詩教，其辭氣鑠古切今，有一唱三歎之妙。

金剛經次詁序 丙辰

歲乙卯，予年周甲，寓京師蕭寺中，注毛詩甫卒業，以世變歸隱。閉門守寂，時時取觀佛書，頗悔平生所學多溺於章句文字，非所語於古人自得之趣也。

頃，方君劍華出示其尊甫海雲先生金剛經分次正諦。是經自無著判住、天親斷疑後，注家極夥。昭明析爲三十二分，循文誦之，頗嫌繁複。方先生自言遊峨眉，遇夙世緣師顛佛，得受靈覺心，入此經中千八百日矣，歷覽唐宋以來舊解，互有取舍，心光勃勃大動，爲注一卷。夢顛佛以帚拂所注本曰：『金剛妙諦自古不傳，汝當尋本次譯之，代佛布施，吾放心光映汝。』當是時，覺心出經外，而光在經中。其自喜如此。予遂手寫一通，亦自覺心光勃動。其分章用經文原標之次，宜可依據。至其爲說，或亦時有未瑩。予感代佛布施之言，復爲此注，七日成書。曩治易、詩、中庸、莊子、屈原賦，多者二三十年，近亦十餘年，其搜集勤苦，至忩餐寢。今涉内典至淺，乃成此若夙搆，儻亦諸佛餘光所映及邪？

西域譯文，誠不可律以常格，然立一意於此，宣之口，布之簡册，言必有其序，義必有所歸，無古今中外，人情一而已。況佛説法，普度愚智，豈故曼衍其辭，使人不能瞭其意緒之所存乎？余讀是經，仍以章句文字之法求之，向之苦其繁複者，今見其親切也。諸家之解不免鑿之使深，正如説易者之見智見仁，引詩書者之斷章取義，非不自成其説，然按之本文，或遼遠矣。

余既自懺文字結習未除，不復以撰述爲事，是經作注，非意所及。寫録既訖，時加刊正，三易其稿。佛説此經空生涕泣，古人超悟自得，全在行解相應，不恃文字，亦不離文字也。文字明，而受持誦讀者便焉。余雖老，尚冀同志之士共修證之。

是經注成一載矣，知友見者多督令刊行。雖然，竊有疑焉：吾説未出，昔之人讀是經而證悟者蓋不可勝數；今則分畫章段，條理晰，誦讀便矣，而自反身修乃無異常士。獲者不必求知，知者又未必獲；既不獲矣，則其所謂知者果有當乎？一日，讀圓覺云：『末世衆生，希望成道。無令求悟，惟益多聞。增長我見，但當精勤。降伏煩惱，起大勇猛。未得令得，未斷令斷。貪瞋愛慢，諂曲嫉妒，對境不生。彼我恩愛，一切寂滅。佛説是人，漸次成就。』釋之者曰：求悟則有攀援心，則必於經論文句閒理會；理會益明，祇益識妄耳。然後知吾之爲説雖明，於文句皆有攀援也，益多聞也，長我見也。成就之道固在彼不在此，因棄不欲收。沈寐叟曰：『何必爾？般若亦多種。文字般若，吾輩以之終身可矣。』乃録其説，過而存之。

丁巳仲秋，其昶又記。

抱潤軒文集卷五

序　題辭

半巖廬題記明清廿八科進士履歷序 丁巳

仁和邵位西先生嘗得明季及清初進士履歷，起萬曆廿六年戊戌，訖康熙廿一年壬戌，中脱萬曆丙辰、己未，天啓壬戌三科，凡廿八科。各爲之跋尾，考其人之平生、行誼甚悉，大之有裨彝倫名教之防，細之亦足以資掌故、擴聞見。先生之友項几山先生傅霖跋五首附後。

嗚呼！自戊戌下逮壬戌，未九十載，國步遽更，士之生於其時而登第者，何其有幸不幸之殊也！夫自古無不亡之國，然爲之臣民者，莫不有其自靖之義焉，不必同出於死之一途；而至於辱身以求生，固不可也。位西先生所論列，於名節尤致謹焉。其後，粤亂起，先生獨處危城，吟誦不輟，城破，卒以身殉，可謂求仁得仁，慥慥不欺志意之君子者矣。

抑吾觀此廿八科，其遭興運，曜光展采，固多文儒魁碩之彦。即萬曆、天啓以還，綱轄日紊，蔽朝之臣摧折善類至不忍道，然士夫之氣彌厲，雖亡國，乃忠義懔懔，史不絶書。其起家也，亦每自甲乙科。何則？菑畬經訓未必盡賢，猶可百拔而一獲；若乃廢詩書，炫新説，繆稱選舉，其營營自粥而來者，果何等也？此吾讀先生文而愴怳悼栗，若縱舟巨海而曾無維楫之可言，又不暇爲昔之人傷也，悲夫！

陳伯嚴曰：納慨歎於藴藉夷猶中，神味獨出。

王晉卿曰：先生每發一論，輒於國家治亂興亡之故三致歎焉，是之謂言之有物。

張君遺稿序 戊午

張君篤生之歿十餘年，其子家騮搜輯遺稿，得詩文若干首，校印於上海，屬余題其端。君長余一歲，又世姻，弱冠俱從楊扶雅先生遊。同塾六七人，獨余與君及方君蔚文相親也。咨諏文史，交推互嘲，妄謂古之人不難到。君門望最一時，自先文端公七傳至父布政公，皆舉甲乙科。布政通籍，仕京朝，君亦入貲爲郎，挈家北行。自是，遂與余别。京師盛文物，君年少，才高喜事，造請名公卿暨諸方聞碩學無虚日。又念昔先人比肩接迹朝右，至於身乃不獲發名成業，繼述之謂何？故君雖懷高識，亦頗不能無悇憛青紫之情。既久困不得遂，乃一放意聲色。癸巳，同試金陵，君遊秦淮，有所戀，余諷沮之，弗聽。是秋獲舉，竟亦納妓。又十餘年，以候選道改官農工商部，病卒，布政持其喪歸。前所納妓曰王氏，自言待卒君哭乃死，死必乞哀於余文，固請見余，漫謝之，去。及期，果仰藥以殉，烏乎！

君之所欲自見於時者非徒文也，讀其文，要其志與才之不遽止於斯者，猶可即其已能而信其所必至。若王氏者，以死報君，亦可謂能自克矣。余序君文，并及之，以答其意云。

蔚文名文炳，才而早世，其繼室張氏亦以不食死。

陳伯嚴曰：著筆空際，自成蕭淡之境。

王晉卿曰：敘妻妾之死在無意有意之閒，用筆如神龍出没，不可捉摸，神乎技矣。

重定周易費氏學序 己未

余主講潛川書院三年，成易費氏學八卷，繕寫定，值上丁釋奠，謹焚薦稿本，不敢瀆先聖，爲册祝以通於先師朱子之前，冀牖其明，俾得是正繆失。後館合肥，李生國松輯入集虛草堂叢書，遂刻行。今又十餘年，雖老矣，異時不知後此所得當何如，今幸猶及肄業，芟夷裒益，視前有加，自度此生殆無能更進，因即以此爲定本。

客有問者曰：『費氏亡章句，徒以彖、象、文言、繫辭十篇解説上下經，今無存者，而子以費學名篇，何也？』

曰：『費氏書不傳，其家法自在也。晁公武謂東京荀、劉、馬、鄭皆傳費學。近儒陳氏澧遂謂凡據十篇解經，皆得費氏家法；其自爲説者，皆非費氏家法者也。説易者當以此爲斷。』

『然則荀、劉、馬、鄭之言不既允乎？』

曰：『知及之而不能純，則有待於擇。』

『然則十篇備矣，曷贅乎爾？』

曰：『聖言簡而義藴閎大，自非好學深思、心知其意者，孰能通之？一人思力有所溓，則必聚天下古今才知之士，羣盡其心焉。天下古今才知之士，不皆習於經；其治經者，或頗逞才知，不務師古；若乃循誦孶習，無歧説矣，又讋於大儒名高，寧牾聖言，勿敢越軼舊訓，補苴掇拾，益以猥陋：經義所以猶有未明，無慮皆以此也。』

『然則，學易當奈何？』

『夫易有聖人之道四，象、辭、變、占是也。象莫大於陰陽，天、地、雷、風、水、火、山、澤，乃至近取、遠取皆象也，而人事爲多。人事則禮制尚焉，觀其會通以行其典禮，合禮則吉，違禮則凶，悔吝隨之，故曰「禮原大易」。周公致太平之書曰周官禮，説者又謂周公繫易爻，非也。象辭、爻辭皆文王製，文王繫易，虚言其象，周公思兼三王，於是，創制立法悉本於易耳。父作之，子述之，所以爲成文武之德也。韓宣子適魯，觀易象與魯春秋，曰：「周禮盡在魯矣。」其知此也，豈必簡册未竟賡續成書，乃爲傳業者哉！易家言禮唯鄭氏，惜其注佚。李鼎祚自謂刊輔嗣之野文，補康成之逸象，然其取舍失當，未能窺制禮之原。其他瑣屑以求象者，乃益等諸兒戲，此易之一蔽也。

『象不明則辭晦，凡注易者皆釋其辭，然而，有得有失，其得焉者必其象之已明者也，反是則否。天下事變之無窮也，雖聖人不能靡所據以言理，則即象以顯之。大學之教曰「致知在格物」，物即象也。自輔嗣有忘象之論，世之求象而不得者，遂欲空之，以爲易之象猶詩之比興耳，適然取之，羲、文、孔不必同。夫君子居則觀其象，玩其辭，使無定象，即亦何庸觀玩爲乎？韓退之言「易奇而法」，有定象之謂法，而可忘乎？此易之又一蔽也。』

『雖然，象既不明矣，辭因以晦；辭既晦矣，於何求象？』

曰：『仍求之辭，辭有其意。吾求此一爻一象之意而不得，然其大指所在，可推而知也。善乎！陸賈之言曰：「先聖圖畫乾坤，以定人道，民始開悟，知有父子之親、君臣之義、夫婦之道、長幼之序。」當漢之初，七十子之徒其遺言固猶有存者，賈之言疑非賈所及。吾又聞諸夫子矣，曰：「學易，可以無大過。」此聖人作易之本也。操其本以求其離散四出者，證之他經，苦思而潛索之，亦往往有得焉。觀文言釋乾坤，上下繫釋十九爻，皆舉大義，其辭明白易知。以此推較，諸家支離破析，苟爲難而已，就求其意於經綸世故、敷宣性術，舉無所當，敝心力而無當於用，此易之又一蔽也。

『易之爲言也，變易以利用。左氏傳稱在乾之姤，在豐之離，雖不筮，亦以變言，未有周人乃不知當代王者制作，爲書稱引而淆其義例者。後儒於爻不言變，失易之用矣。好古者反之：陽必變陰，陰必變陽。夫陽必變陰，陰必變陽，與陰陽一成不變何以異？蓋卦爻有時位，陰陽有老少，老者變，亦言其可變云爾。必觀時位之當否，而後能擬議；能擬議，而後能成其變化；能成其變化，而後易之用章。是故君子有審幾之學。而說者乃各執一觭，此易之又一蔽也。

『象也，辭也，變也，其蔽若此，吾慎之猶懼其不免。若夫占法之掌於太卜者，今不可見矣。漢世焦、京占候災異，下逮管輅、郭璞之徒之前知，未始非得易餘緒，世俗所喜道，余固未之學，然又頗疑象、辭、變既得，而占已舉其要矣。子曰：「其或繼周者，雖百世可知也。」聖人之前知者如此，此豈孔子閉房記所可同語者乎？諸讖緯書皆術士矯誣所託，非君子之大道，宜不可信。』

陳伯嚴曰：探原舉要，掩掃衆説，抉摘處精義絡繹，犁然有當，即所自爲書可推見矣。文亦博邃肅穆。

柯鳳生曰：此等文，自曾子固後無能作者矣。氣體之淵雅，子固能之；至其經術深邃，恐子固未逮也。

王晉卿曰：精湛奥衍，能抉經心，誠古今有數之文。

周易經世書題辭 己未

嗚呼！此吾亡兒根碩年十一之所作也。

吾初娶姚氏，生四女。父母望孫切，相繼歿。服除，婦年且四十，苦不育，爲納二妾。久之，各生子二，碩最長，其女弟又四人。碩以乙未至日生。前一夕，予夢賓客盛集，先君衣冠而揖。及得男，姚氏鞠育憐愛之甚篤。碩亦戀母甚，不私於所生。觀其母子之相依，乃知傳云『一人有子，三人緩帶』，非虚語也。碩生三齡多病，予嘗告之曰：『迺者，而母夜恒不寢。』問故，曰：『憂汝病耳。』碩聞乃大啼。

及讀書，敏悟倍常童，而不耐尋思。十歲時，縣人創立小學，招試生徒，予將碩莅觀。其試題，肄業所素及也，自請，願同試。因給紙筆，設專席堂上。碩就席具草，諸老先生環視，略不驚怍，成數百言。衆大嗟賞，趣舍家塾入校。校課不主誦讀，比歲暮，覆舊所已讀，皆遺忘矣。明年，返家塾，師授詩易，予爲講説。長夏日昳，取古今體詩，自漢魏以下數百篇授之，三月悉成誦。又讀文獻通考序、大學衍義輯要。退乃雜取政學諸條目，比傅易義，成此二卷，名曰周易經世書，予時時爲之點竄文句，特等諸游戲耳。嗚呼！孰知其學問極盛，乃即在此時也。

逾年，忽病喘，劇愈不時。自是，三從予入都。閔其羸弱，戒不使勤學。湘陰郭編修立山一見，以女妻之。婚逾年，生女巽保，復大病且殆。病愈，喘良已，家衆相慶，碩亦自謂體健王矣，恒欲迎母入都。又念予篤老，不忍以家累見困，遂出充陸軍部秘書，調奉軍總司令部，再調西北邊防籌備處祕書，隨次長徐公樹錚往來湘、鄂、津、京閒，勤不告勞。去年夏，忽思母，假歸。歸一月，子茂元生，復北上。季冬朔日卒於京寓，年二十有四。

其病篤也，自知不起，爲書別朋故，獨匿不予告。一日，予出迎醫，碩望見窗外雪甚，攬予衣，不聽去，竟失聲號。既彌留，衾褥整潔，便溲無所點汙，蓋知母妻之在遠，弟入學校，一奴拙不任事，臥牀噎噎，不欲以己故重累予也，傷哉！

予持其喪歸，客有非親屬者，弔哭甚哀。予始慮其涉世淺，昧交際之宜；及卒，自鄉里以逮同官僚友，咸悼惜不置。而一二族父昆弟輩知碩深者，謂其志量遠也。

徐公既眷其勞勩，呈請賜恤。予檢故篋，得此稿，爲裝池而書其端，留待他日孤孫長成，儻欲見其父乎，讀此亦可以知其概略焉矣。又有文選、駢體文鈔、杜詩三種，朱墨平識，皆其遺筆，並付茂元寶存之。

陳伯嚴曰：情素盎然，沈摯而澹遠。

老子故序 庚申

予治周易既卒業，因下及九流百氏，求其可以繼易者，於儒家得中庸，於道家得老子，發明天人之故，此兩書爲備。曩讀中庸，作篇義，未及老子。己未冬歸里，杜門讀之，四旬而畢。

老子之言道德皆原於易，其曰：『道生一，一生二。』與易太極兩儀之說合。曰『得一』，即易所謂『天下之動貞夫一』。又稱三寶：曰慈、曰儉、曰不敢爲天下先，要即『乾坤易簡』

之旨：慈故易；儉故簡；不敢爲天下先，則坤之『先迷失道，後順得常』也。『常』即老子之常道矣。

而説者乃謂易主陽，老子主陰，是未達陰陽體用之全也。『易以道陰陽』，陰陽之義莫大乎扶抑，扶陽以爲主，抑陰從之，則陽不愆，陰不慝，而天下治。彼劣陰而欲絶之者，不知易者也。『乾知大始，坤作成物』，凡乾所始，皆坤成之。而坤則柔道也，此與老子之尚柔何以異？老子豈無陽德哉！孔子擬之於龍，龍，陽象也；不然，彼既弱且雌矣，尚何成功之足云？是故老子曰：『自知者明，自勝者强。』此老子之乾道也，而體斯立焉。曰『知其雄，守其雌，爲天下谿』，此老子之坤道也，而用斯行焉。扶陽以爲主，而抑陰從之，易老殆無殊旨。易象舊藏史官，老子爲周守藏史，故其爲書也一本諸易，兹非其『述而不作，信而好古』之一驗與？

老子殁，傳其學者蠭起，莊周爲最高自如。申不害、商君、韓非之刑名，鄒衍、鄒奭之終始五行，惠施、公孫龍之堅白同異：是數者皆託於老聃，其實皆非也。予讀漢蓺文志，述道家出史官，歷記成敗存亡禍福古今之道，秉要執本，清虚以自守，謙弱以自持，此君人南面之術也，合於堯之克攘，易之『嗛嗛』『一嗛而四益』。及放者爲之，則欲絶去禮學，兼棄仁義，曰獨任清虚，可以爲治。推其流極之弊，止於獨任清虚，安所謂刑名哉！至後世又有鍊形修性之説，出於方技神仙者流，尤不可誣老子。漢儒者區分學術流别，具見其本末，其稱道家出史官，合於易，斯誠篤論。老子書喜言治，非忘世者，而唐顔師古亦謂道德篇理國理身而已。予本斯意，采摭諸家，又頗連綴章句而釋其滯疑。後有君子，以覽觀焉。

姚叔節曰：理周氣博，精闢不刊。

范伯子文集序 庚申

余自弱冠受學，嘗從吴至父、張廉卿兩先生問古文義法。兩先生者皆喜接後進，余居門下，碌碌未有以自見，獨因是得聞海内才雋之名，識於心不忘。其後，北游京師，往往獲交賢士君子。今雖老，行能無似，而幸差免匪僻之趨者，亦賴之於師友也。

張先生嘗爲書抵余外舅姚竹山君，盛稱通州三生。三生者，朱君銘盤、張君謇，及范君當世也。朱工駢文，惜早逝。張以幹濟稱。而范君字肯堂，孝友愷悌，詩才雄健，尤爲吴先生所激賞。時方失偶，而竹山次女曰藴素亦嫺吟詠，吴先生爲媒介焉，遂與余稱僚壻。嘗一見於金陵。再見於天津，君時居李文忠幕府，爲課其公子。吴先生都講蓮池，往來津沽君閒，詩酒文讌之樂稱盛一時。自曾文正督畿輔，喜延攬人士，其流風未沫猶可想見焉。君恨余不爲詩，督之甚力。吴先生曰：『子毋然。子爲詩，徒見短耳，終莫能勝彼。』因相與一笑罷。洎竹山卒官，君會喪桐城，居未幾，聞亂遄返。自是，一别不復見，而君遽殁矣。

范氏通州舊族，明季，勳卿公有高節，數傳至君，乃以詩名天下。家貧，客游以養親，以膳教諸弟，不私一錢。歲時歸省拜謁，因擁膝泣，久之乃能言。爲諸生，連試不得意有司，守高不仕。門下士或竊其緒餘，致通顯。弟鍾進士，爲令河南；鎧以優貢生令山東。時有『三范』之目。十餘年閒，零謝殆盡。君習聞吴先生緒論，頗主用泰西新學以强國阜民，身殁而國祚傾。事有違反，運有代謝，其盛衰存亡之可感喟者，又豈獨一身一家之故哉！

君詩已刻者九卷，曰范伯子集。今其徒友復彙輯君所爲古文四卷續刻之，屬余弁言。余不聞曩時師友之謦欬久矣，感君夫人屢請之勤，質言之，以俟後君子讀君文者，有以論其世焉。

柯鳳生曰：波瀾宕往，與歐公二釋詩集序異曲同工。

書義補正序 庚申

方靈皋先生以古文名天下，其平生獨致力經學，不涉雜家。於春秋，有通論，有直解，有比事屬辭。於左氏傳有義法舉要。於周官有辨，有集注，有析疑。又有考工記、儀禮、禮記析疑，有喪禮或問。合之離騷正義、史記注補正、删定管荀及望溪文鈔，世所稱『方氏十六種』也。其後，邵位西、蘇厚子、戴存莊三先生，廣蒐遺篇，則有集外文、集外文補遺，雖殘箋碎語，皆録之惟謹，亦云備矣。戴先生取而合刊之。未幾，粵亂起，先生文得不泯滅者，以刊行早也。又有高密門人輯刻所聞詩説，爲詩義補正，徐丈茉存覆刊之。均流布未廣。

初，先生嘗教授高密。至今百餘年，山左學者猶稱述在口，篤古好文之士時時有焉，蓋君子之遺澤遠矣。吾友榮成孫君葆田尤墨守方氏學，嘗戲自詡熟方集，隨舉一文，輒琅琅誦其旨趣。藏有方氏評點八家文，假予移録。又得左氏傳果親王刻五色標識本，購以餉予。其後，君出宰合肥，聲績大震。予過其署齋，留數旬，君出示高密單徵君爲鏓尚書述序，曰：『方先生殫竭二十年心力，删定通志堂經解，惟尚書述印行。求之未得也，書存亡不可知。繼先生而從事焉，吾兩人勉之矣。』别後，君投劾歸，歷主濼源、大梁書院。以大臣薦，詔徵不起。一日，得方先生文稿三十餘篇，爲戴刻所無，則大喜，鐫諸板。

又十餘年，予在京師，聞尚書述稿本存朝邑閻觀察迺竹所。就求之，觀察爲言前寓山西，天下大亂，盗入室劫取財物，書幸存，觀察跳而免。至是，以予故，展轉數月，取書至，誼有足感人者。予既得書，亟發觀之，則單徵君序文暨往來函札儼然在焉。徵君族祖紫溟先生諱作哲，乾隆元年進士，嘗從游方先生之門，因得受是書，後歸徵君。徵君以屬同州韓介侯刺史，懼其不果刻也，手書敦勉之。意者，刺史雖嘗自任，而艱於整理，中輟其役與？

書凡二種。其一翦截通志堂刻本而連綴之，爲四册，各明其去取之由，題曰尚書述。其一寫本，無標題，凡八巨册，則已排比完竣，爲目八：曰正義，曰考證，曰考定，曰辨正，曰通論，曰餘論，曰存異，曰存疑。今徵君乃舍此而傳彼，猶未爲完書也，特卷帙少，易就耳。予亦以校刻費鉅，因録取先生案語別出之，題曰書義補正，以存先生一家之說。惜乎！孫君之不及見也。讀唐、虞、三代之書，而慕想千百年儒者皆盡心於此，而其爲說或傳或不傳也，其亦可慨矣夫！

王晉卿曰：端緒紛繁，有條不紊，六轡在手，一塵不驚矣。

柯鳳生曰：筆意謹嚴，是作者極用意文字。

湖陽徐氏譜序 辛酉

宗法立而譜牒具。周禮以小史奠繫世，宗法備於周，譜牒亦盛行於周，故曰『百世而婚姻不通者，周道然也』。使不有譜，何由別百世之宗支乎？

夾漈鄭氏作氏族略，稱自隋唐而上，官有簿狀，家有譜系，朝廷既設郎令史以掌之，仍令博通古今之儒知撰譜事，爲近古之制。至五季後，其學遂不傳。予謂唐以前雖尚譜學，然承魏晉餘習，以九品官人，大率重門户、辨族望，聲華利禄之見熾於中，而依託附會之，遂不勝其失也，周室九兩繫民之遺意蕩然盡矣。至宋世，歐蘇諸儒出，其講譜學未嘗不精，朝廷雖失其官，而博通古今之儒不以時代限也，漁仲之言未爲篤論矣。

當塗徐氏始祖象賢公，爲唐乾符中尚書商公曾孫。尚書撰徐氏譜一卷，載新唐書藝文志，爲史者既據以成系表。今不祖尚書而祖象賢公者，以徐氏避黄巢之亂，渡江而家湖陽，自象賢公始也。至今歷千載，支裔繁衍，分處當塗、高淳兩邑。在當塗者曰南分，曰北分，曰西分，曰中分，曰姑城西街。在高淳者，曰凸上，曰下塘，曰横溪，曰西舍，曰淳城中街。名臣碩儒後先相望，世故有譜，閱數十百年必一修。始宋紹興，以迄今兹，凡十役矣。世益遠，丁益滋，自前世已有分修之議，已而復合，合百五十九年而又分。民國既建，徐氏有性初公者令固安，謀之兩邑族人，復主合修，捐貲爲倡，僉曰可。不幸勞勩卒官，哲嗣晉繼起，以才雋聞於時，將纘先志而成之也。其族長老某某等並勤纂述，於是，剞劂將竟而謁予序之。

予讀其譜，斷自象賢公，以爲合古誼。慎終追遠，至始遷祖足矣，奚必矜言世閥？若夫遷徙異地因異其譜，非所以序昭穆、通一本也。然而，昔之人爲之者，勢有所不得已也。今觀其言，有惻焉，曰：『地各一處，人各一心，不可强同也。』考其時，則始分於明崇禎之世，至康熙時復合修，又再分於光緒初，皆出兩朝末季。

天下之勢，渙則日離，萃則固，人心風俗之異尚，而國運隨之，亦前代盛衰得失之林也。余嘉徐氏諸君子敦本合族，急所先務，意者治亂循環，將復覩世承平如康熙時乎？願執徐氏譜驗之，故樂爲之序云。

柯鳳生曰：似史公年月表序。

清史儒林傳序 辛酉

六經者，聖人教萬世之書，遭秦而滅絶。漢興，書始萌芽，區區諸老生抱守殘缺，師讀各異。久之，始有集長舍短、兼通羣經者，而大義猶未能盡宣。譬之闢土，芟夷荆榛，其始事也。宋儒承漢唐後，本其心得，證之經，大義明，微言亦出。豈其智過前人哉？由粗而精，時會然也。且夫隆古以降，數千百年之政教，未有歷久而不敝者，小敝則小修之，大敝則大更之。四時迭遷，一暑一寒；王者異尚，一文一質。故曰三王之道若循環，易『窮則變，變則通，通則久』。漢儒之學，至唐義疏成爲極盛矣。有宋諸大儒出而始一變，宋儒之變也詣於至精，而未嘗遺其粗。故元明以來，儒者皆飭言行，謹章句，其敝也窒。於是，陽明王氏矯以『良知』之説，反己而自足，其敝也蕩。於是，清代諸儒復矯之以漢學，矜言訓詁名物度數，其敝也瑣。敝之所叢，起而矯之，是也；矯之甚，則敝又甚。

蓋天下有可變者，有不可變者。夫黜章句而崇良知，黜良知而崇漢學，因時立教，要必止於聖人之經，此變而根本之相承者不變也。漢學之敝激爲新學，亦時會之所必趨；新學昌而六經皆廢，所謂矯之甚則敝甚者也。夫敝甚之極，至於廢六經，而國不可爲矣，嗚呼！前代政治之因革，學術之遞興遞晦，必有魁儒傑士能持世者，操其本以齊其末，通其變使民不倦，非其人而驟欲更化易俗，未有不潰裂者也。

是故，觀清一代經學之盛衰，而天下所以存亡之故昭然可見。今録儒林傳，不區分漢宋界域，要以重躬修，無愧聖門德行之科者爲上卷；説經硜硜，著述名家者爲下卷。

王晉卿曰：以六經興廢爲斯世治亂之由，識高義卓，可稱良史。

清史文苑傳序 辛酉

清有天下，文治邁隆前古，綜其大要，可得而言。始，明代王、李盛言復古，繪章絺句，識者譏其僞體。雖以歸有光之雅正，名位下，莫能與抗。鍾譚論文，益務纖佻。至魏禧、侯朝宗、汪琬始革其餘習。方苞繼起，經術深，尤嚴義法，故曾國藩推苞文爲國朝二百餘年之冠。詩則北有宋琬、王士禎，南有施閏章、朱彝尊，主盟壇坫，並足名家。蓋自聖祖十八年詔舉博學鴻辭，得人稱盛。高宗紹述，再開特科，兼徵經學。當是時，海内沈博絶麗之才彬彬出矣，而漢學之風亦由是熾。人人自以爲許鄭，士有不談著述者，擯而不與聚會。又薄宋賢義理之説爲空疏，下筆乃甚囂塵上，鉤析釽亂。於是，姚鼐排衆議，以義理、考據、辭章不可偏廢，詩文皆淵雅。張惠言漢學鉅子，然甚工文，不類經生之繁碎。世稱苞鼐桐城派，惠言及其友惲敬陽湖派，此目論也，禰宋宗唐祖漢而一本於經，安有彼此地域之殊異哉！鼐門人著籍尤高者梅曾亮，曾亮與國藩善。自嘉道後，言古文者皆法姚氏。然流演既廣，循聲蹈迹，稍不厭才士之望。國藩以閎識偉度起而振之，又居處高明，廣攬羣彦，弼佐中興，而文字之堂廡益大。初，士禎論詩主唐賢風調。同時，趙執信已斷斷爭議，然和聲鳴盛，要自爲大宗。其後諸家，各極其才力所至，或頗闌入宋格。文士避熟求生，其派別尤不可勝原。

自前史以經學、理學屬儒林，辭章屬文苑，二者遂分軒輊，然實非也。經緯天地之謂文，文豈劣詞乎？孔子論儒，有君子，有小人，則儒不必皆賢。以其説世所習聞，故不易，要之，文章自有能事，其工者往往兼義理、考據之勝。今特各從其所重者區之。然亦有記覽該博而經學無專書者，雖不以詩文名，並次列於篇。

柯鳳生曰：淵雅。

木齋詩説序 辛酉

余膺史館之聘，久客京師，因得備論前代諸儒學術流别。友人黄君鶴雲爲言，其鄉褚伯機先生，孝友篤行君子也。其事繼母，待諸弟，服勞讓産，有恒情所難能者，天性獨至，無怨言，無德色。逾五十貢成均，授安遠縣訓導，清儉厲節，以撰述自娱。頃者，余以事將南旋，先生令子明柄因熊君翰叔出示先生所著木齋詩説，屬余弁言。余受而讀之，曰：『嗟乎！黄君之言不虚矣。』

凡一代教法之興，其倡爲之者，必有鑑於俗流失、世敗壞而大爲之防。獨立而不倚，孤行而不殆，如顧亭林、黄梨洲諸先生是已。目睹明季空談心性之失，起而矯之，非得已也。迨其後，風會既成，蟻而附之者衆，高博聞，下行檢，天下靡然從風，則其弊又有甚焉者矣。

先生生清末，其説經承乾嘉諸儒後，亦本實事求是之恉，廣列衆證，而斷之於心，以謂學者肄業，須先知訓詁、名物，次究古人時世及其行事，然後大義可明；若乃争持家法，辨析破碎，於聖人六經治世之意無當也。嘗據鴟鴞詩『既取我子』辨管蔡爲武庚所取，非周公誅之，一反數千年成説，而必求其心之所安。余觀孟子論伊尹，論百里奚，論孔子主癰疽，皆以意斷其是非，不徒沾沾考據閒。何則？儒生論道，非若史官紀事務翔實，義固各有當耳。然則，觀先生之書而推其用心，雖循乾嘉諸儒塗轍，不爲乾嘉諸儒所囿，豈好爲異論哉？亦懼世運之流失敗壞而大爲之防也。後之人得吾説以讀先生書，即先生之行誼亦從可知已。先生諱汝文，高安人，卒年八十一。

柯鳳生曰：通儒之識，非曲學所知。

三經詛詁序 壬戌

大哉！聖人之道，莫切於孝經，莫辨於大學，莫邃於中庸。人之生也，有血氣則有争心，争心日以熾，常德日以漓，人人肆其嚚陵之氣，不奪不厭，而至於殘殺，天下遂大亂。於是，明尊卑，列上下，制爲天子、諸侯、卿大夫以統御之。天子、諸侯、卿大夫，數之至少者也，以少御衆，而能戢之使不争者，勢也。勢不可以持久，於是，聖人有以動其相愛之心焉。相愛之心生於愛父母，而推之及於天下，維之以君臣，導之以師儒之教，俾天下之人皆得相安相養以生，而孝經由是作。故其言曰：『要君者無上，非聖者無法，非孝者無親，此大亂之道也。』明孝經爲聖人已亂之書，則其辭意所指皆精切；不然，論孝而必區分天子、諸侯、卿大夫，津津焉以求保其社稷、宗廟、禄位，奚爲哉！

兵革不作，方内嚮寧，民生遂矣；民生遂，而後學可言也。古之人，學成皆以備家國天下之用。其事必始於修身，格、致、誠、正是也。身修而家齊，家齊而國治、天下平，舉而措之矣。故曰，莫辨於大學。

由是而原其性於天，植其道於己，成其教於人，而天人合此神聖功化之極致，天地以位，萬物以育。非仲尼，孰克當此無忝者乎？故曰莫邃於中庸。

夫闡道術以覺斯民者衆矣，獨儒爲宗。儒以孔子爲盛，孔子以此三書爲切、爲辨、爲邃。居三累之上，不敢以淺見寡聞説也，集衆家之注而精取焉，以餉同志。世方廢經蔑孔，予誠不自揆，乃區區致力於此。而殊鄰絶域感戰争之禍烈，因遂欲窮吾先聖哲之學者有之矣。異時，羽毛齒革之屬委棄地上，海舶載之出，鍛鍊成就之而還市於我，輸以重直無難色。人情之好異，固若是邪！而況乎其不爲羽毛齒革者邪？

嗚呼！天無私覆，地無私載，聖無私澤。子思之言曰：『凡有血氣者，莫不尊親。』其殆驗於今乎？抑猶有待乎？匪可逆知已。

柯鳳生曰：精粹之理，以雅馴之詞出之，覺朱子學庸兩序猶嫌平直。

王晉卿曰：經術湛深，直起直落，文品高峻。

蓼園詩鈔序 癸亥

膠州柯鳳生先生積學能文，名被海内外。年七十，著新元史，刊成，翔實視舊史爲勝。日本得其書，付文部評定，咸推服以爲不可及，贈以文學博士。先是，東海徐公以總統得文學博士於鄰邦，而先生繼之。予謂是可以洒吾國羣士失學之恥，要不足爲先生道；先生之藴，非可以史學盡也。

光緒初，予遊京師，因孫君佩蘭、鄭君東父獲識先生，知其精小學而已。後十餘年，再見於京師，先生方與東父共治春秋，見予文論喪服諸篇而善之。别去，予歸里，先生出督貴州、湖南學政。又十餘年，而宣統改元，予官學部，孫鄭二君皆前卒，先生獨巋然幸存。

天下擾攘，復十餘載，予與先生浮湛燕市，無所聊賴，日取先聖遺經，發憤研誦，務明大道之原，存已壞之人紀，期至老死不悔。先生治穀梁春秋。予治毛詩，繼治易，治尚書及孝經、大學、中庸，以逮老子，皆賴先生，得就其業。凡予之爲説有創獲，先生未嘗不欣賞；有謬義，亦未嘗不糾也。蓋學問之事有本末焉，傳云：『正其本，萬事理。』豈不信哉？六經者，學問之淵海也。先生之學，其深於經乎！本經術以制行則行潔，以爲詞章則其言立。

先生躭道棄榮，不以高節自矜，而獨致勤於災賑，所全濟甚衆。性喜爲詩，顧不苟作，廉君惠卿爲録存五卷，將刻行，先生曰：『子爲我序之。』予不能詩，然能粗知先生之學行，故述其離合數十年之迹。後之讀者，不以詩求先生，而先生詩所由工可知也已。

吴辟畺曰：義藴至多，而文特雍容閑雅。明允稱歐文俯仰揖讓無艱難勞苦之態，先生此文亦然。

抱潤軒文集卷六

贈序

送阮仲勉序 丁丑

孝於親，若於長；機智杜於内，沖夷樂豈溢乎色；能考無所稱，學不逐曹好；爲學官弟子數歲，不隨人應舉；匹夫之庸行俛焉以自勵，嗜之而不捐，怪笑之而不阻：阮君其亦賢矣哉！阮君曰：『吾嘗汎涉乎學，茫焉無涯，吾懼焉，吾故退而守吾拙。』時舉以告其昶。其昶者，固所云汎涉焉，而莫得泮岸，又有深媿於阮君者也。

嘗謂，天地之大，鬼神之幽，推至一室米鹽之瑣，紛然難紀。按之，皆原於性分，備於一躬。將悉萬殊之等，冥心以自探，膠焉而内固，執焉而罕通，終無以權度乎自然之則，銖兩而當其分。故質之美者不踐迹，學不至者無由成。於是，阮君窈若思，惝若失，辭去不來者一年。

其昶自得交阮君，始大悔所學。而阮君亦深有意乎予言，一旦移其家挂車山，來索言爲别。挂車山，予幼時嘗避亂於兹；外舅安福君近棄官隱其中，讀書養親，有終焉之志。今阮君舍其故居而又往也，試誦吾言於安福君以質之。

吴先生曰：起突兀有奇氣，著語亦精鍊，不肯一字猶人，是學昌黎有得者。

陳伯嚴曰：詞理簡備，不以肖韓爲嫌。

陳伯嚴批曰：學韓嫌未脱窠臼。（輯自一卷本）

贈鄭東父序 癸未

宋儒出而聖人之道明，宜學者畢出於此一途；然而多歧者，蓋學術之弊久矣。秦燒先王之籍，微言中絶。儒者鑽研遺經，畢生或塵通其章句，若斯之難也。故其所爲説，皆純駁互見。宋世大儒既興，有以默契聖人於千載上，本其所力踐而心得者，推闡以明之，於是，鄒魯相授之精旨，崇朝講之而可畢。

夫言之愈明，則剽而取之者亦易，故漢唐諸儒一二言之當乎聖人，非出於體驗之精，不得也。生宋賢之後，患不行耳，曼衍於言而竊其似，亦豈難哉！淺則入以耳，出以口；

深則游意於太始之原，未嘗即物以求其則，幾何不近理而滑真、蕩焉而乏實用乎？

夫自秦漢以來，學術之離合，區以別矣。然各有其不朽之實，即莫不各有所得於聖人之道之一端。夫聖人固陶冶衆善而莫名者也；若姁姁然奉一先生之説，專己以自高，欲尊聖，其迹乃近於自尊；欲明道，而必盡詘他人之道：吾不知聖人果若是否也。

由前之説，猖狂放恣，無裨世用。〔一〕由後之説，則必至如莊生所譏河伯觀海云者。於是，聰明材傑之士，意有所不厭，輒舉宋儒之默契乎聖人者，鄙之不講，而復從事於鑽研破碎之爲。嗟乎！易一弊而一弊生，學術之不振也，其不由此與？其昶每與友人鄭東父論學及此，未嘗不慨焉深咎。

予以辛巳冬來京師，得交東甫。居年餘，將歸去，東甫告我曰：『吾子於學，一歸命宋儒。又深知前所云二者之失，博觀百氏以竟其委，不可謂不知所擇。然吾願子益勉之矣。』其昶曰：『願子時發誦先儒之訓，毋歧出，毋阻初志。願子痛益宏所業，毋尺寸自隘。』兩人則皆敬諾。雖然，吾兩人者年不稺矣，逝而不駐者歲也，躬蹈之而覺其艱者行也，繼自今人事日起，而會合乃不可期，異日相遌，則果能既其所言乎？書以徵之。

陳伯嚴曰：名通沖婉，擅惜抱之勝。

送毛實君序 丁亥

吾讀常棣之詩，至『喪亂既平，既安且寧。雖有兄弟，不如友生』，以謂人情乖刺失序乃誠有是，何詩人狀物之悲切也！安居，無賢不肖，各朝夕暱儕偶不可割捨；一旦際倉卒，生死呼吸利害鑴肌膚，匪天屬之親者，寧足賴乎？然而，伐木之求友聲，則曰：『神之聽之，終和且平。』吾又疑夫世之出肝腑相然許，乃至緩急無可倚者，蓋非友也；篤其誼，足以和神人之聽，則其厲摩薰益，必且有依天屬之窮者矣。

吾之生鮮兄弟，而幸不見棄絶於友。吾鄉人暨凡與吾接，果賢者，皆得師而友之。又嘗一至京師，欲陰求天下奇士。今吾之歸而索處也久矣。豐城毛實君孝廉入都，道吾邑，愬遊乎山川，憑弔乎先民之遺烈，留兩月不去，幸亦辱友於予。告我曰：『西江有陳伯嚴三立者，洞庭之陽有程伯翰頌藩者，皆今之才賢人也。』更爲我言其他高材方聞之彦，殆六七人。惜乎！吾不得與數子者遊處，而君且去也。『風雨如晦，鷄鳴不已』，予能無思乎？

抑予讀周詩曰：『朋友攸攝，攝以威儀。』然後，乃益知伐木詩人之所云和平者，道在積誠，以弸乎中而形諸外。至聲氣之應求，與困阨之不相背負，又末也。吾聞春秋士大夫言志輒賦詩，君行矣，請誦詩以爲别。

徐茱岑先生宗亮曰：硬扎高古似昌黎。後幅出以神韻，剛柔互用，極佳。洗發經義，透切更不待言。〔二〕

鄭東父曰：中含悲感，而意氣俱昌，可謂情深而文明者矣。

陳伯嚴曰：興寄悠然。

送姚叔節序 己丑

己丑夏，叔節罷試禮部歸里，主予家者一月。且行，索言爲别。予不親先聖墳籍，廢業者久矣，無以應。及秋，其兩兄亦來。幽居結轖，無可與語，覩故人至則喜，莊生所謂聞『足音跫然』者也。仲實時時引與談易。深夜，思叔節乃遠在千里。往者，歲月寬閒，吾鄙三數人聚處，皆年少，可摶一誦讀。今予更憂患，又各有衣食奔走之累，求如曩時讀書殆不可得，時一展卷，則悠然會心，然後知易之書於人事爲甚切至也。

而叔節近方治詩，貽書求田閒錢先生詩學。嗟乎！先生不得已而著書見志，莊以繼易，屈以繼詩，蓋其離憂愁鬱，有感於身世之際微矣。其論詩，謂與尚書、春秋相表裏，且必考之三禮，徵諸三傳，稽之五雅，何其論博而篤也！予謂治經者，貴晰粗以御精。易之辭寓諸實，而其用也虛，其取象無端，膠之則一隅，會通之則足以周天下之故。惟詩也亦然。

叔節才敏而學詩，詩之與易果有可通焉者乎？吾願因其兄以訊之。

吴先生曰：湛深經術之文。

陳伯嚴曰：談言微中，意象超卓。

送教習早川東明君還日本序 癸卯

吾讀史記鄒衍言：儒者所序中國，九州不得爲州數，是名赤縣神州。赤縣神州外自有九州。有裨海環之，人民、禽獸莫能相通如一區中者乃爲一州。如此者九。有大瀛海環其外。當時見謂閎大不經，由今觀之，衍言殊約耳。曩所云人民、禽獸莫能相通者，今梯航相接如庭户，衍之言固可目驗而足蹈。據吾之所處而以意上下四方之無窮，浩乎渺乎，莫知所紀極，莊周譬言太倉之稊米，誠哉！其稊米也。雖然，彼二子者烏從知之？吾以謂，心之爲用，至纖而善入，不待頃而蟠際乎天地，凡質力判合、遐邇細大、有形無形，皆可以吾之心逆而矩之，意而得之，無足怪者。

夫此不可紀極之世宙，民物生息代嬗於終古，其種族之能自存立者，莫不各有其政、有其教。儒之教起中國，而稍被及日本，日本之於中國猶一區也。自儒外，以教名者至多，不可勝數。其地之所被有廣有狹，國之所託有强有孱。教各有其宗主，而一教之中又各别爲支，支之别，争之所興也。教與教争，教且與政争，甚者乃挾其國力以輔行其教，而兵禍隨之。原教之所起，莫不欲以善導誘天下；及其歸也，以殺戮禍天下。

中國之盛在唐、虞、三代，當是時，政教合，風俗隆。洎周衰，孔子生，不得操國政，從之遊者三千人，與聞性道者七十，故教莫盛焉。然而，政教之分，遂自是始。且夫孔子之所以教者，有末有本：其德知、仁、勇；其術禮、樂、射、御、書、數；其倫君臣、父子、兄弟、夫婦、朋友；其本在修身；其功之序則始於格物致知，而終以備家國天下之用。其言易行，其行易效。其所被之地不必廣，所託之國不必强。然而，其可以爲廣且强者不誣也，不行之於今，必行之於後世。秦并天下，獨讎視儒，不旋踵而亡。其後，累代相承主中國之君，大抵皆名尊孔子，而實莫能本之身以措之家國天下，故其效亦可覩。其時之小康小治，必其於孔子之言有合焉者也：合則治，違則亂，違合半則治亂參。夫豈獨中國然哉！極之瀛海大九州，絶黨殊鄰之域，吾知其無以異也。夫孔子之教易行，行易效，然往往曠千百年不行；行矣而莫或大著其效者，何也？躬其道者無其政，棅其政者虧其道，是以寖衰寖微，以至於今。而吾國之孱極矣，病在政與教分，務虚崇孔子而不實行其言故也。

泰西諸國，自古不與中國通，其盛强乃尤在近今之世，挾其機輪火器以睥睨區宇，彼其所爲天算格致創物之學，雖孔子復生，吾又知其必有取也。而吾孔子精微廣大之藴，泰西諸國既書文不同，無能驟喻，又瘉益輕吾國勢之孱，疑儒不足持世變，嗚乎！生民之禍其何所終極乎！抑其推而行之者，固猶有所待乎？

日本之於諸國，最前識矣，儒之盛也睎儒，泰西霸則取資泰西。當明治維新之初，羣一國皆騖西學。今其教育家言曰：『國粹不可失也。輸入異己者之文明以自益，即吾固有之文明胡可棄邪？』善哉言乎！兹吾國之所以坐蔽而兩失者也。

迺者，朝論稍寤其然，詔天下郡縣設學堂。於是，吴先生使日本，考學制，聘早川君爲吾邑教師，而過舉其昶授中學，其昶謝不敏，去今一年矣。竊聞早川君之所以教，不鄙夷儒，異於世所云云者。惜吴先生之遽逝，而不及觀學之成也。夫陰陽氣化之不能不窮，易曰：『窮則變，變則通，通則久。』今天下生民之禍亟矣，其亦窮變通久之時也。締邦交，固脣齒，以競存其種族，未足幸也，意吾聖人之教，其益將推而廣被矣乎？

早川君歲暮假歸，諸生之在學者、相與遊者各賦詩祖其行，祝其來速而慰其思。而君顧惓惓致聲索余言爲别〔三〕，因爲是説以贈，並以示吾鄉人，使知所警焉。

陳伯嚴曰：氣體昌博。

張子開曰：卓識偉論，固當於韓原道、歐本論外自成大篇。

送胡漱唐侍御南歸序 辛亥

曩余讀疏廣傳，疑國史所紀述其事與人，固宜繫朝政隆替之大，獨津津其父子辭榮引退，何邪？姚石父先生尤譏廣宦成名立之言，以人臣體國當遂許身立節以效知己，若志得意滿，取便私圖，非所語於魁雄特立、幹濟世業者。廣與蕭望之先後傅太子，廣言太子師友必於天下英俊，不宜獨親外家許氏。其後，元帝卒以任用外戚、宦竪致譏。而望之且坐排許史爲恭顯所陷殺身，無裨於國。易曰：『介于石，不終日，貞吉。』老子亦言：『知足不辱，知止不殆。』廣其有得於老易之趣者邪！

天下蒙業承祚，吏縛於文法，一躡故常，循資平進，以致高爵，顧身利否耳，慮無能有所建白，厲廉恥，存退讓，用盪濯斯世巧捷鬬進名實之心，此其功果孰與建立勳閥者多？君子欲維挽風教，未嘗不取此。然則，班史傳載二疏，昌黎韓子亦推大之，誠有旨哉！

若夫目覩滔天沴夏之禍，舉吾所因仍於前古者，一旦掃地刮絶，更創新制，當其整齊一切，必有違反持異議者相與牴牾劘切，而後真是出焉。吾言用，世獲其利；不用，存其言以待後知，世猶有斯言。今彼洶洶者方獎同而擯異，而吾復自避遜，以堅其眩惑瞀亂之爲，詩有之曰：『莫赤匪狐，莫黑匪烏。』又曰：『亂離瘼矣，奚其適歸？』斯誠世變之至棘，又班韓所不料，非可以尋常淡名勇退、厲世磨鈍之説與也。宣統三年春，侍御胡君漱唐以争論朝廷變法，章侃侃數十上，皆不報，一旦告别朋友棄官去。嗟乎！侍御將安歸哉！爲是説以尼其行。

吴辟畺曰：後半噴薄之勢，抑鬱盤礴，至爲樸茂。

陳静潭曰：幽曠敻絶，轉折無痕，此文之精闢者。

王晉卿曰：嫉世湛濁，以莊語出之。結轄在胸，故文特雄傑沈鬱。結語尤深痛。

贈邵伯絅序 辛酉

惟清帝幼沖嗣統，遭逢時變，既舉大位而公之天下。論者以列聖相承，積二百餘年之事實，不可不紀述之也，於是，有清史館之設。百度革新，不踵其故，獨載筆以從事史館者，猶多耆年舊學，誠朽腐不中世用。然鄰邦之徵考文獻來吾國者，必於館士是求，咨經諏史，不厭益詳。道之廢興，亦各有時。

曩者，粤盜起咸同之際，天下亦岌岌矣。逮曾文正公出而呼召徒友，戡夷大難，成中興之盛烈。初，文正之仕京師也，則偕文端公倭仁侍郎、吴公廷棟，日造請唐確慎公，講求性命之學。言文章道義則有梅伯言、邵位西諸先生。自今觀之，彼諸人者赫然震耳目，各有所成就，而當其時，則亦潛蹤孤往，於人所不鶩之途甘寂寞而不悔耳。

京師者四方之湊，學士大夫之趣向，盛衰治亂倚伏之幾，識微者恒覘於此焉。時屯數極，禍亂相循，雖莫知其所届，而人才之所由成，世運之所以榰柱於不敝者，不可誣也。世變大則需才切，才之成也範於學，今猶有文正其人者乎？區區佔畢小儒，有駭而卻走矣，然不能不企望於其儔者，情也。

迺者，館長趙公增聘邵君伯絅提調館事。君爲位西先生冢孫，早歲入翰林，提學奉天有聲績。國體既更，士之出處不可以常義拘，要觀其志之所存。志在一己與志在天下，則尤必審乎其學。邵君勉乎哉！君年方五十，同館之士謀所以壽君者，而屬文於其昶，於是乎言。

姚叔節曰：包孕宏深，絶無浪墨。

校　記

〔一〕『猖狂』云云　十卷本作『則必至倡狂放恣，陽儒而陰釋』。

〔二〕硬扎　據十卷本補。『洗發』云云　據十卷本補。

〔三〕十卷本此下有『誼有足感人心者』。

抱潤軒文集卷七

哀祭

許宏聲哀辭 丙戌

許翁成嘉，字宏聲，少習舉子業，屢黜於督學試。會寇亂初定，江南郡縣彫喪，吾邑人多往江南耕田占籍者，翁遂發憤走廣德州，試爲諸生，已而棄去爲醫。

予與翁相識在友人阮仲勉家。翁爲人治病，必時其減劇爲憂喜，餽之財物則面赤〔一〕。仲勉疾殆甚，翁診之，投劑不即瘳，則私流涕。予見翁長者也，與之語，温然，翁時年六十餘。問翁父母物故幾何歲矣，翁泣下不能語，予心異之。自是，時時來予家。

翁喜言神仙因果事，日誦世所傳感應經、陰騭文等十數萬言，口不及人過。每來予齋中，久坐，極歡。即客至，嗒焉睡去，默誦其所習十數萬言者，不以慢客自嫌也〔二〕。其論人物，必及予與仲勉，日再三言。人或謝曰：『已知矣。』翁默然。頃之，復言如故。

夫人處一鄉邑之中，率未覩天下賢俊，見其人或稍異乎衆，不爲苟賤無恥之行，即驚爲殊絶，宜也。然而，世之狃於同而謗所異者何也？嗟夫！士方少年未遇，抱獨行，其不爲人所忽易，幾希矣。乃翁所好惡如此，而今其又死也，予安能無悲也邪？

翁生而羸，壯而漸盛，逾七十不減其壯時，自謂當得大年。今年夏，與予一見。及秋〔三〕，高仲撲來言翁死矣，述其病革爲遺令〔四〕，戒子孫勉爲善，且謝予相知，誓死不能忘也。予曩戲言：『君善行日積，異日當爲作佳傳。』今未得事狀，不克傳〔五〕，乃先爲文以攄予哀云〔六〕。

吴先生曰：前幅寫生入妙，中閒感論處尤有遠神。

祭外舅竹山府君文 庚子

維年月日，緦服甥馬其昶謹以清酌庶羞之奠，再拜頓首，敢昭祭於外舅竹山府君之靈：

嗚乎！舒桐之鄉，靈淑蟠會。仍世有聞，惟姚氏最。憲臣蹶起，活我黎萌。援鶉惜抱，羣流慕傾。暨暨按察，樹立峥嶸。

我始髫齔，議連高門。安福之子，按察之孫。先子命我，是翁可人。誰不宦富？乃宦彌貧。卜云不諧，别締於張。未偶而隻，前要敢忘？實命自天，顛倒萬千。或虧或成，匪卜之愆。就聓皖湄，骨肉百年。燾我畜我，納我以規。愛分子半，誼則視師。廣坐高譚，默不一詞。斂身退讓，遇詩大恣。掐抉肝腎，人莫吾知。窮老到官，不名一有。曠世之抱，屈此奔走。古上庸地，孟達悲吟。堵水回險，駭魄悽心。冥冥高鴻，浩然投劾。壯子晨駕，瘴毒宵迫。抑豈其中，有不自得？承凶萬里，然疑難揣。欲號仍猜，有隕如瀰。計先子亡，逾時十載。孤立茫茫，猶恃公在。嗚乎已矣！天穹地長。眷懷恩紀，如何可忘？尚饗！

吴先生曰：警拔。

祭姚氏妹文 丁巳

維年月日，兄其昶謹遣男根碩備酒脯時羞之奠，致祭於姚氏妹之靈曰：

烏乎！吾寡兄弟，同氣之親，一姊兩妹。今以衰齡遠客，承爾凶問，心焉摧割，如何可言？

爾年十七，作嬪名門。勤家黽勉，上奉重闈，不以才能自見，亦無過咎。詩曰：『無非無儀，惟酒食是議。』爾其有焉。迨後，夫子學成，爲世儒宗，兩子皆才，迎養京邸。而爾性嫥静，不樂遊嬉，凡親族過從之情話，珠玉錦繡之珍飾，何嘗流連玩賞，快意當前乎？家門鼎盛，蕭然不有，人欽其德，亦私訝其非宜，今果然矣！前歲，兩甥凋殞，愍默自傷，吾固知爾之必不能支，何期去秋分手，乃便永隔！

人生直寄耳，念二親亡逾廿載，爾今獲侍，且得撫爾子女於地下，若靈爽有識，豈復戀兹塵世？吾近讀佛典，悟無生之恉，欲遣哀樂，媿不能然，千里馳辭，妹其尚饗！

黄鶴雲翼曾曰：語根至性，簡質似秦文。

校記

〔一〕面赤　十卷本作『愕然慚』。
〔二〕『不以』句　十卷本作『尤喜夜譚，予每自治所業甚憊，不能支，蓋翁猶津津也』。
〔三〕及秋　十卷本作『秋九月』。
〔四〕病革　十卷本作『病革精爽不稍衰』。

〔五〕『予曩』云云　十卷本作『予聞而悲之，將往會翁之喪』。

〔六〕云　十卷本作『吾嘗謂翁即死，當相爲傳，即以是貽其子孫，以償諸責』。

抱潤軒文集卷八

狀疏書

請歸宗改襲狀 戊子

竊職祖河南汝寧府通判馬樹華，與本生祖樹章爲同産兄弟。本生祖生職父起升、叔父起恒。通判生霍邱訓導起泰、叔父起益。訓導獨以適長相承八世，於繼别爲宗子，既服官，年四十早世，無子，宜立後。時叔父起益幼未娶，期功無可後。咸豐五年，職其祖生，職祖即命嗣訓導爲主後。自職後訓導三十四年，職父生子皆殤，叔父起益生四子。今職嗣母吴氏喪葬事皆已畢，本生父母又不幸相繼殁，垂絶流涕，言必得親子兼祧。

職自痛襁褓出後，今所後祖已有孫四人，而本生無别子，職年逾三十，未有子息，大懼一身無由奉兩宗之祀，揆諸二祖九原之心，必有悽惻怛悼不能自釋者。苦塊迷惑，罔知義例，誠不勝大願，願專嗣本生。而叔父起益亦願以子其昂繼大宗〔一〕。比哀懇族長定議，告祭先廟，俾其昂承受遺産〔二〕。

惟通判咸豐初在籍殉難，七年，蒙恩給雲騎尉世職。職長孫承重，同治二年，遂循例襲職。光緒元年，復以文生兼襲。今其昂既嗣訓導後，職退繼，還本生，宜並退世職，歸其昂承襲，於朝廷矜忠教孝之意誠無所悖。謹取具宗圖册結，呈請鑑核哀憐，據情題奏，改正襲典，以重宗支〔三〕。無任悚切待命之至！　謹狀。

吴先生曰：通伯此舉，有讓爵之高，無與爲人後之累，可謂仁禮兼得矣。文亦勁厲簡直，卓然可傳。

陳伯嚴曰：質茂爲漢人之遺。

宣統二年上皇帝疏　庚戌

竊臣賦性迂疏，無裨世用。光緒三十三年，詔求人才，安徽巡撫臣馮煦猥舉臣應明詔。自知才力淺薄，徘徊卻顧，未敢即行。本年，應學部之招，編緝禮經課本。適吏部奏請考驗續到人才，交遊敦迫，以君臣大義相勖，因隨同報到，特旨以學部主事補用。觀政兩月，即蒙恩實授。職卑，例不得言事，惟念朝廷既施殊異之恩，時事又值阽危之際，苟隱情惜己，抱其愚忠而不上達，爲罪滋甚，敢昧死竭拳拳。

方今，朝廷發憤圖治，罷科舉，興學堂，奬遊學，設巡警，廣徵兵，勸工業，啓商會，變刑律，改官制，開咨議局，許地方自治，甚至損獨裁威福之柄，定九年立憲之期，宜若富强之效可覩矣。而天下乃反岌岌不終日，此何故也？則以凡事務其虚名，而百姓受其實禍也。

蓋天下之窮甚矣。王制曰：『國無九年之蓄曰不足，無六年之蓄曰急，無三年之蓄曰國非其國。』今非特無三年之蓄，每歲出入相較，虧短四千餘萬。逐年籌備憲政，則逐年增出，又不啻數十百鉅萬。夫無三年之蓄已曰非其國，況虧短至數十百鉅萬，而可以爲國乎？夫辨事必先籌款，度支無款應付，固一事不能舉行；儻度支竟能應付，其爲禍烈更不忍言。何則？度支總全國之財政，請款於度支，度支無款也，則索之於督撫，督撫亦無款也。自清釐財政後，其進款之數既已周知，出款之虧方求補助，更何能横索之邪？度支無款，督撫無款，而事又非款不辦，則其所應付者，仍是多方搜括，虐取於民耳。

夫今日之民尚堪虐取乎？甲午、庚子一再賠款至數千兆，民間膏血已罄。重以各項新政之加捐，銅元之耗折，物價騰踊，富者日趨於貧，貧者至不能存活，流離滿塗，盜賊蠭起。去歲，南方收成歉薄，並非巨荒，而臣之里中已有全家饑餓赴水而死者。詢之他處，亦復有然。夫人至饑寒迫身，雖父母不能有其子。情甘就死，惟老弱良懦則然，桀暴之徒便生異志，況革命風潮日益加甚，鹽梟、會匪、散勇、游民椎剽無忌，善良者惴惴不自保，天下已亂矣，特大衆未屯聚耳。

臣非敢以危言悚聽，今在朝之士各行省皆有其人，監國攝政王御朝之暇，試進而問之，各該地方物力尚不凋敝乎？民生尚可自給乎？盜賊尚不充斥乎？則恐臣之所言猶未能道其百一也。又試進諸臣而問之，比年所行新政成效若何？教育果普及乎？巡警果有益乎？徵兵果足恃乎？工商之業果發達乎？自治咨議局果得人乎？臣又恐各省奏報之所言，百未能有其一二也。天下之患莫大乎是非利害顯然明白，而朝野上下知之而不言，言之而不盡。

吾國舊政，是古聖君賢相及我朝祖宗所行之而效者，然流弊至今日而極，不以實心行實政，此其失人人能言之。今之新政，亦東西各國行之而效者，然而不以實心行實政如故也，此其失人人知之而勿敢言，言之即被阻撓新政之名，而目爲狂怪。今上自樞臣疆吏，下逮文儒縉紳之彦，莫不私憂歎息，以爲未來之效茫如捕風，必至之患危如厝火，而奉行猶恐其不力者，督之以至嚴之功令，限之以至迫之時日，困之以至窘之財政，劫之以至新之學説，而莫可如何也。張皇耳目之舉，其聲譽驟騰於報章；慎固邦本之圖，則譏嘲已徧於衆口：如是而求免罪戾，其政策之出於敷衍也必矣。夫變法大事也，立憲政尤創舉也，今欲變法而創古今未有之舉，而上下承以敷衍之心，臣誠不知其可也。

舊政之失，失之因循；新政之失，失之紛擾。因循之失，聽民之自生自死，而不爲之所；紛擾之失，日日爲民謀所以生，而實迫之以死。何則？苛斂重而民不堪命也。今一言新政之失，則諱莫如深，是盜鈴掩耳，自絕其新政之機也。傳曰：『長國家而務財用者，必自小人矣。』『小人之使爲國家，災害並至。』又曰：『與其有聚斂之臣，寧有盜臣。』今災害亦可謂並至矣：炸彈起於輦轂，民變、兵叛時有所聞，水火旱蝗疊見層出。歷稽天人相與之故，必有感召致此之由。當今在位之公卿大臣，其存於心者，未嘗無公忠體國之志，觀其設施，則皆財用聚斂之謀，豈得已哉！百端待舉，兼營並進，不務財用而不得也。利之所在，上與下爭，内與外爭，紳民與官爭。爭之而民窮，親民之官亦窮，國家愈窮，遂成災害。夫以公忠體國之人，迫之使務財用，而爲災害於國家，臣誠惜之。而説者且曰：『歐美納税重於吾國，人民應盡義務，多取之不爲虐。』凡此皆亡國之言，不可聽也。今日中國之民，其應享利益，何一事可比泰西？而獨欲效其納税，臣竊恐憲政成而陛下之赤子無噍類矣。人莫不有室家妻子之愛，其欲就安利、去危殆，含生之類殆有同情。今不顧室家妻子，奮然一逞，以阻遏新政，非其勢萬不容已，詎肯出此？

諭旨何嘗不嚴切責之曰：『是皆不肖州縣辦理不善之所致。』州縣亦人也，豈真甘爲不肖哉！責以就地籌款，而又以籌款激變罪之，籌款未有不滋怨毒者。民間無衣無食，無以爲生，而朝程一法出費若干，暮釐一事出費若干，曰爲爾圖治安，養生救死之不暇，而責之費無已時，治安未覩而民死已久矣。州縣，親民之職，古時所貴，今所甚賤。自新政興，上下之言籌款者，莫不以州縣爲質的，同心而射之。於是，其職非獨賤也，貧乃益甚，被檄到官，哀苦求免。夫人生仕宦固以試其所學，亦欲自贍身家，若官累私虧因而加重，自謀無術，何暇治民？賢者乃潔身思退。中材録録，豈能自守？是直迫之使爲不肖。賢者退，而中材不能自守，察吏之術至此亦窮，此真天下之大患也。是故，今日之四民，至窮者農人也；今日之百官，至窮者親民之官也。親民之官窮，而民愈不可問矣。堯、舜、禹相授受曰：『四海困窮，天禄永終。』四海窮而天禄遂終，可不懼哉！

故臣願陛下施行新政，首戒搜括民財，確守祖宗『永不加賦』之訓，力挽近時浮靡浪費之習，先求節流，乃言開源。開源之道，在興實業，搜括民財非開源也。政無論新舊，要以養民爲主。陛下之所以尊無二上者，以有民也；民窮至死，陛下將何賴焉？自古喪亡之道不一，皆由暴君汙吏虐政害民之所致，未有圖强而反得弱、圖富而反得貧如今日者。

今四方之士奔走呼號，一再請開國會而不止者，亦痛所行之無實效，欲藉國會以監督之也。夫朝廷既以立憲爲可行矣，何不與民更始，坦然聽之乎？而又不即許，是於憲政猶有疑也。有所疑，何不明罷之乎？而勢又不能。民氣一動而不可復静，事機一啓而不可復遏，既以立憲啓其機，又欲專制遏其氣，是授之口實而速之亂也。假使朝廷竟許開國會，而上果能監督政府，下果能取信人民，猶未敢必；今執狐疑之心，行敷衍之策，以朘民之生，則號爲新政者，直可斷之曰有名無實、有害無利。罷之不可，行之亦不可，情見勢絀，莫甚於此矣。於斯時也，猶不速爲根本之計，日趨貧弱而猶曰富强，禍在眉睫而猶飾觀聽，此可爲之流涕痛哭者也。

夫所謂根本之計者何也？君以民爲本，欲君位之鞏固，必先厚民之生。民生之厚不厚，則財爲之也，臣既言之矣。至於民者，惟君能生之，能死之，是民又以君爲本。而爲人君者，何以能生民而不陷民於死？則學爲之也，臣請得而備言之。

立國於天地之閒，能傳嬗數千年之久，必有其所以存立不敝之道，是曰國粹。吾國開化最早，自堯舜至於孔子，文教大備。其遞相講明而爲法於天下後世者，無他，亦曰人倫道德而已。君臣、父子、兄弟、夫婦、朋友五者，相維繫，相親愛，而天下治矣。此真所謂國粹也。若夫析陰陽造化之微，窮制作之巧，此泰西之能事矣，吾聖人非不重之，易曰：『備物致用，立成器以爲天下利。』是聖人未嘗不以開物成務利天下爲亟亟，特聖人啓其端，後之學者不能極而精之。然泰西制作之巧，其發明亦多在近世，不以是輕其耶蘇也。今乃以科學疑聖教，何其妄也！

且臣謂泰西之學，析理誠微，制作誠巧，要其國之所存立不敝者，其於人倫道德之意，亦必有其合焉者矣。謂其不能如吾聖人之詳備，可也；因其禮俗之異，謂其一無當焉，不可也。吾所未能極而精者，不可不效法於彼，幸而聖人之所講明詳備者，而顧可棄之與？效法於彼可也，皮傅不可也。皮傅西學者，見吾國勢之不振，遂疑聖人之教不宜於今，不知世變雖大，而人倫道德不能變也。試問今國勢之不振，果束於聖人之教而然乎？皮傅聖人之教，以至成爲今之天下；又皮傅西學而毀棄聖教，更不復知成何等世宙！今之學堂，特造成皮傅西學之士，驅天下之在位者以爲災害於國家，更驅天下之學者以毀棄聖教，臣又竊爲陛下危之。

治船礮，通工商，尚技勇，雖曰當務之急，要非其本也。向使專務富强，置人倫道德於不顧，則是舉天下唯利是趨，强陵弱，衆暴寡，臣不知有君，子不知有父，妻不知有夫。當是時，船雖堅，礮雖利，陛下能一日安乎？

昔者，戰國之季，邪説横作，非堯舜，薄湯武。秦至無道，燒書坑儒，其惡之如此，乃不旋踵而亡。漢興，五經復出，不可得而滅絶也。然秦雖無道，特惡人之是古非今，其於綱常大義猶未顯絶。今之論者抑又甚焉，視三綱爲桎梏，等六經爲弁髦，大亂之道其必在此矣。

夫上之化下，如風之行草，轉移甚捷。今欲厚風俗，正人倫，亦在上之人端其趨向而已。

伏惟皇上沖齡即阼，典學在邇，必宜敦選海内有道德之名儒爲師傅，朝夕啓沃聖德。監國攝政王總攬萬機，日昃不遑，疑若無暇於學。然臣愚以謂，受任愈重，則求學愈不容緩，亦宜妙簡端人，置之左右。弼德院顧問大臣，宜提前設立。九年籌備中，何時不當弼德？何事不當顧問？又公卿侍從之臣，宜時賜召見，俾得暢言極論。天下事理，講而愈明，亦可藉覘諸臣之才識，庶幾有緩急足恃之人。蓋人主以一身託於億兆之上，至危也。吾能治之，則以億兆人而戴一君，其勢自安；不能治之，則以億兆人而叛一人，其勢自危。夫一人而欲治億兆人，非至誠惻怛以求天下賢才，才何由出？民何由治？位何由安？

全軀保妻子之臣盈千累萬，平居無事，相與稱頌聖德，唯諾一堂，曷云其少？一旦臨利害，定大計，決大疑，環顧左右，可仗者誰哉？迺者，湘中飢民求食，封疆大吏不身出撫循，反委棄印綬，潛匿求免，用人如此，寧不寒心！況際古今未有之世變，慨然欲舉天下之弊政而革新之，不有二三重臣才德爲天下所信仰者，誰與領此？無其人而輕言變法，自古及今，未有能倖成者也。求之於犯顔敢諫之中，擇之於詢事考言之後，天下之大，豈患無人？特患有其人弗能知，知之弗能用。

居今日而談治道，猶以格致誠正之説進，誠覺其迂而不切矣，然而莫切於此也。帝王之學與臣下異。精於兵農測算文學政法者，爲人用者也。帝王者，用人者也。天下之挾其兵農測算文學政法以求用者，君子出其中，小人亦出其中。向使人君無格致之學，則邪正弗能別；無誠正之學，則好惡弗能端。喜諛而惡直，喜同而惡異，喜愿謹而惡狂狷，喜才辯而惡樸訥：如此，則君子退而小人進矣。

今之用人者，漫然任之而已，曷嘗審其才德？又是非往往與輿論相反，其愛人而盡心於民事者，每不得安其位；能安其位，必其善事人、有左右之交者也。於是，苞苴請寄疑似之言騰播遐邇，甚非所以揚令名、樹風聲也。在用之者，第樂其便於己，而豈知其屈意以事己者，將求所大欲於彼也？民窮至此，其堪供此輩之求邪？賢豪之士，上無所希於人主，下無所覬於斯世，即又安能回面澒涊以結權要之懽邪？用賢豪雖若不便於己，而能使天下皆安，便孰大者？不用賢豪，而用其瑣瑣姻婭，及奔走門下齷齪之材，雖若便於己，而能使天下不安；天下不安，己亦何利之有？然而，用人者每棄此而取彼，何也？漫然任之，而弗辨其爲君子、爲小人：此不知人之故，格致之學不足也。明知其君子，而惡其拂於己；明知其小人，而樂其便於己，而因以害於民：此不克己之故，誠正之學不足也。用人者專取工揣摩、善事人之人，將來馴致高位，又爲用人之人，天下賢豪有伏巖穴而不出耳。

王者與師處，霸者與友處，孱國之君與善事人者處，賢豪不出，而善事人者在位，時事可知矣。是故，格致誠正之學不足，未有不樂親小人而惡君子者。君子小人之進退，國之興壞所由判也。臣故曰，帝王之學莫切於此也。

我朝聖祖仁皇帝武功文德遠邁前古，而其學問克治之事乃與儒生無異。聖祖所遇之時變，非上古之時變；而聖祖所傳之心法，仍是堯舜以來相傳之心法。今或謂古道不足以治今世，亦可謂數典忘祖、自誣之尤甚者矣。伏願監國攝政王不以臣言爲迂闊，上取法於聖祖，下畏顧於民喦，知君以民爲本，則當爲天下惜財，以養其民；又知民以君爲本，則當先天下而勵其學。人君有學，然後能知人用人；能知人用人，然後刑賞當而賢才出；刑賞當，賢才出，然後可以革新天下之政，而民得所養。民得所養，而用其暇豫之力以共謀生聚，是謂真富；作其尊君親上之心，以並力禦侮，是謂真强。大本既立，而凡所辦學堂、巡警諸政，先後緩急，可行不可行，不待詳言，自能折中至當。

然而，臣猶不能已於言者，則海軍一事是已。國家之不可無海軍，無愚智皆知之，而臣猶不能已於言者，則國力不足也。開辦經費至一千餘萬，常年經費亦不下數百萬，故湖北巡撫胡林翼言，國家大事莫難於兵，莫危於兵；而自以學識小，本領薄，未足任此。林翼近代名臣，其言如是，問今足當海軍大將者誰乎？不能自造船械，則仍購自外洋；不習海道，不能駕駛，則仍須聘用洋員，徒於賠款輸出之外，增此無限之輸出。不注重實業，而專以養兵；不精練陸軍而爭雄海上：非計之得也。

説者謂海軍不興，見輕鄰敵。臣謂此正兵家之機宜，將謀自强，必先示弱。儻動不量力，財匱民死，不免於亡。今天下民窮至此，盜多如此，唯興辦實業，庶游民可以漸少，生計可以漸饒。然實業費鉅，非國力維持，決無能辦之理。國帑耗於海軍，又決無能辦實業之期。

今夫生計蹙而盜賊起，謀國者始惶然以養兵爲要圖。民以無所養而爲盜，不寤其然，乃括民財以養兵，養兵愈多，則民愈貧，而盜賊愈熾；仍不寤，又益增兵。今之養兵如驕子，會操如兒戲，用財如泥沙，剥膚敲髓，以練三十六鎮之兵，而叛者四起。陸軍不足恃，更謀海軍。夫練兵平亂，而亂者即兵，兵可易言乎？故大學士曾國藩論湘軍之功，在一二督兵大臣能以忠誠爲天下倡。聞忠誠能倡天下，不聞虛憍之氣可以鎮天下，懾四夷。

吾國自庚子大創後，二十年内，必再無啓釁强鄰戰鬭於海之事。内治不修，人才不出，縱竭全國之力專供海軍，猶未堪一戰。況財力竭，外人即藉口債權而攫財；政亂民起，又藉口保商而干涉：兵事在在可以亡國，奚暇海戰？則何如移其費以辦實業，使内亂不作，猶可以圖存乎？

若海軍，但當設一學堂，以豫儲人才。考外國之制，實業既興，自有義勇艦隊。組織由於商民，政府補助成立，親王總之，戰時則編入海軍，省費甚鉅，無創海軍之名，而陰有其實，此正所謂兵家之機宜也。二十年後，氣力漸復，何難再振？今第知海軍之爲急，而不知因海軍而財愈竭，民愈困，禍更有甚者。故大學士李鴻章之經營海軍也，以任將弗慎而敗。然當其始，部臣束縛，朝士譏彈，不動聲色，事亦克舉，何嘗鋪張揚厲若今日之爲乎？

耗財莫甚於養兵，生財莫要於實業。危急存亡之秋，財者民命，豈堪浪擲？有識之士引爲巨憂，而皇上曾不聞知者，以海陸軍政皆寄之親貴，天下遂緘口結舌而莫敢道也。從來親貴用事，流弊滋大，不可不察。位高則窮於賞，親近則窮於罰，魁柄久持，趨附者衆，勢不能復就閒寂，緣竿百尺，有上無止，豈不至危？裁之則生怨，斷之則傷恩，縱之又無以善其後，骨月之際，人所難言，欲圖萬全，惟在慎始。我朝開國之初，專征秉鉞，實賴親藩。然皆起自艱難，有雄偉蓋世之略。自後，皇子概不與聞朝政。中興以還，主少國危，親王輔治，事非得已，然醇賢親王猶以非成憲爲言。歷聖詒謀之遠，萬世所當遵循。

今貝勒載洵、載濤慨然欲救危亡，以練兵爲急務，然兵事變化必資實驗，非可坐談。出洋考察，匆遽一過，豈遂得其深際？彼鄰邦接待之優崇，皆其外交之機智，爭欲售船礮於我耳。而海軍一經開幕，用費既廣，用人尤多，急功喜事之徒可以坐致通顯，自必肆其營求。夫以生長貴富之王公，受外人優待，則不免有自是之心；樂羣下推崇，更有弗能中止之勢。出言而莫予違，行事而誰敢議，豈必拒諫飾非哉！其處勢高，忠言自難入也。聚無數急功喜事之徒，奉一年少之王公，而握全國之軍政，臣恐草澤姦雄有以輕量朝廷，而生其覬覦矣。

自胡林翼、曾國藩且不敢輕易言兵，今之親貴縱有奇才，視之昔人或猶未逮。兵者，國家命脉所繫，他事可以嘗試，不當以命脉爲嘗試。且任危責重，爲兩貝勒計，亦非所以安全之也。皇上誠篤懿親之愛，何不使之就學以老其才，導之退讓以儲爲大用，未宜驟綰兵符，遽膺重寄也。在兩貝勒，忠勇奮發，自應出洋留學海陸軍校，迨學成返國，整軍經武，衆望自孚。不然，游歷考察，糜費無已，徒豪舉耳。西國王子肄習軍事，與齊民齒，勞瘁不辭；若一望能了，又何爲自苦？迺者，蒙古王公亦知求學爲亟，具此遠志，況國家之親貴臣哉？自皇上暨監國攝政王及親貴大臣一出於學，而後國可强，四夷可服。

抑又聞之，天下之變，恒出所備之外。今執政諸臣所日夜勞心焦思者，曰海疆耳，兵力耳，財政耳。士大夫所奔走呼號者，曰憲政耳，國會耳。臣竊恐他時禍變之作，不在海疆，而在內地；不在兵寡，而在民窮；不在取財之不足，而在用財之太奢。至於立憲政、開國會，域內大勢之所趨，不患其不行，而第患行者之徒務虛名，有憲政，有國會，而其禍更烈。

故臣區區愚慮，伏願朝廷留心根本之計：愛民節用，以固結人心；益提倡人倫道德之教，爲皇上培養聖德，而正四海之風趨；念元元之在塗炭，速罷不切之務而課實以責新政之行；節省海軍經費，以興辦實業；寤寐訪求賢士，以共濟時艱；而於貴胄親臣，尤當裁成保護，示天下以大公，而杜後來無窮之隱患。宗社幸甚！薄海幸甚！

臣忠悃自將，罔識忌諱。如蒙譴責，義不逃死。不勝惶悚待命之至。謹奏。

王晉卿曰：忠懇痛切之言，鍼鍼見血。其章法尤具草蛇灰綫之妙。

章枚叔曰：『四民至窮者農民，百官至窮者親民官。』語之痛切，必非京朝清望之士所能言也。

代常裕論新政疏 辛亥四月

奏爲國勢危迫，非實力維新不足以圖存，謹披瀝直陳，仰祈聖鑑事。

臣竊維二帝三王之道亘古常新，不言富强而自握富强之本。今天下之士莫不扼腕而談新學矣，湯之盤銘曰：『苟日新，日日新，又日新。』蓋去其舊染之汙之謂新，非舉其舊有之道德而悉屏棄之謂新也。

我朝受命定鼎，聖祖仁皇帝崇重儒術，尤喜表彰朱子。康熙六十年之治化如日中天，乾嘉諸儒一變而崇尚漢學，其流弊所極，至掇拾叢殘，諱言義理，已失聖賢明體達用之旨。然數千年來，綱常大義深入人心，詩書之文比户誦習，故一旦粵逆倡亂，曾國藩、胡林翼諸臣起而提挈義旅，卒底蕩平，其收效猶能如此。近者，老成殂謝，異學争鳴，在朝在野不聞有名世大儒提倡道德，人才衰耗於斯極矣。上無禮，下無學，賊民興，此乃根本之事。不思反本，又一變而以新學相矜。臣非敢謂外國理化製造諸學可不必講求也，特怪今之言新學者，拾其皮毛，不克入其堂奥。詆舊學爲腐敗，一旦志得意滿，其腐敗更甚於前，賣國營私屢見章劾。行一新政即增一弊端，是納舊弊於新政之中，變法之害甚於不變。外國既富且强，吾國既貧且弱，勢已不支矣，猶賴聖賢忠孝之訓可以維繫萬一。而諸人必欲讎視三綱，蔑棄禮教，使天下蕩然無復有尊卑之分、固結之情，臣誠不解其何心也。人心風俗之憂，甚於敵國外患。

以學校言之。曩時科舉取士，其失則陋，然經傳義訓未必皆能實行，終莫敢顯然叛越。今則平等自由之説倡於社會，學生目的惟在獎勵，要求分數，與教習作難，動挾全體以破壞規則。一子入學之費，已足耗八口養膳之資。考其功效，或中學及高等畢業，而文義猶有未順。日言興學而學日廢，如是而求教育之普及，不可得也。

以地方言之。曩時民所畏者官耳，紳士有優劣之殊，究不敢與官抗，故得一良吏則一縣治。今乃增數十百之紳董，號曰自治，用多數票舉而得，大抵皆由運動來耳，賢者豈屑爲此？凡地方才智之士，或仕於朝，或幕於外，或家居而廉隅自守，不與外事。所謂自治之紳董皆不在此列。試思其人格爲何如人乎？假以事權，如虎生翼。民膏有幾？其能堪此朘削邪？諺曰：『昔官一，今官百。名自治，實自亂。』非誣也。

以官場言之。曩時京秩雖貧，人安義命。今則設官視昔爲多，薪資數倍，徒步入都，不數載而登顯要，人人有躁進之思。又且創一新署，開一學堂，建一局所，莫不仿效西式以爲觀美。王公第宅，踵事增華，上行下效，奢侈無極。飾輿馬，美冠服，日僕僕於戲園、酒館、妓寮之中，藉以廣結納，聯聲氣，甚且包苴、女謁無所不至。内官如此，則外官之鑽營奔競概可知矣。

以軍旅言之。曩時湘淮軍初起，皆募農家子弟，樸實耐勞，故能所向克捷，成中興之功。今之新軍甲仗鮮明，徒飾觀聽。其應募來者，亦自詡兵士，而無堅苦之質、愛國之忱。爲之將領者，又不聞以仁愛結兵心，以忠義作士氣。流血革命之言且入其耳、蠱其心。竊恐靖亂不足，釀禍有餘。安徽、廣東之事，其明驗也。靡巨餉以練新軍，又假之以利器，匪但不能得力，且隱若巨寇之伏肘腋，時有戒心。倉卒變起，而所恃者猶在陶汰未盡之防營。武備如此，可不爲之寒心乎？

裁緑營而增無數之兵，停捐納而增無數之官，倡民權而增無數之紳，罷科舉而增無數之士，而腐敗如是，熟睹之乃無一足恃，此臣所以中夜傍徨、惄焉如擣也。

今之言新政者，未嘗不以取法東西國爲辭。然外人行之皆有效，吾國行之則皆有害，何也？此其咎在人而不在法，明矣。且夫立憲云者，立法也。自堯、舜、禹、湯以來，至周而法制大備。其後，累朝因革損益，曷嘗無法？患在不能實行耳。今即欲廣取他人之法，亦當擇其有實用者行之，非苟慕形式已也。吾國農民既困，商務又未發達，賠款兩次，元氣更虧，加之水旱頻仍，救死不暇。當事者不權其緩急而刻意效之，萬端待舉，財力不敷，上下一心以事搜刮，取之盡錙銖，用之如泥沙，而閭閻之哀號困苦不計也。自壬寅迄今，舉行新政已近十年，效何如哉？但見民之益貧、國之益弱耳。

以中國土地之廣，人民之衆，未嘗不可以强、不可以富，道在反本而已。反本而後，其新爲真新。何謂反本？明倫立教，以忠孝之道爲歸；崇實黜華，以節儉之風率下；用人先取其德，理財務節其流。尚才而不尚德，則所尚者乃皆濟惡之才；開源而不節流，則所開者悉供淫侈之用：以濟惡之才，恣淫侈之用，民生已蹙而愈加蹙，風俗已壞而愈加壞，安望其富强哉！況猥瑣握齪，並無才之可言；侵欺失敗，又何源之能開？而徒爲是紛紛以苦吾民，是亦不可以已乎？

從事於形式〔四〕，而無真精神以貫注其閒，譬如富商大賈，付託非人，資本已竭，乃亟亟焉金碧其門面，更换其商標，以冀獲贏利。而人則猶是人也，貨則猶是貨也，外觀愈飾，虧折愈甚耳。今之新政，何以異此？

伏惟皇上聖齡沖幼，我監國攝政王權裁大政，尊親之分過於周公，時勢之艱過於周公，則憂勤惕厲之心亦必過於周公而後可。側聞監國攝政王受命之初，惶恐固辭，誠懇見於言表，是固知誕保之責之不易矣。今既已遺艱投大，分雖爲臣，而所行則人君之事。君道與臣道不同，非英哲不足以知人，非剛斷不足以出治，謙厚之德可以之守成，未足以撥亂。苟欲振危亡之局而保存之，則聖賢典籍不可不親，祖宗成憲不可不考，根本之計不可視爲緩圖，正大之言不可疑其迂闊。

今進講諸臣按期呈進講義，而不獲時賜接見，安能收討論之益？所講習之書，經史時務，不宜偏廢。書如二典、三謨，詩如變風、變雅，皆深切治道。若内政、外交之機宜，莫詳於通鑑。宋臣真德秀大學衍義亦頗爲古今所推。進講諸臣，果能於此數書中切實發揮，則賢姦昭著，治亂之故了然於胸，學術明而好惡自得其正，用舍自協其宜矣。

蓋帝王之學，莫大於主持風教，立自新新民之極，開誠心，布公道，破除畛域，廣求天下之賢才以任艱鉅，而不私其權於親貴，不集其權於中央。近時，以集權中央爲政策，誤之甚者也。督撫進退操之朝廷，權已集矣，復何所集？設任封疆之重，而無特畀之權，何以懾亂萌？何以應機變？至於一切庶政，皆本憂勤惕厲之心，求實力維新之效，如是，而異日所歸於我皇上者，乃已安已治之天下；否則，且爲危亡交迫之天下。

臣蒙恩簡授四川提法使，行將離闕，不勝依依戀慕之忱，敢效愚忠，披瀝直陳，伏乞皇上聖鑑。謹奏。

趙堯生熙曰：雄文沉鬱，洞極其弊，收處真氣奇勢，絶美之文。

劉幼雲廷琛曰：其指陳洞切時弊，文氣淵茂，子政、子固之閒。

王晉卿曰：痛哭流涕之言，以明白曉暢出之，斯爲奏疏之正體。

上大總統書 乙卯

竊其昶章句腐儒，讀書不通曉時事，承乏參政，無所表見，時用慚悚。近者，都中忽有籌安會之設，大旨以共和政體不宜於中國。共和之不宜於中國，固不待討論而知。然今既以共和爲名，建立未久，國基未固，無端而動摇之，則其事所關利害甚鉅。其昶雖愚，不敢漫然附和。連日讀報章，見中外人士贊同者多。私念大總統有高世之識，沈機觀變，悉協時宜。而諸人之所爲謀者，或睹其利未窺其害，必不足以淆至明之鑑，故敢竭其愚，爲大總統陳之而備採擇焉。

蓋聞自古帝王能操縱天下，而御之不失其宜者，亦在善審名實之閒而已。名不正則言不順；名正言順，其實乃利。反是，而鶩其虛名，必至受其實禍。

往者，武昌事起，大總統一出而漢陽告捷，和議底成。以彼其時，即乘乾綱，握坤符，取代清室，號稱皇帝，勢豈不能？然而大總統不爲者，知皇帝之名不可居也。於是，乃建設共和，優待清室。天下之人聞之，以爲世變至大，亘古未有，內憂外患迭至環生，清帝幼沖，何能當此？惟大總統權略蓋一時，足以戡定斯亂，而又無更姓易代之嫌，故相率歸命。天下非一家之天下，大總統既取而公之，則雖累代相承之共主，亦不得私其位；雖不私其位，仍存帝號。此大總統善審名實之閒，御之而得其宜也。

自古舉大事者必有其名，仗義執言，不徒恃兵力。項羽弑義帝，高祖即爲之發喪，劉項之興亡判此矣。彼義帝何關當時盛衰之數哉？然弑之而輒敗者，名義之所在也。崇清帝以慰舊臣之望，稱共和以息新黨之争，既而南方稱亂，一舉蕩平，彼無名義可假，故動而輒敗。蓋既以共和立國而復叛之，不待戰勝攻取，識者早知其無成。名之不可不慎也如此。

雖然，共和之名至美也，而其實中國不宜，識者又竊憂之。幸而改定約法，定總統之任期爲十年，又可繼任。是總統得其人，雖終身可也，此與皇帝何異？凡立法足以牽制總統，使不得盡其才者皆削去之。今大總統之權，以黜陟百僚，與皇帝無異也；以斷制刑罰，與皇帝無異也；以統一財政，與皇帝無異也。尊無二上，所不同者，特名耳。大總統握皇帝之實權，而不受皇帝虚名之禍，此誠善審名實之閒，御之而得其宜也。

而諸人必鰓鰓焉，慮繼承之際或有争奪。伏維大總統天篤降生，必享期頤之壽，春秋未高，胡太早計？即使耄期倦勤，又有金匱之法在，何慮争奪？堯舜傳賢，禹傳子，皆公也。天下朝覲、謳歌、訟獄者之所歸往，謂之王。大總統指定之三人，必天下之所歸往者。歸往在賢則傳賢，歸往在子則傳子，豈不光明磊落乎？皇天無私，惟德是輔。今不曰務德，而曰預定傳子則不争，夫公天下且慮争，私天下遂不争乎？自古王者曷嘗不傳子？而何以争奪之頻仍也？始皇既并六國，即聚天下兵而焚之，自謂子孫帝王萬世之業，豈知身歿未幾，而鉏櫌棘矜遂亡其族。恃力不恃德，而能僥幸者未之有也。彼其人皆聰明俊傑，利害當前而不知者，心有所蔽也。

當民國成立之初，大總統對衆宣誓，決不使帝制復生，此誠善審名實之閒，而爲子孫無窮之慮也。皇天后土實聞斯言，薄海人民所共傳誦，列邦稱賀載在盟約。此何等事，而可漫焉嘗試？口墨未乾，一旦反汗，使大總統失大信於天下，以後命令所頒，縱出血誠，人其誰信？以公始，以私終，信義一失，人皆解體，而謂大總統之明而爲之乎？假使國體再更，勢必襲前代改革故事，舊君去號，嫌釁易生，擁戴諸臣挾功而驕，難滿其欲，出自軍帥，後患尤深。加以鄰國禍心包藏不測，海外亂黨伺隙以動有所藉口，清室遺臣名節攸關，相率引去，事勢炳然，有害無利。大總統之不肯爲此決矣。

方今水旱頻仍，盜賊滿地，政繁賦重，民不聊生。此固上下所當憂勤惕厲之時，非太平無事，可以稱頌功德之時也。謀數十年後繼承之安，而先貽目前之危；數十年後繼承之果安與否，又非此時之所能預謀，而無事自擾，取前之所以制勝於人者，悉反之而授人以柄，未見其計之得也。所獲者虛名，所受者實禍。

且名又非至極也，大總統之名，中國前此未有，第一之榮名也，以視改革之代皇帝之稱數見不鮮者，名果孰榮乎？若非名之謂，則今大總統之權實與皇帝之權等，無事紛更也；若又非此之謂，則必謂繼承之事。繼承之事，在德不在力，在歷年之久，不在前定。

凡一代開創之始，必有開國之人才、開國之規模、開國之事功。以大總統之雄略，求天下之賢才而登用之，閔閭閻之疾苦，而罷去苛細之征，休養生息，民力漸蘇，而後整軍經武，力圖自强，使元元之民仰之若父母，自然天與人歸，雖欲拒之而不可得也。若未至其時而强爲之，必且受制鄰邦，貽譏來世，有無窮之隱患，非所以愛我大總統也。

今開會未久，四方響應，雖出一時仰戴之忱，然尚非謀國萬全之策。惟大總統超然遠覽，内斷於心，堅執謙德，勿失大信、召争端、受實禍，不私天下而天下自歸之，袁氏永安，萬民蒙福。此國大事，悉衆討論，弗厭求詳。語曰：『芻蕘之言，聖人擇焉。』區區愚忱，未敢緘默，瀆冒尊嚴，不勝惶悚待命之至。謹呈。

王晉卿曰：據事直陳，懇至詳盡。其胎息之厚似劉子政。

陳弢菴寶琛曰：義理與利害兼盡，深嚴婉摯，粹然儒者之言。

姚叔節曰：專就名實立論，反復悚切，似西京文字。

校　記

〔一〕『而叔』句　十卷本無。

〔二〕『俾其』句　十卷本作『遺産歸嗣子』。

〔三〕重　十卷本作『正』。

〔四〕從　疑當作『徒』。

抱潤軒文集卷九

書

答族兄質甫書 癸未

曩者傳聞吾兄上海事，私心甚不快，因致書相規。書詞切直，寄書者乃不肯以達，益以爲恨。古豪傑之士少不自檢，一旦悔悟，卒立勳名於世者往往有之。然則，前行固不足爲兄累也。

其昶以辛巳冬來京師，遂留應京兆試，後又存視鞠裳之疾，至今未能歸。去歲辱惠書，適聞叔父凶耗，南望悲痛，略無好懷，故久稽裁答。來書述南越地形、政俗，及所以控御之方，明白切當。遊好中如鄧鐵香、黄再同見之，皆録副以去。兄之才略終必爲世用，即此可見。

方今天下之勢有異於古。古者，世變固亦無所不備矣，然其所以圖治而補救之者，今古難易之勢不可同日而語也。古之所謂蠻夷戎狄，皆在要、荒以内。秦漢而降，拓地益廣，則患亦愈大。然非其種類在中國者不能遽爲吾害；其來爲害，亦不能周知吾利病虚實。何則？沙漠之遥，重洋之險，彼固不能驟至也，戰陳攻守之方，固無殊絶大異者也。非如今之輪艘、火車，瞬息千里，沙漠之遥、重洋之險，如履庭户而絶溝港，軍械火器當之無敵。叩關通市者百數十國計，山川扼塞之形勝，彼此共之。朝叛約而兵夕至；一國有故，諸國環起。古之謀天下者，息兵固圉，即可無事。今之謀天下者，非有自强制敵之術，則不能一日以安。豈非世變之極大，而謀臣智士所當日夜而籌者哉？

夫所謂自强制敵之術何也？外則遣使以采風覘國，内則製器以奪其長技。居今日而求禦夷之法，舍是二者，果猶有良策乎？無有也。必吾能得其情僞，而後可謀；必吾之長技能與之抗，而後可戰；能謀能戰，操縱之權在我，而後能自立國。然則，今日之遣使製器，果遂足以謀且戰乎？吾又未敢信其然也。國家歲耗不貲之費，使者紛紛四出，所在設局製造機器，既爲禦夷不能外之策，而又未敢信其然者何也？

且夫治天下者有本有末，有實有名。君臣父子夫婦之綱，文物詩書之懿，禮義廉耻之防，中國之所以爲中國者，更千萬年莫之能易者也，此所謂本也。精器械，習技術，講富强，以爲威天下、守國家之具，此其末也。務本而忽末，不可也；知末之不可忽，遂以務本者爲迂圖，則其弊更有不可勝言者矣。世之儒生不切究當世之務，論高而無實。二三大臣第欲挽回時艱，又或不暇計及其流弊。而一切趨時赴功名者，率皆浮誇嗜利之徒，相與揚其波而助其焰。深慮者退詘，諂媚者登進，天下靡靡從風，循此而不變，吾未知其所終極也。

且夫風氣之既開，未有能返之者也。當其始，各國閉關自治可也。陵夷至今日，既不能禁彼之不來，則不得不因勢之所趨而急爲之所。譬之水焉，未有歷數百年無南北之或徙者也。當其南徙，必遏使之北，不可也；順其勢而隄防之，亦未至大爲禍也。見其南北之無定，因而毀防決隄，則泛濫潰裂必且益甚。今之斥夷務者，是遏使之北之類也；今之習夷務者，是毀防決隄之類也。聚天下浮誇嗜利之徒，囂囂然唯夷務是習，吾懼其有泛濫潰裂之患矣，宜其費之日增月益，而罕有成效可覩也。今亦孰不知浮誇嗜利者未足任乎？顧以儒者既無救時達變之才，不得已而出於此。嗟乎！以浮誇嗜利之徒，而期以救時達變，不亦士之所大恥哉？

夫士方從學之始，父師之所期冀，朝夕之所肄業，雖曰誦習聖人之言，而皆懷利禄之見。殫氣盡力以事無用之域，不得則窮老以死；得之則精力已衰，出而任天下國家之事，則又争騖利禄以取償其初志之所欲得，而多方巧飾於其外。是故，吾之所習者詩書也，所重者教化也，吾之所操者本也，而其失也上下相應以名。

夷之所恃以爲國者，商務之盛衰、兵力之强弱也，所操者末也，而其得也則在能求實際。非我之本不及彼之末也，我之名不及彼之實也。故凡天文、測海、算法、輿圖、製船、造物，有可以益商務而助兵力者，無不日新月異，竭全力以圖之。非運其心思智巧，則器無由工；非工其造作，焕其耳目，則利無由得。故其相與講求者器耳，無所謂道也；其相與計畫者利耳，無所謂義也。此亦至猥賤不足道矣，然而其國日以盛强者，名實之效異也。夫以吾之積弱而惟務虚名，既震懾其强悍，而彼又日出其淫靡以炫誘乎吾側，則世俗之張皇崇奉固其理也，獨奈何君子之持正論者，亦惟恃虚憍之氣以輕掉之也哉！

然則，爲今之計果若何？曰崇正學、課實效而已。遣使則博求忠慤之士有才勇可信任者，而勿雜以浮誇嗜利之徒；學藝則擇其事之便民而少弊者，而勿染其華靡淫巧之習。以我之聰明才力懲往而毖終，安在無博通奇傑之士出乎其閒，精其術而益上之邪？

今吾兄奉委一再往越南，是即使者之任也，其能勿辱命而有異於世所謂出使者可決矣。讀兄書，觸其平日有感於中者，發憤一道。承外閒聞見，日有紀録，能簡其尤要者寫以相示否？語曰：『言忠信，行篤敬，雖蠻貊之邦行矣。』自古豪傑志士大有爲於世者，未有不築址於謹小慎微者也。此固宜兄所夙聞，而猶區區及此者，乃重相愛助之意爾。吾今謀出都，計抵家當在春暮。兄歸省之説果得遂否？遠客異地，惟强餐飯、慎思慮自愛。

不宣。

陳伯嚴曰：平心以度理勢，持議自少膚蔽。然猶未許爲閱歷有得之言也。文氣特充盛。（輯自一卷本）

陳伯嚴曰：自强之法，本末條流甚多，二策其一端耳。然即行此而略得實效，亦尚不至爲今日之天下矣！念之喟然。（輯自一卷本）

陳伯嚴曰：歐洲立國之大本大原，實具有中國三代以前規模，決非一於逐末所能至此。此尚以道器義利相比況，似未及博觀深究，仍狃於儒生故常之見。（輯自一卷本）

答鄭東父書 丁亥

得惠書甚喜。别後不自力學，忽忽壯大，恐遂無成。往在都日相接，今乃知其益也。居嘗讀顧亭林先生書，甚好之。又嘗喜讀陸桴亭思辨録。私謂國朝諸儒之學，平湖、楊園步趨朱子至矣。顧氏之博，桴亭之通，近代曾文正之大，此三家者不專主朱子，實與朱子爲近〔一〕，綜賅本末，確然可施行。顧氏獨好五經及宋人性理書，其自述蓋如此。惟其論學論治，鋭於自信，詞旨矜高，且鑑明季空言之失，矯枉或過。其後學者遂祖其説，稱述漢京，輕詆宋賢，風尚變焉。乃吾觀其書，務求經世之業，固非章句小儒所可託也。

夫古之君子自任以天下之重者，深知事變無窮，故嘗有退讓審慎之意。矜其所學，而概欲施之天下，古若今操此而蹶者有矣。吾讀文正集，歉然於學問之不足，事功之未可易言，其識固有過人者哉，抑更事多而後智量遠也。然文正生平頗致力文事，務推大之〔二〕。顧氏則一以禮教風俗爲己任，於文若有不屑意者。二者不同之致，果孰爲得失乎〔三〕？承近日服膺顧氏，竊喜其尚論有合，第未知愚淺之見，足下何以教之〔四〕？

佩蘭先生勤於爲政，彬彬乎有儒吏之風。讀贈言一篇，陳義至當。憶往年約共致此意於佩公，足下今乃能既其言。其昶居其署中月餘，竟無所贊益也。

致仲魯書幸附去，久不得其息耗，至爲念之。天暑，惟千萬自愛。不宣。

吴先生曰：尚論有卓識，抑揚頓挫，最有韻度。

陳伯嚴曰：體驗有得之言，味之彌永。

鄭東父批曰：夫自秦漢已下拜嘉貺矣。（輯自一卷本）

上姚靜菴邑侯書 丁亥

昨論汪正宣挾邪術，不得妄舉孝子，害名教甚大〔五〕，故採擇清議，佐賢父母治化。乃未蒙鑑察，斥而不納。誼不得終默，敢略陳之。

正宣一邪僻賤巫耳，其穢行敗德，昭昭在人耳目。挾禍福之説干大府，聲勢動一時，思得美名以自蓋飾。前者，執事迫承大府意旨，爲之詳請題奏，猶可諉曰不知〔六〕。今公論大伸，中丞且下檄察實，猶悍然堅持其事，甚無謂也。

正宣自言，其孝不過廬墓、封股。執事贊曰大德，亦不過信其廬墓、封股之誠然。且夫廬墓、封股，後世矯激之行，非出於中道，君子節而取之，亦必其他行無大戾。正宣以左道惑衆，其廬墓、封股，事有無不可知；即誠有之，豈足爲孝？

古之孝者，既葬速反而虞，何有於廬墓？身體髮膚受之父母，不敢毀傷，何有於封股？防墓之崩，孔子先反，是孔子未嘗廬墓也。曾子考終，啓視手足，是曾子未嘗封股也。今曰廬墓、封股乃孝之大德，豈孔子、曾子之孝尚未大邪？詩書論孝德至備，今縱不足與之言此，奈何反取邪僻辱身大不孝之行而尊異之，以壞亂風俗？

方今天下異學蜂起，各肆其淫邪之説，煽誘黔首〔七〕，執事恕之，曰不得以小術掩其大德，是正宣之挾小術，執事知之甚明〔八〕，無可遁飾。闢異端，崇正學，聖諭廣訓煌煌垂戒〔九〕。且載之國典：巫師、術士妄言禍福，厥有常刑。其所以一道德、遏亂萌之意至深且遠。前古之已事可知矣，其他可恕，此不當恕也，而可旌哉！行不軌，盜虚稱，此亦非正宣之福也。

自晚近來，士習於功利，猥瑣以弋取勢位，絶無砥節厲行之意寓乎其閒，乃別旌孝弟謹篤有行檢者以厲風俗，此其事亦有心者所當悲痛而愛惜之者也。至孝弟謹篤之名亦可欺罔而得，嗚呼！其殆世運之極變矣。孔子曰：『惟器與名，不可假人。』非惜夫虚名，惜夫天下之實將遂不可復見也。

敝邑以孝行受旌者，自明檀孝子郁以下數十人，皆行修名立。一旦以賤丈夫廁其閒，先賢靈爽必且傍皇卻顧，恥共歆饗。而後進之士見其榮受旌典，遂真謂可法可師，習奔競，甘穢濁，廉恥道喪，正學益衰，誠可痛也。

執事臨莅敝邑數年矣，士民之邪正，衆論之臧否，類無不洞達者。始聞其孝而舉之，繼知其不孝而黜之，豈不光明磊落大君子之行哉〔一〇〕？若必遂其前失，以辱朝廷、汙風教，使百世後論者追溯太息，謂此事成於執事之手，敝邑士大夫竟無一主持清議者，昶誠恥之，亦竊爲執事不取也。伏惟恕其狂愚，俯賜採納，不勝至幸。

吴先生曰：辭嚴義正，似韓公闢佛之表、歐陽誚高司諫之書。此舉謬亂可駭，賴學校以公論挽救之。文有功風教不淺。

陳伯嚴曰：聲實宏大。

答方倫叔書 己丑

倫叔足下：

前者辱示大著京卿公事實考略後述，俾之論定，意懇而詞切，至于再三。其昶自搆家難，文事久廢置不講，承命愧悚，不寧者累日。以吾二人之誼，不應嘿嘿，輒敢妄貢所見，其言不必當其意，惟倫叔知之也。

辱再惠書，猥以喪中爲文不宜過矜鍊，其説爲不謬。獨疑子孫述其先者，贊頌語非所宜施。謂子孫固有闡揚先世之責，舉曾子固先大夫集後序、朱子皇考行狀所以贊頌者，辭皆極至，願往復以衷一是，且自明非有拒心。倫叔之意，寧待自白邪？其不務辯給取勝，惟吾亦知之而信其誠然，則亦何所猶豫遜避而不肯盡意於吾倫叔邪？莊周有言：『孝子不諛其親，忠臣不諂其君。』夫所謂諛、諂者，豈必無其實而虛稱以誣之哉？侍言尊者之側，語貴質，而不敢盡也；而或飾之，君子曰：『是相疏外之道也。』其於爲文亦若是焉而已。據事直書，使覽者自得其情。而於言若有所不敢出者，敬之至也。子固之序先集，皆綜其立朝建言大節，詞若歸美，而實反覆推明其齟齬不得志之由，所謂用意深遠者也。

今所著事實考略，大指固主於鋪陳德美，非若他書之有待發明。倫叔自爲後序，記其緣起可也，而復云云，於義爲侈，於文則已贅矣。且序、跋之體，於傳狀尤不類也，義所不可。古人雖嘗有是，君子不以自安，況古者之未必然邪？

吾讀孔孟書，敘列古仁聖賢人備矣，乃皆罕及其先德，豈其行事皆軼無可徵與？君子之自修也務既其實，其事親也亦體吾親務既其實之心，而不惟名之津津〔一一〕；片念之耀乎外，謂以厚其親，即所以薄之者甚大。況吾親自足表見於天下，其名之永不永固不在此。襮揚其親之名，人子之至情也，然而古之君子猶致慎焉。此其意亦惟倫叔知之也，吾與足下益懋勉之而已。

吴先生曰：此文有任意揮斥之美，其義則可質古人。

陳伯嚴曰：義謹嚴而氣沖澹，足徵所蓄。

答蕭敬甫丈書 辛卯

得十月十九日書，並寄賜姚氏漢書平點及醫方各一册，忻感以媿。迫多事，又所言倉卒未可展意，遂至逾月闕不報，豈不罪甚哉！歲暮，念當反里，益苦無便使候問。開春之約，恐不果來。元宵後，其昶有金匱之役，儻過皖，得因緣侍教，幸甚幸甚！

伏惟吾丈垂念先人之好，不肯疏外，辱書教以所處，謂當堅忍家居讀書，不當外出。而重以鄉邦五六百年文獻之傳，不宜到今而絶，敦勉倍至。又自傷久客，故平生志業未能悉副。嗟乎！非至篤愛，孰肯言此者乎？其昶雖不肖，其安能無慨於中也？

念自小席先世遺業，入塾受讀，世事一不通曉。今乃遑遑取資於道塗，吾丈謂我豈誠樂於此乎？孤露失所芘藾，摧傷困辱之事無歲無有。家世薄産，鬻去已强半。婚嫁迫乘，丈夫不能自存，乃欲開口向人，輒自慚恧，計惟賣力傭書猶當勝耳。幸逋負未深，一二年了此即歸去讀書，以終吾身。進取之事知復有限，妄自謂少壯所業不後於人人，猶且鑿枘而不合，他何求焉？君子之爲修也，獨有己之可力耳。其榮悴通窒乎我者天也，吾何歉乎哉！假文術逐聲利以自私，其昶雖不肖，猶能知所恥辱。蓋天下所以脊脊大亂，皆始於士大夫之自營其私，而其末乃遂可無所不至。以是自勵，閒亦以之語人。比年以來，朋遊中多有讀書嗜古者矣。至於矯然崇節概而不少挫抑者，此其人不必皆有所勉於學，然而不學則更無可以庶幾者。故其昶於讀書嗜古之徒，未嘗有所聞而不求，求之得而不相賓異者，以其在今日尤可貴也。

里中舊籍散亡殆盡。迺者，稍稍購蓄。經史之大，且不能具，從人假乞則面有難色，或迫相追索，不終卷取去。日與仲實、叔節言此，相約擇城中高處建閣，各出所藏書充其中，而歲益所未備，恣好學者之取閱，毋得禁格。夫書者，聖人以詔世天下之公器也，私焉則失其所以爲用矣。承留意搜討掌故數十年，今將舉以相屬，謂但使書傳，不必自我出，大哉言乎！夫書之出於己者，且不必其自私，況非己者，而可私邪？徒以資蠹蝕，供子弟不材者之狼藉，而豈非惑邪？

塊坐獨處，多所感念，讀來書，益觸發不能遏，輒率所胸臆以爲答。蓋其昶雖不得已於遊，要其本志所存有如此者，惟吾丈幸垂鑑之。

吴先生曰：具見憐才好古之襟韻。

陳伯嚴曰：中多見道語，文亦取似柳州。

上吴至父先生書 壬辰〔一二〕

自其昶始學文時，受知愛莫夙於先生。開闢徑涂，不迷其源，不阻其修，其得力惟先生多。乃一旦南北分異，遂至疏絶曠遠，積十餘年之久，無一言一字上徹左右，雖至頑薄不肖，不宜至此。

蓋嘗念，自古魁儒大師奮出一時。干名采譽之士争自刮磨，求親媚以驚動時人耳目，所在皆能也，扳依以爲重，豈有幸焉？周旋託於平生，名氏廁諸簡末，即百世又知其爲誰何乎？吾誠能取之於古，蹈之於躬，則形迹雖疏，君子不疏也；吾誠不能取之於古，蹈之於躬，則形迹雖親，君子不親也。

故其昶自先生暨武昌先生及凡當世耆宿，皆未嘗有所請謁，獨私冀其道粗成，庶幾有可承教之一日。不幸家世中替，二親繼亡，危苦患難之來非人所堪，孤孑一身，無可諉謝。又先祖久殯淺土，三喪未舉，因一意考覽形家言，廢詩書，歷岡阜，八九年於兹，幸今得畢大事，而期功之親亦捐卻明恩，都無纖介。

家難既寧，方思整舊業，又不幸以衣食故，傭書外出。每當深夜不寐，萬囂暫寂，慨然遠想，痛吾親之不可復見，悵師友之遠睽，歲月駸駸，誠恐此事便不堪造就，必孤抱所業，俟其或成，是終不復有可承教之一日，而十餘年區區不苟之心終莫能自白也。並時之賢之嘗我愛者且不相諳悉，而乃冀幸於歿世，其爲疏闊不愈甚乎？

因謹獻其所著文二册，又讀易筆記一册，惟先生幸鑑其從學最早、最不幸，而將無所成也，而卒賜教之，幸甚幸甚！

吴先生曰：曲屈盡意，孤抱尤可敬佩。

鄭東父曰：極似柳子厚。

陳伯嚴曰：託義不苟，言有典則。

吴先生批曰：出處幸不負期待，學業則深媿此篇。（輯自一卷本）

答劉仲魯書 甲午

往吾與足下遊，至樂也。無旬日不見，見未嘗不善相旌、過相敕也；不見未嘗不思也。別久矣，吾之情猶是也。

前足下過此，甚喜，以爲可謀永朝永夕之懽，竟不能然。譬之餓者，嚵焉求哺，終不得食，斯已矣；嘗鼎一指而揮之去，此人之情能無怨望者哉？辱書乞言於我，并承惠中州名賢集，多荷多荷！仲魯虚受之懷猶昔也。賢者進修之詣，豈一談之頃所能測？又，其昶方自媿德業無所就，雖欲效前時，有不知所爲言者，顧盛指不可不答。

記嘗與孫佩公語，境遇困人，賢者不免。佩公深感動其言。蓋非獨貧約爲困也，脱蓬虆而之顯，其困乃彌甚。易曰：『困于金車，吝。』孟子之稱大丈夫者，『富貴不能淫，貧賤不能移』，足下不移之操，吾既見其然矣；繼自今當更有以觀足下之處顯也〔一三〕。詩不云乎，『靡不有初，鮮克有終』。士未有不始終堅持一節而能有立於世者也。

其昶開春即南返，自此歸隱故山，與公等蓋日遠矣。天寒，惟朝夕珍攝。不宣。

陳伯嚴曰：名論。

姚叔節曰：義精，筆亦不測。

答章幼叔書 甲午

幼叔足下：

諸公在都城，慨然外聲利，旬有約，月有會，羣相礱磨性命之理。其昶聞而企仰久矣。及來京師，獲聆緒論，多所感發。此在古人，恒事耳；得於今爲幸，得於京師尤幸也。出都甫數月，邊事便至此，足可憤慨。

紹伯不期重聚保陽，數相從論學，其識趣故過絶人，乃復自咎學不得力，一試艱難已見，甚矣！其内克嚴也。此非平日講習之明效乎？

抑其昶區區蓄所疑，言之未必當，不言於交爲不忠，則試言之。蓋聞君子之學，先辨名實而已；苟其名也無之，焉而可也？不然，則自身心以逮家國天下之事，何莫非吾事也？而其道必講之於素，其則必取之聖人之經。宋胡安定先生教人，以經義治事爲本，此善教也。必以性命之在内者爲精，而鄙外事物爲粗末，不知吾性無内外也。當世之務，士大夫不之講，將誰畀乎？士大夫之志聖賢者不之講，雖有講之者，又足賴乎？即世亦何貴有聖賢也？今曰任未吾畀，固非吾事；吾恐任畀矣，有芒若不知所措者。何則？講之不素也。天下之事變殷矣，無本者固不能有立，然亦未可曰吾本在，其他乃遂可不學而能。

聞少鼎頗專以性體爲教，此特懲世之讀書逐名者爾。誠勵實矣，又能略仿安定先生遺意，如水利、農田之類，人治一端，專精而互講之，將必有通材達識〔一四〕、兼賅本末之士出其間者，固尤當世所幸賴也。讀書何病焉？少鼎〔一五〕、劍華諸公不及一一，幸出此示之，冀有以教我也。

承命序貴族家乘，不敢辭，謹擬一稿，屬味西書以呈上。不宣。

陳伯嚴曰：平通切至之語，沁人心脾。

答外舅論嫁取遭喪 乙未

昨張壻喪母，其家人傳語，將循桐城舊俗，遣使來致帛。事關變禮，比未敢自決。承示，女未廟見，未成婦，則無服，何帛之可施？此誠然也。其昶聞長老言，道光中，吾鄉閒有行者，壻家致淺青布二端，女則素服終三年，良爲過禮。

據曾子問，嫁取遭喪，遣弔稱父母，明不以女弔也。致命之詞曰『不得嗣爲兄弟』，不言『夫婦』，未成乎婦也。古者，婦服舅姑期，安有在室爲夫家服三年者乎？昨既據禮爲答，乃復退命二女孝婉衣飾勿純吉，以當心喪。張氏爲取婦數千里遠歸〔一六〕，吉期又已夙定，聞其姑病亟，恨不一見新婦。前時，孝婉忽忽不自得，通昔不寐，空室中若有聲息。晨起，音耗適至，殆非偶然。天親之愛，固有未接而其誼已甚篤者。思其生死綢繆之情，不可不答其意也。

古者，六禮各有次第。後世惟重納采，但一傳庚，終身以之。歸熙父之論貞女，一禮不備，比之爲奔。不知古今情事懸絶，兹其蔽也。曾子問篇載：昏禮既納幣，有吉日，壻之父母死，致命女氏曰：『某之子有父母之喪，不得嗣爲兄弟，使某致命。』女氏許諾，而不敢嫁，禮也。鄭君注曰：『必致命者，不敢以累年之喪使人失嘉會之時。』『壻免喪，女之父母使人請，壻弗取，而後嫁之，禮也。』鄭君注曰：『請，請成昏也。』自經有『壻弗取，而後嫁之』之文，説經者不得其誼，遂有別嫁、別取之謬解。羅整菴氏謂：害禮傷教莫此爲甚，蓋弗取、弗許者，免喪之初，不遽忍從吉，故禮辭之；其後必再有往復，昏禮乃成。聖人雖未嘗言，可以義推也。羅氏之説經，固至當不可易。

乃徐氏乾學言改嫁、改取，自注疏已然。其昶嘗熟復經注，知徐氏之誤説也。『昏禮既納幣，有吉日』，是嫁有期矣。以喪致命，『女氏許諾，而不敢嫁，禮也』，此言女氏之不以喪昏爲知禮也。壻免喪，可嫁矣，猶必待請而弗取。『而後嫁之，禮也』，此又言女氏能成其昏爲知禮也。昏姻之義男下女，玆請昏出女氏而無嫌，以納幣既已在前，又不欲發其事於子耳。其曰『壻弗取』者，見子之不急於昏，請而辭之，一往復也。曰『而後嫁之』者，見嫁取之宜及時，先王制禮之不敢過，是即羅氏所謂『再有往復』者也。至是而昏禮成，故曰『請，請成昏也』。曷嘗有別嫁、別取之説哉？然則，注所謂『不敢』者奈何？曰：『不敢』云者，重之之詞也。重其事，故不敢不致命爾。非謂懼其失時，遂與之絶，而使別嫁之也。懼其失時，何待三年？待三年矣，又何爲別嫁？即子又寧能終弗取乎？前後詞旨較然明白。若墮棄先命，別昏他族，無是理也。

自孔疏誤申注説，而經旨遂晦。羅氏得其解，然以爲聖人未嘗言，猶未審耳。徐氏師曾至謂事理人情皆未安，削之可也。嗟乎！信臆説而輕疑聖經，後世學者之陋也。不寧惟是，即讀古儒者之傳注而鹵莽之，其不謬而失其指者幾希矣。因論前事及此，冀長者更有以教之，幸甚！

陳伯嚴曰：衷情變以釋禮意，迎刃而解，諦當不易。

方宗屏丈曰：有功世教之文。（輯自十卷本）

上于方伯論清賦書 丁酉

入夏來，伏惟台候起居萬福。承惠寄朱子大全集已到，當即勉讀一過，期無負高誼。竊嘗考朱子爲政，首以清經界、課農桑、蠲賦額爲切務。經界行之未久，漳州進士吴禹訟其擾人，詔寢其事，其他則皆著明效大驗。我公服膺朱子有年矣，近者奏核賦額，是即所謂清釐經界也。孟子謂仁政必自經界始，自非忠公體國之大人，孰肯出身任此？而不知者見有司奉行之不善，或往往私憂竊歎，引爲盛德之累；其小人則病其厲己，妄肆謗言；其君子則以謂國勢艱難，計無所出。而其衵獨深知我公愛民惻怛之心萌於至隱，紛紛之論無當也。故始議逐田丈量，繼惟查報荒畝，二者難易之勢至懸矣。丈田則賦額可均，而其事不能無擾；不丈則用力省，而又時有不均之患：與其擾民，毋寧不均。烏乎！此我公愛民惻怛之心，慎之又慎，不得已而出此也。

近聞敝縣委員，遇輕畝之田概令加額，不知是否通行之例？此事必不可行，行之不惟無益，且害莫甚焉。夫田有肥瘠，則畝有輕重，其所由來者舊矣。當其始，必視其田之差等而定爲額；迨歷年久遠，交易割截不無飛灑之弊，或此田之畝移入彼田，遂有畸輕畸重者。此在民田，雖有不均之患，而於賦額初無損益也。何則？其輕在此，其重固在彼也。民間相承既久，視爲固然，亦不甚以爲病。且肥田輕畝，其值必高；瘠田重畝，其值必賤。其爲之或輕或重者，不自此人始也。今於其輕者重之，是民以高價而得重畝之田，再售必不能償其故值。人情於財，折其入、增其出則怨。以謂短賦額乎，則額不繫此也；以謂不均乎，則必取一邑之田而丈之，而均之，減其重者，加其輕者，加之可也。今既懼擾民而不丈矣，則是畝之重者勢難請減，獨於輕者議加，揆之事理，寧可謂平？閭里之閒，父子聚博，一贏一負，兩者之數足相當也，主計者不償其贏，而責其負，纖悉不遺，雖至愚者不能甘。今之加畝，何以異此？未有民心不服而可行者；縱威力可脅，亦本非仁人所忍出也。故曰其事必不行。

敝邑缺額之賦，數至十萬。考舊志，其五萬畝自道光時已無著，蓋濱湖之田今成澤國。去年，舉人陳澹然上書陳水利，爲此也。餘五萬皆荒畝，散入各户。自奉明諭督責，其稍自愛有知識者，皆已報墾，聞尚不及其半，而民力已竭。今有大族，數傳而陵夷者，一旦得覩其故籍所載，乃欣然欲撫而有之，而不知貲産奴僕之他屬久矣。是故，以十萬畝而覩今墾之數誠少也，知其五萬之舊淪於水，則今所墾者豈易易哉！凡屬吏之於上官也，奉令承教惟恐不得於意，又孰肯爲民受過者乎？其猶可搜括者，上求其一，未嘗不思報以十也；若求十而報一，是無可搜括也，民力之竭可知也。

今至議加輕畝之田，此亦情見勢絀之一端矣。夫輕畝之田，乃千百之一二。此千百之一二縱能全加，於國計無絲毫之補也，而徒授胥吏矜保以操縱之權，輕者可加，即有非輕而亦加者矣。納賄者獲免，報怨者妄訐，文契不足據，世業不足憑，山角水涯，尺土無讓，財力凋敝，流亡必甚。派捐之害累在一時，增額之害累在永世，故曰行之不惟無益，害莫甚焉。且以清賦始，以加賦終，非所以昭大信、順民心也。

今天下惟農民至苦耳，士大夫惟務本業者至拙耳，聰明才智之士皆不事此，朝廷之所注意經營者亦不在此，而獨至於籌國計、裕度支，剥膚敲髓，仍在此至苦至拙之人。且夫國家之賦征之業主，業主之租索之佃民，賦之額有常也，租之額亦有常也。佃民之納租者率豐歲十納七八，今賦額必取盈於業主，則業主租額亦必取盈於佃民，展轉相取而求其盈，於是，天下之至苦者乃益加苦焉。

某處賦額缺若干，今報墾若干，公所知也。閭閻辛苦愁歎之聲、怨抑之氣、凋瘵無聊之狀，公雖知之，而不能盡聞、不能盡見也。愛民惻怛之誠如我公，又未可期之人人者也，悲哉民也！當我公實爲邦伯之時而猶若此，復何望乎！且公之意在繩姦吏，杜中飽。今法行一年，其已效者，皆其地之可行而不甚病民者也。若夫艱難竭蹶而不能行，則不如其速已；曠日持久，民何以堪？

昔朱子奏蠲星子縣税額，至再至三而後獲命，又減屬縣無名之賦七百萬，減經總制錢四百萬。當今之時，何敢望此曠大之施？蠲減賦額，惟於綜核名實之中稍寓薄斂恤農之意，寬一分即民受一分之賜。凡此所陳，皆我公之夙抱，而其昶猶喋喋者，蓋既以報賜書之惠，又事關鄉邑利害，不敢隱情惜己而不言也。古之舉大事者，發之自我，收之自我。伏惟明公旦夕思其所以收之者，幸甚幸甚！

吴先生曰：利害分明，論事之式。

陳伯嚴曰：昭晰婉至，畢達其所見，古人無以過。

再上于方伯書 丁酉

秋閒，潘大令奉檄至桐城，宣布德意，敝邑加賦之議遂寢，戴德無量，幸甚幸甚！

近聞台端屢奏記乞休，大賢去國，中懷惘惘若有所失，凡有心者皆然也。自明公到皖，一時官吏莫不兢兢求治，痛刮舊習，效驗顯白。然其袒獨私計，我公憂民之隱，及民之所挾以冀於公者，固不僅如是遂已。道合則留，不合則去：公自爲計則得矣，如吾民何？

人有自皖來者，言部中議提州縣平餘。此事利害甚大，不可不審。夫欲愛民，必恤州縣。州縣勢窘，則賢者潔身自守，將一無可爲，不肖者仍設法巧取之民。天下之賢者少，而不肖者多，且即賢者亦不能徒手奉職。故羡耗歸公，百姓於常賦外必倍有所出。夫部議所以及此，以其羡誠多也。銀價昔昂今賤，而民閒折銀之數一成不易，是故民日益困，官日益侈。州縣徵銀一兩，平餘幾與之埒，此固處必變之勢。

公誠能堅持定見，爲力請於朝，不與州縣争利，而酌減銀價二三百錢以紓民力，在州縣所入雖若少損，而適如其前銀未大賤之時，固不甚病，而又幸今者少損，而遂可永安也，則亦必奉行恐後。且賦額既清，絀此贏彼，上下稱便，因勢利導，在此一時。

清賦額則益在國，寬耗羡則惠在官，減銀價則澤在民。今此三者既行其一矣，利國而不思便民，公賢者也，必不其然。請以去就争此一事而斷行之，多刊文告，張示遐陬，不使屯膏不下。公一日未去位，則力勢猶有可爲，民生疾苦猶可告愬。其昶在野，竊見百姓困弊日久，催科之虐所不忍言，今果行此，公雖退，澤猶在也。不然，是吾皖之民終無更蘇之日，而公亦負此一出。辱承知愛，敢竭其愚，惟賜垂鑑，不勝惶悚待命之至。不宣。

姚仲實曰：茂密嚴重，似秦漢人論事之書。

校記

〔一〕『不專』云云　十卷本作『要與朱子爲近』。
〔二〕『頗致』云云　十卷本作『頗好文藝』。
〔三〕『顧氏』云云　十卷本作『顧氏則毅然一以匡植道教爲己任，孤行特立，不可謂非命世豪傑之才已』。
〔四〕『第未』云云　十卷本作『又未知愚淺之見，於足下亦有合乎否也』。
〔五〕十卷本此下有『顧亭林氏謂禮教風俗，士大夫與有責也』。
〔六〕『猶可』句　十卷本作『事非得已』。
〔七〕十卷本此下有『紛紛藉藉，而尚未知其所極』。
〔八〕『執事』句　十卷本作『彰然明甚』。

〔九〕『闢異』云云　十卷本作『昔聖祖廣訓，闢異端，崇正學。宣宗以韻文闡其旨』。

〔一〇〕光明磊落　十卷本作『仁義兼至』。

〔一一〕津津　十卷本作『兢兢』。

〔一二〕上　十卷本作『奉』。壬辰　十卷本作『壬寅』。

〔一三〕顯　十卷本作『富貴』。

〔一四〕將　十卷本作『數年之後』。

〔一五〕十卷本此下有『季白』。

〔一六〕取婦　十卷本作『介婦』。

抱潤軒文集卷十

書

答金仲遠書 戊戌

袒白仲遠足下：

僕來貴邑一年所矣，時時問邑中賢豪奇士，耳目不廣，居此如深山絶壑，無過而親者。久之，聞述足下其人其文，殆不類世俗，談者未能道其所以。或訾毁狂生，私心獨喜，果若是，吾庶幾得之。今年春，令弟來見，嘉其英雋。繼又獲交賢從父，乃十年前友人阮仲勉嘗舉其姓字告我者也。歲月久，不復記憶，一見道故，如逢交親，喜可言邪！

頃辱惠書，并寄示大著，讀之才氣誠偉。嘗以謂古人之文，無所用於進取，宜世之爲之者少。爲古人之文，必其人之性情有與古人類者也，其所爲足貴在此。今足下之文務反古今久定之論以爲創獲，文誠創矣，毋乃性情有受其病者乎？或其言猶不免爲陳言，吾矜其創獲，實乃古人所吐棄，愈少味矣。

立言者必使吾言世不可無，不必其皆古人所未有；切於事理，雖源於古可也。伸吾所獨見，而無闡於聖文，無裨於世教，雖不言可也。凡論古事暨當世利弊，好作一成不變之語，皆未嚌其甘苦者也。懸斷古人之陳迹，古人往矣，吾取而是非之，何嘗有毫芒加損？論議今事，則利害所被尤大，言之甚易，行之實難，事機萬變，匪可揣知，徒作快語，驚流俗耳。

故區區之意，願足下一以純儒之學自處，從事經術，以廣大其德業。足下言：『欲使後世尚論者稱數廬江人物，知其有我。』廬江一邑，不足爲足下限也。足下又言：『性嗜古，勉從長老所勸，事科舉輒不樂，將決所從。』蓋得失之數懸之命矣，足下學道有年，奚惑於此焉？

今天下志古者希矣；有之，當視爲一家。故不欲以曼辭相報，惟足下幸垂鑑之。大文計有副本，留此示徒友，且不奉納。昶白。

陳伯嚴曰：作者與人書，往往逼肖退之。此文亦多心得語。

與程抑齋先生書 戊戌

曩其昶聞友人言，皖南胡希晦少年從事儒者之學，心志之不能忘。及與希晦交，叩其淵源所自，始知並吾之域猶有先生其人者，益恨無因緣得見。迺者，希晦寄到大集，并達盛旨，謙謙下問。其昶淺學，何克任此？甚愧甚愧！

先生之書，徵引浩博，不爲空言，尤致嚴學術之辨。竊嘗以謂，詣微者主宋矣，能知服漢；兼綜者主漢矣，能知服宋：皆豪傑之士，深造於道，不隨俗爲趨舍，未易得諸耳目前者。今先生學博且精如此，爲斯道幸甚大。

抑又聞之，學之始利在實，其成也利在虛。虛也者，所以超萬類而莫滑其靈者也。自堯舜之事業，鄒魯之道術，千古所震駭，而其自睇常廓然不有其一物。文之爲方也亦然，不實則植幹不立，不虛則氣爲之累。

今先生之書誠博矣，其辨誠嚴矣，然亦有辨之不必辨者，以非大義所存，得毋其中猶沾沾有所不捨者乎？爲詁經考辨之言，失則僿；爲性命之言，失則朽：皆非善言者也。實道以己，其於言也，迫於不得已，不僿不朽，惟純氣之守，亦虛而已。

其昶學道無得，獨深有嗜於文，輒進其戔戔之説，惟先生幸辱教之。

姚叔節曰：妙義微言，文境乃酷類蒙莊。

復張楚寶觀察書 甲辰

前月，外弟方子和來書，盛言執事佐尚書周公興學山左，所禮致而爲之師者，皆一時名流賢士；顧謂其昶粗解文術，而遽以校長之任是期。其昶誠自揣無以副嘉命，又假館貴邑李中丞家，今三歲矣，堅定後約，義無可去。比屬子和致辭謝，再辱惠書，惓惓以宏造育之義相勖勉，讀之益使人惶愧不敢承。

蓋今天下之患亟矣。嘗妄以謂，高爵貴勢通顯之人，欲起而弭世變者，無他焉，要當以興學造人才爲至急。若士不遇者輒曰自全彼其身，絶無意於天下可也；不能無意於天下，則當助上之人養完天下之材，以强國而安身：外天下而獨存其身，未之有也。故大賢君子必以天下爲量。如其昶者，不敢望大賢君子，然亦豈不欲存其身於斯世者乎？居下處卑，人莫之從，斯已矣；今有大力者挈之提之，儼然委以賓師之重而禮先之，猶且遜避退讓不承焉者，何也？其身之不備，而能詔人者，亦未有也。

其昶自少所學皆符於空言，於世事一不通曉，獨好取古人敻高至賾之詣潛思力探，不希知於人，人亦無過問者，以此自識涯分，絶意進取。向使其昶前生百數十年，當乾嘉世，士競古學，而投以己之所守，猶未必合，況今之變皆前古所未有。於斯時也，乃欲攘臂自奮，與英彥少年相角逐，愈疏闊矣。寒者求纊於冬，而承之以篋，又何賴焉？

且以其昶之愚，亦知吾國教學之法久弊，不能長此不革。他族所以致盛强之業，不能不取以自衛。徒苦年力邁往，難兼營耳。凡所謂學者教者，必其知識有以大相過，乃能澹其好争之心而生之敬。今制，學子所當肄習者不下十餘科。假如十科中，吾能其一二，而以授之人，彼學者從吾受其一，而别從九人者受其餘，則是教者之所知所能常處其至少，吾精其一，而粗通其餘，猶之可也。吾所精之一，乃皆非世之所求，而其所未達者則與彼無以異。夫萃數十百英鋭鋒起之後生於一堂，所抗顔而師之者，或與彼無以異，果有以結其心邪？抑猶有未能平者在邪？今之學堂，師弟子往往乖剌不相得，固無足怪。

迺者，皖中大吏以教師缺乏，亦嘗有意相屬。其昶既遜謝不敏，不敢强所不知以取罪辱，退而與二三徒友詠歌遺經，庶幾存十一於千百，以待道術大明之日，必有聖者出焉，綜古今中外而一之者。誠若是，則吾之所學雖不周於世用，而竭其不肖之心力，需之十世百世，未必其遂無補也。士各有所遭時，正不必逮吾之生爾；而又非矜其能，以訾其所不能也。

其昶於尚書固嘗有賓主之誼，其爵齒尊，别後絶不敢率爾通問。尚書乃時時記憶，前歲，又過以其昶薦應特科。既未赴試，且無一言半辭自致於前，而尚書不斥其疏簡，又有今茲之命。其昶誠知大臣愛才，薦士一出於至公，受之者不得引爲私恩，争自親媚，惟欲少砥名節，使後世有述，以不負知己。今尚書既移督兩江，區區素守與其才性所堪任者不恥自明，惟執事之垂省覽，亦冀尚書之能知而幸不獲罪於終也。

聞之李生，執事於太史公伯夷、孟子、荀卿諸傳，誦之皆嘗數千過。謹録近所爲讀伯夷傳一首，獻之左右，以答知愛，且俟教焉。不宣。

陳伯嚴曰：控縱自如，姿態雅逸。

上巡撫馮蒿菴書 戊申

迺者〔一〕，伏讀明詔，博求天下俊逸奇瑋之彦，無論已仕未仕，概得薦達。遭時艱難，朝廷皇皇求治如不及，頒布新政，日駭月異。而識者獨推此詔及實行禁煙令，爲最得根本，海内喁喁仰望，以徵其後效。中外大臣所推薦，類皆一時譽髦有績、狀可指數者。而明公上言三人，謬以其昶與其列。

竊自維念，其昶少無殊邈之操，粗解文句，亦嘗從羣士後求舉，屢進而屢躓。今年逾五十，知能才力無一可效用於時，因自退伏，非以此爲高節。閒居無聊，其平素之所業不欲中廢，時時有所述作，正所謂符於空言無實用者。而亦曠觀當世之變，爲開剖以來所未有，應之者不得持故常、阻道化不進。既羣天下之才爭新於其際，而數百千年先聖留遺之籍，爲舉世所不爲者，亦必有人焉，賡續而存保之，過不自揣，區區有志於是。

伏惟明公於其昶無一日之雅，曩者嘗從友人孫仲垣、章佑叔所讀公詩文手翰，私心嚮往久矣。徒以士民之分，不得妄有干乞，草野姓氏無緣徹知。去年，復以縣中學務侃然有所諍論，方懼獲戾於下執事，乃明公不以爲忤，俯賜採納，爲之改革前令。晚近大吏，豈易有此？昌黎有言：『身在貧賤，爲天下所不知，獨見遇於大賢，乃可貴耳。』其昶每讀此書，未嘗不反覆三歎。

今幸辱公薦達〔二〕，而又不獲率爾承命者，誠自知明也。以謂無其實冒得爵禄，非所以報知己。凡人才分之宏纖，具於天而造成於人。過則溢，不及則歉，量而後入，則雖小而有以就其器，於世不無助也；不然，未有不潰敗滅裂者。今世變之大若彼，而其昶之所能若此，强以投之，必不合矣，無所裨濟於世，徒喪失其在己者，亦君子樂育人才者之所不忍爲也。叔節來書，傳道盛指，愧無以仰副萬一，輒述其所懷，惟明公幸垂鑑之。漸熱，伏希爲國自愛。不宣。

張子開曰：背棄時榮，潛心奥業，此正昌黎所謂追古人而從之者也。行文氣味純步昌黎，而怡順處乃頗闌入廬陵。

與張聞遠孝廉書 庚戌

聞遠先生孝廉足下：

讀大著修禮芻議，隱然有匡維世教之思，旁推曲證，義皆精審，可稱喪服專家，今之世不復有此矣，敬佩敬佩！顧私衷猶有一二之疑，自以禮經用力淺，無能贊助，昨復承以新纂大清通禮喪服一卷見示，勤勤不已。苟疑焉而不以告，非交友切磋之誼也。

喪服經『父卒繼母嫁從爲之服』，注云：『嘗爲母子，貴終其恩。』王肅讀『從』字句絶，開元禮用之。如肅説，從則爲之服，不從則不服。竊謂肅説最得經恉，即鄭注亦不戾也。注云『嘗爲母子』，明其爲繼母也。又云『貴終其恩』，明今雖嫁，猶有育己之恩。此正釋經文『從』字之義也。服之期，以終其寄育之恩；期而杖，則以其嘗爲母子故也。

大著：『出母，惟所生子服之；父卒而繼母改嫁者，則不問所生、非所生子，皆服之。』斯不然矣。今曰：『母有罪，惟父得而論定之。』出者，父出之也。嫁，則父不及見矣。子豈得責善以賊恩而不服之邪？愚謂母之被出，非母心也；果有罪與？抑無罪與？尚未可定也。若父死而改嫁，其得罪於父甚矣，子豈忍欺父之不及見邪？嫁者，母自嫁也，生非其所生，死不於我乎死，棄善而絶恩，何服之有？若子從母嫁者，善棄矣，而恩未絶，則貴終其恩，服以齊衰杖期。是故，出母之服，以所生子、非所生子爲斷；嫁母則以從、不從爲斷：是義之至衷者也。今曰『出不皆服，嫁則皆服』，此增之而傷於厚者一也。

王父之姊妹，在室小功，出嫁緦，婦爲夫王姑亦緦，此舊制也。今削去婦爲夫王姑之服，姑姊妹在室期，出嫁大功，婦爲夫之姑姊妹則皆小功。喪服經注曰：『夫之姑姊妹，不殊在室及嫁者，因恩輕，略從降。』蓋婦人從夫之服率降一等。今以恩輕，不從期降大功，而概從大功降小功，故曰『略從降』也。爲夫姑姊妹，不殊在室及嫁，則爲夫王姑，無在室及嫁之殊明矣。服術之差以漸而減，爲夫之姑小功，則王姑不當遽無服。自旁殺而上言之，夫之從祖與王父同體者也，故服緦；王姑亦與王父同體者也，何遽無服？自旁殺而下言之，爲夫昆弟之女孫，適人者緦，在室且小功，而王姑何遽無服？夫王姑與昆弟之女孫，二者果孰爲尊親乎？一服一不服，固不可也。且夫王姑既同姑姊妹，不殊在室及嫁矣，而制服或從其輕，則據出嫁者降之爲夫之姑姊妹小功是也，以其恩輕，小功不爲薄也。或從其重，則據在室者降之爲夫之王姑緦是也，以其屬尊，緦不爲厚也。或輕或重，其爲從降，一而已矣。似未可泥姑從出降，而謂王姑亦當從出降，遂無服。此削之而疑於薄者一也。

愚見如此，有不當，願往復之。今時士論争欲破除禮教，而吾輩猶齗齗於此，豈真所謂不能三年之喪而緦、小功之察者邪？可一喟也。天寒，惟衛道珍重。不宣。

柯鳳生曰：高古之筆似昌黎。議禮文字至精至確。

王晉卿曰：精確不磨，如老吏斷獄。禮部廢而清亡，讀此真所謂廣陵散也。

章枚叔曰：論繼母嫁服一事，援比深切，允慊人意。

答李健父書 丁巳

健父足下：

辱書并舊槧杜詩、韓文、漢唐碑刻及食物多種，良感厚誼！足下述別後情事，何其篤摯也！吾與足下聚處凡八年而後别，别復八年，人生幾何，聚散之期如此其久，何能不相思念！性懶作書，又以欲言者多，未宜草草，久便廢閣。中閒嘗承惠書帖，亦未報，知能相諒。前二十餘日夢見吾子，乃遂得書，豈果興來情往，因相感通邪？吾近讀内典，知情感爲害，一切禁斷之，然仍不能不憮然心動也。

來書多見道語。足下受叔父託遺，十餘年增産累鉅萬，反以不能教弟成材自歉。又言前所經營商業，遭亂皆蕩然，覩世變之無已，憤悁積胸，臥疾上海，幾無歲不病。吾謂此亦足下之善者機也。

凡人世所經營，要其歸，何有一物不蕩然者乎？大至國家興廢，雖數百年社稷，可一旦爲墟。即目前百戰百勝之强國，其歸於蕩然者仍不須臾也。自其蕩然後，回視前此之經營，殆未有不悔者，則何如求其不蕩然者而從事焉？夫不蕩然者，於己取之，人人可能也。不求其可能而在己者，或反悔前此之未工，而别出其途，經之營之，則其惑滋甚。蓋悔之誠是也，其所以悔者非也。『震无咎者存乎悔』，悔則善機動。夫子以是稱顏子：『有不善未嘗不知，知之未嘗復行也。』吾子其亦懋於此焉，應務與人同，而吾心乃廓焉無一有，即造物其奈我何哉？

松泉圖記輒以意點定，今附去。足下之於文事，謀篇造言之法皆已得之。繼是而有進焉，則非文之謂，内不充而文工者，皆須臾之耀也，終亦蕩然已爾。久不譚，率臆以言，惟加察是幸。

陳伯嚴曰：理要隨筆勢呈露，於退之與人書迺欲似之。

與徐又錚書 戊午

去冬匆匆南旋，未及面别，抵舍便已祀竈。久客思小憩，不謂變亂環生，日有數警。迨奉軍特起，大局既轉，而吾皖因得苟幸無事，遂於元宵後挈兩兒來都。過漢口甚安謐，已不似前時經此之景象。豪傑舉動非常，其收效乃迥出意計之表，未可律以繩墨，要之此心無他耳。

頃晤友人，譚及當軸於定武似有寬貸之意。竊謂近數年來，中央威勢日替，有賞無罰，叛亂之徒殘民以逞，莫敢何問。與定武同罪者既赦免矣，獨使一人向隅，殊失刑政之平。定武之事，責其輕率，昧於大勢，亦何能解免？然究不失爲肝膽血性男子。視彼欺詐反覆者何如哉！

合肥今再出，宜廓然與天下更始。果其才有足用，緩急可仗賴者，則亟亟焉吐哺握髮求之。任天下之重，必博收天下之才，不徒取之左右近習。天下之才不可遽知，且未必爲我用也。則莫若擇其素行昭著，於時而蹉跌不振，或與吾不相能者，拔一人焉，而天下知所歸嚮矣。出萬死一生之計，爲舉世之所不爲，謀慮輕率，罪不可赦，其心猶可白於萬世，節而取之，非第舊臣遺耇唏嘘感泣，將使欺詐反覆者聞之赧然而知所媿，或亦舉直錯枉之一道與？時勢之不明，懼其禍天下，則誅罰及之，非私憾也；事已不成，困而知悔，則矜全之，非私德也：示天下以大公，不以恩怨向背爲取舍。蓋古之觀人者無他，亦觀其性情心術而已。心術正，在讎必録；不然，雖加以兵可也。彼其性情心術之壞久矣，豈足與共功名哉！

若定武之事則不然。今惟合肥能誅定武，亦惟合肥能生之。其誅之也不以私，則其生之也亦不以私。聞定武困伏外館，時時與人言：『吾舉事未告合肥，合肥非賣我者，今事敗無所恨。』又言及公，則深感平生雅故之情。以此知公之不能恝於定武也。公位日高，建樹益偉，忌者益日衆。使定武得出，彼不忘故主，豈負友哉？亦緩急可恃之交也。公素磊落，不爲身圖。今吾言此，疑若鄙淺。然願公白合肥，煦定武，冀異時獲指臂之助，正爲國耳。若定武自謀，得放歸江湖足矣，他非所望也。

僕辱合肥知愛，欲自言，恐不獲盡意，故具白於此。惟公俠氣，能振窮阨，申讜言，慰士大夫之望，幸甚！不宣。

柯鳳生曰：準情理之平，娓娓動聽，真德人之言也。

王晉卿曰：以開誠布公之道，反復開説，不但爲定武知己，且所以爲合肥謀者，皆古昔先民已行之實效，非爲定武作説客也。義正詞婉，筆曲而氣遒，欽佩無似！

復陳弢菴太傅書 庚申

讀來札，爲之累欷感歎者良久。窮老腐生，無裨世用，乃欲於區區文字中究宣聖哲微言大旨，以與波靡之世争，其爲鑿枘，不問可知也。先生不鄙其陋，且扶掖而張大之，士伸知己，復何所遜避不盡其辭？

老子書舊時割裂章句，鱗雜無倫次，最爲難讀。老子要不類論語。論語出自弟子，雜紀言行，故其辭質。老子則旨遠而辭文焉，蓋老子將隱，關尹喜强令著書，乃著道德五千言而去，是五千言老子所自爲也。自發明其學説，成於一時一手，則其意緒語脉必有其前後措注之所以然。今以古人屬文之法讀之，居然可覩，此前人所未及者一也。老子言『將欲取之，必固與之』；又曰欲上人，以其言下之。世疑其陰謀，此未達其辭而誤説者二也。老子之言謹嚴，釋其書者益務爲漫衍，此三失也。其奥語不可驟曉，又或望文生訓，不近人情，則四失也。

鄙注差免此四失。雖免此失，究何益人世之理亂乎？存以俟後之好古者耳。二三徒友謀即付刊，先生允撰序言，謹薰沐以待。

姚仲實曰：傲岸之氣神似昌黎。

校記

〔一〕十卷本此前有『五月二十八日，部民桐城馬其昶謹再拜奉書蒿菴侍郎大公祖節下』。

〔二〕辱公薦達　十卷本作『出公門下』。

抱潤軒文集卷十一

傳　行狀

先母行略 甲申

吾母張氏，諱清徽，字文卿，文端公六世孫女。外曾祖翰林院編修諱元宰。外祖甘肅岷州知州諱聰梓。

母年二十一來歸，於時，家人内外且數十，母朐朐其閒，無所觸迕，即亦無所表襮。數十年中，凡經紀三喪、三嫁、再娶，以至賓祭、患難流離、疾病醫藥，無歲無有，退然若無能，然事亦無不舉者。吾父性嚴毅，即有不當，詰責嗃嗃，母屏息改爲，或從容自理，不怨，益虔。即他人有犯，壹務容忍，尤無狀色，或微慍，終已不言。奴僕老，不任事，亦不遣去，曰：『若事我久，不欲相遺棄也。』其與人，不必有大施厚恩，意隆於物，情溢於詞。以故，吾母之生，皆樂親之；及卒，哭之皆哀。

初，母患腰疾。其昶遠遊京師，逾年歸，疾益甚。未幾，疽潰，醫者謂：『法當可治，然氣體羸憊已甚，可若何？』其昶憂惶不知所爲計。婦姚氏、從弟婦吴氏各刲臂肉，和劑進，乃至庶母亦旦夕侍疾惟謹，皆以母撫愛之若女，不忍不以母母吾母也。於是，内外宗鄗益歎吾母逮下之仁、感人之切至難能矣。母生於道光五年正月元日，光緒九年十月廿八日卒，春秋五十有九。凡生子女八人〔一〕，今存者一姊一妹，在子惟其昶一人而已。母得疾，即自度不起，謂：『他無所冀，第及見吾兒讀書稍有成，得一抱孫，即死瞑目矣。』傷哉！

吾母之所處，其昶自有知識以來，未嘗見其有可欣者。今兹之病，以氣體素羸，然非因前者鞠育之艱，亦何遽至是也！詩曰：『哀哀父母，生我劬勞。』以劬勞之故自傷其生焉，傷其生以生一人，而此一人者又不獲遂其垂老所僅欲慊之懷也，此尤其昶之隱痛，而自以不可爲人者也。嗟乎！將安訴此酷哉！〔二〕

陳伯嚴曰：沈摯。

大父怡軒府君行狀 丁亥

府君諱樹章，字幼白，晚自號怡性老人。先曾祖王父止君公諱邦基，二子，長通判公，次府君。

府君生而善病，密静有思，所計畫悉得。年十三，佐止君公督家，裁冗緝匱，内外秩秩。久之，家日以饒，則益推恩以仁其三族〔三〕。府君質行甚厚，孝謹聞乎一時。止君公病，煩懣，臥牀輒欲起，即起復思臥，如是者數，終亦不安。府君旦夕承事，聽於無聲，逆意而先得，聞言而響應。其後，侍母左太恭人病亦如之。太恭人年幾九十，府君食則視膳，寒則視衣，百營而求一愉〔四〕。於宅中搆怡軒、雙桂樓，於城西搆碧梧翠竹山館，置小肩輿，春秋佳日每舁母遊觀。通判公奉前，府君奉後。是時，太恭人懽甚。或念贈公乃不見有今日，往往泣下。太恭人性好潔，晚年瀉利，一夕數十起，府君扶掖在側，不令少有沾汙。太恭人每歎：『孝哉吾子！乃使我不爲病苦也。』

府君兄弟友愛臻至。通判公性峭直，無所假借，齵焉與世不相入。府君事之益虔，終其身無一言之怫。每晨興，戒視灑掃，即兄弟集東廳，互問安否〔五〕。通判公就席治書史，府君乃退而課鹽米、譏簿籍，皆細字莊寫，通問親友慶弔。及午，共餐東廳。日昳，復如之。秉燭話往事，及諸所當設施者，諸子婦咸侍側。一日客過，偶置酒，爲摴蒱戲。通判公適從後堂來，於窗閒見之，蹙額而去。府君坐席下，嚮上微窺見之，即謝客，終不復爲。通判公兩遭文字禍，皆府君忍詬息之，絶無幾微，介於至隱，人以此稱馬氏兄弟之風義也。

通判公既仕河南，謂府君曰：『昔先人嘗欲起祠堂，置義田，未果。余兩人今粗能自立，安可不共勉以繼述祖考志事〔六〕？』府君曰：『諾。』先是，通判公家居時，已偕府君纂族譜刊之。及仕，俸錢所入，府君輒别置之。數年，乃取己力田所贏，合購二百餘畝爲義莊。復羅其租穀，收貯竹木瓦石諸可用物。又數年，遂營祠宇，取用無缺，工成無濫。歲於春秋舉行祭祀。又建享堂先塋側，凡十所，擴墓田以贍小宗。初，入租穀七十石。止君公經營，數倍之。至府君，又數倍之，歲入千餘石矣。

咸豐初，通判公殉寇難死〔七〕。府君練鄉兵，助城守，貸錢輸軍，家日以落。其後亂定，府君以民居多燬，而吾家祠宅幸獨存，慨然曰：『是可私邪？』乃推所居宅爲邑試院。總督曾文正公嘉其義，聞於朝，以候選詹事府主簿議敘，加太常寺典簿銜。同治四年七月，年七十有五卒。居恒諄諄以孝友仁讓爲勖，謂人家貧富不足恃，而盛衰之理終不爽也。著有怡軒歷年紀事。

府君配張氏、左氏，側室崔氏。生子二：長其昶父起升，次叔父起恒。女一，適方傳尹。孫四：其昶、其驫、其昭、其昕。府君得孫遲，以其昶居長，極憐愛之。光緒十三年，始克奉府君葬懷寧蟠龍地。敢撰次行事大略，以求紀述於當代有道能文者。

陳伯嚴曰：條次整雅。『客過置酒』數語尤有遠致。

蘇廷光傳 癸巳

蘇生名廷光，字伯孚。其族祖曰厚子先生，道光中以宋儒學教授其家。蘇氏子弟多敦謹，生最後出，才致雋朗〔八〕，其於世夷然若有所不屑，時時從余遊，惜年不足以究其志而遂死也〔九〕。

生幼失母，父娶後妻生子，生常寄食於外。稍長，讀書絶慧，爲諸生，食廩餼〔一〇〕。其父喜，則使歸，課弟讀。母時譴怒，輒長跪受杖，異母弟或偕跪爲謝。其所處有至足隱者，生終無一言。余久乃知之，知之而不一二其詳，猶生之志也。

去年春，予客梁谿。生寓書自傷，言至山水幽絶處，見岑林溪壑，萬狀清寂，乃有古寺蕭然，託身迦佛之意。念所思非人道，未敢遽焉舉其志。然至與俗接，則偃蹇愁蹙之衷、孤曠矯孑之懷，彌不能自抑。予讀而悲之。逾年，而生遂以病卒，年二十有三。聘妻朱氏，未娶。

予視生殮畢，問朱氏女，則皆曰賢也，年與之齊矣〔一一〕。又明日，女聞耗即泣辭父母〔一二〕，來蘇氏。既至，不甚哀，絶食飲七日而後死。方其呻吟牀蓐，氣微屬，父流涕於旁，飲以水，女握掌視之，固卒不飲，遂死。

嗟乎！處變而無所逃，義無可二也。若夫義之不必出於死而竟死，則亦天爲之矣。知其命於天，而不託夫義之便於己者以自處，其心固以得死而乃慊也。人之求慊其心，未遽若死之艱也，而能者鮮焉，則知夫必死而以慊其心者之可貴也。於是，僉曰生之爲子難矣，抑貞女之義烈尤足光哉！尤足光哉！女死爲光緒十九年五月二日。其父名宗洛，縣學生。

馬其昶曰：予始愛生才〔一三〕，悲其遇，不意其孝行若此，宜天以賢婦報之。方貞女誓死不食，其父商所以殮，予曰：『仍其斬衰焉勿易，約之，毋厚於其夫。蘇氏治喪，絶浮屠，毋違其家法。』其父有難色。予曰：『是以節來，以節終，使其心果有幾微之歆乎，彼即何能至此？不然，是重傷其意也。』聞者皆不謂可。垂絶，以盛服進，女卻不御，遂以其服終。然則非世情之盡忘，曷足語大節者哉！烏乎！其賢遠矣。

吴先生曰：敘事能達難言之隱。末幅筆埶瘦折，大似介甫學韓公文字。

陳伯嚴曰：習之爲高愍女傳，嘗引以自憙。此文高澹蓋近之。

廉君家傳 乙未

君廉氏，諱浩，字子美，無錫人。少魁奇〔一四〕，偕弟鳳沼讀書太湖之土山〔一五〕，見古今義烈畸行，輒歔欷感喟。

當是時，東南鼎沸，蘇常諸郡皆失。合肥李公既率師至上海，君奮曰：『壯士一殺賊耳，生亂世，吾終不以家爲！』乃涕泣別母，募死士，隸今臺灣巡撫劉公銘傳部下。轉戰南匯、川沙閒，復金山衛，攻四江口，屢卻敵有功。劉公奇其才，使主餉械。

會官軍進勦常熟，賊距險搏戰，久相持不決。迫暮，騎皆下馬步行。前阻橋，君驟登橋，短兵接。橋下伏礮發，擊君踣地，舁歸營。君養創未瘳，再奮欲陷陳。久之，創迸裂血出，遂卒。

君以布衣赴義不顧私，獨時時念母愴然，甫敘功，得選用縣丞而遽戰死，年二十有八，恤贈鑾儀衛經歷銜，祀忠節祠。廕一子入監，配劉氏前卒，無子，以鳳沼子泉嗣〔一六〕。泉光緒甲午科舉人。君既卒，而鳳沼亦隨劉公，積軍功，官山東知縣、直隸州，有能名。

馬其昶曰：君創決隕命，癸亥夏五月事也。時常熟一城孤懸賊中，聲勢阻遏，血戰苦守數十日，李公急檄軍赴援，賊噤不得發，城守完。而是年遂復蘇州，東南軍勢大起，功賞茂焉，君乃不幸罹其禍烈，豈非命哉！　夫一其心於王事者，要其有成功而不必其事之立於己，蓋君固可無憾也。然後之人思其奮起，冒白刃以不克竟其志，又安能無悲乎哉？

君嗣子泉，好學有文行，輯家乘畢，以狀謁予爲傳。乃摭其大略，著於篇。

姚叔節曰：遒鬱。

鄭東父傳　癸卯

鄭君諱杲，字東父，直隸遷安人。父鳴岡，以舉人令即墨，有惠政。到官數月卒，貧不能歸，遂留滯官所。有三子，長果，次東，次即君〔一七〕。

母夫人李氏，賢明人也，在約彌厲，瘁志教子。未幾，東成進士，復病，卒死喪，仍薦意不自沮，日夜督君學。君少時，家無一椽半畝之遺〔一八〕，饔飧朝夕皆母夫人心力所營，不令君知也。其後，每言之輒痛心焉。君文日有名，光緒五年，遂用即墨籍舉山東鄉試第一。明年，成進士，授刑部主事，迎養母夫人至都。

其後三年，桐城馬其昶與締交，心知君學出己上，宜爲師，而君顧引與爲友。嘗登堂拜母，母命坐，君侍立，恂恂有孺子色〔一九〕。其昶敬悚汗下〔二〇〕。時將歸里，已戒期首塗，君言於母，流涕也。是日，見君事母，温恪之容積中溢外，益悔恨平日之所虧於子職者甚大。

先是，其昶在都，月與君必再三見，每見，開口言論皆三代典籍，退未嘗不自悔恨其失學。而鹽山劉若曾，桐城姚永樸、永概先後因其昶以交君，皆言與君接如對古賢，聆其言多創獲，既歸莫不充然各有得也。

君之學，自經訓、史傳、朝章、國故，以逮百家衆説，無所不涉，而獨媅於經。於經無所不致其力，而尤莫篤於春秋。君之言曰：『古者，入學祭先聖先師，先聖作經，先師述之爲傳。今欲明聖人之經，必自篤信先師之傳始。如易有「十翼」；春秋有三傳；禮有記，有喪服傳，有周官禮；詩有序傳；書亦有序、大傳。又有孝經、論語、孟子、爾雅，爲五經之總傳。苟據此以求聖人之意，十可七八得。自唐後，儒者多不信古傳，而自立新説，經之難明固無惑焉。』

其説春秋也，三傳錯出，必求其通。以謂左氏明魯史舊章，二傳則孔子推廣新意，口授傳指：公羊明魯道者也，穀梁明王道者也。左氏則備載當時行用之道。當時行用之道，霸道也。所以必明魯道者，爲人子孫，道在，法其祖也。穀梁則損益四代之趣咸在焉，惟聖人崛起，在帝位者乃能用之也。其爲説，兼綜三傳，若瓜蔓然，牽引連互，不相違害。而尤兢兢致嚴於事天事君事親之辨，謂春秋首致謹於元年正月。正月者，正即位也。人知即位之爲君道，而不知其爲子道也。雖無事，必舉正月，謹始也。必能爲父之子，而後能爲天之子矣。春秋之有三正，由其有天、君、父之三命也。春者天也，王者君也，正月者父也，將以備責三正，而單舉正月何也？事天事君，皆以事親爲始也。凡君所論著如此。

當乾嘉熾盛之時，諸老先生慮無不崇尚樸學，篤古多聞。君治經亦循其軌轍，而獨有意於前哲之微言大義，使儒術鑿然可施效。憤當時辯言亂政之徒縱恣蔑古，禍乃甚於坑焚。塊坐一室之中誦習本經，眇然有千載之慮。而又恥於近名，不輕著書，以爲學期自得，積之久而徐出之，庶有當於古聖人經世垂訓之萬一。烏乎！孰知學成而無用於世，而今則死矣。其所爲書，就不就未可知，而又無胤子以承傳其業，尤可悲也！

歲甲午，其昶入都，再見君，母夫人猶無恙，贈言而別。其後，來赴母喪。又數年，聞其主講山東濼源書院，服闋，補原官，擢員外。庚子五月病卒京師，年五十〔二一〕。蓋君終其身皆讀經之時〔二二〕，即終其身皆事親之時。親之事終而君死，在君無憾耳。獨古聖賢經傳之幸而留遺於今者，亦存亡絕續之秋也，於斯時也，而獨有君，而又不克竟其業以死，此何爲者邪？然而，推君事天之心，其勿敢有懟焉決也。

君既死〔二三〕，姚永樸客山東〔二四〕，從其徒友問君所著書，得殘稿數種，手録以歸。其昶於是并舊所録者編爲東父遺書六卷，合肥李國松刊行之，因論次其傳於首。

馬其昶曰：世學者言治經，大抵皆先詩禮而後易〔二五〕，謂其學難明。君獨言易視他經易明，以有『十翼』可據依也。余學易自兹始，而姚永樸治尚書。兩人皆自知學不如君，兩人書幸成，皆私冀他日得從容就君正焉。昔丁敬禮有言：『後世誰相知定吾文者？』嗟乎！泬寥天宇，今其已矣，後世即有人，又寧能爲益於吾邪？此吾黨所以益悲君不能置也。

陳伯嚴曰：極篤棐揚厲之致。

龍泉老牧傳 甲辰

龍泉老牧者，合肥人徐氏，諱子苓，字毅甫，一字南陽〔二六〕。先世由南昌遷廬州，世農也。父欽，多病早世，性喜振施。君方在娠，有道士自峨眉來，修髯古貌，到門乞齋已，忽不見，家人報産兒矣〔二七〕，岐嶷穎異。既孤，貧不能自存，太守劉耀椿奇賞之，期以國士，爲資給其家。性介特，喜讀易及老、莊、孫武書〔二八〕。顧視儕輩，無出己上，益放不自檢，謂名業可立致。年二十四，舉於鄉。入都，獲交湘鄉曾文正公，及邵郎中懿辰、陳編修源兗、張石洲穆，暨他知名士〔二九〕。於時俗人不能容納，尤貴顯者尤以氣轢之，人以此畏其狂〔三〇〕。

既困不得第，歸而鬻文自活，得錢復隨手散去。久益困，則以書抵故人於京師，謂『足下誠欲起僕之窮乎？何不號於諸貴人之門曰：「合肥有徐生善鬻文，苟羅而致之，不苛以恒禮，自時文試帖館閣賦箋表頌誄，旁及兩漢、三唐樂府〔三一〕，唯主人命是聽，計役而與償。當其快意，萬言之富唾手可辦。即非其人，雖千金一字不得也」』。蓋其困彌甚，其自喜亦彌甚。曾公典試江西，過廬州，詣君不遇〔三二〕，賦詩一章而去。頃之，陳源兖出守吉安，再補池州。君樂江南山水，陳又故人也，遂客其所。

當是時，天下已大亂。曾公治兵於長沙。廣西寇既破武昌，順流東下，防江兵潰散，寇遂據江寧，四出侵擾。安徽巡撫移治廬州，江公忠源新立大功，授巡撫，馳入廬州，檄源兖助城守〔三三〕。君方避亂鄉居，聞陳至，亟走存問，甫入而城閉，寇前鋒抵派河〔三四〕。一日，陳置酒飲君，酒半，慨然曰：『嘻！子好言兵，迺恒飲，何憚一見撫軍，樹尺寸功衛鄉里？』因強之以見江公。江公固夙知君，一見大喜曰：『何以教我？迺者，客有獻計籍富民財以招徠鄉勇。鄉勇果何如？』君曰：『鄉民自保衛，皆無足當巨寇。』江公曰：『然。然吾精兵皆留江西，今事急，姑強子一行。且聞子有老母〔三五〕，不可徒死圍城中，子幸出，爲我趣鄉勇來，吾開門待。戰事平還，藉子草露布。』君既感陳公之言，又重違江公，乃許諾。以筐縋城下，冒圍出。未幾城陷，二公殉節死。鄉里富民聞前時議斂民財事，皆争咎君〔三六〕，君用是益困〔三七〕。久之，曾公水陸大舉，克安慶，則遣人迎致君。

居三年，江寧平，兩淮洊以無事。君謂山中屋可葺，田可耕也，乃辭去。到家解裝，以所得金買黄牛一頭，私心自幸：『天若厭亂，吾與是牛蚤作而夕休，更十餘年即死，幸矣！』因自號龍泉老牧。龍泉者，巢湖之濱其所居山名也。歲比不登，蝗大起，復飢驅四走，風雪寒沍，中酒成瘴病。比歸而牛死，江淮之亂又作，於是乃太息曰：『皇穹不佑，載掣余肘。我牛不辰，失左右手。天邪盜邪！孰終余畝。悲夫！』自是，仍時時鬻文，遊公卿間。同治五年，揀選得知縣，不樂爲吏，改教職，選授和州學正，未上事，州牧游智開，循吏也，固要之往。比至，聞學師争諸生贄金薄厚，笑曰：『是尚可爲邪？』徑去不顧。光緒二年，年六十有五。其夏，有鵩鳥飛集書室，侍者逐不去，醢之。越日，二大鵩率羣小鵩數百棲園樹，震撼牆屋，格格有聲。君曰：『此賈太傅所謂服鳥也，吾其行矣！』遂卒。

君於醫卜相人之術一皆肄習，尤雄詩筆，著敦艮吉齋詩文存六卷。配楊氏，生子二：長源伯；次元叔，才而早死。君上世五傳皆單丁，至源伯乃有孫五人。

馬其昶曰：予客合肥久〔三八〕，及見王君謙齋，年逾八十矣，嘗舉君逸事〔三九〕，乞余爲之傳，且言君『師事姚石父廉訪，其文學亦乃傳業桐城，子其勿辭』。果敏公英翰者，起安徽州縣，至巡撫，故與君爲昆弟交。一日，君敝衣詣巡撫署，果敏屣履出迎，酒酣樂作，君乃言曰：『大難初夷，百廢待飭，而公等爲大官者曾無憂民之念，暇豫逸樂固若此乎〔四〇〕？僕老罷，殊不慣此。』因起趨出。果敏亟謝曰：『謹受教！』即命徹樂，固請乃留〔四一〕。王君言此未幾即卒〔四二〕。

余偶與李生國松論君文，才氣誠偉，顧應俗者多〔四三〕，今誠能要删之，亦足以不朽。李生請任校刻，予乃録存其文百餘篇，分類編次，皆可觀。適君子源伯持狀來謁文〔四四〕，因頗採君所自著文，及王君語，次之如此。

張子開曰：點狀敘議，著手入妙，人文雙絶，何必古人？

陳伯嚴曰：酣恣自喜。

沈石翁傳　乙巳

石翁沈先生，合肥人也，諱用熙，字薪甫，一字石坪，八十後自號曰石翁。翁少而篤學，時時從其鄉先生趙席珍嚮泉問八法〔四五〕。荆溪周保緒有高名，嘗過合肥，翁偕趙謁周邸舍〔四六〕。周言：『安吳包慎伯，今天下書宗。』翁應試江寧〔四七〕，訪安吳不遇，遇其高第弟子吳熙載，就詢筆法，精心習之。其後，安吳罷官，寓江寧，翁亦客江寧，因從受業，年三十矣。安吳負經世之略，河漕、兵農、刑法無所不通貫，而論書尤精〔四八〕。翁性顓壹，既學書，不他徙業〔四九〕，以謂蓺不獨絶，無取見嗤。年六十，復輟漢分，一意真草，臨摹晉、唐、北朝碑刻，秒忝不失。八十後，精能之極，乃趨簡變，人之得之者猶拱璧也。翁生三十年而始工書，又六十年，年九十而後卒。自三十以逮其卒年，無一日不學書，然七十前猶自謂書不工，不輕爲人作；至八十後書，亦乃頗自憙矣。

始，翁翳蟄里巷，聲譽闃如，以歲貢生選寧國訓導，不就，而瘉益媅翫於書，其書故不諧世俗。自其縣人蒯檢討攜至京師〔五〇〕，乃始有聞。李國松尤嗜翁書。許字酬金〔五一〕，其家遂資以爲生。門人張孝廉文運及劉君澤源、張君敬文皆與余善〔五二〕。劉君之篤信翁，亦猶翁之篤信安吳也〔五三〕，嘗丐余爲翁傳〔五四〕，而孝廉因先爲文〔五五〕，記翁書法始末甚備，予乃次之如此。

翁卒以光緒廿五年。配趙氏，生二子：寶澤、寶中。孫五人，光烜賢而蚤死，一女適舒城舉人葛鍾秀。葛述翁遺事曰：『翁嘗避寇，逃竄山谷，纍然負挈以行。寇劫得之，則斷爛古搨及所弆鄧山人、包安吳手迹也，寇怒，裂擲之。翁大呼曰：「命可捨，此不可裂也！」寇乃熟視良久，笑而去，翁幸亦獲免。』

嗟乎！士生於今，蹙蹙靡騁〔五六〕，書誠未暇工，雖工亦復何用？然自古勝流畸士，世無論治亂，其結習獨至之操，真若性命鴻毛，不以天下易吾之所好，彼一藝之成顧可倖乎哉！及其既成，風教之所被，乃久而不衰也。然則世所爲皆如翁者，又何功緒不竟之爲慨哉！

姚仲實曰：清奇澹永，其腴在骨，結論尤高。

贈太僕寺卿南昌縣知縣江君家傳 丁未

江君諱召棠，字雲卿，桐城人，官江西南昌縣知縣。光緒卅二年正月壬寅，法國教士王安之置酒天主堂，脅以事，不從，被刺死。民大譁，焚燬三教堂，殺安之，西國士女遇害者九人，巡撫以下坐罷職。自教案以來，未有禍烈如此者也。

先是，三十年夏，新昌縣棠浦民龔姓與教民鬨，訛言棠浦叛。大吏以兵至，未遽動。龔姓抗不服，聚衆數千，洪江會匪乘間陰煽之，相持數月，勢洶洶。議者遂主勦，大吏慎其事，檄君往。君單騎馳入村，曉諭禍福，龔姓長老皆感泣，立繳兵械，縛首從三人至，定監禁罪，事得解〔五七〕。

而安之猶以民弱，一用兵可立威，憾君庇民，議罪輕，無能懲後，謂繼此荏港、新建、高安三教案胥由此起，時時誚讓。至是，折柬招君飲。君入而門閉，從者在外。酒半，出片紙書三事，强君署名：一加抵龔姓罪，一償款十萬，一釋荏港教民逮繫在獄者。君以死拒，安之曰：『君死易耳〔五八〕。』即持刀翦向君。君知不可理喻，陽起旋，欲出不得，趨旁室，與教堂司事劉宗堯言，宗堯漫不應，安之亦至〔五九〕。久之，啓門出，從者入見，則君已流血被體，刺喉不殊，不能言，以意索紙筆，自書安之暨二教民謀殺狀〔六〇〕，且言從宦久，薄得民譽，懼身死愚民激義憤讎教，貽國際憂，惟長官加意焉。君傷未即死，還署，食飲從喉出。民日詣問起居，知不可起。而安之猶陽陽乘輿出入巡撫署，民見之益憤。丙午，遂羣起毁教堂，安之遁，民追刺之死。又四日，庚戌，君卒。於是，自巡撫至士民，皆走弔哭，而上高、臨川民各哭於所建生祠。

初，君歷任新建、廬陵、德化諸縣〔六一〕，皆有績〔六二〕。大吏奏加三品銜，以知府用，而南昌再至，竟死於職。詔遣津海關道梁敦彦偕法參贊戴端貴馳抵南昌定讞〔六三〕。法參贊堅不承安之謀殺，謂知縣死由自刎，不得議恤，索撫恤教士銀二十五萬兩。朝廷顧邦交，曲從之。然於君之死事，未嘗不嘉其忠，追贈太僕寺卿。所在之地往往開會追悼，亦聽民爲之，不禁止也。君所莅皆壯縣，公私饒阜，事所應舉無不爲。又值革新之際，一傾囊橐辦治〔六四〕，務使聲實出時上。歿後，家無餘貲，年六十二。

馬其昶曰：南昌之獄，議者齗齗致辯，惟自刺與謀殺殊耳。夫杯酒談讌，自糜頂踵，事理所必無者也；就令有之，慷慨引決，不枉吾民，不愈彰其美哉！向使稍存濡忍之念，漫辭應之，固未嘗不得生。以君智略，不出此者，慮清議擬其後，亦不知禍烈果至是也。君在當時最號爲趨時識變，而交涉事又素習，乃卒以此喪其軀，遂廩廩稱義烈矣！

姚叔節曰：詳核雅鍊，史家極筆也。通篇止敘一事，亦本馬班舊法。

許府君家傳 己酉

君許氏，諱恭壽，字品三，歙人也。宋時自歙北鄉之許村遷居西鄉唐慕村，曰貴二公。貴二公至君，廿一傳矣。君三歲失母〔六五〕，稍長，從儀徵程可山先生游。同門生言文學則汪仲伊，質行推君。

咸豐時，粵寇據徽郡，飢寒轉徙，自大父母以下相繼死〔六六〕。後母病篤，執君手，顧所生子泣曰：『吾旦暮入地〔六七〕，以此子屬汝矣！』君泣受命。自君遘亂，數年嘗手殮十二喪，哭至於無淚，惟眶陷耳。當是時，君子女多以餒亡〔六八〕，其存者，君夫婦，暨一弟、一子、一女，凡五人，弟曰文銑，子曰學詩。至餒時，得米合勺，必先食銑而後詩也。至寒時，得敝衣，亦必先衣銑而後詩也。寇據徽久，疫大作，村墟遺民每隱忍從賊〔六九〕，君守義〔七〇〕，瀕死不撓。俄而，湘軍駐祁門，復休寧，江西道通，乃挈家走樟樹鎮，教授爲生。亂定，補學官弟子，用貢生候選訓導。本起孤危，因不求仕，遂終於家，以耆德見欽鄉里。初後母所屬一弟〔七一〕，卒爲娶妻營業，嶷然有立。

許故高貲大族，祠堂崇壯，産饒羨溉。及全宗既燬於寇，族人有雲門者，葺祠宇〔七二〕，纂譜系，君尤盡力鉤稽契約〔七三〕。至今族衆有事祠廡，必念雲門；食祭餘，必念君也。君爲人方質敢任事〔七四〕，意有不可，必竭言無隱〔七五〕。筦祠事近二十年，裁省縻宂，建敬宗小學、端本女學，以教族子女。於是，君孫承堯以編修家居〔七六〕，鋭意興郡邑學。安徽巡撫上言，歙學之興自許氏〔七七〕，時論榮之〔七八〕。君以光緒三十四年卒〔七九〕，年七十五。

馬其昶曰：編修興學，余得自邸鈔〔八〇〕。逾年，編修爲書，因友人胡希晦致其父所爲府君事狀〔八一〕，曰：『願有紀也。』余以自古賢士之興，曷嘗不有所自？顧肇基者積累畢世，歸福嗣人，往往遼闊不相及〔八二〕。今編修承其父，又逮事其先王父，知其留遺以及己也，則後之行必肖於其初，於以綿世澤，不愈夐乎？余述其行以爲之傳，知編修之不能一日忘也〔八三〕。

王晉卿曰：語簡質而意味濃厚。

王太淑人家傳 甲寅

太淑人桐城王氏，年廿一，歸同縣贈通議大夫方君諱崧山。通議體孱，耽吟詠，不事生産，家有無一委諸淑人。咸豐初，粵寇躪桐，淑人提挈子女，挾文契，蹀躞山谷閒，隻字無毀失。通議旋卒，則益督課二子，雖貧，必爲延師。已，又遣就外家學。且行，泣誡之曰：『汝先祖、父世業儒，勿瀕於汝儕絶也。』其後，二子皆克家。長子達出嗣伯父，達子荃以舉人官貴州知府。

初，方氏同祖四世者，嘗就宗祠側建屋一棟，以棲遠裔來祭者，年久屋圮矣，至者日稀。通議因與族人益齋謀更建支祠，未果。淑人憫通議不竟其志，命諸子趣益齋踵成之。舊址狹，益以己地，拓之爲三重。益齋刻石紀其事，謂立廟之議，微淑人，且中輟也。

族有貧不克葬者，淑人授之地，不取值，更助以財。鄰媪訟鬩，得片語立釋。自奉約而厚於施，敬禮親賓，必潔必豐。裳衣皆自績，不假他手，又自爲殮衾甚具。嘗述其曾祖母之教曰：『女子力不任耕作，鍼綫乃亦需人乎？且婦休蠶織，至使衣履敝汙，家之羞，國之蠹也。』時舉以戒子婦。其勤家作苦，今尚有數畝之遺。光緒中卒，年七十有九。

馬其昶曰：荃與余善，其居官，所至有循聲。淑人卒後，爲述其事，且乞傳曰：『先大母於諸孫獨愛荃，冀可光門户，不謂薄宦數十年投劾歸，力且不能營其葬也，悲夫！』予謂淑人居約能持家撫孤，惠宗親，隆孝享，固已賢矣。至荃歷典大郡，其歸也乃無以爲家謀，亦有足稱者，又何歉乎哉！

王晉卿曰：敘事簡而有法度，論尤跌宕生姿。

永定河道吕君家傳　乙卯

君諱珮芬，字筱蘇，號弢廬，吕氏，故旌德望族也。祖諱培，舉人，候選員外郎。父諱朝瑞，翰林院編修，生四子，君其季也。編修兄朝丞早逝，以君嗣，而仍教養於編修。既孤，益自奮於學。

年十九，舉江南鄉試。又七年，成進士，亦授職編修。戊子，充福建副考官。己丑，順天同考。壬辰，會試同考。丁内艱歸，主講中江書院。中東事起，憤憂國事。劾宦者李蓮英專擅不法，壞祖制，詣恭親王乞代奏。不得請，仍歸主講席。拳禍作，君已還朝。兩宮西幸，喋血京師，自以病瘧，不獲護蹕，堅臥都城不肯去。辛丑，充貴州正考官。癸卯，湖南副考官。又屢充功臣館纂修、編書處總纂。所編書譯文自他手多蕪雜，意不懌，遂辭總纂事。後書成，加二品銜，非其志也。

君秉操清絜，仕京朝二十年，不造請貴勢，以興學育才俊爲己職。京察一等，遷侍講，轉侍讀。會學部擇才品優異者，奏請君及學士吴同甲、馬吉樟考察日本學務。時論皆主中學，君著東瀛參觀學校記，於小學尤致意。管學大臣張文襄公韙其論。於是，上將任君安徽提學使，文襄奏君皖籍也，乃改簡吴學士，而君亦旋奉署理永定河道之命，遂以能治河稱。

君之初被命也，謁總督，謝河防非素習，請辭，不許。既到官，親出巡全河兩岸，相地勢、水脈急緩，目營心度，釐定教條，吏民驚悚。永定河隄卑下，尾閭塞。請帑三十六萬金，分期濬築，三年工竣，所費一與初估同。又修築北三汛求賢壩〔八四〕。而南岸金門閘實乃壩也，君謂名實不協，改爲閘，時水消長啓閉之，費不增而工便。是歲秋汛，盛漲逾前數歲，竟攝然不爲患者，以君豫防之效也。特旨褒嘉。君既究心水利害，愈益就沿河村落增設小學十餘所，建客籍學堂，課河員子弟。又以諸待缺員弁懵不省施設所宜，創河工研究所，補署一敘成績，不以私撓。由是，人人争淬厲言水事矣。

君權河道三載，辛亥秋，以南三汎決口去職，留任所振災。圖功未及半，而武昌事起，舉國洶洶。河上兵夫以二萬計，君開誠喻導，息其亂心，功卒以成，詔復原官。而國事益壞不可支，君乃歔欷傺侘，不欲生也。總督檄提工款助軍需，拒不發。奉旨開缺，挈眷歸。明年癸丑九月三日遂卒，年五十有九。

君峻爽有器局，嘗手寫十三經數過，日記所言行，高尺許，皆精整。著山海經分經表、孫子講義、讀漢書劄記、讀晉書劄記，皆毁於火。今存者，許書原文義補、宜今弟子禮記、經言明喻、通鑑喻言、采唐集、晚節香齋藏書録，共如干卷。配翟氏。一子吉甫，前禮部員外郎。二女，適邑人汪槩、銅山張德壽。

馬其昶曰：君治河績效固彰彰矣，乃觀其受任，自避遜，懼不稱，豈好爲虚謙哉？君平生讀書，所致力類經史故訓，河事容非所及。然經史故訓用澡雪吾心也，心明而事至，竭吾慮以圖之，焉有不達者哉？自以爲不能，兹其績效所由著也。然則，今之士號稱豫教，一試之輒敗，其故可知已。

王晉卿曰：以『學』字經緯全傳，簡而有章，其精神奕奕紙上。

吴辟畺曰：文有義法，氣韻清迥拔俗。

毛太夫人傳 乙卯

太夫人毛氏，河南鹿邑人。父本孝，母李氏。外祖王父某選拔貢生，愛其幼慧，授以書，通女範焉。年十九，適沈邱高封君復榮。

毛氏號素豐，及歸高，貧甚。勤紡績，佐夫讀，不使有室家累。事姑孝，姑病至三年不瘳，夜焚香禱天，益姑壽，願奪己算，割臂肉寸許和湯進，姑飲之愈，後聞其事而泣，謂：『婦愛我，乃忘其身以活我也！』

逾數年，夫遘疾危甚，度不可起，太夫人泣曰：『親老子穉，今若此奈何？親養不終，子成立又可冀乎？高氏之存亡繫此。』於是，復夜焚香禱天，願身代夫死。夫病稍閒，又三日，起矣。而太夫人竟以是夜猝病，病數日卒，時道光廿七年也，年三十有三。

子揆一。繼室任氏，子静一、冠一。後以孫景祺貴，贈夫人；又凝宸貴，晉贈一品夫人。

馬其昶曰：傳有之：夫婦牉合，一體也。夫既曰一體，則其生死榮枯疏戚，無不與夫同。故事夫父母如己父母；及夫死而以身殉，或爲嫠，以終其夫事：皆一體之義也。若太夫人之求死得死，而生其夫，且生其夫之母，亦奇矣哉！ 古忠臣孝子勢窮力屈之餘，何嘗不捐糜頂踵，思籲天以求萬一之或濟？ 然而，精誠所積，有應有不應，此事之無如何者也。而太夫人之事姑與夫，能各竭其情之所極以籲於天者，如唯諾於一堂；如制出入之節；時早暮惟己之宜；如償宿責而劑其銖兩輕重。嗚呼！ 此一事也，天人相與之際可以觀矣！景祺字養祉，既上其事於朝，膺賢孝旌門之寵，復以狀示余曰：『願有紀也。』余是以論著之。

吴辟畺曰：敘姑病愈數語，從荆軻傳化出。贊内别有懷抱，無意中露出，有掀雷抉電之奇。

校　記

〔一〕十卷本此下有『産未彌月者亦入』。

〔二〕十卷本末署『男其昶泣血述』。

〔三〕十卷本此下有『止君公嘗曰：「吾長子學，次子能勤家，吾先人累代未成之願庶其酬矣。」』

〔四〕十卷本此下有『必戒必親，不以假人，即他人代，亦不適悄』。

〔五〕集東廳互問安否　十卷本作『之東廳燕語』。

〔六〕『余兩』云云　十卷本作『「余兩人平生志事無相違者，弟勉之矣。」府君接人無長少，一飲以和。遇族人羣從，必詳其支系，若生子、嫁娶、喪葬，隨所聞而皆注之籍』。

〔七〕『通判』句　十卷本作『粵寇亂起，通判公殉難死』。

〔八〕十卷本此下有『篤守前緒，益務恢之』。

〔九〕『其志』下　十卷本有『學不足以既其業』。『而遂死』下　十卷本有『獨其心常欲追古人而從之也，悲夫！』

〔一〇〕十卷本此下有『文日有名』。

〔一一〕十卷本此下有『其昶曰：嗟乎！其生同來，其殆將同歸乎！』

〔一二〕即泣辭　十卷本作『果請辭』。

〔一三〕十卷本此下有『嘉其不慕榮勢』。

〔一四〕魁奇　十卷本作『魁奇自喜』。

〔一五〕十卷本此下有『不事章句』。

〔一六〕嗣　十卷本作『嗣君爲主後』。

〔一七〕『遂留』云云　十卷本作『有三子，長果，次東，次即君。吏民懷其德，争來致殷勤，意良厚。亦以貧故，遂留滯官所』。

〔一八〕十卷本此下有『生事之艱，當時殊不自意』。

〔一九〕十卷本此下有『母曰：「是兒早失父，無教，令辱友，子幸勉其學好矣！」』

〔二〇〕十卷本此下有『不知所爲對』。

〔二一〕『服闋』云云　十卷本作『尋以疾卒於京師，年四十有九』。

〔二二〕皆　十卷本作『靡一日非』。

〔二三〕十卷本此下有『天下書院率奉詔改學堂』。

〔二四〕客　十卷本作『教習』。

〔二五〕『大抵』句　十卷本作『大抵皆後易』。

〔二六〕『龍泉』云云　十卷本作『君故號南陽，字西叔，一字毅甫』。

〔二七〕産兒矣　十卷本作『産兒，故遂小字曰道士』。

〔二八〕十卷本此下有『究心天下利病』。

〔二九〕十卷本此下有『皆解帶寫誠，羣流傾嚮』。

〔三〇〕十卷本此下有『望風嫉之』。

〔三一〕十卷本此下有『與夫流俗俳諧、祈神諛鬼、藏嬌贈豔之作』。

〔三二〕不遇　十卷本作『陋巷時其不在』。

〔三三〕『檄源』句　十卷本作『治守禦，陳源究已前解池州任，被檄至廬州助守』。

〔三四〕十卷本此下有『君留居圍城中廿餘日』。

〔三五〕十卷本此下有『又獨子』。

〔三六〕皆争咎君　十卷本作『雖不就，皆争齮齕君』。

〔三七〕十卷本此下有『戹無所向』。

〔三八〕『予客』句　十卷本作『予客合肥，聞其先輩有「三怪」之目，蓋謂君暨朱默存、王謙齋而三子』。

〔三九〕嘗舉君逸事　十卷本作『爲詩述君行』。

〔四〇〕『而公』云云　十卷本作『而君輩爲大官者固樂甚乎』。

〔四一〕十卷本此下有『其正辭不阿，皆此類也』。

〔四二〕『王君』句　十卷本作『今年余來合肥，王君已前卒』。

〔四三〕『余偶』云云　十卷本作『偶與李生國松讀君文，歎其絶人，又頗惜其多無聊應俗之作』。

〔四四〕『適君』句　十卷本作『而君子源伯適於其時持狀來謁文也，蓋其年亦且七十矣』。

〔四五〕十卷本此下有『趙故以學行聞於時』。

〔四六〕翁　十卷本作『翁年廿餘』。

〔四七〕翁　十卷本作『翁以諸生』。

〔四八〕『而論』句　十卷本作『安吴之論書，探微抉奧，開闢一家，前古無有』。

〔四九〕『翁性』云云　十卷本作『翁性專篤，既親承緒論，則屏棄百爲』。

〔五〇〕檢討　十卷本作『檢討光典』。

〔五一〕計字酬金　十卷本作『酬以重直』。

〔五二〕皆與余善　十卷本作『皆傳其業』。

〔五三〕十卷本此下有『數人者皆與余善』。

〔五四〕『嘗丐』句　十卷本作『劉君丐予爲傳』。

〔五五〕孝廉　十卷本作『張君文運』。

〔五六〕『士生』云云　十卷本作『世方擾擾』。

〔五七〕十卷本此下有『教民獲安』。

〔五八〕『君死』句　十卷本作『君死，案自易結耳』。

〔五九〕『安之』句　十卷本作『安之躡至，必得當乃已』。

〔六〇〕十卷本句末有『甚具』。

〔六一〕『新建』云云　十卷本作『上高、新建、南昌、廬陵、臨川、德化』。

〔六二〕十卷本此下有『民祠祀之，其才辯慧捷，於交涉教案事尤中機竅』。

〔六三〕詔遣　十卷本作『其後，外務部臣奏遣』。

〔六四〕十卷本此下有『以減損民累』。

〔六五〕『君三』句　十卷本作『祖廷烺，父政祥五子，君次二，生三歲失母』。

〔六六〕十卷本此下有『晝避寇，夜還治殯殮』。

〔六七〕『吾旦』句　十卷本作『吾家不幸，死亡殆盡，今吾旦暮入地』。

〔六八〕子女　十卷本作『一子三女』。

〔六九〕遺民　十卷本作『遺民寥落』。

〔七〇〕守義　十卷本作『守義憤慨』。

〔七一〕十卷本此下有『更百死以保其生者』。

〔七二〕葺　十卷本作『首任葺』。

〔七三〕『君尤』句　十卷本作『君一與同心爲輔，尤盡力鉤稽契約，故業不失，益宏其規』。

〔七四〕十卷本此下有『不設城府』。

〔七五〕十卷本此下有『至於恤貧乏，衛寡稚，自其素性，曾不待强，故其生皆敬愛，其殁皆哀』。

〔七六〕以編修　十卷本作『方以翰林』。

〔七七〕上言　十卷本作『奏上承堯在籍辦學績狀，故言皖南學務莫先徽歙』。

〔七八〕『時論』句　十卷本作『君本謀也。君娶葉氏，一子，即學詩，監生。女適汪。孫承堯，君課之嚴，既通籍，授編修，君老矣，顧之而喜，思先人之前殞離亂，不及見，又未嘗不涕』。

〔七九〕卒　十卷本作『十一月日卒』。

〔八〇〕十卷本此下有『友人胡敬庵益爲言其賢』。

〔八一〕胡希晦　十卷本作『敬庵』。

〔八二〕十卷本此下有『故始之艱苦，享成者或昧焉』。

〔八三〕『知編』句　十卷本作『豈第慰其思？ 亦欲爲凡爲子若孫於人者告也』。

〔八四〕汎　當作『汛』。此後『秋汎』『三汎』之『汎』均當作『汛』。

抱潤軒文集卷十二

傳　行狀

清贈太僕寺卿銜兵部郎中李君行狀 丙辰

君姓李氏，諱本方，字仲壺，四川開縣人。父諱宗羲，官至兵部尚書、兩江總督，師事曾文正公，卒繼文正督兩江。

君少從父任所，濡染庭聞，憙經世之學，凡農田、水利、鹽漕、貨幣、工蓺、屯墾、種植諸大端，一皆擘求其要，尤致詳歷代備荒諸政。

年二十七，舉光緒己卯鄉試，以主事供職工部，遷兵部郎中。居京師久，諸公貴人争相引重，而雅尚廉退，皎然不滓。其平生治事以條理爲先，篤守曾公大小終始條理之論，故於倉卒煩擾中而簡要有法，精神常超然餘事，外不見應事之迹，卒之事無不辦。

己丑，直隸歲大侵，高陽李公鴻藻以振務屬君及豐城毛君慶蕃、華陽喬君樹枏。此三人者爲至交，皆有政事才，而君於荒政固素習，條列件繫，不待頃而具，事畢，辭不邀奬敘。自是以訖其終身，一以澤人利物爲己事。大臣屢欲上聞，皆堅卻不顧。

義寧陳公寶箴巡撫湖南，薦君才，請破格用，交軍機處存記。

定興鹿公傳霖督蜀，鋭意整商務，蜀士負清望者推君及喬君，因奏調兩人總辦商局。自海禁通，外貨充斥，兩人相與謀，非改造土物不足塞漏卮。首於嘉定創白蠟公司，次第及煤油、玻璃、煙捲、牛羊皮毛矣，將大有以爲，未幾，鹿公去，遂罷。會毛君總辦江南製造局，招君往。君以置局上海造械器於計不便，宜遷地，識者韙之，數月辭歸。

川督蒙古錫良公思得君助行新政，時蜀中監司多與君雅故，又桑梓地，義不得辭，乃出充學務處參議、商鑛局會辦。而川東奇旱，總督尤倚重君。君亦以救民自詭，不委難於人。出巡災區被疾，至重慶卒，年五十三。得旨優恤，贈太僕寺卿銜。子大防、大閑、大鏞。

君究心振務垂二十年，躬其役者凡五。始振畿輔著聲，至是竟以振死。蓋君以疆臣子仕京朝，告歸，席餘資，不爲私圖，時時籌民生利害。又文章、行誼出於人，人慕嚮之，有所舉率争先應。君其里居，所規設義行甚衆矣，若全貞會，若老老會，若幼幼堂，若殘廢院，若病療所，若施藥局，若餽歲倉，若解衣社，若千益會，若生財局，若仁澤堂義冢，若小江口浮尸社，若水龍會，不可勝紀，而修治開縣至雲陽山徑，糜錢至數萬貫，歷時二載工始竣，行旅謳吟至今。

君爲學私淑曾文正。文正以禹墨治世，莊老治心，故其功成務自挹損。君勤民以死，避榮利若浼然。澤之廣狹，位不侔也，乃若其量則周矣。民生今之世，復何望於上？使鄉里皆有一二如君者，亦憔瘁之民之所託命也。予故承其子大防之請，狀其行，上之史館，庶傳篤行者有採焉。

王晉卿曰：深深款款，辭事相稱，其警湛在結束。通篇以感喟出之，有咫尺千里之觀。

唐桐卿先生傳 丁巳

唐錫晉，字桐卿，江蘇無錫人，生而誠摯有幹略。粵寇之亂，縣城陷，父文源，母張氏，大母廉氏，及弟錫福闔門以殉，文源獨揮錫晉出，曰：『宗祀不可絶也！吾志事未展，不幸遇亂，義不苟存。爾果得生者，無忘利濟矣。』泣而去。後五年，亂平歸，從眢井中拾親骨，瀝血取驗。

少勤學，既遭家難，益自刻厲，以縣學生教授鄉里二十餘年。用恩貢生，授安東縣教諭。唐氏之先歉菴公，與明副都御史襄文公同父兄弟，遂建襄文祠錫山，以祀列祖，葺家譜、立條教以收族。

於時，淮、徐、海三州大水，饑民流安東，積尸滿江滸。錫晉既盡斥俸錢以振，益命子宗愈歸告兄弟，取家財倡助，更募諸蘇、滬、常、鎮，得五萬金，躬棹小舟驗災。適宗愈載米至，舟膠不得達，一夕須髮爲白。已而水漲舟通，民竟得食。明年，安東澇，迺出前振所餘貲，增募至十萬，全濟無算。自是以逮没齒，皆勤振務，起光緒初，訖宣統，凡三十有七年。其振地爲行省者九，爲府州縣五十有六。其振術，則皆循古法，將之以至誠。

自火輪舟車電線四達，而上海爲之樞，晨聞災，暮電遐邇，不待頃而貲集。嘗竭天下力以澹一隅，不假官吏，奔走急難如赴私親，號曰義振，此古所未有也。當是時，爲義振者，丹徒嚴作霖，吴江施善昌，暨錫晉，此三人者名最著，天下有水旱，無不喁喁望此三人；此三人聞之，無不遄往者。

山東沿海郡蜚災鉅，錫晉命宗愈等陸行，而自挾棉衣數萬襲，旬日不穀食，犯風濤，期會日照。至則日照令方催科，拒不受。父子相左，復踐冰雪數百里言郡守。守大驚，由是所屬災縣皆得振。

庚子，兩宫西狩，關中大饑，錫晉醵金四十萬入秦，終日行不值人，而豺犬食餘，亂髮殘骴往往而是，因大悲痛，即單車詣行在，請於大學士王文韶，得二十萬金益之。事竣，返安東，坐劾安東令貪殘，令落職，並罷錫晉。大臣奏還其官，改長洲教授，奬二品。

大江南北頻歲被水，凡六振淮浦。丙午之役，流民數十萬洶聚，遣之不散，籍安東者八萬餘，咸曰：『有司行振未足仗，必得唐公！』時錫晉已臥疾上海，猶强扶而至。衆見其來，驩曰：『吾生矣！』乃各還歸待振，遂以無事。及辛亥籌振江皖，而武昌變起。是役也，錫晉罄其貲，至自質田宅，他所募亦滋多，計贏可數十萬，收孤兒無告者以千計，謀創貧民工廠於兩江廢試院，使人自爲養。規畫甚具矣，而豪猾乘勢，假共和名没其贏貲，孤兒或離散死。於是，清禪，錫晉憤慨病篤，亦卒。

馬其昶曰：君二子宗愈、宗郭。乙卯春，宗愈出所爲君狀及碑志諸篇來乞文。君之行，予所樂稱也。以諸文已具，又世變卒卒，未及爲。今年，再至京師，會宗愈亦謝官歸。申前約，則知江南大吏業臚君行迹，請宣史館。而予又適有清史之役，誼不得辭。每次康熙時事，見當時君臣所惓惓者，唯民生休戚耳。逮君之生，已際清末運矣，而士大夫恤災猶如此其急。烏乎！今既建曰民國，今之民果何如者哉！

陳伯嚴曰：簡勁震發。

王晉卿曰：提綱挈領，關鍵森嚴。

姚叔節曰：文因一人而及全局，縱横變化，不可方物，真得史公長處。唐君得此文，而嚴施皆以不朽，文字之力乃如此！

特旌孝行張母李夫人家傳 丁巳

夫人李氏，諱蘺，字佩芷，福建永定縣人。幼學書史，工詩歌及儷體文。父奇愛之，慎所選壻。一日，遊佛寺，見張氏子寺額擘窠書，遂約婚焉。張君諱日焜，字梓欽，後官湖北知府，書寺額時年十二也。

越五年，夫人來歸，逮事祖姑及姑陳氏。孱不任役，彊自習勤，庭内潔整。姑嫠居善病，夫人侍疾，十餘年不倦，聞轉側呻吟聲即趨視，呼之未嘗不在側。屏息進退，初若無人，有所需，未求也，俄而已具。姑病目翳，治久不效，夫人以舌日舐之乃愈。嘗赴族人宴，酒未半心悸，亟辭歸，果途遇僕，告太夫人病。又嘗襄婚禮，宿姻家，忽中夜起，索輿而返。姑一見，大喜曰：『吾正苦憶爾，知爾念我，必歸矣！』其姑婦相憐愛如此。以故，知府君至孝，游客久，無内顧憂者，賴夫人也。

知府君學通訓詁、音韻、天算、輿地、兵法，旁逮劍槊、金石、刻印、繪畫，無所不究習。酒酣賦詩，夫人亦往往賡和。及令廣濟，將受事，夫人從容言曰：『君固非徒爲文人者，必不以此妨民事。』知府君聳然異之。偶得句索和，竟不和也。

子超南、起南皆從母受學。超南十一歲，夫人攜登黄鶴樓，賦七言古風，超南亦效其體爲之，時頗傳誦。未冠，成進士。起南亦以童年試，詩賦第一。然夫人所以教子者，問行何若，不徒重文藻也。人之稱夫人者，亦稱其行，以爲不可及。閩浙總督卞寶第奏旌其孝，又以知府君助振，賜一品服。及子官，封贈如例。

初，夫人在室，封臂療母疾，深自諱。及姑病篤，復封臂救之，血殷襟袖，終不肯言。光緒二十五年，遣嫁女，自湖湘返閩，被疾甚。知府君曰：『子幸自寬，日者推子禄命絶於酉後，今尚復十載。』夫人曰：『誠如日者言，天許我矣。曩者，陳太夫人病，嘗禱天，願自減算益姑壽十年也。』頃之果卒，春秋五十有九。顧言：『舅姑墓皆在湘，必葬我湘中。』

超南四川候補道，加布政使銜。起南分部郎中，又道南知縣，選南鹽運判。俱庶出。女子五，夫人出者四。

馬其昶曰：宣統初，超南卜葬母夫人善化六都曹家橋漢山坡之原，未具銘。後八年，以狀授其昶銘。時方修清史，予謂夫人之行應史法，乃敘次其事，爲家傳，俾史有所據。其葬地今併入長沙，既封樹，即略疏名氏卒葬年月追埋之其可。超南年少出爲吏，夫人手寫唐書崔元暐母訓子語戒飭之。後令新寧，不避貴勢，幾構禍，巡撫義寧陳公知其賢，得免。

人有恒言：『父教母育。』超南乃又兼母教，雖欲不爲賢，豈可得哉！

王晉卿曰：運筆運意之妙，幾於不可思議。敘事親教子之事，惻惻動人，文品高潔。

洪孝女傳 戊午

孝女洪氏，名壽華，江西安仁縣人。祖某，武昌鹽法道。父某，以廕生改通判，分湖北。娶葉氏，光化令環圃君女，桐城人也。通判不禄，遺四子：男曰鑑曰鑄，女子子長者年十一，幼即孝女，才四歲爾。諸孤煢煢，始隨母依光化，繼依光化子江寧令篤臣君。洪氏、葉氏共廬處者數十年，江寧之視女兄弟也，若在室，人不知其已嫁而反也。乃至江寧子玉麟與鑑鑄，親愛若同生，亦不知其爲異姓也。鑑鑄既皆成立，宦學遠方，姊嫁，唯孝女獨留事母，誓不字。依母臥起，愉戚一惟母是視，罔不適指。以母憂江寧病，即刲股療之。其後，江寧罷官羈死，兩甥爲出金數千償宿逋。孝女游杭州，一夕夢舅至，寤語母曰：『舅耽山水，寧樂此邪？』因買山，葬舅西湖之濱。

孝女初苦跛盭，負痛畏母知。戊午，寓滬上，鑄仕京師病甚，母欲往，顧孝女遲回。孝女知之，託言願往就鍼砭。至則感染沴疫，與鑄同，欲寬母，不自言劇也。四月晦，强起沐浴，禱神乞代兄。明日，趺坐逝，年三十三。而鑄疾良已。

孝女好讀書，嘗講授八旗女校，諸生咸敬愛之。閒爲詩，澹靄高秀。久嬰疾，事佛甚虔，恒言：『死亦無苦，得終吾親年足矣。』而今乃遽死，宜其兄來乞文之悲也。

馬其昶曰：葉生玉麟從予游，其兩家同休戚、共財賄，嘗所目睹。爲述孝女生時嗜予文，自列私淑弟子，予蓋不知也，甚媿其意。夫孟子之言仁在『善推其所爲』，孝女之事母可謂善推者矣。抑非獨孝女也，雖其家及其外家之所爲，豈易見於今之世？儻亦其風類然與！

陳伯嚴曰：縈繞有逸致。

王晉卿曰：先生善爲錯綜參互之筆，意繁而詞潔，得史公義法。

直隸永年縣知縣夏君家傳 己未

君夏氏，諱詒鈺，字范卿，江蘇江陰人。先世遷自會稽，祖諱翼謀，道光五年舉人，官太常寺博士。父諱子齡，道光十六年第進士，冠其曹，授禮部主事，出知易州，晉知府，祀易州饒陽名宦祠。

君幼從博士受經房山書院。博士殁，隨父歸里，將投名應學使試，易州曰：『使者京朝相知。汝年幼，儻獲售，人得無言乎？』乃止。一日，見所爲文，笑曰：『若果試者，固無爾敵。然士亦何所不足，而必科第也？』於是，君勤於學，壹以事親養志自刻。隨易州官直隸垂二十年，因益通曉吏事。

同治初，始援例以知縣分河南，鞠獄詳慎。巡撫李公鶴年才之，補洧川。地貧瘠，爲豫南衝，時大兵征關隴，過師縣境，索車急。吏請符括民車，君謂官書下，弊且叢出，乃召車户，諭以情，倍給值，民不知擾。

丁易州艱歸。服闋，補永年。永年者，廣平附郭邑也。洺河自太行來，性慓悍，而辛村當其衝。乾隆中，河決改道，害益甚。君築南岸許莊隄，甫竣，會霖雨隄決，自辛村、許莊至郡城，彌望皆水。君既籌振被災者，復改築南岸大壩，增培北岸舊隄，加築迎水埧。越二年，大漲，君所新築，用石灰融泥沙，牢甚，而埧尾舊沙復潰，更築如前法。爲立條教，刻石河上。至今水不爲害，縣人立祠祀之。

光緒初大旱，君輕騎履勘，至縣北腰彰村。先是，村民自咸豐時抗糧課，讎視吏，前數令皆操嚴法，不能服，久亦羈縻之。君至，見旱狀，詰曰：『何不以聞？』乃跪泣曰：『民畏罪，不敢詣縣。』君曰：『若所爲誠罪也。然若獨非國家赤子邪？』一律蠲之。自是，數村無逋賦。君在官，未嘗以催科杖民，乃每列上考。嘗歎曰：『官不恤民，而責民梗化，誣民甚矣！』

是時，晉豫皆旱，畿輔亦比歲災。君借富人錢，得二萬緡，購米麥山東，爲平糶，復爲食以活餓者。竟事，秏不及半，餘緡悉還主者。其後大穰，勸民納穀備災。民知君素守，皆争輸，得穀凡萬石。

君爲政勤民事，務在教養，蔽獄能得其情，不矜鉤距之術。閻洛利者，巨猾也，與成安役有連，豢盜爲鄰邑患，事發，則賄小偷自承。贓證悉具，君閱辭，疑，嚴治役，役始白洛利不法事，並得其黨衆蹤迹，案論如律，而釋諸被誣者，咸感泣去。民大説服。

君兄弟三人，仲先逝，意常忽忽不樂。以大計卓異待遷，俄而卒，年五十有五。子孫桐，光緒十五年進士，翰林院編修，官湖州知府，亦有吏能。

馬其昶曰：予與編修同膺清史館之聘，編修多記前聞軼事，其在館，方輯循吏傳，朝夕接晤，語相契也。嘗言少時以古事進質君，君曰：『良法美意，須隨地制宜，擇可而勞，因民而利，固非墨守者所能耳。』至哉言乎！夫書史所載制度益損，皆效於前，以時曠邈而異變尚未可泥，况拾遐陬異域風氣習俗之殊絶者，而一概施之，烏可哉！

陳伯嚴曰：雅潔爲作者本色。

王晉卿曰：述循吏，事具而詞不費，是老斲輪手。

循吏羅君事狀 己未

羅度，字裴卿，南海人。光緒初，由軍功保薦知縣，發四川。總督丁寶楨善察吏，使權清溪，汰浮征，加例差津貼，定胥役工食費。寶楨得其條教，行下列縣，爲通式。補珙縣。上治盜六策，懸重賞，禽盜魁，閭市大安。調江安，數月，改授內江。

內江故劇邑也，訟牒歲以萬計。度令民懷狀詣堂皇逕投，立訊簿，限日集訊，榜之壁。訟者至，自署名其上，法簡而易行，然亦以度精練，吏莫敢爲欺。又益興學勸士，旌孝子貞婦，出俸錢貸貧民，更迭斂散之，收育孤貧至六百餘人。乙酉旱饑，戊子縣又大水，散財發粟，民不知瘥。在內江七年，以母憂解官，士民攀號塞路，或隨至成都，哭而去。服除，改主事。年未强仕，遂不復出。鹿傳霖、錫良相繼督蜀，皆禮致幕府。

拳禍作，朝旨嘉其能攘教雪讎耻。度力言：『蜀幸完善，今讎教，必且爲國生患。』大府悟，秘不宣詔，禍稍紓，蜀民至今德之。而尤以前後三賑爲最著。先是，二十三年，川東霖雨，災州縣二十六。閱五年，全川水旱並臻，災州縣百一十六。又二年，水災州縣五十九，雹災三十五。賑務壹倚辦。度告糴鄰境，分區綜畫，凡穀以石計千八百餘萬，銀以兩計三百七十餘萬，民甦活不可勝計。更防後災，鉤稽社濟倉穀，俾無虧短。

始，度在官，舉治行卓異，總督三疏論薦，得旨嘉獎，給三品頂戴。人惜其早退，才未究；後反幸其不爲縣，乃施澤及全蜀也。晚舉經濟特科，亦不就徵。卒年五十四。疆臣上其治績，請付史館，并坿祀丁寶楨祠，從之。

子述稷，江西財政廳長；述禕，閩侯地方審判廳長；述裪，候選主事。述稷遇其祖京師，出示館中舊傳，讀之憮然。述稷固請予更爲狀，上之史館，俾秉筆者採擇焉。

陳伯嚴曰：整鍊。

鎮海李府君家傳 庚申

君姓李氏，諱嘉，自號曰梅塘。世居鎮海小浹口。祖曰敬明。敬明二子，次子容，江蘇候補知府，貿遷致高訾，爲富室。知府君一子，即君也。既老而傳，外事一以委兄子。君從師受學甚勤，應鄉舉，三試不售，遂棄去，翛然不以塵務經懷，廣蓄書畫、古彝鼎。

一歲，滬肆財騾墆，遐邇争取存貯金，因大耗。君從兄所爲主計者，憂惶疾作，謝不理事。君承其敝，應機指付從容，諸大賈皆折閲不支，李氏錢業獨無損。久之益息，則益斥奇羨周貧匱，積二十餘年，倍蓰其初矣。

知府君嘗欲置田贍族親，未果，君乃取膏腴二千畝成其志，曰養正義莊。歲大旱，流冗麇集萬餘，日匄食巨家，肆劫略。君慮且生變，急出義莊儲粟爲平糶，復捐貲以振，費財以巨萬計。他若修縣書，治道塗橋梁，施醫藥，苟力所能爲者，爲之無不盡。

君雖游於闤闠乎，意趣曠遠，築别墅，蒔花種竹其中，常若無事。及接人，推誠寫抱，言不匿情，不苛察纖介，人材質鉅細所堪，事曲折所經，罔不舉其旨要，一二語能息羣囂。初領市政，雖君兄亦怪君儒生，任事乃如此也。

君議敘花翎，三品銜，江蘇試用同知，未赴官，光緒二十五年卒，年五十九。配張氏，後君十九年而卒。有子八人，女三人，孫男女七十二，曾孫男女十六。始，君寡兄弟，洎君夫人殁時，凡夫人一本所自出者至百三十四人，世推以爲瑞。今敘列其名於後。

論曰：『澹泊明志，寧静致遠』之言，諸葛公常誦斯語。今雖婦嬰，聞諸葛之烈，仰若天人矣。然孰知其平生志藴之所存邪？夫擁多金，子孫衆盛，人情所願欲，大率此耳。君乃無意得之，亦操之有其本也，而竟以貨殖終。嗚呼！彼從政而爲民之司命者何如哉！

王晉卿曰：不鋪陳致富之由，舉重若輕，能使其人栩栩紙上。

郝孝子傳 辛酉

孝子郝氏，諱贊清，字筱浦。先世太原人。清初賈順天，寓居三河沙嶺村，遂家焉。數傳至孝子，兄弟四人，次居三。

母雷太宜人病痿痺，動止不良。於是，孝子年十六矣，就外傅，母戒其曠學，非嚮晦不令輒歸。孝子戀母，不敢留，則益自奮勵。久之，母疾臻劇，瀉利日夜數十下。孝子乃一意事母，不跬步離也，母亦相倚爲命。欲遺即進器承之，須臾復進，衣無點汙。深夜，息牀側，懼母艱於呼召，自以繩一端束手，一端繫母榻，掣其繩則警寤起矣。勞辱事皆躬爲之，他人固不能代。母曰：『孝哉吾子！乃一身而兼職女婦之行。』

母病三年卒，父繼逝，家益落，乃走京師，供事史館。光緒初，敘勞補臨清縣吏目。兄老而窶貧，則以己所受産讓之兄。

君子曰：孝子之事親，亦可謂能竭其力者矣。然以校父母之勞勤，雖孝子猶十一之於千百也。夫彼千百勞勤，凡父母者皆然也，而人子之區區有其十、有其一者，自孝子外，乃未獲多見。故余於孝子之子崇峻之來請，惻然疚於心，烏得而不書也？崇峻，山東知縣，生二子：鵬、鶚，亦皆有名爵於時。

王晉卿曰：敘孝子之事，由母口中結出『孝』字，語意特爲真摯。末一段，讀之尤令人疚心泚顙。

含純周女士傳 壬戌

周君緝之弟七女德粹，字含純，年二十，歸廣安胡光麃，兩月忽病逝。時周君方居父尚書公憂，又連喪二女，意悲甚，丐予爲之傳，謂含純尤尚書所篤愛也。

尚書爲國重臣，雖貴盛，門内之治一守儒素。含純漸漬風習，安雅有文，少與姊共學。六姊才而早殞。疾殆，刲股救之不愈，因益悟身世浮漚之旨，揣母意不之許，私探釋典，未以告也。

始，周君慎選壻，光麃偕其弟留學美洲，還國始締姻。含純故通英語，既嫁，未嘗一自炫，惟時時切劘道義，謂舅姑老，宜盡孝養。夫弟學費未贍，願斥裝資濟之。偶談名理，妙契玄風，光麃紀録千百言。於是，其父葆生編修覽而歎曰：『惜哉！吾子失婦，如失良師友也。』

馬其昶曰：予薄遭世屯，自屏哀樂。去歲，三女歿於京寓，近又聞長女之變，欲爲小文記之，心若廢井，竟不能成辭。嗟乎！父子恩誼之謂何？予於周君，有深媿也。抑予三女病革時，聞誦金剛經即徹解，每思之又爽然自失。含純所得，儻類是邪！

王晉卿曰：竟體雅潔，著一二語便自沈痛。論述所遭，反自寬解，尤沈痛之至。

王節婦傳 壬戌

節婦盛氏，六安人。年十八，爲同縣王大廷妻。逾年，生一女。又逾年，而大廷病篤。節婦焚香籲天，願代死也，卒不起。誓以身殉，未得閒，投繯不殊。當是時，大廷嗣父、本生父、繼母皆在堂，痛子甚，又哀新婦無子而寡，爲擇從子曰業鑄者爲之後。節婦落落，殊無意生。

於是，其母王孺人來視女，哭而誡之曰：『婦人從一，義乃有三：曰節，曰孝，曰慈。今壻死而下遺子女，上有頒白之親，其責在汝，奈何殉一節而昧孝、慈之二義乎？且節不貴苟難，貴有終。而不見臧獲之自裁乎？一旦感憤死，輕鴻毛，未足尚也。』節婦聞誡，俛默久之，泣起受教，遂不復言死。

家故素封，乃悉屏華飾，躬執爨饎。有餘貲，輒以賙姻族。女婦歲時會聚，每謝不往，曰：『飲酒歡宴，非嫠者事也。』白狼之竄皖也，以先機避地得免，時邑富室多罹禍。于是，節婦呼子業鑄而申儆之，以禍變之無時，良田美宅之莫能久據，曰：『酒薄亟壞，牆薄亟傾。昔人有明訓：「寧誚己愚，毋爲薄夫。」殆爲此耳。』其因事施教多類此。

自節婦喪夫，忍死以事親教子，今年五十有五矣，爲嫠三十五年，親事終，子業鑄已婚娶，女嫁早寡，亦以節著。

贊曰：余客京師，一日，有王生者名懷民，以鄉誼來謁，執禮幣甚恭，徐出其所自述世母盛孺人節孝狀，乞爲之傳。王生年甫冠，中學校肄業生也。今京師學風何如者？而王生乃兢兢致謹於此，然則非獨孺人節行高也，彼少年不爲習尚所薰者，固自有其人哉！或曰，是亦家教使然云。

王晉卿曰：先生善爲論贊，此尤顧盼生姿。

張元莊先生行狀 癸亥

先生張氏，諱樹錡，字厚甫。合肥人也。當咸同之際，合肥才傑士蔚起，爲將相、立勳名者踵相接。先生兄弟九人，長兄官兩廣總督，次兄、五兄皆綰軍符、膺疆寄，而先生獨躬孝友禮讓之行，外絶榮競，以布衣終。

痛早失父母，哀慕畢世。四兄以堙塞鬱軫嬰痼疾，則多方調護之。嘗奉以出遊，猝墮溪澗中，先生躍身下，挽其衣裾而上之，腰腹盡濕。從者方駭愕失措，亦不知其何由登也。

性喜施予，其遇宗族厚，推之鄉鄰則壹從其厚；歲或不登，又加厚焉。凡貧乏孤寡失所依、婚娶無貲、喪葬不克舉者，謀之必盡其力。爲子弟就學者擇師，魯者亦使其有恒業。

朝廷既懲科舉之不能得才，議更學制。先生親赴日本，察其教學之詳，歸設兩等小學。萑苻四起，創保甲局於西鄉，已而改團防局，費鉅而民不知擾。

宣統元年，被選咨議局議員。巡撫朱家寶稱之曰：『夫人不言，言必有中。』先生率其素履，人自化服，時比之陳仲弓、王彦方。

而其泯教禍事尤著。先是，光緒末，法教士戴爾第忿邑民騰書詆教，欲興大獄，嚴懲民，賴先生言得免。未幾，而郭師橋坊董復燬教民居，官吏莫敢何問，教士不平，將訴之領事。先生復往説之，以民教相讎非兩國福，言甚愷至，教士寤，遂以無事。其後，上海總主教道皖北，猶造廬修敬。語曰：『忠信篤敬，蠻貊之邦可行。』先生有焉。而世顧謂遠人不可以誠格，豈其然哉！

先生以民國六年卒，年五十有九。鄉人士諱其名不稱，相與私謚曰元莊先生。既立碑表其里閭，復建祠官亭鎮西，春秋祀之。而立遺愛碑於祠畔，落成，觀禮者數千人，至感歎泣下。

于是，僉曰：『先生之德浹於我民者深矣，而其施不遐。儻上之太史氏，甄録而光顯之，庶可以風於天下，即没世亦有所稽焉，惟知言之君子爲能不忽於庸行。』乃來請，其昶遂據其事狀紀述之如右，謹狀。

王晉卿曰：敘述事狀語語徵實，無一閒字，無一剩句，文固各有體制也。

閩縣陳君家傳 癸亥

君陳氏，諱寶璐，字叔毅。先世明永樂閒自長樂徙閩，世爲冠族。曾祖諱若霖，官刑部尚書，謚文誠。文誠生雲南布政使諱景亮。布政生刑部主事諱承裘。刑部七子，今太傅弢菴先生，其長也。君次居三，少有器鑑，耽思經籍，取爾雅、説文雜治之，爲文不苟以徇俗，必法於古。

光緒十六年，與仲兄寶瑨及從子懋鼎同榜成進士。選庶吉士，改刑部主事。家門貴盛，獨邈然有湖海林壑之趣，通籍未幾即告歸。而太傅亦以閣學家居二十載。兄弟閒自爲師友，以文雅道義相劘切。其後，太傅年考日高，望日隆，閱天下才俊多矣，而語及君之學行，未嘗不動容咨賞，謂己所弗逮。

會變法議興，益取古今中外之故研窮其得失，疾時士論學論治之浮薄悍肆者，其人往往負盛名，君獨憂其禍國，微言深論，時一及之。或勸以著書明道，謝未遑也。大府議纂郡志；建存古學堂；最後，京師開禮學館：辟召，君皆不應，獨時就謝中書商證所學。中書長樂老儒，名章鋌，品節高峻，君平生所嚴事者也，主講致用書院，歿而貧甚。君嗣其講席，以束脩爲刊其遺集，又育養其孤子女而婚嫁之。其他行誼多類此。

宣統三年，遜位詔下，太傅先奉命纂禮書，留京師，遂入内廷授讀。于是，南省黨人聞之，頗峻設科條，屬君招隱。君爲書，第言事局創見，當有以自處。太傅得書，復之曰：『自頃以來，日在左右，恩禮優渥，衡義準情，皆無可去。天之安置我者適如此，則亦順受其正已耳。』君讀而悲之。久之，復寓書縱論時事，以謂『似此國體民德，舉綱常名教及一切防範之具一埽空之，而惟利之爭、權之競，其能一日安乎？名不正則言不順，更何文教治理之可談？恨河清難俟耳』。俄而卒，壬子冬十二月也，年五十有六。

蓋君雖溺志於學，而於世治亂、民生休戚不須臾忘，豈枯槁一往不返之流哉！詩曰：

『考槃在澗，碩人之寬。獨寐寤言，永失弗諼〔一〕。』君之謂也。子三人：懋豫、懋咸、懋賁。

馬其昶曰：予聞君喜藏書，嘗言世苦書浩博，難竟讀；然苟知所擇，則書正無多耳。如吕氏讀詩記，胡氏禹貢錐指，江氏禮書綱目，秦氏五禮通考，司馬氏通鑑，及近思録、性理精義等，豈非至簡諦、切實用者？又舉唐律義疏、授時通考、農政全書，及顧氏音學、梅氏算書，皆中國之絶學，旁逮困學紀聞，亦篤嗜之。予承太傅諉諈，次君家傳，既采其言論之大者著於篇，乃其評騭書史亦有不得而略者。太傅惜予未與君接，誦其言，爲想見之焉。

柯鳳生曰：古峻。

校　記

〔一〕失　當作『矢』。

抱潤軒文集卷十三

碑文

贈内閣學士山東登萊青兵備道劉公墓碑 庚子

劉公諱含芳，字薌林。池州貴池人也。曾祖駕夫，祖兆，父孝樟〔一〕，連世種德，各以孫子貴顯贈如其官。

公少孤，從從父兄瑞芬受學。同治初，今相國合肥李公始誓師上海，公兄弟實從其後。瑞芬至廣東巡撫〔二〕，而公終始依李公。初隨征蘇、常、湖州，輸轉軍械，設局太倉、無錫。北征捻逆，移局清江、蔣壩、張秋、濟南，以道員加二品銜〔三〕。李公督直隸，兼北洋大臣，而公遂治軍械天津。光緒九年，統魚雷營，屯旅順。嘗一攝津海關道數月，自請還屯。十七年，授甘肅安肅道，李公奏留旅順。十八年，補山東登萊青道，逾年乃到官。

自海禁開，泰西諸國以彊武相尚，械器日新不窮。李公初資外國火器平寇亂，暨棣國，管北洋，壹改用西國軍制〔四〕。自是，言兵事者尤以購器、練技爲急。公識性明達，於事無所不諳練，又主軍械久，攷別良楛，窮覽冥會，曲得理解。每一新械出，外國語文轇轕，公對客稱舉，應聲而得。議建武庫於西沽，廣收博儲，以肄將士。益增廠造子彈，不假外購。法越之役，竟以濟師。李公既興立海軍，築礮壘，設船塢，備鐵艦，通電綫，置魚雷，開醫院，起學堂造士，多由公本謀。於是，威海、旅順、大連灣三口屹爲北海雄鎮，工役浩穰，一領於公。又兼海軍及緣海水陸營務處，調護諸將，綏輯華夷，專一趨。公不顧徇流俗俯仰，人初或不便，久乃大服。終李公之在直隸，倚公治辦若左右手。留天津十四年，屯旅順十一年，後雖之任山左，猶隸於北洋。北洋軍器精、防守完堅冠諸行省。

及甲午倭韓之難作，李公不得志，内召，而公亦遂去位。當東事初起，李公持慎，不欲輕開兵端〔五〕，結禍强鄰。朝議大譁，日夜責問戰狀，事益不可爲，威海、旅順相繼失。敵據寧海州城，前鋒距煙臺道署十三里。時山東巡撫亦駐師煙臺，西國諸領事以巡撫在則倭攻之急，於租地不便。巡撫退萊州，領事復言公，公曰：『巡撫大臣可去，某守土吏，去何之？今死此矣！』因置鴆兩盂，與夫人郝氏日服公服坐待，意氣堅定，民恃公無恐〔六〕。有潰卒數千，操兵鳴譟求食，勢將鬨。公疾馳至，皆斂手聽約束，厚給遣散，破數萬金，盡取之囊橐。西國民商在租地者，聞潰卒至，咸戒備，既去數日乃覺，則大驚服，相謂曰：『使中國主兵皆鄧世昌，守土皆劉公若者，即何憂倭乎？』鄧世昌者，起水師學堂，領『致遠』鐵甲，以偏師拒倭，戰死大東溝，人謂其才足當海軍大將者也。威海、旅順既淪陷，而煙臺孤懸獨完。和議成，大臣奏遣公渡海勘收日本還地。始，威、旅、大連灣皆荒島，公瘁心力營搆，十餘年成嶮塞，錮京畿門户，至是，皆煨燼。因憤慨流涕，未幾以疾自劾歸，歸數年卒。

李公謀國誠宏遠有大略，其所嘗識拔而躋之顯列者亦誠多才傑，然而如公等比者，乃人尤謂其能不負李公云。悼持世之乏才，懼國論之不審，懲前失，將不爲後圖，國何以自立？此有心者於公之喪，不能不深矉愴怳而致私憂於無極者也。

公以光緒二十四年四月二十八日卒，年五十八。詔贈内閣學士，廕一子知縣，事迹付史館立傳。子三人：世珍、世瓊、世璘。長女適候選道建德周學熙，次適内閣中書太倉顧思義，幼未字。以是年冬十一月乙丑，葬於青陽縣潼梓湖側。公娶俞夫人，早逝。再娶郝夫人，能承助公賢，疏戚詠仰，後公一年卒。篷室黄氏、李氏。其葬也，兩夫人皆祔。

既葬，學熙以狀授其昶，請銘其墓道之碑。維公義俠天稟，篤於故舊，修池州孔子廟，又平九華山徑。告歸三年，不自逸，其卒以料簡義田絶於村舍。然公之所勤於國者大矣，大者壞於既成，則雖立於身、造於有家，必非賢者愉快事也，嗚乎悲夫！今不書以達公志，遂爲銘。銘曰：

天險大鏟，有驕窺堂。巧勇鬭進，儒則爲左。孰持世變，黮闇開鑿。彼懵不知，方厲其愕。公佐成功，公肩其艱。雖艱厥成，棄等一菅。厲生有階，公曰予恥。憤不居位，福此閭里。人所矜有，在公則餘。我銘以質，來者式諸。

吴先生曰：敘次得實，妙有生氣迸出，其遒勁欲逼荆公。

蕭敬孚先生穆曰：敘次雍容，有典有則，此爲碑版上乘。

陳伯嚴曰：遒雅。

贈太子太保兵部尚書銜福建臺灣巡撫一等男爵劉壯肅公神道碑銘 丙午

公姓劉氏，諱銘傳，字省三。合肥人。曾祖某，祖廷忠，考惠，世業農，後皆以公貴贈如公官爵。

公生而英特有偉抱，嘗登所居大潛山，歎曰：『生不爵，死不謚，非夫也！』會天下亂，淮淝居民爭築堡寨自衛，各相長雄。一日，有大豪呼公考至馬前，責供給不時至，訶罵而去。公憤甚，躡豪行數里，奪其佩刀殺之，乘馬徐歸，於時年十有八矣。

同治元年，曾文正公既督兩江，奏薦合肥李公募淮勇東征〔七〕，公以千總從，所將卒號

『銘軍』，連擊破川沙、奉賢、福山，解常昭圍。合水師奪揚舍汛要隘，苦戰六日，乘勝下江陰，取無錫，進攻常州。奇兵出奔牛鎮，降其酋，推鋒直前。寇復犯奔牛，還軍卻之。再攻，圍常州，先登，生獲寇酋陳坤書。常州平，積功至提督，賞黄馬褂。而程公學啓已前定蘇州〔八〕，遂越境應浙軍，攻嘉興，克之。至是，公平常州，亦出屯句容，以應江寧圍軍。於是，湘軍拔江寧，殄洪寇，積苦久，遂皆散遣。

羣捻復縱横齊、豫、吴、楚之郊，曾公受命督師，湘軍將既已罷歸，乃益募淮勇，設四鎮重兵。公屯軍周家口，戰捷於瓦店，於南頓，於扶溝。詔授直隸提督。仍率師援鄂，克黄陂，追賊至潁州，大破之。公以中原平曠地，賊四走疲我，乃建議築隄，扼沙河爲守。賊潰突汴梁隄，追創之鉅野。捻首張總愚竄陝西，任柱、賴汶洸竄山東，自是，有東捻、西捻之目。

李公代曾公督師，公率所部自鄆城至京，山東西數十戰，賊皆披靡望風遁，由是東至黄陂，西至安陸、襄、棗，北至南陽、鄧，『銘軍』常爲選鋒。復議防運河，扼膠萊，築長牆，北起夏店，南抵柳林口，遏賊騎西。

六年，引兵南救沭陽，追北至諸城、日照。還，殪任柱於贛榆。賴汶洸圖竄青濟，閒道馳濰西北，擊破之，蹙之海濱，殲其衆，河流盡赤，汶洸自投揚州防軍以死。東捻平，論功最，給三等輕車都尉。乞假歸。

七年，西捻張總愚由陝竄河朔，畿輔大震。詔責諸將帥，公臥疾在家，坐逗留奪官。李公假朝命强起之，會師進擊鹽山、滄州、德平。李公仍議築牆臨邑，屬之馬頰河。牆成，值大雨，徒駭河盛漲，賊不得渡，張總愚赴水死，西捻平。晉一等男爵，詔駐師張秋，資鎮守。旋命督軍陝西，勦北山回寇，引疾歸。

論者謂李公江蘇之功，推程忠烈；平捻之功，公爲大。忠烈攻嘉興，遽戰死。而公初起，將五百人，稍增至七千，討捻益騎兵合萬二千，西防陝增多至二萬。逮後臺灣之役，以異數改巡撫，位望乃益崇矣。自程忠烈始議外國械器利，其戰江蘇，悉改用新械，淮軍竟以此勝。而公尤以鐵道關兵事利害爲重〔九〕。光緒六年，與俄羅斯争伊犂約，應詔至都，即上言鐵道便利數大端。李公因奏公主辦，議格不行。

十年，法蘭西擾海疆，再起公，以巡撫銜督臺灣軍務。至七日，基隆礮臺燬，公以臺灣無兵艦，不利海戰，移軍基隆山後避礮彈，且誘敵登陸。尋擊斃法酋二、兵百餘，奪二纛，他兵械數十。有詔褒美。法兵以偏師綴基隆軍，别遣五艦犯滬尾。滬尾者，基隆後路也，距臺北府三十里，軍資餉械皆聚臺北。公夜退師，駐淡水，犄角滬尾。謗譏流聞，取斷於中，不眩時議。敵益增艦來攻。是時，馬江已挫，上海用三輪船濟師，皆遏不達。諸將冒風雨跣足督戰。堅守八閱月，詔授福建巡撫。

明年，媾成。朝議臺灣阻海，峙南洋門户，當設立行省自治，乃改公臺灣巡撫。奏增一府一廳三縣。生番窟宅臺南北七百餘里，奔狂叫呶，風氣湮閼。擣虚斧頑，釐其馴稚，一皆化熟，不以異類自疑。念兵制久敝，不饒給財用無能革新。於是，清丈田畝，賦收倍經額，而諸所創土田茶鹽金煤林木樟腦之税亦充羨府庫，始至，歲入金七十萬，其後至三百萬。因益築礮臺，購火器，設軍械局、水雷局、水雷學堂，要以興造鐵道爲綱紐，而電線、郵政輔之，功費大萬百餘。公思以一島基國富彊，迹所已效，威名樹立，如其初志。累加太子少保、兵部尚書銜，又特命襄辦海軍事務。嘗登滬尾礮臺，東望日本，欷歔感發曰：『即今不圖，我爲彼虜矣！』已而，户部奏飭疆臣十年内毋許增置艦礮〔一〇〕，復喟曰：『人方甚我，我顧欲樽俎折之乎？』乃三疏求去。

臺灣之立行省自公始。公治臺灣凡七年而歸，歸四年而朝鮮難作，屢召不出，遂以疾終於家，春秋六十。是年，臺灣割隸日本。遺疏入，天子軫悼，贈太子太保，謚壯肅，建專祠，史館立傳。

長子盛芬，直隸候補道，前卒官。其長孫朝仰、三子盛芾，皆員外郎，朝仰承襲男爵。次子盛芸，賜舉人，襲三等輕車都尉。四子盛芥，舉人，候選知府。女四人，皆適望族。配程氏夫人。側室有出者，曰項氏、陳氏。絶粒以殉得旌者二人，皆李氏。公以某年月日葬某鄉某原，其諸孫朝望，舉人，刑部郎中，致公所爲大灊山房詩二卷，並致狀曰：『先公墓碑未刻，敢請銘。』乃銘。公所箸別有奏議二十四卷，藏於家。辭曰：

公專閫寄，方壯其齒。金節琱戈，詠嘲文史。蟄居在壑，公驩無止。皇怵外訌，詔速公起。公來岷驩，彼驕亦駭。韜智銜勇，創古未有。漲天大澤，納於一沚。公胡遽歸？公歸不俟。疆埸成壞，彼此一時。悲膺雄志，雖死而視。焯功鑱詞，萬古是記。

陳伯嚴曰：敘列嫻整，斷截支蔓。

姚叔節曰：精錬而裕，嗣響孟堅。

贈光禄大夫甘肅甘凉道李公墓碑 丙午

公姓李氏，諱鶴章，字季荃。合肥人。當同治初，李文忠公以淮勇戰江蘇，於時，佐治軍而躬戰以成其績者，公也。考刑部郎中諱文安，有子六人，公次三。

少英朗，刻厲嚮學。年二十六，補縣學生員〔一〕。再試，再不利。時仲兄文忠公已第進士，在翰林，有聲矣。公自期待不後於諸兄，既連不得志有司，輒棄去，益究心經世之學。

會廣西寇起，江淮俶擾，因部勒丁壯爲鄉團，自捍衛。姦民夏金堂期會爲變，乘夜，出不意斬之，其黨立潰。刑部奉命治鄉兵，公將數百人從。刑部歿，復出，隨官軍拒寇〔一二〕。廬州再陷，走定遠，上書巡撫陳兵事〔一三〕。巡撫不能用，馳去，展轉江浙間，無所就。曾文正公一見激賞，稱爲將才，隨曾軍攻安慶。復隨伯兄勤恪公備兵贛南，領贛勇四千助防勦。

曾公督兩江，規復蘇常〔一四〕，主募淮民，替湘勇。既，上海來乞師，遂薦文忠以道員貸外國船載師而東〔一五〕，別檄公將騎五百，增募千人，繞淮揚裏下河至上海會師。當是時，淮勇新集，公入贊軍謀，出護諸將〔一六〕。寇圍虹橋屯，大雨，文忠期旦日往援。公謂天雨寇懈，宜乘鋭急擊勿失。從其議，破之。上海軍自此振。

文忠署江蘇巡撫，遂進攻青浦，分軍還救北新涇屯，拔嘉定，擊援寇四江口，大敗之，功爲多。文忠推先他將，奏言『臣弟不敢闌功』。天子稱其功與程學啓埒，命一體議奬。自初起及敘安慶功，已前得知縣，特詔加四品銜，以知州用。

常熟寇反正，蔡元隆亦據太倉降，公率騎至城下，伏發，中槍傷股。後七日，會軍復其城。於是，程忠烈克崑山，遂與公各率萬人爲統將，忠烈攻蘇州，公則趨江陰、無錫，以取常州。寇自顧山連屯數十里。伏兵河側，燬其舟，諸壘悉平〔一七〕，城寇懼。謀内應，遂復江陰。加三品銜，知府。

移屯偪無錫。悍賊李秀成突犯大橋角。大橋角，蘇州西北要隘也。寇争之急，公馳救，連大破之，乘勝薄其城。而程忠烈已定蘇州，軍益奮，遂克無錫，虜其酋。捷聞，以道員記名，詔曰：『李某隨其兄在軍，戰甚偉，徒以兄弟嫌，賞不答勞〔一八〕，尅日平常州、江寧，其速議諸將率功賞，無有所遺。』由是，益感激，思自效。引軍冒雪趨常州，盡夷坿郭寇壘，下孟河，解奔牛圍，屢擊退援寇。寇西南窺前所復縣，用牽我師，因還守無錫，遣軍分援別縣，皆破走之。常州外援絶，再進攻，明年，常州平。賞黄馬褂。已而湘軍遂拔江寧，大功成矣〔一九〕。詔授甘肅甘凉道。疾發，未行。會曾公督師討捻，爲奏請開缺留軍〔二〇〕。從至清江，告歸，遂不出，竟以道員終。

其後，文忠臻宰相，封爵，同時，勤恪亦用州縣平進開府，兄弟旌節相望。而淮軍諸將起偏裨，膺疆寄，尤顯者復十許人，大抵皆公舊部，而公顧落落。論者謂，古今功名之際往往有遺憾焉。至於公，若或顯之，又若或靳之，尤不能不太息其器業之未究，而有覬於其後，以觀天道之大恒也。

公既歸，自號浮槎山人，亦時出游都會，稍營商業，致巨萬。喜義俠，立然諾，多棄財爲之，助山西振，加二品銜。光緒六年，年五十六卒。大臣上言績狀，請付史館立傳，并立祠原籍暨建功處，報可。後以子經羲貴，贈光禄大夫、廣西巡撫。初，公投劾，年財踰四十。

及巡撫君以優貢生至今官，亦財踰四十，人皆曰是公之餉遺也。

前夫人李氏早世〔二一〕，後夫人周氏，側室石氏。子三人：長天鉞，按察使銜、江蘇道；次經義；次經馥，記名道。女二人，適張、適沈。孫六人：國蓀、國松、國筠、國蘅、國芬、國芝。松、筠皆舉人，從余學，以公前葬二十年，墓道碑不具，松具狀致其父巡撫君命來請銘，墓在合肥東南許貴村。銘曰：

惟公之先，實本自許。承李而興，大恢厥緒。刑部齎志，教子即戎。淮壖勁旅，聲殫中夏。暨暨我公，樹績自躬。勞成不有，校古疇雙？范蠡違越，遨彼海江。以商經國，今見於治。公之英略，百霾一試。鄙儒小拘，曷不是思？

姚叔節曰：寫抑塞磊落之概，以醞釀出之，乃彌覺淵懿。

直隸通永鎮總兵吴君墓碑〔二二〕　丁未

君諱宏洛，字瑞生。合肥劉氏。父士發，從軍，死寇難，予雲騎尉世職。長子克仁，至記名提督，謚武毅。君其仲也。以父命，出承舅後，遂姓吴氏。

自安慶、廬州陷寇，合肥張公樹聲、劉公銘傳等並以材武雄長鄉里。李文忠公既治兵上海，諸公同時應募，各以所號爲軍，後皆至大位，淮軍由此興。

君與兄武毅初隸張公，爲『樹軍』裨將，敢戰。從攻江陰、無錫，下之。克宜興、荆溪，敗援寇三河口，從攻常州，手然巨礮裂城垣，先登。復隨軍入浙，助克湖州。同治五年，年廿二，累功以總兵記名，賞花翎。

粤寇平，於是，捻患益亟。『樹軍』駐防徐淮，張公補徐淮道，既赴官，其弟勇烈公樹珊統軍事，督師曾文正公益增『樹軍』卒，移屯周口，坐勇烈戰殁，失援救，降副將。『樹軍』無帥，李公既代文正督師，乃分『樹軍』六營屬『銘軍』。『銘軍』者，劉公銘傳軍號也。自是，平捻之役『銘軍』收其全功。

君最推『銘軍』驍將。六年四月，擊敗捻黄安、紫坪鋪，追至郯城、沭陽閒，大戰，捻走濰，壁松樹山，援捻麇集，負牟山而陳。君繞山後，鼓而入，捻驚潰，竄諸城、日照，遂至贛榆。我軍追北，捕斬過當。捻悉衆匿城東，軍至伏發。君率二百人，衣廂白衣，短兵接，捻圍之數重。大風起，黄霧四塞，二百人呼噪作氣突圍，出奇兵旁趨。諸軍乘勢合擊，竟大破之，捻首任柱中鎗死，賴汶洸圖竄青濟。牛老宏者尤桀悍，建白色旗，我軍馳濰西北遮擊之。君直取白旗捻，白旗捻見白衣軍至則大駭，陳亂，餘黨迸散，東捻殲於揚州。而西捻張總愚於七年春趨河朔，畿輔大震。復隨軍北援，拒戰七級河，敗之，又敗之茌平。益推鋒衡擊，總愚走徒駭河死。論功，君先已賞利勇巴圖魯，還總兵，加一品封典〔二三〕，至是，遂以提督記名。而君兄武毅亦從劉公立勳，爲提督，捻平，統『銘左軍』六營，駐張秋，未幾歿軍。君遂接領其衆，爲統將。

於是，劉公督陝西軍務，從至陝西。張公巡撫江蘇，奏調統軍防吴淞，用西法築礮臺十一，彭剛直公賞其精堅。光緒九年，法越事起，張公遷督兩廣，復奏移軍防長洲，築礮臺十二。

十一年春，法兵擾海疆，劉公方孤守臺灣，奏君往助。時兩廣總督爲張公之洞，而彭公亦督師在粤，皆倚君，留不遣行。君以臺灣事急〔二四〕，固請赴援。既至，領前敵戰事。和議成，臺灣改建行省，劉公爲巡撫，而授君澎湖鎮總兵。練新兵五營，號『宏軍』。屢勦平番社，賞黄馬褂、頭品頂戴。乞假歸，尋丁内艱。

廿年秋，倭難作，李公急召君，君前所將卒皆留臺灣，因別募六營，仍號『宏軍』，壁新河。明年講成，授直隸正定鎮總兵，改通永鎮，駐北塘海口，所統逾六千人。時國威新挫，淮軍舊部掃地盡矣，君積勞憤鬱，以廿三年六月卒於軍〔二五〕，年五十五。詔宣史館立傳，入祀原籍暨各省淮軍昭忠祠。配余夫人，子榮成，江西知府，陞用道。簉室查氏，子榮達。以廿五年合葬牛窪先墓側。越八年，榮成來請銘〔二六〕。銘曰：

顯皇初服，有盜猘狂。孰剗薅之？維淮繼湘。義旅雲蒸，厥績觥觥。譬搆廣廈，備桷與宲。君提一劍，有勇無恇。平洪盪捻，靡役不行。既夷既清，舉國而僵。萬古憤慨，閟兹一岡。我詞旌之，永載勿忘。

姚叔節曰：敘戰狀極有聲色，其感喟處又極深婉。

校　記

〔一〕孝　十卷本作『考』。
〔二〕『瑞芬』句　十卷本作『瑞芬以諸生積勳伐至廣東巡撫』。
〔三〕以　十卷本作『敘功至』。
〔四〕壹改　十卷本作『乃盡革變用』。
〔五〕不欲輕開　十卷本作『不肯開』。
〔六〕無恐　十卷本作『不恐』。
〔七〕『曾文』云云　十卷本作『合肥李公以曾文正公奏薦，巡撫江蘇，募淮勇東征』。
〔八〕學啓　十卷本作『忠烈』。
〔九〕鐵道關　十卷本作『鐵道實自强要圖，其關於』。
〔一〇〕奏飭疆臣　十卷本作『奏請天下』。

〔一一〕補　十卷本作『始補』。

〔一二〕十卷本此下有『屢戰有績』。

〔一三〕十卷本此下有『累萬言』。

〔一四〕十卷本此下有『復隨往』。

〔一五〕以道員　十卷本作『以道員擢巡撫』。

〔一六〕十卷本此下有『雖曾公亦以教練新軍之責重屬公矣』。

〔一七〕『燬其』云云　十卷本作『燬其砲舟，盡奪其屯』。

〔一八〕『徒以』云云　十卷本作『今徒緣撫臣引嫌，務推功，故賞不答勞』。

〔一九〕『大功』句　十卷本作『大功成，乞假歸矣』。

〔二〇〕十卷本此下有『總理營務』。

〔二一〕早世　十卷本作『早卒』。

〔二二〕十卷本題冠以『清故建威將軍記名提督』。

〔二三〕一品　十卷本作『正一品』。

〔二四〕十卷本此下有『又從劉公久』。

〔二五〕六月　十卷本作『六月己未』。

〔二六〕請銘　十卷本作『請曰：「願有紀也。」爲之』。

抱潤軒文集卷十四

碑文

武英殿大學士贈太傅孫文正公神道碑文 庚戌

宣統元年十月癸巳，武英殿大學士孫公薨於位。時比遘國恤，朝廷愈益眷傷老臣，遣貝勒毓朗領侍衛十人奠醊，給治喪銀三千兩，特贈太傅，謚文正，祀賢良祠。

謹按，公諱家鼐，安徽壽州人也，字燮臣，一字蟄生，晚號澹静老人。咸豐紀元辛亥，以選拔貢生舉於鄉，己未成進士及第第一人。授修撰，入直上書房。德宗御極，命在毓慶宫行走，偕翁尚書同龢授上讀。

公爲人簡約斂退，閉門齊居，雜賓遠迹，尤推避權勢若怯。侍上久，上知之最深，累遷内閣學士，歷工、户、兵、吏四部侍郎，都察院左都御史，工、禮、吏三部尚書，協辦大學士，致仕。再拜東閣大學士，轉體仁閣，終武英殿。嘗充經筵講官，翰林院掌院學士，賞花翎，提督湖北學政，典山西試，再典順天試，總裁會試，又屢充閱卷大臣。

自翁尚書及他儒臣被命持衡，争采時士譽望，或鄉後生夙隸門下者置高第，公獨無所私。尚書開閣延士，負高名。公位望與之埒，而喧寂異致，未嘗有一事之牾。

甲午，東事起，大學士李公鴻章主款，尚書持戰議堅，朝士附之，公獨言釁不可啓，李公議是。及事棘，京師戒嚴，尚書陰就詢遷都謀，公又言不可，乃止。

拳禍作，時公已養疴京邸，襆被從乘輿西狩。再起受任，恩遇益渥，賜紫韁，又賜紫禁城内乘輿。公憂禍變至烈，顧以受恩厚，不忍即言退。

先是，戊戌初，上親裁大政，驟拔主事康有爲，罷科舉，設大學堂於京師，命公爲管學大臣。公奏言：『有爲假公羊家説，輕言改制，流弊大。臣管學，不敢當此重咎。』是時，有爲方嚮用，公特以謹厚被斯任，凡上言興學事皆公主名。朝局再更，下詔行憲政，又命公爲資政院總裁，一持正議不阿。

兩宫殂落，日徒步哀臨，於是，公年八十有二矣。逾歲病篤，猶時駕車正陽門外，欷歔望闕，良久而歸。自草遺疏，惓惓以知人用人爲戒。嗚乎忠矣！

公曾祖諱士謙，欽旌孝子。祖附貢生，諱克偉。考附貢生，諱崇祖。三世皆贈光禄大夫，妣皆贈一品夫人。配懷遠宋氏夫人，生子傳榕，早世；傳棨，廕四品京堂；女適王、適徐。側室王淑人，生女適胡、適劉。孫多焌、多煃，皆廕郎中。公卒之明年，與宋夫人合葬壽州城南蔡家廟。乃刻銘曰：

惟孫氏初，遷自濟寧。旌門以孝，世載其靈。篤生我公，爲天子師。雖爲帝師，斂志愈卑。始對大廷，曾魁萬士。雖則士魁，割榮無有。泯德功言，斷斷兢兢。薄俗所侮，天祉則仍。今沖聖嗣，方資元老。胡不百齡，以傅以保？松柏丸丸，清流環阜。詩此豐碑，用燾厥後。

林畏廬曰：切直處乃不露圭稜，作止皆温雅方重。

吴辟畺曰：敘事能見其人大體，最爲卷中傑作。

湖南提督周剛敏公神道碑 己未

公諱盛波，字海舲。安徽合肥人。少驍勇，有智略。咸豐時，東南亂起，偕弟盛傳以練鄉團破賊顯名。巡撫福濟奬給六品頂戴，再擢守備。同治元年，李公鴻章以福建延建紹道率師東征至上海，超署江蘇巡撫。公兄弟將淮勇隸焉，號『盛字營』。從攻青浦，戰北新涇，功多，擢游擊。復嘉定，敗援賊四江口。李公奇其才，令兼統撫標親兵。

明年，會攻太倉，拔其城，進駐雙鳳鎮。賊以崑山圍急，計牽我師，糾衆數萬來犯，戰三日夜敗走，遂克崑山，擢參將。進壁大河鎮，夷萬水橋寇壘百餘。援賊至，皆擊退之。擢副將。合諸軍及水師攻下江陰，擢總兵。南收無錫、金匱，俘僞朝王黄子隆，晉提督，加從一品封典。

時李公已定蘇州，部署諸將所嚮，於是，程學啓、李朝斌等南入浙，而公從李公弟鶴章及劉銘傳等北取常州。三年，别分軍要賊楊舍，殲之。大戰常州小南門外，奪寇壘三。麾衆進，薄城先登，常州復，俘僞護王陳坤書。詔交部優敘。乃移軍防溧陽。李公以撫標兵改淮勇九營，仍隸『盛軍』。餘賊聚廣德，合『銘軍』驅之，追逐數百里。以江皖肅清，詔賜黄馬褂。

未幾，而捻衆復由鄂竄皖，英、霍、麻埠騷然矣。總督曾公國藩以欽差大臣任捻事，檄公渡江，屯六安遮其前。四年，調赴徐州。會張總愚圍布政使英翰雉河集，復引軍還援皖。雉河集故捻逆老巢，兩岸皆賊屯。任柱踞北岸，尤剽悍。公曰：『賊利我遠來兵疲，必夜襲我。』陳而待，果敗其衆。逾數日，躬率軍攻北岸，賊殊死拒。諸軍繼進，英翰軍出陳後夾擊，捻大敗，俘斬無算。授甘肅涼州鎮總兵。移屯歸德，邀擊竄匪寧陵。五年，進勦山東，敗賊鉅野，逐北至武城、菏澤，破方埠賊巢。爲游擊師，往來宿、潁、壽，大創牛落紅亳州龍王廟，逐北至扶溝、鄢陵、許州，還軍周家口，築隄屯守。分軍入鄂，解柘城、羅山圍。轉戰德安、安陸、黄州，賊嘗避『盛軍』而逸。六年，曾公還督江南，李公爲欽差大臣，繼其任，飭公屯宿松，固皖省門户。任柱竄河南，躡擊至信陽。捻皆入山，依險自保。援至，卻之，勒兵分道進，虜騎不得馳，遂大奔潰。五月，復由豫馳抵山東運河，逆擊賴汶洸濟南、泰安、沂州，又敗之沭陽高家寨、海州阿湖寨。捻勢蹙，任柱死贛榆，汶洸禽於揚州，東捻平。還屯宿松。

明年正月，李公督師討西捻張總愚，援畿輔，公戰臨清、景德、東昌、大名開，捷内黄，乘勝追至清豐、南樂，伏兵毛家莊，賊創而走。又連敗之楊丁莊，斬首虜千，獲騾馬三千餘。於是，諸軍齊集茌平，總愚投水死。

初，公戰江蘇，得卓勇巴圖魯號。至是，改法福齡阿巴圖魯。公念母老，遂請養，解兵歸。旋坐前征捻，道唐縣，所部卒攻破民砦，河南巡撫劾奏革職。事下李公，李公爲解，再疏陳其功狀。詔復原官。

公器局閎遠，善調和諸將。其用兵審地勢，察敵情，常以少勝衆。遇士大夫有禮，臨陳氣憤發不可抑。兄弟六，其四死王事，惟公及弟盛傳累功致專閫。天下甫定，即不欲離親側。臥家十餘年，疆臣相知者惜其才望，欲推挽之，不顧。

光緒十年，法越事亟，詔起公，即其家募淮北十營，至天津備防。公言母逾九十，願留養，命弟盛傳率新募軍，交提督衛汝貴代統。諭旨仍敦促就道，不得已，應召出。李公奏公節制前敵諸軍。母憂，奪情。旋詔署湖南提督，辭，不允。十三年，補實，仍留軍。

公從李公百戰，巨寇平，逕歸，弟盛傳接統其軍。及後復出，盛傳遽殞。其軍用西法操練，精鋭冠列省防營，所謂『北洋新軍』者也。兵士屯田小站，米粟如江南。其後，將帥棣國者多起小站。故『二周』威名至今猶盛稱於人。十四年，卒於軍，賜恤廕，事迹付史館立傳，建專祠，謚曰剛敏。

公娶李氏，子家謙，舉人，内閣中書，以孝行旌。繼娶吴氏，生子家麐，候選同知；祜，候選道；家頤，候選知府；家復，候選通判。公前葬某所，碑刻未具。越三十年，其孫行原致父命，督其昶銘。其辭曰：

桓桓將軍，忠孝無愆。提挈義舊，亦裨亦專。委榮若懦，推鋒無堅。十載承懽，視寢問炙。大纛靈旗，韜諸子舍。駿烈既奏，公乃不有。王事孔棘，公惟恐後。今亦此世，世猶此人。哀哉敝俗，鑑此貞珉。

陳伯嚴曰：縷列戰迹，鄭重分明，本馬班舊法。

王晉卿曰：敘次精潔，銘尤矜貴，大類昌黎。

田孝子祠堂碑銘 己未

維昔孝子、貞婦義烈之行足以厲世磨鈍，雖在側陋，朝有旌門之典。自頃以來，變法議興，狹家族，矜言國民，閭巷獨修者咸見絀於世，教化陵夷，禮俗大壞。說者謂禮部廢而清亡，誠痛之也。

當是時，阜陽有田君，諱國恩，字錫三，以孝行見推鄉里，生則歆其德，歿而祠之，以永其思。

君少時貧甚，又值寇亂，以孤童依外家李氏。李亦貧也，自力以勤其家。家稍稍裕，則一惟母之娛。推之外王父母，暨諸舅諸母，飢饋食，寒饋衣，殮葬任之一身；雖至諸李疏屬，有所乞貸，無不致其隆也。其於羣從伯叔亦然。女弟嫁而歸寧，遂留不聽去，甥男親課之讀，甥女笄而裝遣之。以故母無思女之戚，不知其家之貧薄，壻之客遊無所賴而來依也。

母臥疾，慈恤不欲頻勞奴媪，君屏息揣情，意十得九，呼召罔不在側。及嬰大故，君年逾五十矣，哀慕悼心。强進食飲，鯁而不咽。經衰未除，未嘗輒與遊讌。時人覩其毁瘠，争歎異焉。

歲旱蝗，傾囷廩以助糴，巨商富室感而輸財粟甚衆。萑苻有警，倡行保甲，境賴以安。嘗建橋通衢，利行涉。歲再饑，再賑，至困阨不悔。

君起自寒素，勤苦立家，赴人阨難，不爲毫髮計留。其卒也，幾無以飯客，弔者太息以去，然又知其後之必將有興也。

子四，曰璧、瑞、珍、琦。始，君恨幼讀書志業未竟，則一期之子，自嗇以贍其宦學之費。諸子並才傑，效用當世。既創興學校，更謀建工廠，造森林，使環所居南北二田家寨。子弟秀者有以教，貧者有所資以養，曰：『此吾先君之志也。』又曰：『諸長老、鄉先生幸列上先君行實，大總統既寵錫之，今將有事於祠。麗牲之石，不可無辭以聲之也，敢請銘。』銘曰：

維不國措，迺作家彠。家之彠矣，國寧不祚？大順之世，萬物遂嘉。揆厥本原，曰宜室家。重陰沍寒，冬日彌杲。詩此庸行，萬古是保。

林畏廬曰：敘事整潔。

王晉卿曰：寫庸行瑣事鑄語矜慎，極徵洗伐之功。銘詞亦韓亦歐。

泗州楊公神道碑 庚申

國家嚴海禁，閩粤閒民往往潛附番舶至南洋羣島，起徒手，致巨貲。疆吏守成法，斥爲荒外，置不問。於是，英吉利、法蘭西、美利堅、和蘭諸國，各以兵分略諸島地。僑民困苛法，繫生業，不得歸；即歸，又苦豪猾魚肉。如是者殆百餘年。

光緒甲辰，始詔設商部。又四年，特命侍郎楊公持節宣慰南洋華僑。僑民自分與中國絶，一旦睹天使至，則驩呼歌舞迎導。公輒陳説朝廷德意；其虐厲尤不便者，約外人稍蠲除之。南洋立商會、置領事官，由此始。

公諱士琦，字杏城。安徽泗州人也。祖漕運總督諱殿邦。父諱鴻弼，嬰末疾不仕。生子八人，其五皆登甲乙科，而公與兄文敬公最貴。三代皆贈封一品。

公生十三歲而孤，十六爲諸生，後五年中式光緒壬午科江南鄉試。試禮部不第，出參幕府。初爲諸生，李勤勇公辟掌書記。勤勇儒將也，師友皆當世賢士，公雖甚少，固已與聞植身行己之要。繼客漕督盧公所。及李勤恪公督兩粤，尤倚任之，洊保至道員。

公爲人有智略，洞悉世情僞，尤喜讀老子，御物而善藏其鍔。許文肅公督京榆路，檄公爲總辦。庚子拳禍作，聯軍攻津沽急，公從危城中立草數千言，上大學士榮禄，請以李公鴻章主和議，因其客張翼以達。榮禄公得書意動，遽入，言之上。會總督劉公坤一、張公之洞，巡撫袁公世凱奏至，所請同，上意遂決。李公既授全權大臣，總督直隸，立召公與計事。明年，袁公代爲總督，乃以公長幕僚。款成，俄兵據關外鐵道，無還意，公抗争之，得還。

袁公屢疏薦其才，詔以四品卿用。當是時，朝議頗懲前敗，鋭欲興西學，蘄富强。而所嘗經營工商業，成效著者惟輪舟電報，因益欲整齊恢張之。特命公駐上海，筦輪電事，兼監督南洋公學，董招商局，先後卻勞金十餘萬，不私有。商部既立，授右參議。時郵傳未設官，事亦隸部，咸就公取決。天子以爲能，一歲歷三階，至侍郎矣。辛亥，權郵傳部大臣。未幾，而有武昌之變，公奉命南下，與和議，定優待皇室條約。民國建立三年，大總統袁公强起公爲政事堂左丞，竟一歲罷去。又三年，卒於上海，年五十有七。遺命以常服殮，赴告毋書官。

嗚乎！公於袁公之誼深矣，國體更而禪。天下，公天下也。民國之稱，古未之有也。乃所謂民國云者，則自上逮下，胥爲役於民，而不私一姓臣於人者不二主，爲古今之通義。古今世運之隆替遷變，雖有大力莫之能遏，雖辯才亦未敢持一端之説裁之也。然而，焉。君子卒不以舉世所競馳者奪吾一心之所獨喻。士不受知斯已耳，不幸出攖世患，殺身以報知己且不惜，而敢爲名高乎！此公之所以垂卒而自明也，悲夫悲夫！

公娶吴氏，無子，撫弟子毓瓚襁褓中。已而毓瓚兼祧本生，加嗣兄子毓瑩。以某月日葬公某所，既有銘矣。毓瓚更致袁君思亮所爲狀來乞文，則謹銘之曰：

疇工疇賈，猗文儒也。施無不遂，世所須也。沈沈以肅，逴清臞也。黄老是耽，異衆趨也。事鬱心悼，積莫扶也。銘告萬祀，禮厥墟也。

林畏廬曰：氣味醇美，而無意中流出悲音，此六一之所長也。銘詞清健似昌黎。

清故光禄大夫陸軍部尚書兩廣總督周慤慎公神道碑文 壬戌

公諱馥，字玉山。安徽建德人，今縣名易秋浦。建德周氏始唐初，中丞公訪避武后亂，自徽州來遷。數傳至御史中丞繇，以詩名。咸通閒，弟繁亦舉進士第一。兄弟並祀鄉賢。其後，或隱或仕，至公而大。考光德，妣葉氏。自考以上至高祖王考，皆贈光禄大夫，妣皆贈一品夫人。

公雖舊族，起寒素，無資藉。少值寇亂，爲人治軍書。李文忠公率師東征，見所爲書，奇其才，拔以自隨。一日，戰青暘鎮，俘賊千計，以屬公，謂當誅其半。公擇宿賊，戮三十人，餘悉遣去。文忠益賢之。在幕六年，累功晉知府，留江蘇。連丁大父母及父憂，心氣耗損，從寶華山道士受止觀法，體益健。

同治十年，永定河決，文忠總督畿疆，奏起公，特旨以道員留直隸。公任事勤討周咨，不塗飾耳目，既治河，遂洞明水利害。山東巡撫奏挽黄河，復淮徐故道，文忠用公言，縱水北歸，不復故道而治。天津入海金鐘河、北運筐港減河、通州潮白河，設文武汛官，資防守。後又建永定北岸石隄，衛京師；築蘆溝減水壩，工尤鉅，民賴其利。光緒三年，署永定河道。明年，内艱歸。服闋，署津海關道，俄真除。朝鮮初通商，公與美提督薛裴爾議草商約，首書『朝鮮爲中國屬邦』，樞府削其語，公喟曰：『分義未著，啓戎心矣！』

文忠督畿輔三十年，創興海軍，設機器局、電報局，開天津商埠，鑿取煤井、金鑛，造輪舟鐵軌，利交通，尤加意海陸軍學校。公無所不與其役。時海内清流率鄙夷新政，公不通曉外國語文，規畫付應動中機竅，北洋推爲先進。任津海凡七年，擢按察使。任按察又八年，嘗一署長蘆鹽運使，天津兵備道、布政使。甲午，日本争朝鮮敗盟，公任前敵營務處。款成，文忠已齮齕去位，公遂投劾自免歸。家居三載，文忠被命治河，復强起之。條上治河十二策，以費絀不果行。

於是，文忠乃稱曰：『吾推轂天下賢才，獨周君相從久，功最高，未嘗一自言，仕久不遷。今吾老，負此君矣！』密疏薦之。授四川布政使，調直隸，復召入都，理京畿教案。蜀地險遠，公既莅政，慮教案易生釁，撰安輯民教示，頒郡縣，教士大説。乃未幾而畿輔義和拳亂作，詔各行省集練義民。公曰：『此亂民也，可召乎？』亟白總督，閣朝旨毋遽下，川境以安。

八國既連兵内犯，兩宫西狩，文忠自粤督移直隸，授議和大臣，入京師，尤倚任公。當是時，諸國兵横境上，拳孽奔逃，恣劫掠。公至數月，時其柔剛以應之，事稍定，始赴保定受布政使印。前布政使廷雍縱拳亂，法兵至保定，戕廷雍，遂踞司署。及聞公來，法兵郊迎入署，觀其設施無閒言，乃徐引去。兩宫方議迴鑾，而文忠薨。公再入都，鎮撫京邑，始命護直督兼北洋大臣，尋詔項城袁公爲總督，公還本任佐之。車駕謁東陵，公力陳民艱，請減車馱費，撥庫金，無擾累民。陵事畢，遷山東巡撫，加兵部尚書銜。將之官，袁公密言：『外國兵壁天津，踞津榆道，設都統，治民政，越二年，臣屢争莫能得。環顧在列，多後起，惟周某嫺交涉，足可辦此。』乃復詔公留議津榆路事，占對諒愷，强敵斂容，還我疆索，至今談者猶歎息焉。

公之撫山東也，值河決利津薄莊，議徙民居，不塞薄莊，俾河流直瀉抵海。設沿河電局備險，工訖十餘年，河不爲災。德踞膠州灣，築鐵道達省治，因蠶食路側鑛山。公奏開商埠濟南、周村相箝制，德人意沮，自撤膠濟路兵，還五鑛。外患既紓，則益務興學及它工藝、慈恤諸政，擬於北洋。天子咨歎，擢署兩江總督、南洋大臣，移督兩廣，聲績並茂。於是，公年七十矣，上疏乞骸骨以歸。歸五年國變。又十年，薨於津寓。

公爲人縝密，經事綜物儉約自將，義所當爲，屢斥萬金不顧。修幹鶴立，神思高邁，出言諄諄若老儒，以施於政，折衝忠允，爲功於國甚大。自少以至篤老未嘗廢學，其在官，纂通商約章、教務紀略、治河述要、東征日記、海軍章程，及奏議，凡若干卷。自餘公牘機要者悉取裁内心，不假他手。晚喜讀易及儒先學案，優游林壑，繫心皇極，時時見之詠歌。

疾革，屏醫藥，賦詩一章而逝，辛酉九月二十一日也。清帝悼念遺臣，謚曰慤慎。直隸、山東、江南、安徽士民皆祠祀公，並祀本籍鄉賢。配吴太夫人，側室吴氏、王氏。子六：學海，進士，江蘇候補道；學銘，翰林院庶吉士，署江西按察使；學涵，未仕。皆前卒。學熙，舉人，直隸按察使、財政總長。學淵，舉經濟特科，山東候補道。學煇，舉人，湖北候補道。女三，皆適右族。孫二十六，長孫達，三品廕生。曾孫十七。公卒之明年，葬本邑皮家塢，學熙等具狀請銘。其昶嘗辱公知薦，不敢辭。銘曰：

九華鑱雲，聳出江表。靈毓我公，遠祖是紹。遭時艱虞，罔不習鍊。兩有文武，雝而不銜。深山藴寶，孰能覬之？天衢大亨，公自莅之。綏氓睦鄰，不僨不貳。人競巧趨，公以誠致。誠則致矣，皇既寧矣。皇之不寧，公哀誰聽？匪我知公，公詩則云。千齡萬祀，徵此刻文。

姚仲實曰：其事詳核，其詞雅健，提掇斷續處皆合法度，可與歐公范文正諸碑抗行。

署兗州鎮總兵方公祠碑文 癸亥

光緒二十六七年，山東清平、臨清、夏津、高唐諸邑大旱，饑，餓莩相藉。時臨清儲漕萬數千石，朝命輸山西。標軍統領方公心齋襄其役，惻然念災巨，民無所得食，因截其米以糶，而以狀上大府，更下春貸穀秋償賈之約，民不苦飢。今距公歿十餘年，四邑之民戴公德惠不能忘，爲建祠清平，春秋饗祭。禮云能禦大災、捍大患，則祀之。公破常格以活民，此一事也，足以祠矣。

初，公之少驍勇，隸淮軍，轉戰大江南北，積功至大同鎮總兵。調山東，統標軍，攝曹州鎮。尋授貴州威寧鎮總兵，留攝兗州。蓋居魯幾二十年。其治軍約束嚴，士皆用命赴險而不顧，以軍資賞賚盡以給下，不一錢自私也。曹兗二州故多盜，禽斬巨魁數百人，無濫及者。師所過，廛市不戒。東省屯衛田廢久矣，民取爲世業，其賦輕。大府加征，民抗不服，大府怒，檄公往勦。公單騎馳諭之，衆感泣散去，事遂解。

辛亥之變，公老疾，自引去。以貧不克歸，留濟南。其卒也，民思加深焉。於是，山東盜大起，民苦盜，更苦兵。公季子午來爲令，盜相戒毋犯其境，曰：『昔者公生我，我其可倍德！』午在官，嘗有所不樂，憤欲去，民呼號曰：『微公子，我其寇死乎！』即相率遮留之。烏乎！古大將得民者多矣，然未有若魯人於公之摯也。盜猶若此，況民乎哉！夫民之不得遂其生，禍在盜；盜之不戢，罪在兵；兵不能治，盜則且殘民，將誰咎乎？宜民之念公弗能忘也。

公諱致祥，桐城人，與余有連。於其祠之成，爲之詩，俾歌以祀焉。其辭曰：

山巖巖兮州流洚〔一〕，猗將軍兮鎮魯邦。威菑蠹兮字厥衆，令首路兮扇仁風。感民祇兮凶遠迹，佩靈德兮靡窮。倏棠陰兮莫留，惟愛思兮在衷。奉馨香兮陳籩俎，方蘭菊兮終古。廟堂堂兮碑峨峨，行仰首兮道詠歌，奏庸鼓兮奕萬舞。神來饗兮假斯宇，願降福兮祚茲土。

吴辟畺曰：法度謹嚴，而精神洋溢處自極酣恣。

校記

〔一〕州　疑當作『川』。

抱潤軒文集卷十五

墓表

處士龍張二君墓表 丙申

龍君諱德，字中亭，甘肅古浪人。與桐城張知生相善也。二君之學皆主於清虛寥寂，卻萬感而勿攖〔一〕，老、佛之歸趣則一，不得有所奴主，尤以謂學之不明，顛倒誖惑，人人迷失其本心〔二〕，可哀傷矣。

張君久客蜀、隴、關中，老而歸，歸輒出，遊歷峨眉、武當、九華、普陀、西湖諸勝。嘗約余遊浮渡，信宿華嚴寺〔三〕，共榻臥。昧爽，聞鐘聲，披衣起，余訝：『君何哉！項際瘢痕錯若繡也？』君曰：『噫！囊客金縣，遇賊，刃死矣。則見金碧大書梵經，琅琅誦之而寤。匍匐積骸中，血淋漓，抵空室，得良藥不死。吾友龍君來急難，創甚，呻吟良苦，龍君呵之曰：

「曷弗動心忍性！」悚其言，則痛稍衰止。』余於是知龍君。

別去，君再至甘肅尋父柩。冢夷矣，迷不知其處，積誠感泣，卒得驗，負骸歸。葉仲晃嘗戲語人：『迺者，吾見張君寄婦書，大奇露不封，責問靜功近何等也。』

初，賊陷盩厔，浙江舉人徐兆占主書院講席，冠服坐堂上，罵賊死，家人皆殉。徐故龍君友，以女弟歸君，戒之曰：『吾爲若得師也。』君督之亦如師弟子然者。君時時以不講學爲憂〔四〕，惟龍君亦然。其在甘肅聚徒會講，常數百人。事頗聞，大吏將名捕，輒散去。

一日，君喜告我：『龍君聞吾鄉浮渡之勝，挈妻子遠來。吾閱人多矣，如龍君者，殆聖賢而豪傑者也〔五〕。』約余往浮渡見龍君〔六〕。未幾，君病不果往，龍君亦病，先後三日死。貧不克葬，余與知君者爲賻錢合葬挂車山草奚窪之巔。

張君諱傳誥，知生其字也。少龍君三歲，以光緒七年，年五十三卒，無子，一女，適龍君子躍淵。異哉！二君者之生不並域，閒數千里，愛逾同氣，及卒猶夙期而偕征也。世言其學，毀譽皆過，予不書，書其所親聞知者，揭之墓上。

陳伯嚴曰：用筆矯變。

贈道銜原任工部員外郎馬公墓表 丙申

公諱瑞辰〔七〕，字元伯。桐城推天下名縣〔八〕，自前代多忼慨偉節之士；我朝文儒奮起，經學、古文傳習不絶，尤有名稱〔九〕。當是時，天下競言考據，文勝而敝。説者謂視前明彊執之氣殆不侔矣。吾邑諸老師皆涉義理爲教，罕言考據，其以專經樸學聞於時，則自吾家二先生始〔一〇〕。二先生者，謂公父魯陳先生，傳業及公，凡兩世也。魯陳先生諱宗璉，字器之，著述侈富，惟左傳補注刊行。嘉慶四年，會試中式。是科，大興朱文正、儀徵阮文達爲總裁〔一一〕，得人稱盛。先生甫登第而歿，歿後四年〔一二〕，公成進士。選庶吉士，改主事，再擢工部營繕司郎中。

公爲人精密彊記〔一三〕，懲法比苛嬈〔一四〕，日夜痛讀律，能倍誦〔一五〕，老吏咸憚驚。嘗以部事忤尚書蘇楞額〔一六〕，諸曹司皆畫諾，公獨持不可〔一七〕，後果致駁斥。由是，一部事皆取決。然公卒見齮齕，遂再蹶不復起矣。初，坐會議寶源局匠滋事罪議輕，失政體，發盛京效力，旋賞給主事。曹文正振鏞奏留工部，擢補員外郎。復坐主辦太廟工程，薦郎中納爾經額料工，或訐工不實〔一八〕，内務府核算無失，納爾經額得不坐，而公遣戍。未幾釋歸。歷主白鹿、繹山、廬陽書院講席。咸豐初，粤賊陷桐城，死之。事聞，贈道銜，襲雲騎尉世職，建專祠。

初，公之家居也，老矣，常未明起，孫、曾睡内寢正熟〔一九〕，獨挾一册，秉燭出就廳事嘔吟。賊至，二子起團練，而奉公避山中。賊入山，衆驚走，公方據案讀書，賊以刃脅之降，叱曰〔二〇〕：『吾大清罷職員外郎，豈降賊者邪！吾且命子殺賊。』賊益怒，揮刃刺之〔二一〕，遂遇害。血漬案上書册，痕班然，春秋七十七。公爲人故惇碩，鞠躬退讓長者，及臨大節，不屈若此。

居閒喜爲詩，詩近萬篇，矻矻著書不倦。嘗謂詩自齊、魯、韓亡，獨毛鄭最古。鄭君注詩宗毛爲主，其改讀非盡易傳，而正義或誤爲毛鄭異義。鄭君先從張恭祖受韓詩，其異訓多本韓説，而正義又或誤合傳箋爲一。毛詩用古文經，字多假借，而正義或未達。於是，撰毛詩傳箋通釋三十二卷。同時，長洲陳氏奂著詩毛氏傳疏，亦爲顓門之學。故世之治毛詩者，多推此兩家之書。其在同里，有張聰咸著左傳杜注辨證，徐璈著詩經廣詁，學業與公差近〔二二〕，然皆早世。

公既殉寇難，子孝廉方正優貢生三俊以起義兵死，其子復震遂與平寇之役，授陽江鎮總兵，得用二品，褒贈三代。公配方氏〔二三〕，生三子：建勳、星曙、三俊，孫十五人，曾孫二十三人。以光緒二十一年冬，合葬懷寧路沖保江家山之原。

公於其昶，大父行也。竊嘗誦習公書，而要其終始，以謂一代學術與時勢相消息者也，窮則變，變則通，一二智者起，矯前世之窮而倡其端，千萬人緒衍而推大之。吾日轉乎其中，夫孰能不波然？而歷百變屹乎不可移者，君子自立之道也。公之治經，篤守家法，義據堅通，人以此爲公之鍥力於經者深乎。烏乎！自知道者觀之，彼其遘危難，較然不欺其志意，是乃所爲深於經者也。然則向所云文章風節之異尚，亦舉其盛美之積重者區之夫，豈有異哉！因頗推論吾邑儒學承傳之緒，表於茲阡，俾過者知所矜式，而後世尚論徵文獻者亦得以考覽焉。至其世次、子姓、名爵詳傳誌者，不臚列云。

吴先生曰：此篇開合斂散悉中繩墨。

陳伯嚴曰：次論一出於雅懿，琅琅可誦。

贈中議大夫道員候補知府陳君墓表 戊戌

君陳氏，諱虋舉，字退謙，[illegible]。其先五代時自祁門遷石埭〔二四〕，自始遷至君凡三十六世。

當咸豐初，天下兵起，傾帑不足以濟師，乃奏[illegible]說。曾文正公尤名能知人〔二五〕，凡所器使，皆遴簡士人，不假官吏，用是公私充衍，軍無乏興，卒奠大難。石埭陳虎臣先生，故公所禮士也〔二六〕。江右鹽梟獷猂，用先生言，以君主建昌鹽権〔二七〕，洗手奉職，月徵倍經，逾月再倍，又逾月十倍。君乃上言：『建昌故有貨局，可併鹽局，節縻費。』文正從之。

時福建大猾連賊抗徵，大吏以五百人屬君往，君不可曰：『徒損威耳。』他往者卒遇害〔二八〕。改権萍鄉，會亂軍失律，肆劫掠，忌者中以危[illegible]禍不測。今相國李公督兩江，曰：『是不嘗以廉能著邪？』卒白之，柄用益親。閒問[illegible]子爲文乎？吾且爲子定之。』君唯唯。或謂：『公言然，子曷委贄？』君義執不可。李公聞之，愈益重君〔二九〕。明年，督師討捻，以君主行營支應，人曰：『全軍轉饟，利害[illegible]天下。』往時至命大臣督理，今以諸生任邪？』李公卒用不疑。於是，歷官山東、河南、[illegible]西、湖北、陝西、直隸，一以君隨，累功保河南補用知府〔三〇〕。光緒八年〔三一〕，改直[illegible]十年夏六月卒，年五十九。李公臚纂舊勞以聞，贈道員〔三二〕，祀直隸、湖北、蘇州淮[illegible]忠祠。

自洪寇之興，用兵十餘年，縻財數[illegible]鉅萬，宇內騷然單竭，然主計者無不人人饜足，民氣因以大耗。其後，又益通互市，籌[illegible]防，造製輿舟兵械火器，煩費益漫不可訾省。君自始出即主軍儲，挈持大綱，杜塞罅[illegible]遐輸近委，急緩應期，所以節嗇爲公家計者無弗至〔三三〕。若乃規畫長遠，則不靳小費〔三四〕。有建議李公，請改商兑，省轉饟，君曰：『商賈行逐利，姦弊不可勝詰。且彼利輪艘，設一旦海疆多故，懸命他族，察眉睫而昧邱山，非計也。』李公亟罷其議。君家故貧寠，前後主財利二十年，清介爲時所推。同輩多致大位，君在事久，有成勞，卒不得一當以竟其施，豈非命哉？君子出匡世難，終不以羣天下所苦吾爲利焉。然則觀君平生，進取之途怯然如不自克，彼其意量夫豈易測者與！

配沈淑人，能與君合德，後一年卒。男六人：惟喬早世；惟彦候補知府、貴州開州知州；惟庚庠生，陝西府經歷，嗣從父黌銓；惟壬庠生，廕州判，以知縣用；惟真；惟奎。孫男七人。以某年月日葬某所。

惟彦具狀請刻墓石，乃詳其名爵子姓〔三五〕，亦頗附論時事顛委，以諗來者。虎臣先生名艾，君少從其遊，與聞進修之要，故行誼多可稱，又通古方術，治疾輒奇驗〔三六〕，然皆非君之大，故不書。

陳伯嚴曰：茂雅而氣復疏宕。

翟孺人墓表 辛丑

光緒廿六年冬，無爲州廩膳生丁葆光葬其母翟孺人巢縣南鄉小團山祖兆，先事爲書抵其昶曰：『先妣所行皆常德，無殊異，而際阨艱之年，其處舅姑娣姒之閒，與所以相大人、訓後人者，宜亦有一二不可遽歿。大人欲傳載以文，顧難其作者。今大葬有期，惟吾子辱賜之銘，用哀覆不肖，抑大人實有厚感焉。』其昶謝不敏，再逾歲不果爲，則其請益堅。

蓋孺人姓翟氏，巢縣人。父曰漸逵，縣學生。幼爲童養婦丁氏，夫曰秋帆。逾二十餘年，始生子葆光。光緒廿四年，年六十三卒。二女，適萬，適錢。

孺人性静瘱，閨幃宴處，姑姒不言，嘿不先發。及有勞役，劬躬捷往，不以他諉。咸豐初，東南被寇，翁父子皆爲賊得，孺人奉姑熊太孺人避竄山谷。賊去則出，儕里婦采拾爲生。天寒，膚凍皸瘃，血漬衣牢，初不令太孺人知。逮夫翁先後脱歸，歲比惡，日糜糠覈，而二親及夫未嘗不飽。夫勤治經，家事一不何問，熙熙若忘其在亂焉。姑偶墮砌傷額，逾時不平，孺人日教諸女更番在側，而己獨夜侍，吻不張氣，衣不弛結，終宵警惕，先旦而興。葆光既娶，乘閒啓母稍節勞，則曰：『我慣此。汝婦生富室〔三七〕，或不習邪？』子婦聞戒，争趨操作罔敢後。家世習醫，病者集門，孺人則度其貧瘠道遠來者，飲食之，且資之藥劑〔三八〕。

葆光嘗痛母喜施，己無能發名成業，稱其志意；既娶婦，生子而殤，使母篤老之年無含飴之歡而遽卒也。天下之傷心莫過於人人之所恒有，而己乃不能致於吾親，嗟乎！其昶之痛與葆光同，如之何其能銘也！今葬既後期不及事，而葆光能以禮請，辭稱其父，不敢不答，輒次其行，俾揭諸墓上。

陳伯嚴曰：尋常語，乃獨深至。

陳虎臣先生墓表〔三九〕 丙午

先生陳氏，石埭人，諱艾，字虎臣，號勿齋。生有異秉，篤慕宋儒學〔四〇〕，厲節高邈，不以資口說。事親孝，視天下至可願欲之事無有過吾親者〔四一〕。始以道光己酉科選拔貢生，朝考報罷，留京師〔四二〕。聞東南亂作，遂歸，教授養母。一日，賊猝至，不及避，講誦不輟，無怖容。賊出，誠其侶勿擾此儒生〔四三〕。賊退，乃挈家夜竄〔四四〕，七晝夜達祁門。

時曾文正公駐師祁門，招集流冗，李文忠公方爲幕僚，先生以舊好詣之。李公曰：『曾公飢渴求士，子負幹略，而顧與難民伍乎？』語未卒，文正已搴帷入，傾蓋促膝，情款大申〔四五〕，因留居幕府。先生謝曰〔四六〕：『母老，誠不忍旦夕違，艱劇非所勝。』文正曰：『固不以艱劇屈君。』當是時，軍事旁午，文正尤以人才風教爲急，念非作其忠義之氣，無能鎮澆俗、遏亂本，至是，得先生則大喜，以謂鄉邑遭寇，不屈死者所在多有，誠得如陳君任采訪，豈第旌逝者〔四七〕，亦冀可多獲佳士。先生遂任不辭，采訪忠義局之設由此起〔四八〕。

安慶既克，曾軍合圍金陵，功垂就，餉匱。時李公已授江蘇巡撫〔四九〕，文正謂先生：『金陵事急，豫餉既失望，數十萬衆危殆可立見。今欲取資吴地，抵李公告助，宜莫如子〔五〇〕。』受命許諾，即日戒行，卒以濟軍。金陵平，先生已前由知縣擢直隸州道，銜知府。文正滋欲試之事，將以江寧府具薦，固辭免〔五一〕。文正北征，李公權督兩江，又議攝揚州，則又辭。及文正再莅江寧，延主鳳池書院，仍以母老辭不就。於是，文正乃歎曰：『異哉！斯人屬之不可，賓之不得乎？』

曾公、李公所薦士滿天下，皆躋大位，先生以舊故尤被知待，然卒不可强起，蓋先生始出自祁門，母楊太恭人年八十矣。自是又十餘年，太恭人年九十七，豫稱百齡之觴，乃終。太恭人性嚴善怒，即有不怡，必長跪請杖。賓客在堂，聞母聲輒趨前屏息，坐客默自引去。少工書，學顔平原。七十後，自號曰悔翁。僑居金陵，簾閣寂處，玩心高明，亦時出步遊負郭山水。光緒廿二年，年八十七卒。自其六十五年以前，皆不離太恭人側。

祖瑚，父嘉綵，皆贈通議大夫〔五二〕。先生娶孫氏，繼娶沈氏。子文蔚，選拔貢生，江蘇知縣，前卒。女二，皆適士族。孫燮坤、兆生。初，太恭人稱壽，兆生猶未生，以從孫燮坤嗣文蔚，爲曾孫。光緒卅二年，兆生營葬某所，既得吉卜，其昶則謹銘其行，復系之辭曰〔五三〕：

今天下競言大同之學，謂非崇功利則旦暮不自存保，門以內瑣瑣奚足賢？然吾竊怪曾文正公於咸同閒固嘗手夷大難，其所引重推先，猶有古一行之士，不出户庭，終其身如先生者，又曷以稱焉？嗚乎！吾銘其阡〔五四〕，後之觀化人者式旃。

陳伯嚴曰：暢雅。

總兵樊君墓表〔五五〕 丁未

君諱政陞〔五六〕，字佐父，合肥人。先世明初有官指揮使者，自江西來遷，隸籍屯衛〔五七〕。

咸豐初〔五八〕，巡撫江忠烈公駐師廬州，君以樸勇應募爲軍鋒〔五九〕。拒寇南郭外，彈傷右脛〔六〇〕。尋從克壽州，敘勞有聞。淮軍起，從張靖達公爲裨將，擢都司〔六一〕。又從贈太常卿李公昭慶領護軍中營，擢游擊，賞孔雀翎。改領武毅中軍，從克湖州，加總兵銜，給三代正一品封典。張公爲徐海道，調徐州助防數月，復領忠樸營，從李公擊捻山東、河南〔六二〕，以總兵記名，加提督銜。軍事定，歸居。四年，置祭田百畝贍族。

同治十一年〔六三〕，走謁李文忠公天津，李公留充北洋先鋒官，兼筦練軍營務。其冬，張公巡撫江蘇，因從南還。張公署總督〔六四〕，領督標親軍，兼蘇防水陸營務。光緒元年，移防柘林。六年，移軍上海日暉橋。七年，巡撫衛公榮光檄領撫標親軍，駐蘇州。十二年〔六五〕，以疾卒軍，年五十有八，賜恤如例〔六六〕，祔祀江蘇淮軍昭忠祠。

君性厚謹〔六七〕，治軍嚴紀律，尤以愛民爲志。從戰山東，時鄒嶧閒新被兵，民無穀種，買麥數百石散之餓者。其防柘林，用卒脩繕城郭廛廬，平道路，疏河渠，建新溪二橋，民以號之曰樊公橋。又捐修漢壽亭侯廟。南翔人苦河淤失利〔六八〕，復率營卒濬之，出千金爲置畚鍤。商民饗其利，爲立祠，勒石紀惠。

余惟大功之成非一將之勞，既已賴其死力，即其執未可驟散，屯軍列縣亦因以震讋。而天下遂有養兵之費，財賂坐耗，稍復數年，雖勁旅，不見敵交綏，未有不罷老者也，有事終不可用，空靡敝海内。高論者至欲去兵，驅不教之民以待臨事徵發，則又傎矣！然則籍兵以興工作，如君之所爲，亦知時持變之要術也。

子家穀〔六九〕，以廕選授廣西思恩通判。既奉君及配王夫人合葬縣西十里廟之原，乞余文表其阡，因發兹議，以質後之論世者。

姚叔節曰：文氣古厚。

貴池縣知縣長沙宋君墓表 戊申

君諱慶嵩，字亹伯，一字聘香。咸豐初，從戎幕，積勞敘知縣、直隸州知州，賜孔雀翎，留安徽。同治十一年，授貴池令，未上，以疾卒。君歷攝南陵、績溪，有惠愛，不留遺貲賄，比没世，寡妻撫四歲兒，無以爲生計。彭剛直公聞而歎曰：『廉吏誠難爲哉！』

初，君在南陵，總兵羅宏裕以故交率軍過縣，貸千金。羅物故，無子，有市屋蕪湖，君棄不顧。于是，彭公知之，既經紀君喪，復理羅遺産之見侵奪者，爲償貸金。羅無主後，公親署其券曰〔七〇〕：『屋一區歸宋。』檄行，府縣如券言，君之孤竟賴以立。

君之任南陵也，承兵燹後，積骸遍郊野。至則斥金數百爲槥盛之；不足，繼以竹笥，覆之土。是歲，列縣疫大作，南陵獨晏然。益務招墾。有豪猾吏恃其族望，交通爲不軌，君懲之，反誣撼君。總督曾文正公曰：『宋令吾所悉也。』置吏於法，民大驩。其任績溪，一如南陵。及補貴池，三縣皆隸皖南，貴池民歆君治化，恨不被己。

宋氏，其先直隸南和人。當唐世，文貞公爲開元名臣。文貞子八人，其次子太僕少卿昇。少卿曾孫騈，咸通中爲福建觀察巡官，遂爲福建莆田人。廿八傳至兆鯤，知湖南郴州，留不歸，因又爲長沙人矣。乾隆時，以舉人得知縣，不就，改華容教授燦者，君祖也。教授生管之〔七一〕，歲貢生，直隸州判。州判子六人，惟君有後，君之子曰毓衡，今又爲令安徽，再權潁上，有聲矣。生子三人，皆幼。君葬懷寧汪家沖湖南公塋。配羅宜人祔。

噫！當君之殁，遺孤煢煢，旁無族親，卒能自奮，仍世長民，此天也。而彭公之行義俠，亦良足風哉〔七二〕！

王晉卿曰：敘次繁簡有章。其爲廉吏，由彭公口中敘出，其得廉吏之報亦由彭公，此借賓定主法也。一結尤圓到。

顧母高太恭人墓表 辛亥

山陰顧君壽椿母高太恭人卒四十年，既葬矣，顧君爲狀授其昶，請表墓。讀其狀至悲，又有可爲世論砭者，宜不得辭。狀曰：

『母年十六歸先君，先君就微職陝西。時回逆俶擾，官卑不自得，年四十捐館，母年三十有三。壽椿十三，又一姊一妹一弟，家無長物，遠宦，親知少。母忍死摒擋，質鬻以資壽椿學，曰：「汝父以雜流自恨，病且死，猶期汝學也。」饎爨濯澣縫紉皆身任之。居恒辨色即起，埽除庭室，潔無纖塵，器物移置有恒所。嘗謂貧無足恥，惟怠惰汙濁爲可憎。壽椿作字草率，或坐立跛倚，必訶之，尤以妄語爲戒。新歲，與同舍生博塞，得勝算歸，母怒，令反之，謂其非義取也。與人處，口未嘗及人過。或嘲人鈍癡、體貌陋，輒嘿不應。閒語壽椿勿效此：「吾見好姍笑人者，多還自及矣。」

『壽椿年十八，授徒以養，而貧如故。自先君歿未幾，弱弟殤。大姊嫁二年卒。二妹繼卒。壽椿娶婦江氏亦卒。吾母既痛逝者，又撫育雛孫，其憂勞瘁苦之狀誠不忍追思，不知當時何由處也。壽椿通籍晚，母就養京邸二年，光緒戊戌，年六十六卒。傷哉！衰宗將絶而復延，繄吾母之力！』

其昶曰：允矣哉！顧君之稱其母也。説者病吾國女學不講久矣。夫書史所述載，爲彼耳目所不及，不具論；論近世百年數十年，各自反其先，而求其家道之所繇立如顧君云云者，亦可知其説之矯誣也已。

顧君山陰人，字芝眉，咸寧籍進士。由主事改官河南涉縣，晉直隸州知州，加四品銜。贈父中憲大夫；母封孺人，贈太恭人。中憲葬咸寧樊村之原，太恭人祔焉。子一人，即壽椿。孫三人：續鋅、續甲、續庚。曾孫一人：起稷。

吴辟畺曰：後幅砭世論，筆意高簡入古。

劉寶誠母李恭人墓表 辛亥

江夏劉寶誠客京師，寓圖書局，與余朝夕見。寶誠，高士也，善畫，遊客公卿間，不妄干乞。初與余識，即求文表其母李恭人墓，辭甚悲，余不即爲。既逾年，寶誠雖不言，然其意常在文也，每言母必悽惻若負重咎然者。

蓋恭人年二十二歸同里劉君諱年達。家貧甚，劉君甫婚遽别去，已而用軍功選授四川保寧府經歷，擢知縣，鹽提舉銜。嘗權閬中、通江縣事，卒於官，囊橐蕭然。恭人攜一子二女返武昌，時寶誠年十三耳，以育以教，以至於成立。又四十年而恭人卒。

初，寶誠高祖錦堂先生搆靄園武昌，有亭沼臨覽之勝，名流題詠，一時傳爲盛事。園跨崇府山脊，劉氏聚居其下。經寇亂，園毁矣。西人搆教堂山南，蠶食旁近地，得靄園則俯瞰城中，隱伏畢露，因利啗劉氏。時鄂中大府行新政，欲營高廠地建校舍，莫良於靄園，既興學，亦陰以格距彼族，爲劉氏計萬全。寶誠首諧諾，有成議矣，族人之欲售地者環起譟於門，得寶誠將甘心焉。恭人年七十，驚泣，杖而出，踣地觸面額，母子咫尺不相救，園卒爲外人有。寶誠既傷先業之永失，又母老驚懼，逾四年而遂至大故，乃亦不無身世之悲也。其乞文也，述母德甚具，余獨詳其所至痛者，以表於其阡。

恭人以宣統元年五月卒，是年秋，葬東湖門外魯家巷。子維善，字寶誠，江蘇府經歷，陞用知縣。孫四人。

王晉卿曰：敘靄園一事，筆意得之史公。

項母黄太淑人墓表 甲寅

太淑人平陽黄氏，年廿一歸瑞安項府君禮瑳。入門逾月，君舅遽卒，饋奠悉中儀則，戚鄙稱焉。連産七女，思廣胤嗣，遂置二姬，淑人竟先得男。歲比不登，盜剽其家，既去，淑人喟曰：『吾聞定海之難，富室喪亡殆盡。今劫掠出於飢氓，情猶可恕。』憤怨不形辭色。咸豐初，避寇永嘉，環井待死。寇從籬外鳴劍而過，幸得免。時府君留城中，復挈子入視，會援兵至，寇解去，而前所避地無完土矣。

淑人性簡靜，每三鄙宴集，恭默寡辭，獨喜揚人善，述舊恩，娓娓不厭。嘗謂方蒨曰：『汝幼，吾自乳哺，至澣濯裙裳，皆汝庶母岑氏親其役，不避穢汙，此勿忘也。』又謂：『嚮避亂永嘉，吾將汝以行，岑鄭二母各抱持子女，及關而閉，紆道從他門出，余兩蹠盡腫。衆忽狂奔，呼寇至，岑母左挾女，右代鄭母抱兒。當時惶遽之情，今思之尚悸慄。』其後，岑鄭皆先卒，淑人逾八十矣，猶述前事而流涕也。

歲庚戌，淑人壽九十，諸子將稱觴宴賓，時方蒨子葆賢殞逝，淑人泫然止之曰：『必欲爲吾壽者，俟葆賢子成赓釋服乃可。』諸子遂不復敢言。又四年，年九十四卒，葬集廣鎮長山村。

子七人：方蒨、方良、方昕、方綱、方宣、方苞、方衡。以方昕爲從父後。女六人，皆適士族。孫十六人。曾孫七人。始，以子方宣官封宜人，又以孫葆賢官貤封恭人。宣統二年，孫驤以編修改五品，例得加級，貤封淑人。

初，淑人議昏，時府君之考諦審其干支，喜曰：『是宜貴壽，與吴太淑人埒。』吴太淑人者，以子貴膺三品封，壽九十餘，蓋其鄉林先生培厚母也。卒如其所言。

林畏廬曰：歸姚之文往往於人不經意處作纏綿語，令人神往。作者深得此法。

冀州趙君墓表　乙卯

君諱魁升，字超甫。直隸冀州人也。

趙氏當明永樂初自洪洞遷束鹿，後傳失其名。有四老者，以班兄弟在四稱，四老復遷今里，是爲遷冀之祖，自遷祖至君之繫十一世矣。君曾祖王考以貲雄一鄉，生四子，四分而家瘠。王考生二子，家再分，至君遂爲貧家。又少孤，乃廢學行賈，服食裁自給。世父某喜聲色飲博，爲豪侈，蕩其貲，復粥君所分産。母子私自飲泣，不與校，僅餘瀕河地十三畝，仍强粥之，生計大窘。久之，外家秦氏乃始爲出錢贖還其瀕河十三畝者，留其券秦氏。君不憂寒餒在己，而憂母養之不備、廢學之早，無以恢大吾門，益委子於學。其後，長子試郡邑果有聲，而其孫衡字湘帆遂中式光緒戊子科舉人，能古文，異乎羣士之同舉者。

惟冀州自吾鄉吴至父先生莅官，一以振起文化造士爲急，延禮通儒王君晉卿、賀君松坡、范君肯堂專教事，一時，瑰異之材得所矩範，人人皆知文章利病，旁衍及他郡邑。而武昌張廉卿先生暨吴先生，又先後主蓮池講席，師友源瀾同流共貫，徒鄙蔚興，於是，北方文學之傳與東南侔矣。其高才尤異者十餘人，衡其一也。

一日，衡父詔之曰：『汝祖棄養逾三十年，葬未得銘，汝幸從吴先生游，宜往圖不朽於先生。』衡謹致父命，吴先生諾之，未及銘而殁。今以屬其昶，蓋距吴先生殁又十餘年矣。

余謂君之行賢也，而衡承其父業，又以賢嗣。左氏傳曰：『非此其身，在其子孫。』今觀子孫有如衡之賢，則君他行可勿徵而信。以同治七年，年七十有一卒，從葬網溝祖塋之次。

君子早逝，孫二：衡爲長，次彬，附學生。曾孫四人。余亦學文吴先生，不敢虛衡之託，謹次其族出子姓，並推論北方文教所由起，以表於其阡。

王晉卿曰：敘述遒潔，得中間一段便覺弈弈有采。

張敬齋先生墓表 丙辰

先生姓張氏，諱士棻，字樹滋，敬齋其别號也。先世自吴江遷嘉善，四傳曰景昌，賈京師，父殁，載柩歸。渡黄河，舟覆，身翼柩與湍争，卒得拯柩以無恙，是爲先生高祖。父心淵，邳州知州。母許氏早故。繼母黎氏性嚴急，或時盛怒呵責，跪而受杖，怒霽乃起。尤謹於侍疾，母臥牀，惡聞聲息，則解履踐地，率婦金氏，左右雜婢媪，操作無或離。性清簡，隨父官舍，布衣糲食。兩幼弟裘服燿炫，見者不知爲昆弟也。咸豐中寇亂，邳州君既殁矣，先生奉母避寇鄉居。一日，母棹舟入城，先生望城中火起，疾趨至城。或謂：『君母必去，幸毋入！』君不聽，入城，母果已去。俄而寇至被縶，中夜繩解，即取繩繫要際，緣城堞下，未及半，墮地傷脊，匍匐水濱。久之，得小舟載歸，自是遂瘻。而母許氏殯宮在野，火灼前和，先生大慟，日夜禮佛懺度。

自少劬學，好宋儒性理之言。以增貢生注選訓導，無意進取。通醫術，丸藥濟貧，不輕施治。晚嗜内典，潛心撢討，筆於册者數十萬言。妻歿，獨身寄僧廬，屏絶世事。體故九癯，彌以槁廢。子婦屢請歸養，竟不返也。以同治五年卒，年　　。子履勳。孫祖廉，以舉人應經濟特科，廷試一等，授知縣，改學部主事、資政院祕書，署弼德院祕書長，追贈先生通議大夫。與余善，具狀請表墓道。

余謂先生儒者也，而學涉於釋。世每以蹈空棄倫病釋氏。倫根於性，性可空乎？空其蔽性者而性呈焉，吾見倫之益厚也。如先生者，可風也。余故表顯之，以告世之别釋於儒者。

姚叔節曰：敘次淵雅，極似漢書。翼柩事與焚殯相發，天然湊泊。

陳伯嚴曰：結語折旋以達。

校　記

〔一〕『卻萬』句　十卷本作『卻萬感，無以世事自攖』。

〔二〕『顛倒』二句　十卷本互乙。

〔三〕『信宿』句　十卷本作『宿華嚴寺五日』。

〔四〕『君時』句　十卷本作『君時時欲講學』。

〔五〕『殆聖』句　十卷本作『殆聖賢之徒歟』。

〔六〕往　十卷本作『再遊』。

〔七〕公　十卷本作『公桐城馬氏』。

〔八〕桐城　十卷本作『桐城以盛文物』。

〔九〕『我朝』云云　十卷本作『而密之方氏倡淹雅之業，望溪侍郎以古文顯。侍郎學深於經，其先則田間錢先生，後葉書山庶子，三家於經皆不專訓詁。姚薑塢編修爲學務徵實，姬傳先生恢其緒而益肆於文，流風大煽，後生習傳，彬彬皆被儒雅』。

〔一〇〕『吾邑』云云　十卷本作『桐城先大師皆涉義理爲教，其漸染考據者寡。於是，吾家二先生復繼起，以專經樸學聞於時』。

〔一一〕爲總裁　十卷本作『以鉅儒爲總裁』。

〔一二〕『歿後』句　十卷本作『歿後四年乙丑』。

〔一三〕『公爲』句　十卷本作『公既負高材異質』。

〔一四〕十卷本此下有『不可究詰』。

〔一五〕能倍誦　十卷本作『倍誦不差一字』。

〔一六〕『嘗以』句　十卷本作『尚書蘇楞額嘗有所持，意堅甚』。

〔一七〕『諸曹』云云　十卷本作『自堂官逮諸曹司皆畫諾，公争不可』。

〔一八〕或　十卷本作『同部謀』。

〔一九〕孫曾　十卷本作『孫曾累累』。

〔二〇〕十卷本此下有『「吾豈降賊者耶？」賊怒呵誰何，曰』。

〔二一〕十卷本此下有『火其髮而擁之行』。

〔二二〕『其在』云云　十卷本作『其在桐城，有張聰咸阮林、徐璈六襄學業差近，皆與公善』。

〔二三〕方氏　十卷本作『方太夫人』。

〔二四〕十卷本此下有『之長林。傳世至常，明永樂中以拔貢生官户部員外郎。再傳至弼，山東黄縣知縣，於君爲十二世祖。祖楚寶、考鶴齡，皆以君貴，贈中議大夫；祖妣、妣桂皆贈淑人』。

〔二五〕十卷本此下有『羣策輻輳』。

〔二六〕十卷本此下有『時時就詢軼材羣彦，薦達惟恐不及』。

〔二七〕十卷本此下有『痛刮腥臊』。

〔二八〕十卷本此下有『文正嘉君善持重』。

〔二九〕益　十卷本作『陰』。

〔三〇〕『累功』句　十卷本作『而君亦無所不竭其心與力之所能際，尤重慎災振，輟餐稽寢，條覈勤摯。先是，累功保直隸州知州、河南補用知府』。

〔三一〕十卷本此下有『引見』。

〔三二〕十卷本此下有『廕一子，以州判註選，給恤賞銀五十兩，入』。

〔三三〕無弗至　十卷本作『無纖弗燭，軍中以故罔敢誦言相冒』。

〔三四〕則　十卷本作『則必陳大體』。

〔三五〕名爵子姓　十卷本作『世系名爵子姓』。

〔三六〕十卷本此下有『及他懿行多可稱』。

〔三七〕富室　十卷本作『富盛』。

〔三八〕十卷本此下有『有以緩急告者，不計遺留，聞言響答』。

〔三九〕十卷本題作『石埭陳虎臣先生墓誌銘』。

〔四〇〕『篤慕』句　十卷本作『言徽行度，篤慕宋儒者義理之學』。

〔四一〕十卷本此下有『其於世榮利泊然而已』。

〔四二〕『朝考』云云　十卷本作『朝考京師報罷，以貧故留都中』。

〔四三〕『誠其』云云　十卷本作『誠其侶曰：「此中一儒生授童子書，毋入也。」』

〔四四〕乃　十卷本作『乃散遺學徒』。

〔四五〕『傾蓋』云云　十卷本作『長揖就坐，咨詢軍謀，情款備至』。

〔四六〕『先生』句　十卷本作『辭不獲，則泫然曰』。

〔四七〕十卷本此下有『俾無或遺』。

〔四八〕十卷本此下有『一時，高名勝流篤學之彦輻輳並進，先後興起者凡十餘輩』。

〔四九〕授　十卷本作『超授』。

〔五〇〕子　十卷本作『君』。

〔五一〕免　十卷本作『始免』。

〔五二〕十卷本此下有『如先生秩』。

〔五三〕『光緒』云云　十卷本作『光緒卅二年某月日，卜葬於某鄉某原，兆生具狀請銘，其昶則謹銘如狀，繫曰』。

〔五四〕『吾銘』句　十卷本作『此石埭陳氏之阡』。

〔五五〕十卷本題上冠以『建威將軍提督銜記名』。

〔五六〕君　十卷本作『君樊氏』。

〔五七〕十卷本此下有『以武勇世家。考曰錫鸞，咸豐十年，廬州再失，隕身寇難。子六人，君次居長』。

〔五八〕咸豐初　十卷本作『先是』。

〔五九〕『君以』句　十卷本作『君已毅然應募，選在前驅』。

〔六〇〕十卷本此下有『裹創勇戰』。

〔六一〕擢都司　十卷本上有『累功』。

〔六二〕十卷本此下有『屢有戰績』。

〔六三〕十卷本此下有『春』。

〔六四〕總督　十卷本作『兩江總督』。

〔六五〕十二年　十卷本作『十二年五月某甲子』。

〔六六〕賜恤如例　十卷本作『衛公上其績狀，賜恤如例。明年，李公奏請』。

〔六七〕厚謹　十卷本作『厚謹勞謙』。

〔六八〕失利　十卷本作『失水利』。

〔六九〕子家穀　十卷本作『君長子家壎殤，次家穀』。

〔七〇〕公　十卷本作『彭公』。

〔七一〕『教授』句　十卷本作『父管』。

〔七二〕十卷本此下有『桐城馬其昶表』。

抱潤軒文集卷十六

墓表

趙編修墓表 丁巳

君諱曾重，字伯遠，一字蘅浦。其先元中葉自江西徙安徽之太湖，代有顯者。曾祖山西按察使諱文楷，嘉慶初元，廷試以弟一人及第。祖廣東按察使諱昀，父江蘇道員諱繼元，皆起自甲科。及君中式光緒丙子進士，授編修，比四世皆入翰林。

君少穎慧，六歲，祖按察公命賦庭前竹，應聲成詠。年十六，母王夫人病亟，私封臂肉和藥進，卒不起，毁瘠篤至。洪楊亂作，轉徙南北，未嘗廢業。初以優貢生舉鄉試，考取内閣中書，客李文忠公所。文忠固趙壻也，君介然自守，絶不干以私。及入詞館，益精研文史、金石、考據。時常熟翁相國、吴縣潘尚書皆喜接士，士流争趨之。君於二公通家世好，自商榷文字外，無私謁。通籍十餘年，不遷一階，泰然無不足之色。

甲午之役，朝議引俄羅斯棄莫斯科城例謀遷都陝西，君奮曰：『俄城率荒遠不毛，故委諸敵。我今畫關以守，則山東、河北非我有矣。我能往，寇不能往乎？』議者聞之憬然。明年，丐歸養，主講敬敷書院。俄丁父艱，遂不復出。居省垣十餘年，遇大興革必持正議，一方賴之。

壬子七月卒，年六十七。著味琴山館集。配湯氏、沈氏、陸氏、李氏。子九人：恩籛、恩鎰、恩鋐、恩銓、恩鎣、恩鐩、恩鍠、恩鏻。女十二人，長適廣東巡按使李國筠。孫十四人。君卒後一年，葬太湖東鄉之某原。又四年，國筠致恩鋐所爲狀，乞文表墓道。

君之寓皖城也，與余一再見，未及深言。聞之姚叔節，君對客喜譚制藝，其警句背誦不遺。叔節嘗從詢洪楊時事，怪君幼在兵閒，尚能從容讀文乎？君愀然曰：『當時，東南雖淪陷，而農不輟耕，士不廢學，謂承平且復覩，非若今日人人畜倖心也。吾老矣，正不知世變所極耳。』未幾遂卒。余嘉君盛時而恬於進取，又悲其言絕痛，故並揭之，以驗來日焉。

王晉卿曰：介然孤躅，如見其人。一結尤有頰上添毫之妙。

陳伯嚴曰：末段低徊無盡。

井陘縣知縣言君墓表 丁巳

君言氏，諱家駒，字應千。世爲常熟顯姓。咸豐時，家中落，君孤貧力學。連喪親屬，存一弟，甚友愛之。捻亂起，杖策走廣平贊戎幕，能於馬上草書檄。嘗穿賊壘輸餉械，兩日不得食，卒能以智全。累擢至知府，君獨就卑，爲縣直隸二十年，署清河、肥鄉、廣宗、新河，補井陘，所至皆有績。

廣宗尤號難治，民俗不重節義，夫死强嫁其婦，親喪停不葬，舉力役必多具酒食，往往傾其貲。每麥熟、棉結花，而家乏丁壯，則里豪朋往拾遺，棉、麥攘無餘矣。君一切禁斷之。新河夏潦，水盛溢，親駕小舟夜巡隄。風起舟覆，一鄉民嘗有罪獲譴於君，適在旁，泅負君起，以君用法平，殊不以前事爲恨。鄰邑患水，謀決隄，集衆荷械鳴鼓至，縣人亦羣起鳴鼓相當距，勢洶洶。君從容解諭之，乃各散去，更爲災民乞賑大府。時吴至父先生刺冀州，深器異焉，上書總督，稱新河令之勤民也。

君任井陘幾十年，中閒再任肥鄉者一年。其治陘，務興文教，植桑滿縣中，夫人親繅絲廳事爲之倡。縣故陋簡，樂君治化之久，戒不溺女；納粟義倉，創貸還法。民歌其惠。及移肥鄉，地多盜，君治之尚嚴，不與治陘同，坐事落職。已而事白，還其官，君遂不樂仕進，以宣統元年卒，年六十八。

著有鷗影詞鈔、楷叟詩存、井餘齋文若干卷。夫人汪氏，亦工詩詞，先君卒，合葬邑西桐涇橋先塋側。子三人：有章，新安縣知縣；敦源，以道員改大名鎮總兵；同爵，湯陰縣知縣。女二人，適趙，適蔡。孫九人。曾孫三人。敦源以事狀授其昶，乞文表靈域。余負諾，久未報。今又識君之孫以主事官内務部者曰雍然，亦精吏職、好文學，其辱愛余文特甚，重以請，故書之。

學部左丞喬君墓表 戊午

學部左丞喬君，丁巳春考終京師。君華陽人，將還葬，其孤孫曾劬丐文表墓隧。余嘗狀開縣李君事，李故君友也，君讀之曰：『他日亦以累子。』今曾劬又以請，其曷敢辭？

始，君家貧甚，母苦節，躬執爨。七歲就外傅，思代母勞，每晨起，必析薪乃出。稍長，自力於學，以拔貢生授小京官，分刑部。丙子中式鄉試舉人，自是犟精刑律，三十年不離秋曹。兄賈鄉里，母不忍獨就養，間歲輒歸省，道遠曠時日，官資坐滯，久之乃得並迎母、兄。母殁，奉喪歸。

逾年，主講少城書院，總督鹿公復以商務局奏君總辦。當是時，變法議起，而兩湖總督張公、湖南巡撫陳公尤負時望，士之言新學者皆歸二公。二公爭招致君自助，君固辭，還郎署。於是，天子求治急，驟登用新進小臣，操嚴法以戒梗令。君慮啓黨禍，謀召張公入主朝政，或尼其行，不果。至戊戌八月，皇太后臨御，誅軍機用事者六人，而楊鋭與君同舍居，劉光第又陳公用君言薦之朝者也，不避罪譴，趨哭，棺殮。

宣統初，詔舉人才，時君已由主事累遷郎中，擢御史、學部左丞，歷充法政及八旗學堂監督。會張公爲管學大臣，因偕尚書榮慶奏薦君，諸被薦徵至者悉詣王大臣咨詢。

君爲人練達多智略，凝然雅步，以先進自期待，既前後受知巨公，益守高節不屈。醇親王攝政，選儒臣撰文進講，君所陳恒切至。又屢上封事，不報。俄簡授四川宣慰使，未達，遽聞國變。

其初爲御史，即追論同治時以兵夷張積中，黄厓坐死千數百人：積中學道君子，被惡名，宜湔洗。事下山東巡撫，格不行。積中字石琴，儀徵貢生。先是，道咸閒石埭周先生星垣講性命之學，推以致用。石琴與同邑李光炘晴峯皆從之游。晴峯再傳泰州黄葆年錫朋，所謂『太谷學派』者也。太谷者，周先生字也。其徒尊其所爲書，號太谷經。石琴既以世亂，聚徒衆黄厓抗官府，嬰巨禍，晴峯亦老死，而黄先生後起，獨爲大師。君之友毛君慶蕃棄官，從黄先生講學蘇州，至是君亦往。兩人年輩視黄先生等也，皆折節師事焉。

君留蘇州一年，還京師，獨棲法源寺，日課誦佛號。疾作，家人迎之歸。一日，呼寺僧至，曰：『吾行矣！』俄而逝。顧言以僧服殮。年六十八。

君諱樹枏，字茂萱。娶呂氏、王氏。一子，前卒。孫曾劬、曾佑皆官教育部。

曩予聞毛君稱君能斷大謀，後幸獲交君，相見語時事太息。嗚呼！觀君生死之際有以自得，其亦何樂居此世也？悲夫！

王晉卿曰：文中插入黄厓一事，倍增精采。收處尤沈痛。

劉君輔棠墓表 己未

君劉氏，諱仁貴，字輔棠，自號曰亦齋。先世陝西人。祖某，咸豐時避兵亂，至湖北漢口鎮，遂爲漢陽人。

八歲，願就學，父以家貧，使習賈，君堅請不已，至被呵撻，卒得許。時西國教士設義塾，課幼童，因往從孟君肄業。書文上口成誦，旋丁父艱。年十三，推舉本塾教授，齒幼也，諸生覩其儀狀沈毅，咸敬服焉。

居三年，從白君習醫仁濟院，通其術，復棄去。

念父夙誡，乃爲西賈司會計，以其餘暇自力，家日以起。饒裕不忘本始，猶時時餽遺孟君、白君也。俄人巴君理茶市，行曰新泰，延君授華文，默察君幹略可信仗，薦任行務。有涂某者，亦巴君友也，譖而代之，君怡然不自白。未三月，事棼不可理，巴君寤其詐，復以任君。君遇涂如初，不以前事芥蔕。已而巴君别爲市行曰阜昌，招君往，新泰强留君，久之乃得去。至阜昌逾年，以勞卒，年四十九。

君起孤童，赤手與外人締交，以信義自將，至晚歲居積累數十百鉅萬。世之殖財而遂所求者，往往相矜以輿馬聲伎，子弟益豪侈無訾省，不須臾耗矣，其敗壞甚者至不忍言。君爲人質樸，有心計，因時推移，協機中窾，察而能斷。其用人不問所由來，唯事之宜，其能足任吾事，斥財與之，必滿其意。即有乾没，負所託，鉤稽簿册，衡量息耗，莫或遯隱，以故人不爲欺。自始居貧，布衣糲食，迄其終，其身之資於物者，無所不約。至激於義行，存孤寡，恤災匱，及凡利濟事，絀於貲，皆於我是取，未嘗有難色。孝於母，以推及妻之母，無不致其厚。友愛臻至，兄弟共營業，屢折閲，屢佽補之，費不可勝紀。君雖棄儒而商，尤喜接文士，賓禮之唯恐不及。既殁，子義方能繼君業，爲巴君所任，建輔德學校，畢業生逾二百人，成君志也。

君娶姜氏，生二子：義方、義正。女三人。孫八人。孫女三人。長女映藜，君以其婉慧，絶憐愛之，病革呼而告之曰：『女知而翁志行，他日吾墓或有述也，必得篤古而不苟於文者；非其人，雖淹久不恨。女毋忘吾所屬矣。』映藜泣而諾。

君卒於光緒三十年，葬武昌卓刀泉之西。逾十五年，映藜已歸蔡，其壻麟書走京師，乞文於余。余乃據映藜所爲狀論次之，表於墓上。非徒歎君才不易覯，即其垂絶，父女所告教惓惓者，士大夫或不及知；知之，而爲其嗣人者曾不一留意焉，所在皆是也。然則如君之行，安得而不書也？

姚叔節曰：造語下字絶似孟堅。

陳伯嚴曰：綴次瑣俗，嫺雅變動，其味彌厚。

王晉卿曰：此文與史公貨殖傳意境迥别而同工。中閒總敘經商大略，訏然所謂推其術可以富天下者也。

醴泉村徐氏阡表 己未

己未春三月，徐上將樹錚母岳太夫人壽終里第，距其先葵南府君歿十有四年矣。於時，南北方息戰鬭，遣使要約和議，上將與聞機要，奔歸，弗克守几筵遂其私。既來京，則傫然慘痛不自勝，復丐還營葬，卜先府君墓域祔焉。惟前喪金石刻不具，大懼無以詔後，既告太夫人喪，並追述先府君暨前母馬太夫人事狀，督文於其昶。

謹按，府君徐氏，蕭縣人，諱忠清，世業農。府君獨奮於學，父子繼起，遂大其宗。始值寇亂，貧甚，斂脩脯以養母，以母愛幼子，因及其婦，即有所求索，唯恐母意不適，一恣與之。金陵寇勢張，捻北渡淮，鄰里譁曰：『寇至矣！』府君方館郡城，幼子婦趣家人走匿，馬夫人臥病弗能行，驚悸，遂以不起。府君閔噎内傷，不一言也。亂定，充選拔貢生，授教諭，改州判，以母老不仕。門下箸籍者日衆，一時推爲大師。

馬夫人卒後一年，岳夫人來歸，生子三人，女子子六人。府君文儒，又恒客遊，家事一倚夫人，上奉姑，下鞠嬰稺，與娣姒處，席艱茹詬凡數十年。一日，侍姑堂上，幼子婦登堂，就姑耳語。頃之，姑盛怒，繩責熇熇，夫人俛首泣，不語。稺子樹錚在抱，仰問母泣何也？淚墮其頰，因不覺大啼。後旬日，府君遂割取平生課徒所贏購田宅，良沃者三之二畀幼弟私有。生計乃益絀，夫人安之如未嘗貧。其後，府君歿，樹錚學軍旅，仕既遂，迎養京邸。夫人儉約帥初，如未嘗裕。意不樂久違鄉井，旋歸。其卒也，晨起自濯盥更衣，集孫曾笑語如常時。詰朝，氣息僅屬，微語曰：『軍事亟，可自便邪？』即瞑目不復言，年七十九。府君卒年七十四。

初，府君以樹錚少慧，奇賞之。稍長，爲諸生，跅弛自喜，課蓺得獎金，隨手盡，以此負豪蕩聲。長老或告府君：『曷戒諸？』笑不答；切言之，乃曰：『會當自止耳，戒何能爲？』樹錚方奉茶上，微聞之，心愧。顧猶以國積弱需才，吾終不能久汶汶閭井，聞京師募兵，因乘夜亡走。母夫人親追之還，爲娶婦，乃復聽其出。至山東，上書巡撫項城袁公。袁公居母憂，不通謁，屬幕吏察其才。一見，語不合，退，更遺書誚之。於是，府君聞而讓之曰：『汝之出，將以待用也。未得人用，乃妄擬用汝者先爲而用乎？』樹錚謹受教。自是，折節讀書，爲詩文甚有名，時從賢豪長者遊處。其昶初望見稠人中，以爲儒生也。因具其事揭於墓道，俾上將得時觀省先訓，毋忘厥初，而果立勳績，用慰太夫人垂絶之所期，又以見儒術可效於用。彼以儒爲迂而畏遠之者，皆不知儒者也。

陳伯嚴曰：有神光離合之妙。

王晉卿曰：立格製局，迥出恒蹊之外，以俊偉之筆寫濃至之思，善於言情，尤工於敘事，歎觀止矣。

資政院議長許君墓表 庚申

君許氏，諱鼎霖，字久香。先世居歙許村，其後仕江南，留嘉定。四傳至君高祖，賈贛榆青口鎮，致高貲，遂爲贛榆人。

君考諱恩溥，以任俠聞。贛榆令特秀，墨吏也，結里豪爲姦利，請帑興隄堰。會委員至縣驗工，封翁挺身出，盡發其贓罪狀，令解任去，豪被逮。令旗籍，有兄官京師，江南大府其同年生，陰爲之道地，得還任，以他事搆陷翁，坐繫七年，不得出，家耗矣。

翁生七子，君其長也。幼慧，從山左許蔭南孝廉讀書，日記數千言，孝廉目其遠到。及遭家難，年未冠，奔走救護，懷狀訟於朝，卒不得申理。於是，君益自奮厲。將應有司試，特秀屏不與名額。久之，督學黃體芳補試，激賞其文，以第一名入學。光緒八年，中式江南鄉試第二名舉人。入獄拜見翁，因父子相持泣。明年，試禮部，以母嬰宿疾不忍去，强而行。次沂州，忽心悸，留止不前。翊日而急足至，馳歸，得視母含殮。其後，納貲爲中書。

隨大臣出使，充秘魯國嘉里約正領事官，除苛斂，僑民感悅。二十一年返國，以知府發安徽，連署廬州、鳳陽。榷税大通，票匪煽水師爲亂，偵其巢穴，夜往禽之，遂無事。擢道員，辦理浙江洋務局。寧海燔教堂，索償十九萬，力争而減其半。

時肇行新政，諸行省大吏交章論薦，君隨所任受，皆沛然若有餘。在安徽，值道員徐錫麟教練巡警，徐故革黨，是日，警生畢業，請巡撫恩銘莅觀，出不意戕殺之。諸生人人惴恐，君鞫其獄，毋稍濫。以鹽運使記名簡放，給三代一品封。最後，任奉天交涉使。宣統三年，選充資政院議長，疏辭。

君少歷多艱，於世情僞無不悉，至是，位望寖通顯矣。人誦君幹略，而尤推服其孝。翁獄解，又二十餘年乃歿。君服官，所至輒迎養，時其愠怒則長跪以謝。壬子，江北歲大祲，君籌賑，積勞而病，又逾年卒，年五十八。

配朱氏，先一歲卒。子廷琛，度支部郎中；廷琦，側室王氏出。女廷芬，高氏出。孫二人：元方、次方。君與朱夫人合葬縣南第二溝祖塋之原。余表其大節於阡，大者得，則其他行可勿論已。

姚仲實曰：記事者必提其要，故核而不蕪。

盧處士墓表 庚申

泰州郡學生盧君幹臣，一字墨卿，廷楨其諱也。以道光二十五年生，至民國元年卒。

中更饑饉寇亂夷險隆替之故屢矣，一以禮法自飭，於閭巷之間事親課子，終始一操，不以爲名也，盡己而已。中年喪偶，不更娶，曰：『世之後母能善視前子者罕。吾不以此搆家禍。』故終無妾媵。

讀書能文辭，旁及天官、河渠、醫卜、術數之類，無不究覽，而不事撰述。精研八法，不自謂工書。好畫蘭、菊，以蘭爲君子，菊有傲質焉。性介而喜施，接人温靄，無疾遽言色，而寡交遊，甘淡泊。

宣統初，詔徵孝廉方正，士民舉君應詔，君堅卻乃免。然至今邑人論是舉者，猶謂莫宜君也。

晚歲杜門不出幾十年，時時稱先德，教戒子姓。國體既更，乃遍攷漢唐儀制，自製古儒服，俄而疾革，遂以其服終。

君娶陳氏，進士刑部郎中文田女，生四子：承澤前卒；承沛；思鼎；武。女子子二，適李，適王。孫五人。以君卒之年冬葬城南謝家橋。

越八年，武爲書述其行，曰：『先君生無榮譽，既殁，鄉里多哀思之。不肖武不敢乞文當代顯者，重違先君意，曠彌年載，日夕皇皇，惟立言君子之是求，冀得託於處士之林，則先君之志也，不肖武且百拜其賜。』嗟夫！君之行庸行也，然以今世之所趨而觀乎君，即目爲畸可也，故不辭而揭諸其阡。

姚叔節曰：極淳古沖淡之致，其清在骨。

江蘇補用道李君墓表 辛酉

君李氏，諱厚礽，字少梅，薇莊其自號也。父諱嘉，江蘇同知，余嘗爲之傳，所謂鎮海李府君也。自府君之考知府君航海遠賈，累貲巨萬。府君儒也，出其緒餘營業，益饒羨。君更達之於政。李氏商三世，各以其長，聲名馳域外矣。

君少有偉志，不屑事舉子業。年二十九，援例以知府發江蘇。當是時，兩宮西狩，既迴鑾，懲前事，頗欲革新庶政。江蘇按察使朱之榛有幹才，目盲而久任劇職，察吏嚴，獨器異君。之榛主警巡，檄君提調局事。未幾，移上海徵收物税。黠商售絲糖，倚外人爲姦漏，君據約力争，三年弊始絶。會日俄搆戰，上海聲言中立，交涉繁，張弛緩急一惟君是賴。嗣調管裕蘇官錢局。

始，君任警務，即馳赴日本參驗彼己，考定新章。至是，再往日本研求銀行幣制之學，返國兼任浦江緝私統領，晉秩道員。上海私鹽充斥，設法變租界爲引地，歲增税額數十萬。

君所居能效其職，不避嫌忌，疆吏争欲得君自助，俄爲宵人所中，罣吏議，羈蘇州府署待勘者三月，事卒得白。辛亥禍起，衆推任上海閘北民政長。積勞卒，年四十一。

君爲人伉爽，喜施濟，臨卒，取所貸券焚棄之，曰：『人不足始貸於我，奈何留此傷長者意乎！』君他所營建，若寧紹航業，若銀市，若保險公司，若紅十字會，及租界義勇隊，類皆前所未有。

世每呰吾國賤商，謂四千年無商學，是不然。古聖王之治天下也，民爲重。民有四，商其一焉。唐虞之世，懋遷有無化居，至於萬邦作乂，未嘗賤商也。太史公傳貨殖，以爲『善者因之，其次利道之，其次教誨之，其次整齊之，最下者與之争』。今時所謂商學，雖至精，豈能外此數言乎？故范蠡曰：『計然之策〔一〕，越用其五而得意。既已施於國，吾欲用之家。』由是觀之，商之術通於政，安在其無學而可賤也？秦漢後，始有無學之商，於是，世主乃務摧抑之。今環海立國者，無慮皆以商争。君生其時，用之家既得意矣，惜乎其施國者之止於斯也。

君娶方氏。子七人：祖韓、祖夔、祖模、祖桐、祖元、祖敏、祖萊。女四人。孫三人。長女壻吴興章宗元，與余善。其卒也，以癸丑冬十二月。後八年，祖夔來請文，因書之，俾告窆刻石，以表其阡云。

王晉卿曰：時至今日，始知商戰之烈，故文於末幅剴切言之。

銅仁府知府饒君墓表 辛酉

君饒氏，諱佩揥，字宛然。先世自撫州遷南昌，五傳至君考諱文倚，贈通議大夫，善爲賈，斂散不主故常，不幸早世，資罄而族人意其富。

君年十三，避宗禍，往依外家姚氏。他日歸省母，從兄擠墮溪水中，不死，慨然曰：『安見孤兒不能獨立！』奮欲自出營商，繼父業，母不聽許，流涕，勉其勤學。

時天下亂，母子惸惸相保。先是，曾文正公率水師東征，至湖口敗績，困保南昌，從富室募軍資，皆觀望。適通議舟載貨物自蜀歸，與諸姚計議：『曾公兵若潰，吾輩囊槖寧己有邪？』乃盡籍貨物上之。俄而卒。一日，曾公求前毁家助軍者，得姚氏子，優擢之。迨君稍長，恥與外家争功，遂嘿不言。以生計窘，去營商。

久之，業益息，白其母曰：『亂世積藏徒誨盜，不如多市穀。穀不易劫，歲饑以貸鄰里貧者，貧民得甦，而吾財亦不爲盜齎。』邑先達劉公于潯方奉命督鄉兵，聞之大驚，曰：『孺子能解此，偉器也！』明年，歲大熟，所貸百餘户無一人負不償者。劉公既奇君才，强致之，使主餫饋。其後，以别將從提督鮑超攻撫州，克之，積功至道銜、貴州銅仁府知府，未上，留治軍，年四十即告歸。光緒某年卒於家，春秋五十三，祀鄉賢祠。

君爲人倜儻，喜施濟。邑有貢河數爲患，君出鉅資築堤防，歲增穀三十萬斛，人號曰饒公堤。又於秋冬役諸勇修治道塗磊砢不平者。在軍三十年，所將卒不爲民患；其歸也，悉擇荒地使就墾，置室家，同於土著。嘗曰：『人患兵散則爲匪，兵患不善散耳，兵、民一也，能用其力，則戰時爲兵，平時爲民，夫豈有異術乎？要在統兵者視兵若家人而已。』

君配余氏。子四人：祖蔭，夔州府知府，出繼大宗；延年，内閣中書；延祜，候補知州；延禧，候選道。孫十人：孟任、孟倬、孟儀、孟倫、孟侃、孟俊、孟偉、孟仕、孟仁、孟倚。曾孫九人。君墓在某原，其葬也久矣。長孫孟任狀君行，請余表其阡，未及爲。又數年，孟任來告父喪，且述顧言以不得余文爲恨。

君始爲商，繼爲將，其事犖犖皆可紀。余獨有感於君論兵之言，夫兵以衛民也，而今之民憚兵甚於虎，夫兵又寧非人乎哉？吾爲今之爲民與兵者悲也！

王晉卿曰：論將兵一事，言之不足，又長言之，語極和平，而意極悲痛，蓋簡外之音也。

雲南糧儲道譚君墓表 壬戌

光緒初，予年二十餘，遊京師，論交當世，得可以爲師友者三人焉，曰孫君佩南，鄭君東父，柯君鳳生。最後，又得譚君叔裕。此四人者，趣向不必同，然皆博涉載籍，篤行慥慥，君子人也。譚君寓廬相邇，恒朝夕見。

當是時，天下無事，史臣方纂輯儒林、文苑傳，以賡續阮文達公之所爲。君在翰林，淹雅有盛名，爲總裁吴縣潘公所器賞，俾總厥成。甫脱稿，而簡放雲南糧儲道。自以吏事非所習，意殊怏怏。既至雲南，再權按察使，修濬河渠，溉田六千餘畝，平反冤獄，恤孤教士，政聲大起。以水土瘴癘，居三年，告疾歸。貧不能辦裝，光緒十四年三月己卯，行抵廣西隆安邑遽殁，年四十有三。

君諱宗浚，廣州南海人也。父諱瑩，舉人，官瓊州教授。性彊記，尤熟粤中文獻。文達督粤，開學海堂課士，聘爲學長。三十年不自言去，門下傳業甚衆。子五人，君尤敏惠。年十六鄉舉入都，值英吉利款成，登眺山川，爲覽海賦以寄慨，人競傳寫。而教授以君齒幼也，戒讀書十年，毋遽求仕，授以文獻通考諸書，略能成誦。至同治十三年，始以一甲二名進士及第，授編修，出督四川學政，典試江南，所得多知名士。

君嘗慨粵俗矜科第，不樂遠游仕宦，與中朝聲氣不相聞。當乾隆文化極盛時，通經學古之儒後先蔚起，而粵士曾無幾人。雖恬澹知止，然或亦不免孤陋之譏。既入翰林，遂欲從容究孯文史，以自成其學，竟不克久居以去。則才高而忌之者衆，宜君之憤懣而自傷也。

今君歿三十五年矣。孫君爲令安徽，有循聲；鄭君通春秋三傳；亦相繼物故。國體既更，乃議修清史，予與柯君從事其閒，然亦衰且老矣。平生故人多在於録，以所得於今推以校於古，其盛衰隆替之迹與時推移，有不知其所終極者，烏乎！其可慨也夫！

君所著希古堂文集十二卷、荔村草堂詩鈔十一卷，皆已刻。其藏於家者，遼史紀事本末十六卷，又兩漢引經考、晉書注、金史紀事本末，均屬稿未就。

夫人許氏，生子四人：祖倫、祖楷、祖任、祖澍。君卒之三年，葬廣州城東河水鄉之原。

王晉卿曰：『感不絶於予心，訴風流而如寫』〔二〕，可以移贈斯文，此六一公得意之作。

張母黄太夫人墓表 癸亥

太夫人姓黄氏，父曰鳴球。年十九，歸同里贈太子少保銜謚勇烈張公爲繼室。公諱樹珊，合肥人也。咸豐時，公兄弟並起倡團練。其後，李文忠公遂率以戡巨寇。公兄樹聲至兩廣總督，而公以廣西右江鎮總兵，同治五年戰歿德安，年四十有一。至今，言淮軍者莫不太息，悼公之早殞，而愈益樂稱太夫人遺事，謂其才足以媲公也。

初，公選壯士百餘人出禦寇，而遷其累重堡中，太夫人撫慰之甚厚。一夕，竊賊持刃至，舉家惶惑，莫知所措。太夫人曰：『賊獨妄意吾家耳，宜可走匿。』即手裂窗櫺，挾從子尤幼者兩兒逾窗出。於是，君姑娣姒皆相隨出，避鄰舍得免。後，二從子貴，終其身事太夫人如母焉。

同治三年，湘淮軍既定江南，公率所部援豫，過里門，賓客輻輳。夜半矣，室不戒於火，太夫人告公趣毀牆垣一角以便汲。於時，堡中儲火藥計萬斤，去火所數武耳，太夫人悉出氈幕纊絮，令漬諸水，覆屋上，不告言屋内何所儲也。火熄，衆始知，猶驚悸駭散，久乃大服。是役也，向非太夫人才略，應變從容，慎密如此，則全堡燼矣。

又二年而遘公變。太夫人生子女各一人，並在齠齔。側室王恭人無出，太夫人待之有禮。公歿，王絶食七日，太夫人勉其同力撫孤，乃强起進一餐。自是，盡心鞠養，一室大和。

太夫人後公三十年卒，年六十五。子雲逵，直隸候補道。女適定遠方臻一。孫男七。曾孫三。公葬久，不可啓祔，别卜地，葬邑西官亭鎮北。又二十七年，雲逵遇其昶京師，乞文表墓道。

予惟太夫人之行不越乎閨門之内，居恒寂處，若無以自異，乃至禍變卒臨，賴其智計以全生者不可勝數，何則？其才裕也。自婦德不修，世乃頗以才爲詬病。若太夫人之才渾於德矣，又奚病乎？國祚之方隆也，一時，熊羆不二心之臣奮發效死，罔顧於厥家，亦豈不以内治之有人哉！

姚仲實曰：氣脉宏大。

陽江鎮總兵馬君墓表 癸亥

君諱復震，字心楷，予同族兄弟行也。曾祖進士諱宗璉，祖工部員外郎諱瑞辰，仍世爲經師。父徵孝廉方正，諱三俊，篤睎宋儒學。咸豐初，工部死寇難，徵君起團練，戰歿周瑜城。君年十六，奉母轉徙避亂，時時欲殺賊以報國，復先世讎。居頃之，走謁曾文正公祁門軍次，獻詩十章，文正目爲驥子墮地追風者也，命募淮士五百人將之，屢破賊，會諸軍解祁門、徽州圍，由雲騎尉世職敘功至參將。

君才氣高俊，動與俗忤，人或讒之曾公，曾公稍稍誡敕之。君望曾公：『奈何用人言戒我？乃不我知也？』會左文襄公率師征浙，招致君，改爲楚軍皖勇，截賊麻車埠，攻昌化，復其城，禽斬賊酋譚體元、黄文英功爲多，遂參帥幕，從至閩陝。左公稱君膽識堅定，血性過人，又好學知書，宜更授文職。疏三上，部議格不行，乃擢總兵。其後，光緒三年，授廣東陽江鎮總兵，而君已前卒數月，年三十八。著有莪園詩鈔。

當是時，李文忠公爲直隸總督，上言：『復震生長儒家，世有忠孝。曾國藩檄令募軍，初，臣治軍皖北，不稱淮勇，淮勇之名自復震始。臣督湖廣，復令管帶操江輪船，悉心研求西國水師兵法。臣移畿輔，調巡北洋，國藩仍令往來南北。逮後南洋船足，始專隸北洋。臣與國藩交章以薦，謂足勝海疆專閫之任，今不幸殁。伏念淮軍之興及海上兵船，復震皆爲事始，宜見史臣紀載。至其忠亮義烈，兼資文武，尤可悼惜。惟天子哀憐。』疏入，優詔恤焉。

君體幹英碩，有奇表，每縱飲大醉，感槩賦詩，往往泣下，痛父死義。仲弟爲賊掠，經三載，以計贖之還。同治初，軍事粗定，歸尋父骨周瑜城，發數坎，得之叢骸中，有六驗，人謂其孝感。母方太夫人聞而泣曰：『信也！顧戒我死勿合葬。』太夫人賢明勵節，君事之，無幾微不得於其心。尤篤愛兩弟，兼父若師。娶吴氏。子振彪，舉人，民政部主事。女適姚百琴。君卒逾四十年，振彪始克營葬於某所，來請文。

予惟君始事曾公，已而謝去從左公，後依李公以終，而復與曾公合。此三公者，天下所名尤能知人者也，皆偉視君，乃卒連蹇不得一當，彼其負奇自重，誠落落不苟合，然亦不幸早世，才用未究而遽死，烏乎！君歿一紀，朝鮮釁作，海軍殲於敵，國以不競，一士之失志寧足道哉！李公疏陳君喪，而太息防海之才之不易得，其痛深矣。予爲表之，後之論世者可觀焉。

吴辟畺曰：通體謹嚴修絜，借文忠一疏綰合生平事迹，章法甚奇，後幅尤有遠神。

校記

〔一〕計然之策　史記貨殖列傳作「計然之策七」。
〔二〕「訴風」句　世説新語文學作「泝流風而獨寫」。

抱潤軒文集卷十七

墓誌銘

先考妣蓮花岡墓誌 己丑

先考慎菴公諱起升，字慎父。

先世居六安，姓趙氏。趙氏之先，實固始祝氏也。始祖明永樂中贅桐城馬氏，遂留不去，爲桐城人。六世祖太僕公諱孟禎，立朝爲名臣〔一〕。其後，以儒顯。祖諱邦基，考諱樹章，孝義著聞州閭。

先考幼受學於世父篠湄府君，爲諸生，務益發名成業。又從方植之、蘇欽齋、戴存莊諸先生遊，詩、古文義法守鄉先輩方姚之緒論，有趣園詩文稿八卷。四體書宗懷寧鄧山人，有慎菴字範四卷。論學本成都蔡先生天培，尤服膺古韓、歐、朱、王四家。韓歐文宗，朱王嘗道統〔二〕，詣極而互通，有載道集十二卷，稽討義例，終其身不厭，謂文與道不得而離也。嘗欲致用當世，中更喪亂，意氣輒頹然矣，而邑中有大利病創革〔三〕，一倚之以辨。性不能猗違諧諾，與人交無欺紿，亦往往爲小人所中。光緒十四年九月八日卒，春秋六十有一〔四〕。

先妣諱淑儀，字文卿，同里張氏，甘肅岷州知州諱聰梓女，年二十一來歸。長先考三歲，而前卒五年，癸未冬十月二十八日也。一子，曰其昶〔五〕，始祧大宗，襲雲騎尉；先考歿，願辭爵歸承本生，大宗別立後。女三人，壻曰方寶彝、姚永樸、姚京受〔六〕。自先妣之存以逮既歿，内外宗交口稱之無閒。

先是，曾文正公督兩江，奏大父行誼於朝。先考以議敘得同知，覃恩加四品封典，先妣封恭人。其昶自罹大變，營宅兆，久之，乃得縣北朱家橋保蓮花岡〔七〕，謹以十六年春正月奉先考妣合葬兹土〔八〕。

嗟乎！繼自今，吾先考先妣之音容體魄其遂不可復見也已！以先考之志行，困辱於生存；先妣之慈仁有讓：推天道之常，更千萬世，其必永妥於幽宫，以庇賴其苗裔，無疑也。而更千萬世，山川陵谷遷變無恒，此不可知者。乃涕泣而誌於墓，以抒不肖子終天之痛，而下詔夫茫茫無極莫知何誰之人。

男其昶泣血謹誌。

吴先生曰：峻潔雅澹，收尤入古。

怡軒府君墓石後誌 庚寅

王父墓誌，先君撰於戊子春。葬有日矣，覆審地不吉〔九〕，不克葳事，而先君殁。又逾年，其昶乃謹卜懷寧縣北五十里張莊之原〔一〇〕，坐穴向壬兼亥，鄉曰大豐，保曰青口，距桐城縣治七十餘里。

先是，曾祖王父母葬懷寧，王父曰：『予兄弟終當袝此，不忍吾親獨異縣也。』今邱隴相望可七八里。悲夫！先君遂不及親其役，以慰王父永慕之思也。謹泐原誌，納之壙中，以卒先君之志。

光緒十六年冬十二月乙卯，長孫其昶謹記。

吴先生曰：似熙父。

蕭太恭人墓誌銘 壬辰

太恭人蕭氏，宛平人。道光中，桐城姚公諱瑩，字石甫，以文學、政事名天下〔一一〕。

初，公既成進士，服官入都，未有嗣世，爰求媛淑，而太恭人遂獲侍公。入門兢兢，斂容約己，虔事女君，承秉内綱，時佐厥匱，蠲饎濯浣，習勞若飴，室以大龥。洎公殁王事，天下亂起，而太恭人已生子濬昌，娶婦光氏。曾文正公來江南，以濬昌名家子，積軍功，奏薦得官。太恭人就養江右，再至安福。天姿惇恕，御下毋苛，終日語不及外，事毫髮不自專斷，一委於子，時以惻隱愛人爲訓，降其色辭，人争親附。年八十六，光緒十七年十一月，卒於安福官寢。以再遇覃恩，誥封宜人，晉恭人。

太恭人既卒，於是，安福君奉喪歸，年亦且六十，鬒髮皓白，諸孫蔚起，閭里嗟歎。子二：孝殤；濬昌，江西湖口縣知縣，調安福。配光恭人，直隸布政使諱聰諧公女。秉操嗇勤，祗修婦順，前卒十七年，春秋四十有二。孫五人：永楷，縣學生，州同銜，候選縣丞；永樸，廩貢生，候選訓導；永概，舉戊子科江南鄉試第一；永保；永樛。曾孫五人：佐燧、佐炎、佐焕、佐薰、佐熙。孫女二：長適馬其昶，次適通州范當世。其卒之二年春正月甲辰，葬於邑西烏石山陰，以光恭人祔。安福君督其昶銘〔一二〕，銘曰：

廩廩姚公，聲譽四表。播仁在氓，安福踵紹。條葉秀茁，庭階叢繞。名門内飭，老福承慶。厥節彌抑，厥逢彌光。絜德校祉，我里孰方？子宦克養，婦殁匪離。昕宵省定，婉婉是隨。千齡萬代，永奠陰儀。

方宗屏文曰：遒練似北朝碑版文字，而尤加超拔。

鄭東父曰：安雅。

女得壙銘 癸巳

女得，馬其昶通伯第四女也。生七歲，光緒十九年秋七月以病殤。余時應試江寧，不及知。聞人言，大怪之，絕無幾兆萌動。大江阻深，女魂魄弱小，其不能來我辭也？悲夫！

初，女在腹，其舅姚仲實戲言：『若女也，當以配吾子佐煥。』佐煥，吾出也。及生，遂前約。女無異常兒，余憐之特甚。余行時故無恙，去一日忽死。

余困舉場二十年。壬午，就京兆試，歸數月而母卒。戊子試江寧，歸旬日父卒。今乃不能決然捨去，未歸輒喪吾女。急世榮，忘無涯之恨，宜罰於天，而吾女適丁是厄也，傷哉！乃追埋以銘。銘曰：

女死吾不知，女不吾嬉。烏乎！其酣於斯。

吴先生曰：真摯惻惻。

陳伯嚴曰：體約韻遠。

陳府君墓誌銘〔一三〕　甲午

君陳氏，諱耿光，字廉甫。先世明初由鄱陽遷桐城。三傳曰仕文，以舉人官陝西耀州知州。耀州曾孫珊復以舉人官湖南沅州知府。後世遂隱不仕。至君高祖，以貲雄鄉里，好施，傾其家。君生而家益貧。大肆力於學，善爲詩。客遊無以養，則兼習刑名家言，卒以直隸州知州待選〔一四〕。

君之言曰：『法者，所以禁暴便民也，意主於道之善而已。善之不道，惟峻其法，法乃大爲世詬。故不可撼者法也，可恕者情也。得其情，而後法當焉。』其折獄，時出入法令之中，而必本經術以斷制輕重。遇重囚，則愀然以悲曰：『此其情無可恕，然思其所以至此者，可憫也。』性介直，意所不可，必反覆得當而後止，亦不爲崖岸斬特之行〔一五〕。

年六十八卒。配張氏。一子時彦，光緒戊子科舉人。將以某月日合葬君某所，來乞銘。

余嘗謂，古昔之制法使行者官，後世之制官使困者法，法益繁而官不能知，遂有擅其法者興焉，此其人乃皆爲專家之學，而不可以儒術通也。宜乎世之病法者謂法不足以制官，足以厲民也。若君者，固猶有漢時引經折獄之遺風哉！

君世母汪未嫁守貞，君敬事終身。又嘗撫嫁故人孤女，及他行誼多可紀，予不著，而獨著此，以見世之別法於儒家者，匪不能儒，抑不能法。銘曰：

維惻惻厥衷，維簡乎於中。維後其逢，永康此幽宫。

陳伯嚴曰：夷猶得永叔之態。

方宗屏文曰：陳義甚高，足爲刑名家生色。（輯自十卷本）

强賡廷先生墓誌銘 丁酉

先生諱汝詢，字蕘叔，號賡廷。溧陽强氏。

先世家錢塘。宋時，有祠部郎中至者，佐韓魏公幕。祠部五子皆第進士。四子淵明至禮部尚書，愛溧陽溪山，止焉，是爲始遷之祖。曾祖秉康。祖巒。考溱，舉人，甘肅安定縣知縣。生四子，先生其次也。

幼而英碩〔一六〕，七歲能了説史記大意，安福阮侯亭一見器異，來嬪以女。咸豐九年，以選拔貢生舉順天鄉試。篤於稽古，鋭進無老；怯於取榮，勇退無少。久之，選授贛榆縣教諭，終不到官。

先生之學，自經史諸子百家方伎之書，一皆練習，窺見要指。以爲學期博不期雜，期約不期陋。曹六經人義，搜抉叢瑣，兹雜也，匪博也；屏絶羣籍，取足吾心，兹陋也，匪約也。惟博不雜，惟約不陋，舍程朱其疇歸？因悼痛當時學者外躬修，祖劉歆、班固敘書，以六書概小學，且以概大學，非周官師氏、保氏之遺法；其或不出於是，則又馳騖功利，昧厥原本。於是，著大學衍義續七十卷，踵前書之成則，矯邱氏之違失。又以聖人因魯史成春秋，其書有義而無例，有筆削而無褒貶，著春秋測義三十五卷。其爲説雖多，要一本聖人宰時育物之指〔一七〕。抱能在躬，百不施一，纂述終世，不求聞知，意量蓋泊如也。

初，避兵亂，并日一食。巡撫李公議總権商貨，難其人，將任以職，堅不肯赴。會湘鄉陳公湜授山西按察使，提湘勇三千主防務，曾文正公勖以求賢自輔，虚左迓止，贊畫中機。是時，晉兵大抵窳不可用，陳公搆疑忌。先生爲草陳方略，言防地遼闊，而吉州以上二百里，嚴冬冰牢結，車馬如踐坦道，當築碉堡，益募新勇捶扼；不然，晉禍必自吉始。事格不行。至冬，賊果由吉州渡冰，掠蒲、解、絳、霍之郊，陳公罷職，别去。其後，曾文正公重莅江南，雅意尉薦。居無何，公薨，而先生亦將五十矣。當是時，曾公最能得士，所推轂皆天下之選，先生晚出，竟嘿嘿不獲藉手。道之廢興，固各有命哉！然士論益以是高之。

平生内行敕備，孝友烝烝，動有楷，息有則，一身斂抑，舉室互戒，祗嚴既久，乃得大和。人以謂先生之學也，不惟其學惟其行也；先生之行也，不惟其行惟其學也。

其所著書，又有文集八卷，詩集六卷，讀書記五卷，隨筆二卷，漢州郡縣吏制考一卷，金壇見聞記二卷，女學内外篇二卷，垛積衍術四卷。惟説大學、春秋及詩集已鋟板，餘皆寫藏於家。

光緒二十年六月五日卒，春秋七十有一。配阮孺人前卒，里鄙稱其賢。側室敖氏。子二，以次子承大宗後。長敦信，邑廩膳生，早世。次敦保，孫惠疇，皆縣學生。女二：長適金壇段維柏；次許聘丹徒韓氏。以光緒二十二年十月庚辰，合葬於北鄉官莊之原。

先生弟汝謂有學行，兄弟閒自爲師友，先期以狀授其祖銘。其祖顧嘗辱先生過聽之譽，且習讀其書，不敢辭。銘曰：

聖塗久蕪，一踊萬趨。胡口則庬，而躬之臞。有瑋一夫，居約而盱。蹶然摘筆，揭日天衢。其行可則，位不究德。焯勤詔遐，視此貞刻。

吴先生曰：敘述雅健。

陳伯嚴曰：體度雍容有餘。

新野縣知縣方君墓誌銘 戊戌

君諱昌翰，字宗屏，號滌儕，桐城方氏，族望重江南。父寶仁，積學不耀，生二子，君次末，而嗣再從叔父，爲繼高祖之宗〔一八〕。年十八，受知季文恭公，補學官弟子〔一九〕。咸豐初，粵寇起，避地中州。不以世亂惰業，主閿鄉講席，學益肆，名聞益徹〔二〇〕。

時李公鶴年巡撫河南，而湘鄉曾公督師祁門，争起君自佐，李公先焉〔二一〕，故爲河南得。自後，莅豫大僚羣公禮敬一轍。法蘭西教士挾微故謁巡撫便室，君争當庭參〔二二〕，巡撫難之，卒從君言。教士逡巡退，嘿不得發。君在豫久，援例用知縣候選〔二三〕，權武安，補新野，皆有惠愛，鉏强梗爲民害者，柔剛異施，不自藩飾，一循故章，中誠達於物。自長江興輪艘，南北仕宦多由漢口易舟，抵樊城，道新野，車馬供頓無虚日，舊取辦商旅，君一禁斷，因令縣役各自私畜騾車運載，官償其傭，民以不擾。新野爲生立祠。在官五年，自免歸〔二四〕。

先是，君十世祖諱學漸，以布衣與高顧諸公講性善之旨，學者稱明善先生。明善生大鎮，官大理寺卿，學者不以官稱，稱其私謚曰文孝先生。文孝生湖廣巡撫孔炤，稱貞述先生。貞述生翰林院簡討以智，稱文忠先生。文忠弟三子中履，遯迹不仕，稱文逸先生。文逸生潼商兵備道正瑗。兵備生工部主事張登，於君爲高祖。自明善崛起爲儒宗，歷明季、入國朝以來，家世傳業〔二五〕，士大夫慕之。其書已刻者世多有，未刻猶數十種。君既告歸，僦居皖上〔二六〕，乃彙刻方氏七代遺書，又刻所自著虚白室詩文集十二卷。

當是時，河南僚友咨政考疑則思方君，曰庶幾復出；而皖中大府求賢，亦必曰方君〔二七〕。故雖老矣，猶槖筆幕府十餘年不克歸，歸一月而病篤。其昶修候，君曰〔二八〕：『平生慚無可述。雖然，必以累子。』明日遂卒，光緒二十三年十二月六日也，年七十有一。覃恩二品封典。配徐氏〔二九〕，前卒。側室王氏。無子，以兄子友陶嗣。孫男七人。

君内行完潔，人與之處，初無可驚異〔三〇〕，久乃大服。邑子陳澹然跅弛喜大言，以後進士嘗抵書論學相怫盭，已而歎曰：『嗟乎！不肖奔走江表才數年，叢謗積毁至不可湔祓。而先生傳食諸侯，方制州邑，文采風流爛然，絶無毫髮訾議，豈不難哉！』

以某年月日，卜葬某所，乞銘。維兩家世姻，又承顧言，予其可辭？銘曰：

其器渾寬，無有涯端。武安初治，隸駭氓歡。校藝新野，萬士方扃。有盜潛發，一昔而寧。鎮如山嶽，迅若驚霆〔三一〕。孰云文儒，不達邦經？孰云施政，不始閨庭？仕則不跂，勞則未已。棲神大幽，千齡無圮。

吴先生曰：敘事健。

陳伯嚴曰：意味雋永。

陳母黄夫人墓誌銘〔三二〕 壬寅

義寧陳公諱寶箴，有良嬪曰黄氏夫人，世居義寧州油塅。父彩意，學行推鄉里祭酒。生十五子，尤篤愛夫人，選壻得陳公。年十八來歸，逮事太夫人，能得其驩。服勞左右〔三三〕，太夫人雖瞑目臥，易他人必揣知之。家時空無，輒稱貸以佐甘滑，先期屏當，門庭寂整。公有大節遠志〔三四〕，畜歲嘗客遊四方，能不失温凊。太夫人不以思子苦，公用是能一恣於學〔三五〕。

粤寇亂起，夫人襁兒竄道旁林中，羣媪語夫人持絮塞兒口：『兒即啼，賊聞聲至矣〔三六〕。』夫人恐兒死，不塞〔三七〕，兒幸卒不啼。已而亂定，公以舉人贊軍謀，至河北道。按察浙江，坐事罷職〔三八〕。大臣論薦，不起。海疆日棘〔三九〕，詔授湖北按察使，累遷湖南巡撫。益發舒感激，以天下自詭〔四〇〕，風采稟稟，爲時名臣矣。而夫人積苦久，往往病劇〔四一〕，又連悼痛亡子女，竟以光緒二十三年十二月甲子卒於湖南官舍，年六十六。

自夫人始歸食貧，其後家日昌起。公持節在鎮〔四二〕，前所禓兒曰三立者種學績文〔四三〕，已第進士，通籍，告養子舍。士論歸高夫人，命服在躬〔四四〕，能一秉謙約，帥初不渝。歲時〔四五〕，親知眷屬過從，争語服玩珍麗，及官中遷除事〔四六〕，夫人笑曰：『我鄉人，誠不知有此〔四七〕。』其高致芳逸皆此類。而論者尤以謂公當盛年，蠖屈閉門静居，無纖介不自得；及有所除授，顓心營職而已，能不牽於私累。其在官所當爲，斥資裝每萬金；既歸，而無田以耕，無宅以棲也：固公卓犖學道之明效哉！即夫人之爲賢可知，嗚乎！其亦難能也已！

夫人以公階封一品夫人。卒未及歲〔四八〕，時政大變，公父子俱獲罪。其冬，歸夫人喪南昌〔四九〕。明年，葬西山下青山之原。公自定兆域而廬其旁，曰崝廬。子二人：長三立，革職吏部主事；次三畏，出爲仲父觀瑞公後，前卒。女嫁候選道東安席曜衡〔五〇〕。孫六人。曾孫一人。既葬，三立以狀授其昶銘，將追埋諸幽。銘曰：

吾嘗泛舟大江，絶彭蠡，抵南昌。望西山隱隆蟠閟，意其閒必有勝絶之區足徜羊焉。公於此營崝廬，吾所不至。曾一拜公，感知己之誼。嗚乎！公今亦亡矣。惟公惟夫人生能同德，殁同其藏。天下事寧可復意？更千萬祀，樵採無敢傷。

吴先生曰：銘詩節奏、用韻甚入古。

陳伯嚴曰：雋永，銘詞尤浩蕩。

蘇恭人祔葬誌 壬寅

光緒二十七年正月〔五一〕，方君守彝、守敦喪其母蘇恭人。既卒哭，營葬事，以書來致狀請銘。狀所述幾萬言，至深痛，不能讀也。

恭人父求恒早卒〔五二〕，母汪以節孝旌。其族祖厚子徵君敬汪操〔五三〕，憫其子幼，一女才賢，宜配君子。是時，柏堂先生方喪耦，家貧甚，用徵君言，遂委禽焉〔五四〕。恭人年十九來歸〔五五〕，躬執廚爨，忘其新婦。

粤亂起〔五六〕，先生避居魯港，飢餓迍邅，猶聚徒友肆講不輟〔五七〕。恭人一身百役，忘其寇難〔五八〕。已而亂益甚〔五九〕，先生攜長子培濬遊山東。培濬，前夫人出也。恭人與子婦皆留〔六〇〕。一日，遇賊山中，賊趨長婦所，恭人亟前抱持長婦〔六一〕。賊怒，舉刃擬之，姑婦相抱持益固〔六二〕，抵死大號，卒得免。恭人歎曰：『魯港不可棲矣！』轉徙數處，境益困。

先生之客山東也，吴侍郎廷棟賓禮之〔六三〕。最後，以曾文正公奏薦得官，令棗强十年〔六四〕。於是，恭人年五十，先生五十九矣〔六五〕。守彝走官所覲祝，從容言：『家人子婦誠思慕，諸孫漸長能讀書。』先生欣然，顧恭人曰：『與爾偕老故山，復何求乎！』又數年，投劾歸〔六六〕。僑寓皖城，羣士趨嚮，如在魯珙。其昶亦時到門請業，得拜見恭人堂上〔六七〕，校論家法，一時清族或尠逮焉。

先生將卒之年，天子嘉其耄學，給五品卿銜。後十有二年，而恭人以痛其女適孫氏者早寡而殞〔六八〕，傷懷天屬，亦遂告終，年七十有五。子三人：培濬〔六九〕，前卒，婦徐有節行；次守彝、守敦〔七〇〕。孫七人：時涵，時褧，時簡〔七一〕，時介，時晉，時亮，時喬。曾孫四人。顧言祔京卿墓。京卿諱宗誠，柏堂其別號也〔七二〕。墓在懷寧縣北三十里〔七三〕。孫君葆田誌其家世已詳。

自其昶與守彝兄弟交三十年〔七四〕，則見其門祚方隆起不可量，今所述行乃皆其前時側陋危苦之詞，蓋欲其子姓念之永無忘也。創業之艱難，獨其身知之耳，及子者鮮，及孫者加鮮。悲夫！周公之言曰：『否則侮厥父母曰：「昔之人無聞知。」』吾不知爲父母者馳驟畢世，爲子若孫計留而不獲休止，果何爲也。豈當隆周時，已有如斯人者邪？然則思厥艱不忘其親若吾友者，足爲天下之凡爲子者告已。因推本其意而爲之銘，曰：

更百苦，立其家。躬不有，委祉遐。維俗敝，維踵奢。後指前，公揄揶。念哉朔，誶無涯。

王晉卿曰：先生爲表誌多寓勸勉之意，讀之發人深省。

吴先生曰：著議處轉側廉悍。（輯自十卷本）

吴先生墓誌銘 癸卯

光緒二十六年，畿輔民肇亂，搆外釁，八國連兵内犯，京師不守。既，和議成，朝廷喟然圖所以自立，更庶政，詔郡縣罷書院〔七五〕，用西國法立學，而建大學堂京師，命吏部尚書長沙張公爲管學大臣。於是，張公奏薦桐城吴先生學行高，兼綜中西，可以師多士。天子俞其請，命以五品卿銜充大學總教習。先生堅辭不得，則請赴日本攷學制。既至日本，自其國君相，下至教育名家、婦孺學子，皆備禮接款，海内外欽遲風采。而先生亦素以興學育才濟時變自詭，博蒐精咨，窮日夜不怠息，思彼族所以驟盛，而度吾力之所能及與時所宜，必得當以稱天子明詔，蹇知遇。歸未及返命而卒，嗚呼，悲夫！

先生諱汝綸，字摯甫。祖庭森，縣學生。父元甲，以諸生舉咸豐元年孝廉方正。母馬太淑人。兩世皆以先生貴，贈如其官。徵君孝友博愛，養育宗親數十人，家日以貧。先生幼刻苦向學，嘗得一鷄卵，不食，易松脂以照讀書。

篤嗜古文詞〔七六〕，少長，受知曾文正公，文益宏肆高潔。以同治甲子舉於鄉。明年，成進士，用内閣中書。曾公督兩江，奏調至金陵。移督直隸，隨調至北，補深州直隸州知州。連丁外内艱，服除，署天津府知府，補冀州。所至有迹。先生既師事曾公，與聞大謀，參章奏。曾公薨，李文忠公繼督直隸，尤倚重焉。初在官，凡有請必得。任冀州八年，方敘遷，一旦投劾去，李公留之不可，則處以賓師，聘爲蓮池書院山長。機要疏牘，必就咨視草。自是，十餘年不離直隸，遂與李公相終始。

先生爲政，於世所矜尚爲名高者一不屑，獨留意教化。經畫書院，苟力所能至，不憚貴勢。籍冀州已廢學田爲豪民所攘奪者千四百餘畝，充書院經費。聚所屬之高材生〔七七〕，求賢師而教之。深冀二州書院遂爲畿輔冠。其在冀久，成材尤多。又時時求其士之賢有文者禮先之，凡得十許人。自謂每得一士，雖戰勝而得一國，不足喻其喜也。此十許人，皆守高，不喜親官府，先生强起之，與此十許人者月一會書院。凡所施爲便不便興革於民，必與此十許人者共之。開冀衡六十里之渠，洩積水於滏以溉田，便商旅，費白金十萬兩。公私無一儲，百方斂輸，勢劫情化，功卒以成。民或初不便其所爲，既去而人思之。

先生爲人簡易佚蕩，不矜持威儀、爲曲謹，其宏奬好士出天性。始爲吏，繼爲師，一以文術誘進之，以謂文者天地古今之至粹，苟入之不深，其精神意脉一有失，則所載道與事舉無幸焉。其教始學必本周秦古籍，由訓故以求通其文詞，而要以能知當時之變備緩急。其於西國新法冥心孤探，得其旨要，歐美名流皆傾誠締結，日本學者踔海請業。遠近以文字求是正者四面而至。

又瘉益以其暇裨助李公謀略。李公操國柄久，其防海、交鄰、購器，皆前古所未有，拘學恣意妒毁。先生憤國勢弱，李公牽於異議，不克盡其能，爲之剖析疑謗。李公嘗失勢，先生尤爲之盡其實。先生入仕二十年，李公國士目之，而顧未嘗有所遷官增秩，其於李公無分毫私也。先生既不樂仕宦，隨李公媾和至都，李公薨，益浩然思歸。不得已於張公之薦，殊亦無意教授，獨欲考究學制得失，釐爲定法，俟能者。其歸自日本也，自乞先返籍省墓，因興辦桐城小學堂。數月，學堂成，北行待發，臥疾遂不起，二十九年正月十二日也，春秋六十有四。

嗟乎！處數千年遞積遞敝之俗，非大有以奪其故習，其勢不足以振起。世方懲任事鋭往之失，以先生之所挾而揆時之須，其遂能有合邪，則不幸中駕而税，使夫朝野上下以逮殊鄰絶域之區歔欷鬱悼，謂其人若存，其所爲何遽若是？因以爲斯世之不幸，而其於先生猶未爲不幸也，此其尤可慨痛者已！

先生配汪氏，封淑人，前卒。側室歐氏。子啓孫，有軼才，能世其業。女五人：長適直隸候補知州薛翼運；次適舉人汪應張；次適翰林院編修湖南學政柯劭忞；次適直隸候補知縣王光鸞；幼女許聘姚氏。所著書有易説、書説、深州風土記、詩文集、日記、東遊叢録，凡若干卷〔七八〕。啓孫將以某年月日營葬某所，門人馬其昶爲銘。銘曰：

宋後儒賢，晛之亡有。道吾不知，文抑何朽？嘲噱風發，而行則修。我昆我弟，萬古殊尤。苟恣其好，身命可漚。真性結牢，鬼愉神泣。惟其大偏，乃匪能及。痦姬鍥孔，高蹠遠睎。亦圖於新，造漠追微。競存强力，救我民痱。凡此二行，世謂二反。饌德鑱辭，九幽是烜。

陳伯嚴曰：綜括生平，稱心無遺。結搆之工，聲情之茂，殆欲上追荆國。

校　記

〔一〕十卷本此下有『事具史傳』。

〔二〕『韓歐』云云　十卷本作『於文藝道德』。

〔三〕有大利病創革　十卷本作『利病創革罔鉅細』。

〔四〕十卷本此下有『悲夫』。

〔五〕十卷本此下有『附貢生』。

〔六〕『女三人』云云　十卷本作『女曰澤蘭，適刑部督捕司郎中方寶彝；月桂，適候選訓導姚永樸；幼女金枝，字姚金壽』。

〔七〕『乃得』句　十卷本作『乃得吉卜於縣北朱家橋保一甲蓮花岡之原』。

〔八〕十六年春正月　十卷本作『光緒十六年春正月丙寅』。

〔九〕覆審　十卷本作『既卜』。

〔一〇〕卜　十卷本作『阡』。

〔一一〕政事名　十卷本作『節行重』。

〔一二〕『安福』句　十卷本作『文藻滿家，别裁芳烈。於是，安福君遂督銘其昶』。

〔一三〕十卷本題上冠以『候選直隸州知州』。

〔一四〕十卷本此下有『祖魁，考樟，皆贈奉政大夫。祖妣吴氏，妣王氏、葉氏，皆爲宜人』。

〔一五〕十卷本此下有『謂平易近人，人必歸之』。

〔一六〕十卷本此下有『神采外流』。

〔一七〕十卷本此下有『鑿然可效』。

〔一八〕十卷本此下有『幼而劬學』。

〔一九〕十卷本此下有『肄業成均，屢薦不第』。

〔二〇〕十卷本此下有『羔雁充庭』。

〔二一〕『時李』云云　十卷本『李公』稱『李尚書』，『曾公』稱『曾文正公』。

〔二二〕十卷本此下有『不當受私謁』。

〔二三〕十卷本此下有『敘資勞』。

〔二四〕十卷本此下有『一以撰著爲事』。

〔二五〕十卷本此下有『著述宏侈』。

〔二六〕十卷本此下有『名益高』。

〔二七〕十卷本此下有『前後聘治章奏踵相接，其贊畫一如在河南』。

〔二八〕君曰　十卷本作『神明不眊，珍重死別，曰』。

〔二九〕十卷本此下有『晉封夫人』。

〔三〇〕初　十卷本作『初若』。

〔三一〕『一昔』云云　十卷本作『猋擊驚霆』。

〔三二〕十卷本題作『誥封一品夫人陳夫人黄氏墓誌銘』。

〔三三〕『服勞』句　十卷本作『簟席盤匜，劬躬承將，皆有定程』。

〔三四〕十卷本此下有『生事不誰何』。

〔三五〕十卷本此下有『周知民俗利病，卒爲偉人』。

〔三六〕『賊聞』句　十卷本作『賊至死矣』。

〔三七〕不塞　十卷本作『不聽』。

〔三八〕『按察』云云　十卷本作『積伐閥至河北道、浙江按察使』。

〔三九〕十卷本此下有『遂再出』。

〔四〇〕十卷本此下有『所興舉皆經國遠略』。

〔四一〕『往往』句　十卷本作『性善病，往往而劇』。

〔四二〕節　十卷本作『節鉞』。

〔四三〕種學績文　十卷本置於『告養子舍』之下。

〔四四〕十卷本此下有『榮悴異勢』。

〔四五〕歲時　十卷本作『嘗有』。

〔四六〕『争語』云云　十卷本作『從容語服玩珍麗及官中遷除、闕腴瘠，争誇所聞』。

〔四七〕有此　十卷本作『有若許事』。

〔四八〕『卒未』句　十卷本作『卒後未一歲』。

〔四九〕『歸夫』句　十卷本作『將夫人喪歸南昌』。

〔五〇〕『女嫁』句　十卷本作『女二人：長嫁東安世襲騎都尉候選道席曜衡；次殤』。

〔五一〕十卷本此下有『壬午友人』。

〔五二〕恭人　十卷本作『恭人蘇氏，桐城人』。

〔五三〕『徵君』下　十卷本有『躬行儒者』。

〔五四〕『是時』云云　十卷本作『當是時，柏堂方先生壯年喪室，家貧甚，徵君高其學行，折年輩與之交，慨然爲議婚』。

〔五五〕來歸　十卷本作『遂來歸於方』。

〔五六〕粤亂起　十卷本作『咸豐初，粤寇陷縣城』。

〔五七〕『猶聚』句　十卷本作『猶日聚故友子弟講學著書不輟』。

〔五八〕『恭人』云云　十卷本作『恭人先鷄鳴而興，一身百役，以敬事夫子，生徒莘莘，調護臻至』。

〔五九〕『已而』句　十卷本作『已而先生應吴侍郎廷棟聘』。

〔六〇〕『恭人』句　十卷本作『恭人獨與其子及長婦留』。

〔六一〕『賊趨』云云　十卷本作『賊意惡，恭人急趨長婦所抱持』。

〔六二〕十卷本此下有『投於地』。

〔六三〕『先生』云云　十卷本作『先生既久客吴侍郎所，道日高，名日聞，當塗書幣聘問相屬。及居河南幕，乃得將家外出』。

〔六四〕十卷本此下有『留子守彝督家』。

〔六五〕先生　十卷本作『先生亦且』。

〔六六〕投劾歸　十卷本上有『政成遂』。

〔六七〕十卷本此下有『退而與守彝兄弟游，申以新特之好』。

〔六八〕十卷本此下有『遺孤稚昧，春秋既邁』。

〔六九〕培濬　十卷本上有『長子』。

〔七〇〕『次守』云云　十卷本作『次子守彝，太常寺博士；次守敦，府學生，光禄寺署正』。

〔七一〕『時涵』云云　十卷本作『時涵，縣學生，候選通判；時褧、時簡，皆縣學生』。

〔七二〕十卷本此下有『先用知縣，優敘晉級，覃恩予四品封典。恭人得封如其級』。

〔七三〕三十里　十卷本作『三十里鋪』。

〔七四〕兄弟交　十卷本作『交垂』。

〔七五〕罷　十卷本作『改』。

〔七六〕十卷本此下有『私淑同里姚姬傳先生』。

〔七七〕高材生　十卷本作『高材秀生』。

〔七八〕『所著』云云　十卷本作『所著書有易說、書說若干卷，深州風土記二十卷，詩文集若干卷，日記若干卷，東游叢錄四卷』。

抱潤軒文集卷十八

墓誌銘

四品銜刑部奉天司主事孫君墓誌銘〔一〕 丁未

君諱傳奭，字少鼎，壽州人也。

先世遷自濟寧。高祖諱士謙，欽旌孝子〔二〕。祖茂章。父家亨，早世，贈如君階。本生父家夔，貤封中憲。母何氏、本生母王氏皆封恭人〔三〕。贈君甫婚而卒，後十有二年君生，即嗣小宗爲主後〔四〕，母氏長育兵革之中。

光緒八年，舉江南鄉試。明年，成進士，觀政刑部，迎養封君暨兩母京師〔五〕。居三年，封君去，歸里。君夙秉仁孝，既傷襁褓爲孤，母氏劬苦，懼無能愉慰；又念生我之德之罔可爲報，徘徊篤棐，如戴二天。封君病亟，踉蹌歸省。在塗聞凶，入門而何太恭人遘疾耗至，即時還軫。哀誠所積，人神佑憐，母疾良已。旋喪厥配。逾年，何太恭人棄養。又數年，殞其長嗣。屢更憂患〔六〕，機照益朗。始，君爲學篤慕宋賢〔七〕。其後，乃頗往往媅禪悦矣〔八〕。

東事起〔九〕，君慮有非常之變，獨身依闕。已而款成，朝野更慶，君遂告歸。王太恭人依仲子粵東，迎還致養。前後歷主豐潤、懷遠、定遠、桐城及正陽講席。室無宿舂，推解不勌。敘籌賑勞〔一〇〕，加四品銜。

初，君投劾，方强仕耳。禍難既夷，宜若可少留無患者，而君徑去不顧。既歸，貧甚，諸父方在朝，以天子師傅爲宰相，人諷君復起，笑不應。

士固有棲遲高蹈者矣，然或困於無資藉，或其生事足可以自娱〔一二〕，君子猶樂與之，與君同歲生多躋顯列〔一一〕，即與君偕去而再出者皆遷秩，或外補吏饒贍。而是時，君再從矧如君者，無所資於此而可操券責之，彼顧舍而弗取，何邪？豈其棲心澹泊〔一三〕，舉身世胥納諸大空之域，其道固有然者邪？抑吾觀君之用情於倫紀間者，又何其哀樂至到結牢而不可已邪？

君以光緒卅一年，年五十有二卒〔一四〕。夫人程氏，孝德與君齊一。繼娶劉氏。子多虞前卒，多甸縣學生。女適舉人馬振彪，於余爲族子婦；次未字〔一五〕。君卒再逾年，與前夫人合葬州南大長岡先兆側。先期，多甸來徵銘，余與君締交久，君憐女遠嫁，命父事余。

乃爲銘曰〔一六〕：

烏乎孫君，而止於斯。蓋君洞明無生之指久矣，魂其奚悕？悼濁俗之骫骳，不有摩尼珠，孰澄厥源？我心之悲。

姚叔節曰：以議論行敘事，純從空際旋折，其氣彌厚。

姚叔節曰：論少鼎得其深處，文氣清厚，乃先生本色。（輯自十卷本）

署徐州府知府江君墓誌銘〔一七〕 丁未

君江氏，諱雲龍，字潛之，號潤生，合肥人也〔一八〕。少失父母〔一九〕，宏邁不羈。伯兄撻之而泣，由是感奮，大恣於學。年十八，應督學試，冠其曹，負才自喜。壽州孫振沅，超悟士也〔二〇〕，嘗遇異人蘇州，授以姚江學說，精思數月，涣若有得。君與語，大驚服，折節師事之。光緒十六年成進士，選庶吉士，授編修，充國史協修官。居京師，不能造請貴勢，家貧乞外，改知府〔二一〕，榷税通州，權知徐州，一年，以病歸，俄而卒〔二二〕，年四十七。

君以孤童長育於伯兄。兄殁，始通籍仕於朝，妻劉繼逝〔二三〕。又遘聯兵犯闕〔二四〕，友人翰林壽富、主事王鐵珊皆殉節死〔二五〕，淒然身世之際，湮鬱無俚，遂隕天年〔二六〕。然君故有幹濟大略。鄂人曹君令臨榆〔二七〕，擊斷爲治，豪强側目，因摭其罪致之死。曹懼罪陽狂，衆知其詐，即以令病狂上言，大吏命榆關軍將拘繫之〔二八〕，留一竇傳飲食。君初爲翰林，過天津，自言願觀榆關礮壘〔二九〕，提督傳知列將〔三〇〕，至則周覽營壘畢，逕詣曹所。曹聞人聲，復肆駡。君立門外，誦詩感之〔三一〕。曹心動，默不駡，即撾門求出。衆駭視，君曰：『脱有罪責，某自獨任。』開門出之，挾與俱去。曹被錮已兩載〔三二〕，提督爲白之大吏，竟復官。通州朱孝廉銘盤高才不禄〔三三〕，君以五百金振其遺孤。其行義俠皆此類也。君娶劉氏〔三四〕。繼娶儀徵阮氏，太傅文達公曾孫女。子彝藻，諸生，前夫人出。以某年月日葬某所，彝藻致張君子開所爲狀來乞銘。銘曰：

余接君音塵曾不一再〔三五〕，於交爲新。君之友狀君之行，吾能得其真，以銘其窀。

姚叔節曰：敘脱曹臨榆，極有聲色。

吴太夫人墓誌銘 戊申

尚書建德周公之配吴太夫人，光緒卅三年，年七十有三，冬十一月終於揚州寓舍。逾年，子學熙以狀並尚書自爲傳授其袒乞銘。

尚書蹶起單窶，任兼圻，家門驟盛，皖南列縣無與比。而太夫人以一身兩涉榮悴，其行事皆可法式，於銘宜。

尚書之言曰：『當粵寇初熾，東南無完土，吾家貧薄，轉徙彭澤山中，晝匿草樹翳蔽，夜出營一炊，遲明則登高處瞭望避賊，一日危得數死〔三六〕。祖父母、父母恒泣，約家衆當畢命一區。予既不忍違離，又念守此終無全理。夫人贊畫大計，趣予潛走，留書以白重堂，提攜二嬰〔三七〕，深宵送別。自是十餘年，兵飢疾疫之危苦，有非人意計所能得者。乃至吾祖父母、吾父之喪，皆夫人拮据將事，則是夫人有大造於我周也。予乃因緣際會〔三八〕，至有今日。

『而夫人自生四子學熙〔三九〕，即静居素食，精誦楞嚴經四十餘載，一以慈利爲行。子學海、學銘同歲成進士〔四〇〕，學銘入翰林，學熙、學煇皆獲鄉舉。子婦孫曾數十人，而夫人守盈以約，不忘前艱，節縮簪珥服御，買田四千畝，曰樂濟會，以恤貧者。予撫山東，夫人壽七十，兒輩將召伶樂〔四一〕，堅不許，謂「吾不以此開汝家汰侈之漸。費移助振，愈於延賓」。洎予自粵歸，夫人病，予慰之曰：「往吾兩人在難，誠不自意全濟。及今死，已贏年五十〔四二〕，其可無憾。」夫人笑頷之。蓋其用愛溥而深達元化，或亦事佛之爲效也。』

尚書名馥，官至兩廣總督，加兵部尚書銜。子六：學海、學銘、學涵、學熙，均夫人出，學銘後其族父；學淵、學煇，庶出，夫人視之無歧異。學涵早卒，餘五人皆官道員。而學銘嘗署江西按察使。學熙長蘆鹽運使，署直隸按察，錫一品封典〔四三〕。夫人得封太夫人。太夫人之歿，學海前一歲卒，子達爲承重孫，達亦道員，三品廕生。諸孫十九人。曾孫四人。女子子三，庶出。孫女廿。以某月葬某所〔四四〕。

學熙之狀太夫人可紀者衆〔四五〕。其昶昔居賓館，鼓鍾聲聞，府中上下數十人，獨於太夫人無閒辭，號曰佛母，狀所言皆驗。銘曰：

今方興女學，顧無女師，孰殫厥施？而自執卑，不膏於脂，不蹉於疷，老福是宜。埋幽我詩，亦以範時。

王晉卿曰：不事侈陳，而嘉言懿行昭然若揭，歸熙甫擅長在此，此文豈復多讓？

方君墓誌銘　己酉

君諱元衡，字莘田，桐城方氏〔四六〕。

曾祖調鼐，嘗捐義田助族人葬資。祖傳琪，父寶光，皆敦行誼。至君，益務發揚前休，稱述時時在口。既葬其先祖父以下諸喪，因推及鄉鄰郡邑貧不克舉者，請於官〔四七〕，設勸葬局督之，俾無溺陋俗，暴骸原野，疫厲寖興。濱江桂家壩居民叢葬隄上，淫雨嚙隄，或走告君。君時患足疾，掖而前，駕舟驚濤中，指麾遷瘞，甫竣而坼圮〔四八〕。蕪湖築道開商埠，掘毀塋冢〔四九〕，復集資設勸葬分局。其他購義山、起義冢掩埋會，先後以君得葬者逾五萬。

君既以義聲自憙，而尤欽重節烈。慮官師展轉咨核，不獲即時上達，貧者至不得報，乃請設採訪局，逕申大府以聞，事簡而費省〔五〇〕。於是，幽貞女婦奏聞得旌者逾二十萬。建節孝總祠於會垣，建總坊北郭外，其斂財、發議、督工役一自於君。

君居貧，喜事，善大言〔五一〕，所營類闊遠，人以此疑笑之，君不自沮，爲之益力。及君子履中通籍，入翰林，舉經濟特科，得高第，人又推爲福善之驗，而謂君之所爲果善也。士獨行其心所安耳，必一一責報於天，天之不可知也久矣。要之，人人所願望而莫可期必者，惟肖子能自立以成其親名，斯足爲君之幸焉者已。

君附貢生〔五二〕，誥封如其子階官〔五三〕。娶吴氏，繼程氏。子用中，附生，早卒；履中，編修〔五四〕；秉中，出嗣叔父；次宜中、在中。女適張，次適喬，亦旌貞節。君以光緒三十四年卒，葬某所〔五五〕。履中請銘其碣。銘曰：

百千萬禩，誰其尸之？一有不梩，若己瘥之。幽闥婦嫠，我其暉之。烏乎！君今已矣，後之人繼斯。載福以餉遺，永奠其螭。

姚仲實曰：淡折中有超妙之致，機趣洋溢，空所依傍。

高佩之墓誌銘　己酉

君諱春浦，字佩之，合肥高氏。明季，自江西來遷，居縣南八十里永和團。永和團者，咸豐時君所嘗練勇禦寇以爲號，今遂以名其地云。其先世勤農業〔五六〕，至君諸弟貴，始贈封祖榮亮、父華堂，皆二品。

君威重有幹略，少從師受讀未竟〔五七〕，會天下亂〔五八〕，居民逃徙四出，君獨集父老議團丁自衛〔五九〕。有土寇將發，夜禽斬之〔六〇〕，『永和團』之名由此著。自後，遂從戎幕，歷江、浙、河南、直隸諸行省，西北出寧遠、歸化，東南渡海抵安南。數十年中，或出或暫歸，至光緒二十二年始不復出〔六一〕。又十年，卒於家，年七十三。

其初，徒以練鄉兵起，終老於游，敘勞得同知銜，知縣發山東，以非雅意所存，故不仕。

其家居，喜爲鄉里興利議〔六二〕。岡田恒苦旱，鑿河汊十餘里溉之〔六三〕。其工費鉅者大隴潭，面湖背岡，旱潦皆爲害，因開長河貫其中，建閘下流〔六四〕，歲獲豐樂。尤精醫術，開門待診，不以煩穢見拒。人望君顏色驗疾劇減、可治不可治，合藥以濟施貧者〔六五〕。里巷忿爭，咸就取直。羣兒遨嬉道旁，見君至，多走匿〔六六〕。

君性能飲酒，酒酣，自説平生所經山川形勝及其土俗，甚可聽也。嘗言戰江蘇時，探賊營，礮丸如鵝卵掠肩過，驟馬踐尸行。北逐捻，日馳百數十里，止宿，就馬鞍上張燭寫軍書，倦則伏地臥〔六七〕。樹長矛於側，冰凝矛頭，窣窣有聲。沙漠行，終日不見水，渴取噉橐中芋數片。當時誠不自知其苦。子壽恒侍側，嘗從容問前所從諸帥贊畫狀，輒瞠視良久，曰：『事已往，何足深道！』蓋君亦既老矣，往往欷歔罷酒泣下。

自聖哲罕言命，事功之建立誠未可必，或一出而坐致通顯，或積苦終世竟無能一當，豈非天哉！以君之器能勞勤，何歉於彼邪！而其建立止此，其所以自處者〔六八〕，其於命焉殆能安也已。

君娶任氏，繼孫氏〔六九〕、沈氏，簉室王氏。子憲瀛、相均皆諸生，早卒，次壽恒、壽昶。二女，皆適士族〔七〇〕。宣統元年〔七一〕，壽恒改葬君某所，孫宜人祔。銘曰〔七二〕：

福於里爲奢，澤於人豈暇？天衢不騁蟄騮驊，生與時宜遇則差，通窒孰能測其牙？

論才足備古兔罝，我旌以銘訊無涯。

王晉卿曰：敘戰時事驚心動魄，造語似韓。

陳母潘太淑人墓誌銘 庚戌

今年，余來京師，交周君松孫。因周君而知陳君子綬。余與周君同官，相親，知其賢，蓋能自奮於孤童，致通顯以彰其母節。一日，周君曰：『余不幸，生六歲而孤。余友陳君視余加酷，裁五月耳。吾母已前葬，埋幽之辭闕如。今陳君新遘母憂，葬有期，惟吾子惠許之銘。』明日，陳君辱先施。又明日，再至。既不獲辭，則謹次之曰：

太淑人長樂潘氏，年二十歸閩陳氏贈通議大夫諱炳奎。通議父喬榮，以進士知江西寧都州，即選知府。通議少有遠槩，好急人難，侍父任所，日夜刻苦厲學。同治初，歸應省試，得瘵疾，五年春遂卒。方是時，太淑人年二十三，寧都適有兄喪，又痛子，愁憂無聊，投劾去。太淑人自初喪夫，絶食飲，瀕死者數，念君舅老，家難仍薦，呱呱在抱，即忍死撫孤，以養以祀。寧都病痿痺，瘖不能言，飢飽寒燠太淑人恒揣意先得，事君舅凡十五年。性和静，習勤而喜施，其所撫呱呱五月子者曰應濤，字子綬，既成進士，授部職，再遷郎中，簡直隸承德遺缺知府，未上而太淑人卒，年六十七。斯周君所爲勤勤助之請，而余亦何能已於言也？詩曰：『欲報之德，昊天罔極。』罔極之悲，豈不痛哉！

周君又曰：『曩庚子拳禍作，偕陳君避兵三河，割屋而居，親見太淑人，不須臾違反常度，無悖容，無遽語。在厄若此，宜其教子有立，再成其家。』

太淑人先以節行旌於朝，又用子官得封。孫四人：與椿，舉人，中書科中書；次與毓康；次與椝，副貢生，前卒；次與樟。曾孫二人。其卒以宣統二年，祔葬保福山通議兆次。銘曰：

烏乎盛矣哉！陰教綦隆也。女婦歲被旌典，悉數難終也。事有至艱，辭從同也。孰能傳載，焯無窮也。銘以慰其子之衷也。

王晉卿曰：簡老無支，筆法純得之韓。

清山西布政使張公墓誌銘 辛亥

中華民國統一之初，於是，前山西布政使張公卒再期矣。其孤孫家騮卜葬於三安埔保某山，來請銘。

公諱紹華，字絅甫，一字筱傳。其先世推桐城望族。太傅文端公康熙時爲名臣，子文和公繼相高廟。自文端、文和下至公，凡七世皆取甲乙科。

公生道光中，少更粵寇之亂，嘗爲賊得，夜縋城遯，墮積尸上。大父駡賊死城中，復潛入殮焉。洎寇平，年三十矣。江南復舉行鄉試，遂獲雋。又十年，成進士，由吏部主事改道員，署大順廣兵備道，調通永道。值甲午中日事起，防河稽税，兼任饋餉，事悉辦治。擢江西按察使，署布政使，調補湖南，終山西布政使，加花翎頭品頂戴。其在江西、湖南，皆護理巡撫事。

公所至，不驟爲聲張，問法何若，意以櫽之，涵荒納纇。尤厚於宗親，或頗負德，煦之如初，愠恚不形辭色。而幹事精密，筐篋碎細一自其手，不假僕隸。惟文端以謙謹教家，著聰訓齋語。其後，遂蒸爲門風。而公容體魁碩，每大聚會，趨蹡揖讓，醖藉可觀也。投老比喪二子，弔客在門，必强自酬接。卒前一夕，修啓故人，猶紅箋莊寫。年七十有九。配董氏，封一品夫人。二子：誠、承聲，皆道員，而誠亦中式江南舉人，先公一年卒。其葬也，坿於公墓。

張氏科甲仕宦，與清國同永。公前官江西，遣孫家騮游學日本，今公歸窆而民國建，海內競於武功矣；乃如公者，猶懔懔見承平時公輔風槩，烏乎！世論異尚，亦各有所遭者然與？

公於其祖爲舅氏行，而家騮又女夫也，誼不得辭。銘曰：

祚於家綦隆，運於國爲終，老瞑不視其無恫。

方常季曰：即國變生情，感吁處藴藉深至，有史遷神理。

王晉卿曰：修辭練格，學昌黎而得其神似。

吴辟畺曰：史公傳，各肖其人之生平以出。此文摹寫張公，可謂逼肖。

朱太宜人墓誌銘 辛亥

太宜人姓朱氏，世爲涇縣黄田村人。年十六，歸胡君贈奉政大夫。贈君亦涇人，而治絲業於六安蘇家埠。雖爲賈，食指衆，猶莫能給，則轉相稱貸。

宜人躬作苦，每就燈縛絲至夜分，目盡腫。歲暮，債家環至，贈君性愿而口訥，計無所出，傍徨自引去。宜人絜有量無，子母挹注，謝以柔辭，各厭其意。一歲，祀竈矣，而索逋益急，因遣長子走九十里貸於宗家，垂橐而返。宜人意雖憫子空勞苦，無愠怒言，密不令贈君知也。贈君嘗以事被訟，役吏在門，遑迫失措，臥牀擬答，辯語甚具，及對衆，仍噤莫能自宣。

宜人念居困無已時，則遣子就學，學成能試矣，資斧乏，取絲佐之，訓之曰：『汝家貧，不足供讀；其能讀者，皆吾心力營之，今力竭矣。汝父忠實，與人處乃恒見欺紿。汝當亟謀自立矣。』聲淚俱下。子璧城泣受教，旋充博士弟子。光緒丁酉，江南鄉試舉人。後卒業京師大學，獎中書科中書，遂爲儒家。璧城宦學既遂，舉宿逋千金盡償之，宜人乃喜。

宣統元年某月日卒，春秋六十有七。子璧城，今爲安慶府中學監督；次景福；次道樹，殤；次毓瑞。女二，皆適士族。孫二：傳鼒、鴻齡。以卒之明年，合葬六安某山之原。璧城以狀謁，桐城馬其昶爲銘如此。

吴辟疆曰：取徑極奇，涵泳意思於筆墨之外，深得史公意趣。

王晉卿曰：詞質而意濃，逼近熙甫。

邵氏節母劉太君墓誌銘　癸丑

浙江西湖二龍山邵氏祖塋側有新阡，是惟節母劉太君墓。太君杭縣人，諱葆貞，字莊蘭，清道光中進士漢中守諱堃之女，六合令仁和邵君諱順國之妻，而進士京師法政學校長章、河南國稅廳長羲之母也。

六合君考位西先生諱懿辰，有重名於時。咸豐十年，以罷職刑部郎家居。粵賊陷杭城，奉母徙紹興。明年，母終。杭州再陷，麾家人出，圖延宗祀，而獨身留殉。曾文正公表其墓，稱賢者遘難，親在則出避，親殁則死之，義之至衷者也。六合君年十五，既孤，依曾公安慶。逾六年，就婚漢中。旋以同知需次江寧，權六合縣事。又逾年，以疾卒。

時太君年二十八，子章，三齡；羲，庶出遺腹子也。家故貧，曾公幕僚諸與六合君遊者勸留金陵，勿遽歸。漢中守又來迎赴陝。太君念淹滯異鄉非久遠計，乃閒關歸里，營葬六合君，復延師課子，曰：『邵氏興廢，在此二孤。不嚴教，其將何賴！』時時稱先輩行事可效法者以戒子若婦。其後，二子皆學成，門望復振。

太君厲節幾四十年，受旌於朝。晚歲齋素禮佛，不以子貴弛其艱貞。民國二年，年六十有七卒。既葬，銘不具，其孤章字伯絅乞文於其祖。

予維位西先生臨難不苟，其友曾公既爲文彰其義節，復收恤其孤。六合君駸駸有立矣而遽隕，當是時，邵氏不絶如綫，一門孤稺，又有非朋友風義之力所能掖扶者。嗚乎！觀於邵氏三世，其於君臣父子夫婦朋友倫紀之閒，皆足風於當世。詩曰：『明發不寐，有懷二人。』伯絅主教京師，懷其先德以導迪後進乎，則於世論其必知所決擇焉已。予故樂書之，使追而埋諸新阡之址。銘曰：

維邵蹶起一儒宗，大書深刻文何雄！處義蹈難世絶蹤，誰續微緒今其逢。節母之節屹崇墉，一簣足障稽天東。滅裂綱維衆語訩，曷不考文此幽宮。

王晉卿曰：有手揮五絃、目送飛鴻之妙。

姚叔節曰：此文之成，去湘鄉表位西墓甲子未周，而世議大變，故即用曾文爲陪客，感喟微至，妙絶千古。

兩淮鹽大使洪君墓誌銘 癸丑

君諱紹奎，字建生，號秋舲，姓洪氏，安徽涇縣人。

先世鄱陽洪忠宣公暨子文惠、文安、文敏三公，並見宋史。文惠子棣公爲遷涇之祖。或曰，涇之有洪在北宋前，棣公實始還故土。其後二十餘傳，至福建基隆通判諱熙儔者，君考也。

君供事國史館，敘勞爲福建鹽大使，尋改兩淮。光緒十二年，兩江總督曾忠襄公薦其能，補授丁溪場大使。時場鹽滯積如山阜，商率折閱，逡循不前，課日絀，竈民重困。君親走維陽，推誠開説，更舊章之不便者，羣商大懽。君挾與俱來，不兩旬鹽罄矣。濱海貧民架蓬茅以居，每東北風作，海潮洶湧，則往往漂溺。君趣民築土爲墩，度高潮所至丈餘，閒百步一墩，水至輒走避墩上，濟全甚衆。

又逾年，大旱，蝗，君多設捕蝗局，擇曠地開溝，督民捕蝗瘞之，酬以錢。又益揭旗鳴鼓驚擾蜚蝗，使不得降；若降者，以網掩之。由是，境内無蝗災。是役也，凡捕蝗蝻至八億萬斤，斤酬錢八，遞減至一。開溝萬七千餘丈，丈酬錢四。費鉅無所出，大府命取之積穀，君曰：『穀者，民之天也，不可取。』乃募諸富室，不足則傾篋濟之。知府許寶書稱其治行第一，衆謂君當得右遷，未幾，坐事被劾，罷官去。父老接軫歌功，祖道塞涂。御史某上章訟之，案事者有所趨避，遂不獲理。

民國元年九月六日卒於家，春秋六十有四。娶胡氏，生五男：祖達、祖修、祖武、祖光、祖寶。後娶季氏，生三男：祖庚、祖賢、祖斌。女一人。孫四人：祥儒、祥泰、祥保、祥耀。其諸子卜以某年月日葬於涇縣東某山之原，祖寶、祖庚來皖乞銘。銘曰：

生有績，冤莫湔。没可傳，亦何懟乎幽埏！

王晉卿曰：據事直書，不立閒架而波瀾起伏，出之自然，固是昌黎本色。

方倫叔曰：以峻潔見神采。

胡侍御母漆太淑人墓誌銘 甲寅

宣統初，余來京師。時方厲行新政，侍御胡君思敬數上章，争言新政行不便，國亡可立待，語絶痛。章上，輒留中不報，侍御遽乞歸養。予心知其忠，而亦疑其不無或激，爲文以祖之，乃頗冀其稍須也。侍御逕去不顧。是年秋，武昌事起，侍御言驗矣。又逾年，赴告太淑人喪，且徵銘。

其狀曰：『母姓漆氏，新昌人，翰林院編修諱墉冢女。年十八歸家君，家君名燊雲。時先王父已殉節黔陽，家中落，無寸椽尺土，貧甚，則盡粥簪珥，布裳操作。家君教授，歲得數十緡，或累月不歸，其有不繼，補緝匱乏皆母力也。凡舉五男三女，殤其四。每晨起，入爨室執炊，尚攜抱嬰稚，烹飪、緝紡、豢豕、蒔蔬，僕媪所莫勝其役者，類一身兼之。生事既蹇，門内雍怡。其後，家君舉於鄉，思敬成進士，備員朝列，思義服官雲南。母不以貴倨，勤劬如故。嘗就養京邸，檢計簿，月需金六十，駭曰：「此何可繼邪？爲官暫耳，家居爲民時長。」』

其昶讀狀至此，曰：嗟乎！侍御出處不稍濡忍，浩然自行其志，有以也哉！曾子固言：『士苟於自恕，顧利冒恥而不知反己者，往往以家自累。』予不能不愧其言也。然則，太淑人賢遠矣。

狀又曰：『母性喜任恤，三黨親故緩急來告，縮己豐施未嘗拒。竈突待火者數家，儲藥療疾，求無不備。贛俗治喪必延僧建醮，遺令禁斷，即移醮費百緡助育嬰善堂，又百緡爲親支繼絶。諸子泣受教，遂卒。時癸丑八月十三日也，年七十有幾。明年九月五日，葬縣城外四十里黄花莊，以子貴，封太淑人。子曰思敬、思義、思道。女適漆、適吳。』銘曰：

亹然而鬱兮，維賢母之幽城。天動地岌兮陵谷變，永不騫兮令名。

吴辟畺曰：敘狀詞未終，儳入贊語，章法奇妙，神氣亦奮出。前後矜練雅稱。

王晉卿曰：其幽思微旨寄在絃外，讀之令人悽感。

校記

〔一〕十卷本題冠以『清故中憲大夫』。

〔二〕『先世』云云　十卷本作『先世由濟寧來遷，五世祖珩以孝行旌門，潛德孕良，炳爲著姓』。

〔三〕恭人　十卷本作『太恭人』。

〔四〕『贈君』云云　十卷本作『兄弟三人，君其長也。粵在初降，出後所宗』。

〔五〕『迎養』句　十卷本作『迎養邸舍』。

〔六〕『屢更』句　十卷本作『悼心茹憾，軀龐精銷』。

〔七〕『始君』云云　十卷本作『君之爲學，始篤慕有宋程、朱之遺軌，袪蔽惑，務明大道之原，寖尋而及明儒良知捷悟之談』。

〔八〕十卷本此下有『善納虛下，雖廁朝列，猶時取四子書聚徒友講肄。諸公貴人聞其言，或相錯愕，避席致敬』。

〔九〕十卷本此下有『畿甸大震』。

〔一〇〕『敘籌』句　十卷本作『鄉邑旱饑，躬助吏振災，敘勞』。

〔一一〕顯列　十卷本作『通顯』。

〔一二〕十卷本此下有『憺焉無睎於外』。

〔一三〕棲心澹泊　十卷本作『皈心彼教』。

〔一四〕『君以』云云　十卷本作『君後復應京師實業學堂之聘，未幾疾作，抵家卒，光緒卅一年十一月十七日也，年五十有二』。

〔一五〕十卷本此下有『皆前夫人出』。

〔一六〕『乃爲』句　十卷本作『故余知君深，銘曰』。

〔一七〕十卷本題冠以『皇中憲大夫』。

〔一八〕『合肥』句　十卷本作『明代由句容遷居合肥縣東浮槎山麓，爲合肥人。父永德，母吳氏，生二子，長次皆以武功至都司、副將』。

〔一九〕十卷本此下有『風穎標徹』。

〔二〇〕十卷本此下有『其父爲合肥教諭』。

〔二一〕十卷本此下有『江蘇』。

〔二二〕『一年』云云　十卷本作『未一年，以病乞休，歸數月卒』。

〔二三〕『君以』云云　十卷本作『始，君爲孤童，育於伯兄。及娶，伯兄旋殁，門内膠戾，益有難言。已而供職承明，妻劉永逝』。

〔二四〕十卷本此下有『宫車遠狩』。

〔二五〕友人　十卷本作『友人宗室』。　主事　十卷本作『英山王主事』。

〔二六〕十卷本此下有『籲其傷矣』。

〔二七〕令　十卷本作『以拔萃令』。

〔二八〕大吏　十卷本作『大吏未遽察』。

〔二九〕自言　十卷本作『時直隸提督爲同郡人，隆禮接款，因言』。

〔三〇〕列將　十卷本作『列將供具』。

〔三一〕誦詩感之　十卷本作『大誦孔北海憂能傷人語』。

〔三二〕十卷本此下有『室中積穢盈尺，面色非人』。

〔三三〕不禄　十卷本作『早世』。

〔三四〕『君娶』句　十卷本作『君卒於光緒卅年九月。前夫人劉氏』。

〔三五〕曾不一再　十卷本作『僅一再兮』。

〔三六〕危　十卷本作『嘗』。

〔三七〕二　十卷本作『三』。

〔三八〕十卷本此下有『薄立勳伐』。

〔三九〕『而夫』句　十卷本作『而夫人自初入官舍，生四子學熙後』。

〔四〇〕子學海學銘　十卷本作『長子學海，次學銘』。

〔四一〕『夫人』云云　十卷本作『時東南水災鉅，夫人七十生朝，兒輩請稱觴演劇』。

〔四二〕『已贏』句上　十卷本有『視他人』。

〔四三〕『錫一』句上　十卷本有『敘勞』。

〔四四〕以某月　十卷本作『以卅四年某月日』。

〔四五〕太夫人　十卷本作『太夫人他行』。

〔四六〕『君諱』云云　十卷本作『君方氏，諱元衡，字莘田，族望推桐城最』。

〔四七〕『因推』云云　十卷本作『因推及其族以逮鄉鄰、郡邑，凡耳目所及貧不克舉者，請於大吏』。

〔四八〕『指麾』云云　十卷本作『馳往還瘞，甫蕆事而岸圮』。

〔四九〕塋冢　十卷本作『塋冢無算』。

〔五〇〕事簡　十卷本作『捷簡』。

〔五一〕『君居』云云　十卷本作『君故勞勤轂儉，善大言，居貧喜事』。

〔五二〕附貢生　十卷本作『以縣學生』。

〔五三〕十卷本此下有『光緒三十四年九月，年六十卒』。

〔五四〕編修　十卷本作『翰林院編修』。

〔五五〕『君以』云云　十卷本作『君卒之明年某月日，葬某所』。

〔五六〕十卷本此下有『自君曾祖有章始學』。

〔五七〕『君威』云云　十卷本作『君兄弟四人，次居長，性嚴重，有幹略，少從師受書，未竟學』。

〔五八〕十卷本此下有『土寇四出』。

〔五九〕十卷本此下有『編條教，申約束，益造戰具、農器』。

〔六〇〕『夜禽』句　十卷本作『夜走其家，擒斬之，黨衆駭散』。

〔六一〕始不復出　十卷本作『年六十三，始以衰老不復出』。

〔六二〕議　十卷本作『建議』。

〔六三〕溉之　十卷本作『以導宣蓄』。

〔六四〕十卷本此下有『數年訖工』。

〔六五〕『人望』云云　十卷本作『憂喜發於中誠，旁觀欲驗疾劇減、可治不可治，望君顔色恒揣知之。歲合藥以施貧者，濟全甚衆』。

〔六六〕『見君』云云　十卷本作『遇君過，輒竦立，或先走避』。

〔六七〕伏地　十卷本作『據地伏鞍』。

〔六八〕『何歎』云云　十卷本作『視世之所號爲傑者何歎耶？而其施止此，其所以自處者若彼』。

〔六九〕十卷本此下有『皆封宜人』。

〔七〇〕『二女』云云　十卷本作『長女亦早卒，餘二，壻潘、壻王』。

〔七一〕『宣統』句上　十卷本有『君歿，權厝北岡，將以』。

〔七二〕銘曰　十卷本作『壽恒自京師以狀來乞銘。其辭曰』。

抱潤軒文集卷十九

墓誌銘

清封光禄大夫奉天巡警道鄧君墓誌銘 丙辰

君諱嘉縝，字季垂，江寧鄧氏。先世居吴縣洞庭山，遷鳳陽，再遷壽州。清初，有官洮岷兵備道諱旭者，卜居江寧萬竹園，故又爲江寧人矣。兵備五傳至兩廣總督諱廷楨，於君爲王父。考諱爾咸，安徽知縣，未到官卒，有子四人，君其季也。

總督薨逝，天下亂起，家無贏貲，君又少孤。世父文愨公諱爾恒方官雲南，爾頤官山西，叔父爾晉官貴州。君奉母廖太夫人展轉晉、蜀、滇、黔。最後，兄履吉官湖南，又迎養至湘。及江南平，奉母歸，園屋經亂皆燬，賃居陋巷，貧苦厲行。曾文正公督江南，一夕過宅外，聞書聲，詢而異之，命往見，歎鄧氏世有人也。

同治庚午，以優行入貢，用知縣。乙亥，舉於鄉。時長兄公武官福建，太夫人春秋高，家居，君與次兄樹人約，兩人中必有一人留侍者。又四年，太夫人即世。終喪始出，就官貴州，以才幹權貴筑令。時部令嚴核賦額，飭直省造徵信册，貴筑縣綱居首，糧儲道必强君取盈，爲列縣倡。君不可，曰：『是貽民無窮累也。』竟坐是滿歲改知貞豐州，州，簡缺也。又權知正安州。皆有惠愛。君長於斷獄，機神四徹，死囚往往得更生。奏調至臺灣，補嘉義，一以慈仁化悍俗，終三歲，民不械鬭。甲午之役，臺灣割隸日本，鬱鬱内渡。

當是時，安徽布政使于公蔭霖、按察使趙公爾巽皆負清望，察吏教士，烝烝求治，又鋭意清田賦，取朝旨調君至皖主賦事。君以丈田擾累，戒操切。逾年，兩公同時去，規畫未竟，而當時皖治已號爲極盛。于公巡撫湖北，復招君入幕。武昌轂綰天下，民物浩穰。會拳禍作，于公憂勞病甚，事無巨細一咨君取決。月餼才八十緡，意泊如也。總督張文襄公治鄂久，營搆宏大，于公務綜名實，君調濟其閒，遇事尤持大體，迄于公病瘥，兩府無所鉏鋙。擢守襄陽，調武昌、黄州、鄖陽。襄屬之宜城，以徵屯田直激變，民洶聚，且攻城。時君莅鄖甫三日，總督張公知襄民之戴君也，檄赴宜城，屬以兵。君至，不輕用武，民帖然輸直，遂以無事。乙巳，簡授徽州府知府。趙公爲奉天將軍，請于朝，改知錦州，調奉天。强鄰逼處，君謂能自治則人莫予侮，益務養士息民，禽巨盗九枝手。東三省改定官制，署奉天巡警道，未幾裁缺，于是，君年六十五矣，遂引疾自免。金陵無田宅，不克歸，所謂萬竹園者，寄之夢想。

君家世簪紱，綜物經務，無所不練習，老更世變，時時爲小詞以自遣，著暖玉晴花館詞二卷。乙卯十二月二十六日病卒天津，享年七十有一。

君娶鄭氏，生子邦述，由翰林改官任奉天交涉使、吉林民政使。女適上元張汝珧。繼娶胡氏，生三子：邦造，臨榆縣知事；邦道，財政部科員；邦邃。二女，適滿洲端錦、桐城舉人方彦忱。孫七人。以明年某月日葬某所，來請銘。予游君父子閒，彦忱又吾甥也，不得辭。銘曰：

韜精靡挫，覯榮曷覬？嶽嶽鄧君，不以門庇。有位有績，實自己致。矜獄惟仁，才勇具備。斂是陰德，是承是畀。琢辭貞珉，九幽罔媿。

王晉卿曰：通篇如一筆寫成，隨意轉輸，而造語仍自矜慎。

清提督銜貴州威寧鎮總兵方君墓誌銘 丙辰

清中興，與平粵寇之亂，在吾縣推程忠烈功最高，最先亡；其老壽從容，起偏裨，躋專闤，遂與清爲終始者，則方君心齋也，君諱致祥。曾祖鯉，舉人，江都縣知縣。祖庚，布政司理問。父林昌，縣學生。三世皆以君貴，贈振威將軍，母氏皆封一品夫人。

君生而沈勇有大略。十餘歲，天下亂起，與家相失。貴州聶桂榮方領軍，愛之，撫爲己子，教以兵謀戰術。繼隸淮軍，從戰江南北，常陷堅。防守廬州扈城，礮丸盡，決衣釦繼之，卒潰圍出。戰楓涇、西塘，被數創不卻退。從忠烈攻嘉興，礮裂城十餘丈，麾衆登，矛洞君左肘。是役也，城拔而忠烈中槍殞。江南平，又從勦捻德州、柘園，皆有績。

自君離鄉井，音問絶，積軍功至副將，其所受撫聶翁者嘗爲君娶石氏，生子矣，而翁卒。軍事大定，乃乞假旋里尋親。時母趙太夫人猶健在，其小時聘妻劉氏逾三十矣，亦守貞不字，及是君歸，承母命完婚焉。俄奉母至山西，二夫人皆從。後改官山東。數十年不離親側。母年八十六終。

初，張文襄公撫晉，調君用泰西兵制練新軍，補太原參將，攝大同鎮總兵。山東巡撫李公秉衡又調君統標軍，攝曹州鎮。簡授貴州威寧鎮總兵，奏留攝兖州鎮。前後駐東十餘年，師所至不爲民苦。其在太原，修金剛隄遏水患，晉民亦歌思之。夙受知今大總統袁公，民國成立，以年老自劾，罷居濟南。卒年七十有五，乙卯八月廿日也。

君性任俠，而事母至謹，屏聲色不近。嘗被酒，醉罵坐客，母聞而戒之，遂絶酒，終身不飲。窮交故舊匄貸無節，應之輒過所望，金錢隨手盡，亦竟以是自困，年老罷職，家無田宅，遂客死。其幕客告人曰：『方君之窮宜也，嘗捕巨盜臨清，臧鏹累萬，一不顧。主計者以往來偵捕車馬費所耗納入消册，君怒，必改册乃已。』其介節如此。

君娶石夫人，生男鏡，保薦知府，出後伯父。劉夫人生男午，山東知縣。女一，適陝西知府丁念敷。君卒後數月，鏡遇予京師，云將歸葬，乞銘。銘曰：

維吾與君，世有姻連。君歸葬母，我拜于埏。義俠之聲，長者之行。吾心許之久矣，烏乎！君今瘞此，終古無陁，我銘以俟。

姚叔節曰：奇逸之趣，磊落出之，聲光自倍。

清故吏部侍郎張公暨配胡夫人墓誌銘 丁巳

公姓張氏，諱仁黼，字劭予，河南固始人也。曾祖馥遠，扶溝縣訓導。祖惇麟，父問行，皆增貢生。母氏吳、氏趙。公兄弟五人，次居長。光緒二年進士，授編修，歷官至吏部侍郎。自考以上，三世皆贈如其官。

公内行修備，年十歲，侍王母疾甚勤。既通籍，平進至卿貳，家無贏財，以母老請告歸。

母殁，遂以毁卒。

其在官，不事聲張，謹於其職。嘗劾崇厚出使俄羅斯定界喪地之罪，請斬之以謝天下。庚子款成，議税丁口，公力陳其不可，事乃寢。當是時，國威屢挫，士大夫争言新政，上意頗嚮之，圖變法日亟。公以大理卿，特詔與王大臣會議要政於朗潤園，參中外之制，揆厥宜否，不阿不梗，所陳説能竦衆聽。而刑部改法部，割其聽斷權屬大理院，部院事所當分合争議棘棘，其章條多出公手。或以私問曰：『聞朝令將易服翦髮，子若何？』對曰：『唯天子得議禮制度，吾何敢知？』聞者意公可撼，説使隸新黨，無憂貴富。説者踵至，日十數輩，率詼諧應之，雖不能致，亦不恨也。世變大，改制固非得已，任事者非其人，使皆如公，無冀於貴富，一以爲己之意持之，亦何至病民喪國，有今日之禍乎！故公之生不必赫赫出同列上，及其殁既久，乃尤令人可思者此也。

公自爲編修，直上書房十五年，嘗出視學湖北，還仍入直。遷國子監司業。丁酉，以鴻臚卿典試四川。改奉天府丞，丁外艱。庚子，督辦河南團練，詔赴行在，授府尹，轉副都御史。癸卯，以兵部侍郎典試江西，轉學、工、法三部侍郎，改大理院正卿，又改吏部侍郎，充經筵講官。以光緒三十四年八月卒，年六十一。

配胡夫人，精筆札、繪畫，有高識。公官翰林，夫人躬執爨，刃指，血涔涔下，匿不使姑聞。公字之曰景桓。論者謂漢鮑宣妻未必是過。家居衣不帛，非令節無肉食。公清謇稱於時，夫人實有以成之。晚歲，子瑋築室芳嘉園，稍宏壯矣，夫人居之，念公歿里第湫隘，丙辰十月疾革，命移别室而卒，年六十五。

瑋前葬公縣北丁家埠，未有銘。至是，啓其阡祔焉，而請予銘。瑋以譯學成進士，外交部僉事。次子璉，游學英吉利。銘曰：

國患法敝，亦患人偷。偷以矯法，蠹國若讎。公淬其鋩，抑而韜之。匪我之韜，彼則撓之。國既剖矣，公歸阜矣。比德同藏，銘不朽矣。

王晉卿曰：敘事不抗不墜，而欷歔感歎，純是絃外之音。

陳伯嚴曰：潛氣内轉，表爲沖夷之度。

袁勵之墓誌銘 戊午

袁君諱世歇，字勵之，河南項城人也。家世貴顯，祖端敏公諱甲三，漕運總督。端敏二子：長保恒，刑部侍郎，謚文誠；次保齡，道員，贈内閣學士，是爲君考。閣學生七子而殁，君次居三。既孤，值寇亂，家貧甚，諸兄弟宦學於外，獨偕少弟侍親側，且讀且治生事。

爲諸生，再試不獲舉，遂不復試。

事母高太夫人，數十年如一日。母病臂，躬調護之，夜必數起，有孝女順婦所難勝者。伯兄、五弟相次殞，婦嫠居，君遇之曲盡恩禮。營父兄葬地，培先壟，蒔松柏，不避勞勤。辛亥變起，母就養天津，君慕戀不得從，尋又喪弟，哀瘁彌年，遂以丁巳春三月一日卒，年四十四。

君於前大總統爲再從昆弟，當政體革新之初，袁氏熾盛，幾欲化家爲國，而君乃沈隱閭巷，從事倫紀之閒，人之見之者若忘其門閥。朝世聿更，君遽奄化，諸兄弟皆哭之痛，鄉黨知舊皆唏曰：『善人亡矣！』人之思之者，既久而弗衰，不益觀於前，不虧譽於後。傳曰：『惟孝，友于兄弟。』是亦爲政。君其庶幾乎！於是，搢紳之徒、儒林之彦，上君行誼，請宣史館，衆無異辭。

子二，曰克廣、克鴻。弟世傳嘗位於朝矣，後棄而商，於君卒之七月，泣請其昶銘君墓。天津嚴侍郎修，有節概，不攖世務，顧佐之請益勤，於以見君之德之愜於人也。其葬在某所。銘曰：

不翼而翔，庸行鬱彰。虧盈曷常？我銘不忘，萬世之藏。

王晉卿曰：以『君於前大總統爲再從昆弟』一語爲題眼，前後反復贊歎其沈隱閭巷從事倫紀之事，帷燈匣劍，妙不可言。

章夫人墓誌銘 己未

夫人南昌章氏，候選員外郎煥奎之女，歸同邑舉人内閣中書饒君延年，以己未秋年六十卒於京寓。有子二人：曰孟任，翰林院編修，前法制局參議，充衆議院議員；孟倬，幣制局僉事。女子子二人，均適熊。孫男十人。即以其年季冬某日卜葬新建縣厭平山之原，來乞銘。

予初聞夫人喪往弔，見中書，知爲篤誠長者。語夫人事，容甚戚，以爲代己死也。中書生而善病，自少時，術者相其體貌當夭。夫人微聞之，即矢捐糜一身，先殞不恨。其後，中書屢遘疾，瀕死者數矣，皆幸得全，因字曰再生。去歲，病復劇，夫人亦病，猶强自支勵以衛夫疾。至是，遂不起。

夫人之初嬪也，事舅昭通知府諱佩揥公十年，昭通稱其知禮。事姑余太淑人尤久，畀以室政，冗不諉難，易不專成。昭通友于兄弟，五十同居，訢訢如也。夫人推所以事舅姑者以事伯姑姚節孝，暨叔舅、叔姑，皆稱曰賢。丁亥夏，昭通以哭弟驟衰，夫人懼，陰爲之備，不以告。俄而疾大漸，則事已夙具，時七月八日也。當其疾未甚，呼夫人來前曰：『汝祖姑姚太君敬上惠下，嗇己豐人，惟汝能肖似。然汝雖容物自損挹矣，而不能忘物；姚太君固出之自然也。』夫人泣受教。嗣是，每忌日必潔治膳羞。今年病，不克親其役，中書則晨起誦梵經，冀爲夫人徼福於先靈，而是日竟卒，悲夫！

夫人病即屏醫藥不御，敕其子曰：『天既息我以死，吾何求哉！爾善事父誨子，葆爾令名。任也袨，倬也餒，斂之振之，毋忘戒慎，庶其免乎！』夫人讀書故不多，而識鑑明達，服勤終世，乃至彌留垂絶之頃所相與劭勉者，皆士大夫克治之精言。聞諸前典：婦學於舅姑，禮也。夫人有焉，固宜銘。辭曰：

維士厲節，鮮克有終。禮愆俗敝，朝介暮通。愔愔夫人，以訓厥子。匪我之期，先靈是喜。兩世遺誡，一本之儒。勖哉孝嗣，無怠無渝。

姚仲實曰：敘庸德，能使精神奕奕於紙上，非用功深者未易臻斯詣也。

王晉卿曰：文生情邪？情生文邪？愈平澹愈濃至，可謂善於敘事。

四品卿銜張君墓誌銘 己未

君諱士珩，字楚寶，張氏。

其先自江西遷合肥。大父純，咸豐元年舉孝廉方正。父紹棠，以軍功至提督。母李氏，文忠公女弟也。繼母后氏。兄弟八人。

君少簡穆，善讀書，人未之奇。十歲喪母，悲鯁逾節，文忠憐而異之。弱冠，寓金陵，受業汪梅村先生，遂通輿地、辭章之學，尤習兵家言，沈審有意略，不爲談助。

光緒十四年，應鄉薦。試禮部不第，留文忠幕府。居久之，歸省。文忠方創海軍，造端宏大，軍械局尤機要。君兄席珍主其事，物故。文忠才君，遂以道員繼領兄事，兼武備學堂。時劉壯肅公撫臺灣，亦辟君自助，君曰：『吾義不可負吾舅。』

初，文忠連平巨寇，督畿輔，尤慎海防。劉君含芳司軍械最久，號精覈。其後，劉移旅順築軍港，君兄繼之，未數月也。君既受事，念械器日輸自外非計，故得一新械，必考辨其形質度數，研求寫放，窮幽洞微，名與劉埒。當是時，主計者不習海事，競言北洋購船械糜費，取朝旨限制之。自是，文忠經營海疆本謀絀矣。甲午，中東事起，文忠聲言戰計猶可講，而樞輔聽用新進少年計謀，趣戰急。國軍既挫，羣集矢文忠，臺諫務彈糾爲名高，因以及君，遂坐甥舅嫌奪官。君筦北洋軍械五年，始爲廷議所撓，繼熸於敵，歸臥治山下，擴向所營竹居，築韜樓其中，彈琴賦詩，以文史自晦。

建德周尚書撫山東，强起之，君先已敘籌振勞，復原官，至則兼山東學務處、參謀處，及武備學堂。建德望益隆，移督江南，而項城袁公以直隸總督兼練兵大臣，乃會建德，奏君主辦江南製造局。建德、項城皆文忠故吏，習君也。君筦滬局六年，歲製槍彈數加多，又增設鑛鑼局，能自治鑼水。特旨賞四品卿銜，旋加頭品頂戴。武昌事起，遯居膠州。

君學問恢富，遭值世變，泛濫及老、釋，嘗著元和篇、易行録，言道術頗自喜。項城知君無仕進心，使監督造幣廠。其勢不獲已，允之。數月，以病辭。項城又趣其入都商大政，謝不赴也。未幾卒，年六十有一。

配劉氏，側室孫氏。一子繼垕。女二，其壻曰劉朝望、李國燕。繼垕從予遊，將以某年月日葬君全椒古河鎮黃山之原，來乞銘。

予客合肥久，與君未見而相知，嘗聞其邑士言君平生所尤嗜史、漢、文選諸篇，讀之皆數百過已。將銘君，又從諸李君外兄弟問，君猶有軼事可述者乎？則皆動容竦異，稱君孝友人也。予不具書，書其關國故者，而系之銘：

戢翼兮韜精，赤舌兮燒城，天柱兮孰擎？功高則忌兮，意寧屬乎舅甥？膏火雖煎兮，無隕厥聲。銘以俟兮，没世之旌。

王晉卿曰：扼要鉤元，筆意矜重。

陳伯嚴曰：意括而味雋。

林畏廬曰：提掇停頓之筆極肖昌黎。收處又似臨川。讀之，風韻流於紙上。

鳳陽關監督王君墓誌銘 己未

君諱裕承，字雨人，安徽阜陽人。

生有儀檢，不妄言笑。父某令陝西，歷數縣，皆有吏能。君隨侍官所，湛思篤學，通於治理，納資爲兵馬司副指揮。父殁，扶柩歸。值歲饑，殍殣相望，渦陽民劉乞答因煽亂，旬日間衆至萬餘。君悉出父遺資五千金助賑，督鄉兵邀擊賊王市集，破走之。

服除，選授雲南浪穹令。未上，會安寧教織局激民怒，合境譁變。大吏檄君往，戒曰：『多與爾衛，毋自餒。』君曰：『洶洶者赤子，非盜也。若盜視之，數十百衛卒何濟？請以單騎往。』至則諭言：『教織所以便民也。今布窳而直昂，强民購，非局布輒奪，令誠舛，然非上官意。以情告，不難更令，奈何妄動，不爲身家計乎？』羣泣曰：『公活我！』懲首犯十餘人，事定。

旋署大姚。有贅壻創妻父，懼罪，紿其婦曰：『吾罪當死。吾死，汝何依？若肯誣父姦者，夫存，父亦不死。』婦諾而訴於官，定讞矣。君慮囚，至歲貢生劉承志，訝其謹篤，詢之，則老儒也，以被誣於所生女，慚莫能自白。君堅請平反之。

移順寧，檄捕巨猾李恒善。其黨私餽金三千，峻拒不受，捕益急，遂投身耶教。君列其害民狀，申言大府，與法領事往復詰駁，卒致於理。

時浪穹以建學新舊搆怨，屢年訟不決，大吏因檄君赴本任。君乃瀝誠析剖，訟息，教育大昌，桑蠶枲麻，土無曠廢。

初，君以京秩改外，不習婞阿便給，大吏雅不喜其舉止，疑非幹濟才。久之，君言輒效，歷三縣皆有聲。又以君誠能治劇，薦擢直隸州知州。引見入京，而武昌事熾。自是，競言民治之義，人人專己自私，伏莽紛發，與同光時異矣。

皖北寇起，陷潁州、太和，君馳歸，從今安徽督軍倪公嗣沖，暨其弟前皖北鎮守使毓棻乞師還救，連克二城。敵再攻潁，回戰，捷沙水。倪督既克壽城，盪正陽，抵安慶，君以軍法裁判長駐正陽，固潁防，爲安慶後援，簡鳳陽關監督。兵燹，百物盪然，噢咻輯徠，流徙復業。擒鋤劇匪邱四、陳暴安，皆稔惡數十年，徒數千，莫敢攖也。

東鄉匪六千圍攻壽，別股犯正陽，逼五里墩。君令户出一人邏巡，杜内訌，自率精鋭百餘衝擊。賊愕大軍至，狂走。僧韓紹全故盜魁，謀襲城，復殲之。

狼匪竄皖，挫防營，殘六安。衆議退保沙關，或閉城堅守。君曰：『兵一退則近盜環起，連結外寇，禍滋大。城閉，民不得汲，且驚疑自擾。』皆不納。於是，多張疑兵，傭輪舶，聲汽往來絡運，空車覆芻若行糧，賊畏沮，官軍乘而破之。其運謀勝敵多類此。

君尤善審水利害，在雲南，築瀾滄江大橋，又浚鳳羽河以通舟楫，資灌溉。嘗語其子曰：『吾任事，求心所安而已。』遭值世變，以武功顯，君始願豈及此哉！丁巳正月，以勞卒，年若干歲。子四人：世新、濟、普、世祺，將以某月日葬某所。銘曰：

生民孔艱，載寇載飢。禍亂仍薦，寧有孑遺？君之爲吏，視民若己。獄察以情，矜哀勿喜。滄海塵霾，異軍特起。若埽粃糠，有進無已。文武隨用，惟時之宜。億載徵實，來鑑于詞。

陳伯嚴曰：筆力清勁，能達難顯之情。

三品銜刑部督捕司郎中方君墓誌銘 己未

君諱寶彝，字鞠裳，桐城方氏。五世祖法，明四川都指揮使斷事，死建文之難。斷事十三傳至君大父秬森，以義俠聞。秬森二子：長錫慶，臨江府知府；次傳理，安康令。臨江罷官，寓蘇州，捐義莊，建支祠浮山。安康，庶出也，將奉主入祠，争論適庶有違言，已而和解。祠落成，不言入主事，而必得君爲嗣。臨江愛君穎邁，又少子，意有所難，顧欲全骨肉恩，卒許之。於是，君年十六矣，依安康里居。安康城府深堅，喜愠不可測，督君科舉業甚嚴，日課二藝。婚娶未三日，課藝如故。維臨江亦欲君射策甲科以去，毋汶汶久閭里也。君承二父指，日夜攻苦，凡應制文字詩賦之屬，爲之無不工。又益通知朝章國故，才望傾一時矣。既補府學生，食廩餼，光緒五年中式順天鄉試副榜貢生。

先是，臨江爲君納貲爲郎中，分刑部，加三品銜。久之，當敘補，又適中乙科。明年，將廷試御史，君自詭必得當，一言天下事也。壬午正月疾作，口謇澀，足痿不良於行。亡何，補督捕司郎中。王大臣驗放，是日，君行步如常時，跪謁唱姓名籍貫，成禮而退。有孫君者同謁選，當爲令安徽，退就君問皖事，聞君語大窘，謂皖土音何等難曉也。君自是仍謇澀不言，遂謝病歸。歸三十六年，卒於家，年六十六。

予維君挾其智能之贏於天者，以自奮於世，其願欲之必酬決也。然而，得志於當時，往往動摇其衷，滑於境而有所恣，雖豪傑不免焉，而君竟以病廢。莊周所稱叔山無趾、哀駘它之徒，内保之而外不蕩，於君見之矣。然則，君之贏絀於天者，其廢興倚伏之數，豈人之所能知哉！

君娶馬氏，余姊也。生二子：彦恂，户部主事；彦忱，舉人，内閣中書。一女，適翰林院檢討馬振憲。君卒之明年，葬火爐岡大徐莊之原。銘曰：

騁康衢，驟而馳，不大厥施。孰夷孰顛？奈何乎天！銘不泐，億萬年。

方常季曰：姿味濃郁，神理極淡。惟情深，故文明。

清故出使義國大臣許公墓誌銘 庚申

外患亟而使職重。有清中葉，海禁大開，迄乎季年，有出使大臣之命。其尤知名者，郭公嵩燾最先究通外情，黎公庶昌以搜刻古籍顯，曾公紀澤争伊犁，薛公福辰善論述：並號爲通才。然皆不獲與聞朝廷革新之政。若夫名亞於諸公，獨後死，而其言乃不幸而中，如許公者，其所遭尤足慨也。

公諱玨，字静山。其先歙人，康熙時始著籍無錫。公少卓犖有志操。丁文誠公撫山東，用薛公弟福保言，辟置幕府，從至蜀，辭不應薦。光緒八年舉於鄉。大學士閻文介公深器之，嘗宴坐，相與喟嘆時事敗壞，問：『今正士亦有善外交其人者乎？』文介曰：『焉有正士而屑爲此？』曰：『不然，惟無正士，故至此。』文介瞿然謝之。越二年，薦隨張公蔭桓使美、日、秘國，曰：『今副子言，以成子之志。』差滿，薛公使英、日、義、比，調充參贊。聞母憂，即日行。薛公敬其孝，不以喪歸減資敘，由同知保遷知府，加鹽運使銜。甲午，更參贊楊公儒使美洲。中日釁起，以論事切直見疑忌，自引去。三隨使節，至是凡十年，多所匡益。

其在英，聞英議院不直印度種煙爲鄰害，則大喜，以謂中國自强之機在此矣。擬禁煙章條甚具，時不能用也。既歸，乃設戒煙局無錫，欲以一縣爲海内倡。會拳禍作，兩宫西狩，馳詣行在。鹿文端公在樞府，屬草國書抵俄皇，俄皇得書，爲感動，如約退兵。詔以道員發廣東。尋賞四品卿銜，出使義國大臣，加二品頂戴。

變法之議興也，諸奉使臣皆上言立憲便，公獨謂中外立國根本異，宜慎所擇。逮還朝，復上疏切論之，大指主於維綱紀，慎改作，寬民力，繫人心。疏入，議者洶洶，謂撓憲政。公又奏陳學務宜正本原，防末流之失。詆訾盈道，至目爲風狂。或謂：『公盍少默乎？』曰：『他人不言，故言之。若心知其非，而漫和之，用貽後患，吾不忍爲也。』當是時，攷察憲政大臣于式枚亦頗斷斷致辨西國政俗得失可從不可從，皆爲時論所抑。亡幾何而革命事起，天下大亂，生民塗炭，以迄於今兹，無可控訴，嗟乎！

吾國之不振，未可盡咎法制之不善也。古有不自振而亡國者矣，未有圖强而反速其亡若今日者。甚矣！國論之不可不審也。公之言，舉世皆能知之。知之，而莫肯言者何也？奪於衆多之口，懼其身之不容於時也；苟以便其身圖，禍乃至於滔天而不救。易曰：『小人剥廬。』廬剥矣，其身究安所容乎哉！

公既與時忤，使義返，仍以道員發廣東，數月遂告歸。平生服膺高子遺書。忠憲生日，必陳遺書拜之，爲輯要若干卷。國變後，聞崇陵奉安，率耆老於是日北望行禮，皆感歎泣下。

丙辰九月，年七十有四卒。逾月，葬開原鄉青龍山，未及銘。配華氏，封夫人，後三年卒。子四：同范，副貢生，爲外交官；同藺，奉天知縣；同萊；同華。女四，均適士族。孫八人。同范等謹卜某月日啓公兆，奉夫人柩祔焉，來請銘。其辭曰：

絶海觀風，溉瀹新知。訏謨入告，匪異匪奇。雖曰匪奇，揆時則宜。民惘是達，皇極是持。皇之極矣，民豈不夷？ 羣士大駭，駭駴蚩蚩。傾側擾攘，曷有既期？ 嗚乎我公，其永瘞斯。

陳弢菴曰：清遒深婉，感喟無窮。廬陵學韓，有此風力。

王晉卿曰：誌一人之事，而天下大局盛衰得失之故昭然在人目中，感慨低徊，深情如訴。

宜春縣學教諭饒君墓誌銘 辛酉

復菴饒君，諱延年，字紫章，南昌人。家故高訾。父銅仁府知府，諱佩𢯼，悉推財産昆弟，不顧問有無。至君而生事益迫，佩服儒素，言動自飭。從友貸本營商，再致萬金，復以給弟。仍世行讓，閭里歌之。事母孝，母性嚴卞，未嘗有一事之忤厥心也。爲家督二十載，五理婚嫁，數舉喪殯，長少内外未嘗有一言之相責望也。推而至於鄉，鄉之人無有怨惡之者。又推而施之政，則政無不舉。

初，君中式光緒十九年鄉試舉人，由内閣中書改宜春縣教諭。嘗搉税濱江，又總餘干官鑛局，會辦江西印花處。其教士宜春也，如教家子弟。亂民起，至相戒避學署，毋犯饒公，饒公長者。人欽君德量孚遐邇矣。前後主税鑛脂膏地，自潔而不以傷同官。

外若簡曠，内行甚修。善言性命之理，旁逮天算、醫藥、卜筮之術，皆通曉，叩之莫能窮。爲詩歌澹静閒遠，稱其襟抱。君始讀宋儒書，好之；晚歲乃精持佛戒，日課寫金剛經，三年不少閒。體羸善病，惟聞誦佛聲則稍愈。庚申秋病篤，子孟任方以幣制局副總裁出使比利時，君手書召之歸。又爲書徧致戚友告别，已復寫經。凌晨盥洗畢，焚香整襟坐，欻然而逝，八月十三日也，年五十有九。

予惟古今學術不一其塗，皆以自成。九流百家，是非蠭起，儒釋之徒交譏也，儒之中又有譏焉，有漢有宋，有陸、王、程、朱之别。雖然，彼特其名耳，不惟其名而自事其身與心，則吾之心霩然際天地古今而爲一也，安有是紛紛者於其閒哉！然則，觀乎君之行，可無疑於其學也已。

君配章夫人，前一歲卒，有賢行，予既已銘之。今孟任卜某月日奉君及夫人柩合葬某所，又以請予。乃次君行事，誌諸石。其子姓名爵具前銘者，不復書。

姚仲實曰：敘次精能，後幅論學云云超出塵表，是作者自道其所得也。

馬徵君墓誌銘 辛酉

徵君諱三俊，字命之，桐城人也。咸豐元年，以優貢生舉孝廉方正。四年，粤寇既破桐城，陷廬州，君練鄉勇擊賊，至周瑜城死之。事聞，詔優恤，建專祠本邑。又六十四年，其諸孫卜葬君某鄉某原，而族子其昶敢最其學行大節，爲之銘。

蓋君王考諱宗璉，考諱瑞辰，兩世皆第進士，爲經學大師。而君更從方魯生先生游，傳其性命之學。爲經藝粹然深純，雖宋元以來儒者説經之文，不能過也。前後督學試，文必第一。爲楷隸絶工，類古碑刻。尤善技擊，强力負氣，酒酣輒讀離騷，聲韻激楚。

粤寇之東下也，桐城縣令聞安慶陷，棄城走。諸生張勳痛哭崇聖祠，誓死守，君起應之，遂議團練。姦民竊發，禽斬數十人，亂稍定。安慶寇旋棄去，君度寇必再至，日夜與張君教練，由是桐城鄉勇名頗遠聞。

三年夏，寇果竄安慶，攻江西，再犯太湖，皆不至桐城。巡撫李嘉端駐廬州，前按察使張熙宇屯集賢關。君上書巡撫曰：『制寇之道，必先能進攻，而後可退守。守禦之策，必先據要害，而後可保城池。曏者，全州不守，禍及湖南；岳州不守，禍及武昌；小孤不守，禍及安慶；而安慶又棄不守，然後禍及江寧、鎮江、揚州：此明驗也。今賊據安慶，此其意必在廬州。夫前之移治廬州已非計矣，今誠以重兵扼桐城，則舒廬之聲威壯；不然，賊乘勢而北，寧復有廬州哉！即河南北、山東西畿輔之地，將恐並受其禍。』巡撫得君書，遣總兵恒興會熙宇扼集賢關，規安慶，已而棄關奔桐城。

先是，桐城更數令，皆無城守志。十月，寇大至，熙宇、恒興復遁走，城不可閉，君與張君率勇數百拒戰南門河，師潰，殺數千人。元伯先生辟地唐家灣，被執不屈死。於是，寇陷廬州，渡河而北，蹂躪數千里，皆如君言。

君既嬰巨痛，走湖北、河南乞師不得。明年夏，乃與前縣令成福、參將慶麟集義勇霍山。時寇麇集廬州，後路留防寇少。會提督秦定三軍至，君喜，因張君説提督攻舒城，而已襲桐城，進兵中梅河以俟，約慶麟攻潛太爲犄角。提督持重，緩其師，君獨軍深入，援絶，以故敗。後七年，縣城復，而君及張君皆前歿於賊，不及見，悲夫！君咎當時治兵者懦怯不前，而卒以鋭進隕其生也。

君年三十五，有融齋遺集。配方氏。子三：復震，襲雲騎尉，積軍功至陽江鎮總兵；復恒，候選道；復賁，知府。孫五：振儀，進士，即用知縣；振彪，舉人，民政部主事；振理，交通部僉事；振憲，翰林院檢討，安徽高等審判廳長；振中，候選同知。銘曰：

耽經秉禮，古舒桐鄉。大盜來據，化爲豺狼。奮起除攘，有儒兩生。功緒未展，大義則明。宏謨四周，施止一隅。維古之常，維今之愚。寧喪己元，激彼懦夫。我最厥迹，以作士模。

姚叔節曰：詞雅而氣脉宏大，班馬之遺。

王晉卿曰：凜凜有生氣。

抱潤軒文集卷二十

墓誌銘

候補四品京堂蒯君墓誌銘 壬戌

君諱光典，字禮卿，合肥蒯氏。當明中葉，自襄陽來遷，代有隱德。祖諱廷理，精醫術。考諱德模，終四川夔州知府，曾文正公賞其廉能，事在國史。

君生有奇慧，八歲能詩。夔州初官江南，多接當代鉅人長德，君濡染庭聞，又益從馮林一、劉融齋、汪梅村諸先生問業，於羣經大義及訓詁、目録、算數、掌故之學無不究覽。天才英特，每抵掌論事，一坐盡屈。

以光緒九年進士，授檢討。典貴州鄉試，負氣自喜，與其副不相下，致物論，然榜發稱得士。充會典館圖繪總纂，精密勝於舊。同館多知名士，議論亦時相抵也。遼東兵事起，發憤上書，不報，遂乞假歸。

張文襄公移督江南，辟置幕府。已而劉忠誠公還任，文襄仍督湖廣，二公皆夙知君，先後聘君主講江寧及兩湖書院。二十四年，敘會典館勞，以道員發江蘇，建議創立江寧高等學堂。大學士剛毅按事江南，司道百餘人同詣謁，獨延君密室，縱談國事。語切直，剛毅大憾，即議罷學堂。君力争之不得，拂衣去。

于是，劉公惜君才，兩解之，檄丈鹽城樵地。始，君少時，斐然有作述之志。既入官，猶思推儒術以致用當世，再不得意，而遂以吏能顯。樵地者，故鹽場葦蕩也。君受任年餘，得可耕之地七萬五千頃，收入荒價亦巨萬。

復領正陽督銷局。會張公再督兩江，奏論兩淮鹽事衰旺，謂北鹽視正陽銷數，南鹽視儀棧出數，蒯某督正陽既有績，請使主儀棧，期三年，成效必可覩。詔允之。君既莅事，以輪艘駐大江三要區：首金焦，次三江口、沙漫洲，輔以兵艇，私梟斂迹。始，儀棧出數引不足四十萬，比三年，增引十餘萬。蓋張公初以江南財匱，用不足，議增貨釐，君謂增新則病商，毋甯整齊其舊，貨釐之議由此止，而鹽課歲益銀百五十餘萬，公私頗饒給矣。乃益募緝私兵隊，日夕訓練，成勁旅。又於十二圩設學堂，建工廠，遂隱然爲江防重鎮。

三十二年，授淮揚海道，加按察使銜。寶應饑民劫米，令潛逃，適君舟至，凱切諭解之。而揚州亦以饑民劫米告，詗知猾胥陰煽衆，即禽治胥，遂無事。運河盛漲，君先檄河員增修隄，而自泊舟高郵，守視壩。大吏以故事，憑節候測水，檄啓壩，不爲動。歷月餘，啓二壩；七月杪乃啓三壩。下河六縣獲有秋，民歌誦之。以論賑事，與布政使繼昌議不合。會奉檄入都參議官制，去任，因不復還。

三十四年，命赴歐洲監督留學生。諸生不樂受約束，輒相呰謷。君爲人宏達不羈，喜言興學，爲國育才，書史博辯在口，至是舉無所用，鬱鬱歲餘，謝職歸。詔以四品京堂候補，充京師督學局長。宣統二年，赴南洋提調勸業會。卒於江寧，年五十四。明年，葬合肥北鄉小朱河之原。

配朱氏、李氏，側室鄭氏、王氏。子四人：孝先、受先、彦先、秀先，皆肄西學。女一人。先是，君被使命，將行矣，始與余見，索贈言，意懇懇也，余諾之，未及爲。今承君從子壽樞之請，次君行事，納諸壙。蓋以君之才，遭逢斯世，嘗通顯矣，顧亦未可謂遇。古今來豪傑志士，功名之所建樹，不能如其意之所期者，十蓋八九也。士貴能自立耳，遇不遇曷足道哉！銘曰：

横流滔滔，出其毫毛。彼駭而嚻，其大則㢁。我銘不撓，日遠日高，萬世永牢。

王晉卿曰：隨敘隨提，神氣鬱動，其遒潔處極似介甫。

王母李太夫人墓誌銘 壬戌

歲壬戌，春三月，新城王君樹枏喪其母李太夫人。于是，君年七十有二矣，居喪次，百日不出外户，獨以其閒遣使致狀，屬其昶銘。

按狀，太夫人年十七歸同邑王氏，爲贈光禄松舫府君諱銓之室。府君考重三先生，以進士第一養親不仕，教授弟子數千人。府君繼獲鄉舉，亦不仕。兩世皆爲名儒，而家綦貧。親屬同居七十餘口，太夫人爲冢婦，其初來歸，重親在堂，旁無僕媪。姑田太夫人督家嚴整，指付功役悉有定程，子婦咸惴惴。一事或稽，雖深夜不遑息寢，晨起操作，置兒牀上，兒或墮地驚啼，家人勿敢言也。

太夫人生五子，次即樹枏，年少能文章，爲當世重。家日以裕，田太夫人不稍弛其勞勤。太夫人所以承將之者，一如其昔。嘗語諸子曰：『汝家食指衆，幸能有今日，皆汝大母勤劬所致。以吾來早，侍奉久，如左右手，故責吾獨專，非有所愛憎也。自吾逮事汝曾祖王父母，則見汝大母旦夕佐大父視寢視膳，至老不衰。汝父性又至孝。意者子孫其將興乎！』

已而樹枏成進士。兄樹枌、弟樹梓均入邑庠，樹棠以優貢得知縣，皆前卒，獨樹枏老壽，游宦蜀隴，至新疆布政使，以道遠，太夫人留家不行。國變後，樹梋罷官歸，名益高，侍養十載，太夫人年九十四，告終里第。逾月，而畿輔兵事起，新城當戰衝，太夫人已不見，某月日葬於某所。銘曰：

有挈其綱，承之几几。惟家之祉，不熇而嘻。罔尊罔卑，萬事隳虧。家既然矣，國胡弗然？有順無愆。潢池弄兵，先老以終，妥是幽宮。

王晉卿曰：先太夫人一生憂勤艱苦，人所不堪之境，經先生寫出，令人沈痛欲絶。

遯園生壙銘 壬戌

遯園主人於哈爾濱郭外馬家屯購田百餘畝，築草舍數椽，顔其額曰晚稼軒。軒之外，榆楊四周，桑田環繞，則主人生壙在焉。風景絶勝，可眺覽。

主人姓馬氏，名忠駿，字藎卿，一字无悶，號曰遯菴，奉天海城人也。祖籍山東，清初遷關外，隸漢軍。累世業農商，至君而儒，弱冠喪父，以家貧從戎幕，積功至知府。

趙公爾巽總督東三省，知君賢，奏留本省補用，有旨特允。俄遷道員，加二品銜。前後委任要職皆辦治，膽略過人。庚子，中外搆釁，我軍既失利，兩宮西狩，君被檄赴旅順，與俄軍將議停戰，不爲强敵懾，留數日，成約而返。榷運吉林，值國變，不私一錢，官民利賴。改主黑龍江交涉。當是時，革命軍所在蜂起，東三省僻遠，易長雄。君仕嘗貴顯矣，又以才幹稱，宜可得志於旦暮，乃翛然不顧而去。有子女十人，孫六人，課耕課讀，與農夫爲伍，此豈無得而能然邪？

昔司空表聖隱居王官谷，作亭觀素室，又豫爲冢壙。遇勝日，引客坐壙中賦詩，酌酒裴回。論者嘉其死生一致，與君豈異邪？抑比年戰争之禍之烈，君目所不接而耳猶有聞，遂欲一瞑而無所聽睹邪？嗚乎！其曠邪？其憤之所激而然者邪？吾不得而知之矣。爲之銘曰：

古至人，矚昭曠。生奚欣，死奚喪？誰謂今，於古讓？兹邱樂，委利榮。敻哉逝，風穆清。鐫貞石，世厥聲。

王晉卿曰：遊刃於虚，不著色相，而無限慨憤胥於言外得之。銘詞尤雋潔。

直隸清河道史君墓誌銘 壬戌

史氏清初自江蘇遷皖，爲六安人。世業農，至松園君顯名咸同之際，其族始大，三代考妣俱得贈階一品。

君諱克寬，松園其自號也。少有偉志，值寇亂，與兄克諧及李公元華倡團練，衛鄉里。所居在邑之東，咸豐四年，賊陷六安城，以守禦嚴，剽掠不及東鄉。李公後至山東巡撫，而君亦於是年會師，克郡城。安徽巡撫福濟奏保君國子監典簿，克諧千總。

賊酋陳玉成據太湖以扼皖鄂之吭，君被檄，率鄉兵攻太湖，克之，因留屯。俄而軍食乏，賊大至，城復陷，克諧殉焉，君奪路出。復再馳賊營，求兄屍不得，蓋瀕於危者屢矣，益奮欲殺賊。明年夏，克太湖、宿松。所將卒多傷殞，君傾貲恤其家，士戰死不恨。九年春，會師解六安圍，保知縣。適湘軍克安慶，遂釋兵歸。

同治初，劉公銘傳受詔勦捻。捻平，移軍陝西征叛回，皆挾君與俱，爲司饋運，主營務處，敘功擢知府。陝事大定，劉公以疾去。君臥家，流覽書史，有終焉之志。合肥李公督畿輔，復强起之。

君才長於軍旅，既官直隸，董工程局，掌河事，一以兵法捍禦急湍，或障或疏，君所建議，行之無不當。初濬文安中亭河，次鑿静海揚芬港舊河，旱潦皆賴焉。而治滹沱績尤著。滹沱故直隸巨浸也，同治閒自藁城北徙，入古羊河，下穿獻縣，阻遏不得出，泛濫横逸爲害。君度地勢，於獻縣朱家口闢減河三十里，循子牙河故道入海。于是，李公上其績狀，謂『獻縣新河加寬深，則餘溜悉歸子牙故道，下游九州縣可永絶滹水之患，而獻縣以上州縣亦暢消，成灌漑之利。臣始念不及此』。因奏君署清河道，旋實授。民感其德，爲立石頌焉。

故事，河臣於京朝官有例饋，君初治河，悉取羨餘金數十萬上之大府，不以潤私交。御史某銜之甚，即摭他事劾之，奪職。李公白其誣。君慨然曰：『吾少無仕進之心，不意武功得官，幸獲助微效於清時，於願足矣，更何能爲權貴折要乎？』逕去不顧。

君爲人孝友，以儉勤治家，家益起。捐貲創宗祠、義學，時時出遊山水，攜一童荷履笠以從，遇之者不知其曾將兵殺賊立功者也。

光緒十八年卒。配宋氏。子錫康，江蘇候補道。孫家湛、家棪、家淦。君葬壽春南鄉，銘未具。越三十年，家淦遇其昶京師，乞銘，將納諸壙趾。銘曰：

績可紀，曠不載。我追銘之，永無隊。

姚仲實曰：敘治河之績，趁勢入罷官，極有神采。

陳静菴墓誌銘 壬戌

自昔綴文之士喜稱奇行偉節；非庸德不足尚，人人所共由，若饑餐渴飲矣，無煩稱述。世近古，風教猶存，雖以五代之亂，而倫紀道德猶未盡壞。歐公一行傳序歎其文字湮滅，非果無其人也。自余年未冠，見鄉鄰風俗之美，已若不逮所聞。其後三十年而世一變，又二十年至於今，埽地以盡，爲亘古之巨變。當是時，而聞陳君静菴之行於其子，且乞銘，余安能默？

君諱禮從，字簡書，安徽太湖人也。少值寇亂，家貧，棄儒而賈，以養母。賈大息，則益推以惠其族，及於鄉縣，修家乘，建祠宇，設義學以教族子弟之孤貧者，又創時節祭先會以追遠。邑境港汊紛歧，行者病涉，君爲義渡者三，壘石爲橋者六。傾崖絶壑，道崎嶇不可步，則治使夷坦，水陸行者皆稱便。而尤樂道其寄金事。

君之友曰某君者，富於貲而無子，以族子嗣，痛其侈費無節，則析産畀之而自留金君所，不以告也。俄而卒，嗣子遺業蕩無存矣，君呼之至，戒勸之，悉斥所受金，以若干付其族爲供祀事，曰：『聽吾言者，餘金以歸汝。』區畫其生計甚悉。嗣子爲感動。交道之難終也，同財者尤甚焉。君不欺其死友，自今觀之，非甚愚騃，孰肯爲此者乎！

君娶曹氏，始與君同作苦；家日起，諸子蔚興，則益喜爲利濟事，嗇於己，裕於施，無不與君同。其生也與君同歲，後五十日；同以民國九年年七十八卒，後君六日。子五人：鼎，優廩生，江西知縣；晉，歲貢生，江西通判；堃，監生；益，江西巡檢；棠，優附生，普通文官，考試及格，交通部任事。女適孝廉方正宋祖謙。以某月日同葬本邑湯家埠。銘曰：

死者復生，生者弗怩。行不世隨，利不己私。人有不怡，爲吾之疷。以奠以持，視之易而難爲。民彝不絶於終古兮，有欲考者徵予辭。

姚叔節墓誌銘 癸亥

姚仲實曰：紀述庸行，清氣往來，自然生色。

壬戌夏，余在京師，姚君叔節偕其兄仲實還桐城。逾年，六月十九日，以疾卒於家，年五十有八。仲實致赴告，且述其垂絶以傳狀誌銘乞文於柯君鳳生、王君晉卿、陳君伯嚴，并諉諈及余。嗚乎！余忍銘吾友邪！

始，余甫逾冠，就婚姚氏，君年十一耳。其長兄曰閑伯，次仲實，每從余商論文史，以君幼，未遽語也，君輒愠見辭色，謂：『奈何輕我？』余等咸悚異之。又十二年，中式光緒戊子科鄉試舉人。考官李文田、王仁堪皆負時望，病科舉文日即靡敝，以江南多才雋，思得老儒宿學居榜首，用振起之。得君文，置第一，撤卷，頗訝其年少。及觀其先祖父有高名，乃喜相告，慶得士矣。後屢試禮部不第，久之，選授太平縣教諭，不就。

當是時，變法之議興，朝旨既罷科舉，各行省皆興學。君充安徽高等學堂教務長，改師範學堂監督。君爲人孝友篤至，其教士必根本道德，以文藝、科學爲户牖。與人交，披瀝肝腑，無不盡。廣坐高談，音響震越。安徽數更大吏，咸欽君才望，有大計輒就決於君，是非得不謬，鄉里往往被其惠，而謗議亦滋起。於是，君益浩然無用世之志矣。民國肇建，應北京大學之聘，爲文科學長。蕭縣徐又錚尤國士遇君，創正志學校，君長教務尤久，正志學風出京師諸校上，天下無異詞。

清史館之設也，柯王二君暨余及君兄弟皆從事焉。君論學，於漢、宋無所偏主，詩文有俊逸之氣。吴至父先生稱之不容口。有慎宜軒集若干卷。嘗著辛酉論六篇，皆有關風教。惜乎史未勒成，而仲實以老病歸，君且不幸而遽卒也。館長趙尚書聞而唏曰：『今海内學人，求如二姚者豈易得乎！』

余寡交遊，其同里親故數人皆衰老，君年差減，意氣猶盛，嘗私計異時不朽之託當以累君，今乃執筆述君之行也，能無愴於懷邪！

君諱永概，叔節其字也。祖諱瑩，湖南按察使。父諱濬昌，湖北竹山令，有惠愛，工爲詩。君娶徐氏，副室顧氏。子二人：安國、充國，皆幼。女三人，長女爲余子婦。君葬未有期，余豫爲之銘以待。銘曰：

嗟君一別，終古不見。我銘君藏，隻辭無衍。君靈鑑兹，敢忘夙眷！

唐天如恩溥曰：氣體醇古，遒折處尤直逼半山。

王晉卿曰：無虚辭，無溢美，鑄語質健，神采四溢。叔節得此，可以不朽矣。

言室丁夫人墓誌銘 癸亥

夫人宜興丁氏，諱毓瑛，字韞如。前大名鎮總兵，改直隸巡警道，署河南布政使言君敦源之室也。父諱協宣，與言君考贈光禄諱家駒同官直隸，器言君才美，妻以女。言氏常熟舊族，贈公又數權大縣，親屬依官所者數十人。

夫人年十九來歸，酬高接卑，不愆於禮，而事姑汪太夫人疾尤以孝聞，手揀珍餌藥劑之屬，雖瑣必親，彌久無倦。已嫁矣，而養不弛於父母，嘗刲股療父疾；不愈，再刲以進。危殆而復即安者匝月。未幾，汪太夫人病篤，亦割臂和藥飲之；不起，每自咎積誠未至，神弗鑑也。

性敏慧。斷縑殘核，以意裁之，皆得所用，如化工然。市童村媪就求法式，賈輒倍讎焉。尤好文史，工詩詞書翰。以侍疾久，兼通醫方。兒生未周晬，病瀉利，日夜暴下，體冰矣。醫望之卻走，夫人自檢方書，飲以附子理中湯，兒即蘇，羣醫驚服。其在大名，言君率師防邊，有巨猾僞刻部院印，賣爵爲姦利，知言君出，坦然入郡城。夫人密諭將校擒獲之，按論如法。

辛亥之變起，夫人即奉贈公柩渴葬天津。先後爲兩子納婦，遣嫁一女。言君在官勤其職，能不以家爲慮，夫人力也。人以此稱其才矣，當道褒善，以慈孝旌門。

又十二年，以疾卒，得年五十五。子三人，曰雍時、雍陶、雍梁。女二人，壻曰趙世榕、周明泰。孫四人，曰穆賓、穆觥、穆和、穆忞。以其年冬十月，歸葬於其鄉。言君悼惻，圖所以昭後世者，遂督銘。銘曰：

女在室，父天俱。夫亦天，推及姑。焯純孝，敢惜軀？寧德茂？才則殊。賁元宅，慰鬱紓。

柯鳳生曰：敘纖碎事典雅有則，銘尤古峻。

孔母吴太夫人墓誌銘 癸亥

夫人合肥吴氏，清封振威將軍諱鴻春女，而警察總監炳湘君者，其弟也。年十七，歸同縣孔府君諱某。府君倜儻有大志，嘗依振威徐州軍次，家事一委夫人。挈綱謹微，内外秩秩，舅姑嘉其孝，姻黨挹其和。光緒乙未，府君卒，遺孤皆幼。家中落，不得延師讀，乃進二子戒之曰：『而父抱高才，不幸早世。汝等今爲孤，汶汶處鄉里，終無所就矣。汝舅氏智算絶人，若往依舅氏天津，必能爲汝計久長，圖所以自樹立者，兒其勉哉！無以母貧爲恤。』于是，二子辭母去。

長子繁錦，繇武衛左軍入保定將弁學堂。少子繁琴，繇前軍入開平武備學堂。蓋辭母外出十餘年，而二子並以材武積功至將佐。當庚子拳匪搆釁，繁錦兄弟各領兵從幸太原，道梗，音問絶，親屬竊疑懼，夫人坦夷自若，曰：『食人禄者忠人事，何暇顧其私？幸不死者，會當還耳。』逾歲，果得二子書，皆無恙。

又逾十年，而繁琴統領雲南巡防營，禦革命軍，戰死。繁錦以喪歸，不敢言狀。夫人哭曰：『人孰不死？兒以執干戈衛社稷，死不負其志意，雖死亦雄矣，予又奚悲？』因撫幼婦，寬譬之。聆其言者興于義，哀思爲之減。然老婢則嘗見夫人枕閒日隱然有淚痕焉。

夫人年六十四，以某月日卒，將以某月日葬某山，祔于府君之墓，來乞銘。

予惟夫人處閨閫，豈嘗習事君之節？乃其言引義慷慨若是焉何也？易曰：『地道也，妻道也，臣道也。』明乎妻道，而以通於君臣，一而已矣。夫人之行，契乎易，固宜銘。詞曰：

於嗟夫人，實邦之媛。順以相夫，誨子而彥。訓識照世，植義不變。乃興孔宗，惟德之絢。巍然慈寵，垂茲歌譔。

柯鳳生曰：經術湛深，故詞無枝葉。

夏詠芝孫桐曰：文章老境，兼廬陵、半山之勝。

雲南知府巡防營統領孔君墓誌銘 癸亥

宣統三年秋九月，雲南駐省新軍叛，陰煽巡防軍與合勢，總督亡走，土匪乘閒起，皆號曰民軍。於時，滇南防軍統領孔君駐師普雄，聞變，急領一軍還救。至蒙自鷄街，中彈傷一股，僵臥石上。忽大呼：『男兒以死報國！』匪衆趨視，出不意擊斃之。有識君者，脅之降；不可，舉槍擬之，問：『降否？』曰：『不降！』凡十三問，槍十三發乃絕。普雄民義而斂埋之。

初，君少孤，兄弟皆依舅氏天津，習兵法，肄業北洋武備學堂。光緒中，聯軍犯京師，兩宫西狩，君與其兄各領軍護後車，禦聯軍長城嶺、土黄溝，敗之，遂阨龍泉關，聯軍不得進。山西巡撫錫良詣行在，語人曰：『孔氏兄弟乃雙虎也！』

岑春煊由陝入川，移督兩廣，皆以君從。而在粤久，戰績尤著。

副祖繩武屯防柳城，匪首陸亞發、黄留之等率衆數千降。君言陸黄不可信，繩武漫應之。已而果襲殺繩武，噪而北。君伏兵隄下，要殺之過半。

當是時，馬平、來賓、象州諸匪皆蠭起，會王瑚統武匡軍來援，遂以君爲中隊官先鋒，破匪懷遠。天暑瘴作，士卒枕藉死，匪突出搏戰，他軍不能支，君提疲卒數百拒之，匪竄。大蒙山綿亘四十里，林木翳蔽，相持數旬莫能下，乃分兵夜襲擊之，匪驚潰，渠魁殲焉。嘗追賊入山遇虎，從者駭散，君獨身擊虎，殺之，人以此服其勇也。

移屯惠州，謝亞先者巨猾也，有黨衆千餘，爲不法，聞君至，願輸誠自效。君知其詐，挾數卒往，餘卒留外，戒之曰：『聞角聲即趨至。』亞先延君入，語不遜，君遽起斬之，卒鳴角，伏兵四集，無敢有動者。

時君既以驍勇積前後功，敘官知府矣，雲南邊防亟，大吏與君多相知，調君往，遂統防軍，及於難，年三十有三。

君諱繁琴，字韻笙，合肥人也。其初至滇，建言滇邊山嶺盤互，道犖确不利軍行，因率所部沿江内外開通道路各數百里，民尤便之。及其臨危奮節，忠壯果毅，九死不撓，使當時將帥皆如君者，天下即有變，亦何遽至是哉？嗚呼悲已！

君兄曰繁錦，今官甘肅鎮守使，屬予銘君墓。君娶某氏，生子幾人，墓在某所。銘曰：

矯矯虎臣，邁迹髗年。乃心王室，踦驅晉燕。既適南畺，超禆而專。蹈忠履正，以殞厥身。哀兹勁烈，力絶虞淵。死而不死，視此貞珉。

王晉卿曰：世説言藺相如雖死，千載下猶有生氣。吾讀此文，每敘一事，神采皆焕發紙上。龍門諸傳其不可及者，善寫生故也。孔君不死矣！

抱潤軒文集卷二十一

記　書事

雪夜課經圖記 戊寅

姊夫方君鞠裳〔一〕，幼隨侍父麟軒先生臨江任所。於是，臨江規畫既巽，百爲趨功。庭以無事，則取書史督課之〔二〕，丙夜不止。鞠裳雖始學，固已究悉根要。其後，先生乞病寓蘇州，而鞠裳還里嗣其叔父〔三〕。余見鞠裳多記古事，心嘗愧之。同治壬申遊浮山，先生適歸里，因得拜見於山下。明年，再見於江寧。時方應省試，先生大偉異余文。後再試再黜，先生遇之益厚，命鞠裳與余會文爲課。未幾，鞠裳以部郎供職京師。居三年，汶汶無所試，忽心悸，遽乞假省覲，未達而赴音至，遂奉喪歸浮山家祠。痛父之不可復見〔四〕，命工畫者追繪雪夜課經圖，屬余爲之記。

初，余之見先生也，先生方歸營此祠工未畢；及今再至，而先生之柩在焉。知己存亡之感，蓋已極人世之悲傷，而況父子凝結於天性者邪〔五〕？門庭之多故，親養之難留，雖聖人不能無所憾。至於兢兢修己，顯親揚名，則固可以自致〔六〕。嗟乎！鞠裳棄官疾走以歸，竟不得少伸其一日之慕〔七〕，生存而不得養，送死而不得琀，此亦天下之至可悲者矣。繼自今歲月更易，而嗜欲攻於外，忻戚將變乎中，人情哀則返本，樂則易流，異日者其或有流而不返者與？抑尚思前者教育之艱，懷今者終天無涯之恨，而時有所肅然深念者與？

予欽鞠裳哀慕之篤，懼其久而或漓，故陳其往以貞其終，俾鞠裳葆此勿失，而余之無狀，不克有所樹立，一塞先生厚望，又因以抒予之感云。

柯鳳生曰：神味逼肖震川。

孫佩南批曰：此文乃近歸熙甫，真摯處尤爲惻惻動人，具徵良友規勸之義。（輯自一卷本）

記程節婦事 辛巳

節婦秦氏，夫曰程開謨，世居桐城程家埂，開謨攜婦耕天林莊〔八〕。光緒七年夏，開謨歸省親病死。婦年三十一，有子女二，誓不嫁也。

一日，翁攜車來迎婦，傭者中夜呼婦起具飯，婦陽臥不起〔九〕，即聞兄公某厲聲至户外，排户且入，户牢閉〔一〇〕。須臾，婦拔關出，馳抵阮大屋，阮大屋者，吾友阮仲勉居也。仲勉行誼高鄉里，開謨從兄曰開振，慕其風，假阮氏屋以居〔一一〕。及是，婦欲訴開振，行未達，縛置肩輿中。婦啼號，舁者皆歌，亂其聲不聞〔一二〕。

先是，開謨死未幾，兄公謀嫁之。署券矣，其姑入室，見人從後啼，大驚奔出，或曰：『噫！是若子也。』議且罷。或曰妄也。是夕，開振宿於館，亦若有人推而寤之者。明日日昃知之，則事已不可爲〔一三〕。

婦既舁至所賣人家〔一四〕，數婦人擁之登堂。堂上親朋咸至，婦哭詈，仆其神櫝〔一五〕，衆劫持之退坐室中。良久〔一六〕，强爲之飾容。解髮則髮已於夜倉皇拔關時斷之矣。即更衣，衣裂〔一七〕。意堅甚，且死罵不絶。一家惶亂，莫知所爲，宿於鄰三日〔一八〕。

開振等聞之大喜，於是，謀諸族長暨里耆老，毁券，復以肩輿舁歸程家埂舊宅。其夫柩方殯於寢堂未去也，婦入門大慟。觀者數百人皆泣下〔一九〕，僉議開振教課其子〔二〇〕，亦遂附居阮氏之宅〔二一〕。

陳伯嚴曰：動宕語神似古人。此段敘次尚疑未甚高遒。〔二二〕

吴至父批曰：姑入室及婦逃兩段最精采。（輯自一卷本）

蕭敬孚批曰：此文可上之國史館，入列女傳。（輯自一卷本）

先太僕公逸事 癸未

先太僕公明萬曆中進士，爲分宜令，有清操，民感其惠。以征賦不力將褫職，民聞令當罷，三日賦悉完。其後，行取御史，累遷太僕寺少卿，丁艱歸。分宜民聞公歸，貧甚，争餽遺，得數百金，邑薦紳二人者持謁公，再見，再不能言以退，復攜歸。羣趨問公起居，則曰：『我公無恙，太淑人不幸歿矣。公方營葬地未得，家雖貧，義不受金。』僉曰：『固知公不受金。雖然，必報德！』

始，吾家遷桐城，居蕭家店。其西北有山，曰挂車，巖壑環聚，幽奥之區也。江西故多術士，因挾習形家言者一人至，遍歷岡阜，弗以告公。久之，擇地得挂車山内三科松，署券曰馬氏以獻公。公不得辭，乃奉贈公及太淑人合葬兹山。山多松，有古榦三，故名。

吾家先壟，惟四世祖父母葬高嶺、五世葬三科松，最據形勝。高嶺之得，其事亦絶異。家有蒼頭，嘗冬夜過宿村舍，怪其地煖，潛移席左右，輒凄冷，因得穴而葬。以未聞其審，不敢妄紀。獨三科松爲分宜民所購買也，守墓老人至今能道之。光緒初，余既重刊公奏略成，復述舊聞，補家傳之闕，以告我後人。

姚叔節曰：沖和静穆，斷續有法。

附十卷本　先太僕公逸事 癸未

其昶既重校刻先太僕公奏略四卷，是時，宗老義津方館城中，多記往事，暇時相與談。公初令分宜，坐逋賦褫職矣。民聞令當罷，三日賦悉完。何德民深也！

義津君曰：『子亦知吾家五世祖父母墓地所由來乎？』蓋公既歸隱，分宜民聞公貧甚，争出私錢，得若干金，邑薦紳二人者持謁公，欲爲壽，再見，再不能言以退，復攜之歸。居民趨問公起居，則曰：『我公無恙，太淑人不幸殁矣。公雖貧，義不受金。』僉曰：『固知公義不受。雖然，必報德！』則又相聚謀曰：『聞公求窀穸未得，吾儕其無意乎？』因復至桐城，不見公，挾習形家言者一人俱，遍歷岡阜，最後得一區，山巒環聚，法當後昌。即以其錢買山，署券曰馬氏。公不得辭，遂奉太淑人合葬兹山，所謂三科松者也。

吾家先隴惟四世祖父母葬高嶺及三科松，最得形勝。高嶺之扦，其事亦絶異，顧無徵，不敢妄記。獨三科松爲分宜民所購買也，守墓老人猶能道之。其昶幼從大人埽墓，亦竊聞之數數矣。嗟乎！民也如此，況親爲其子孫者，其可勿念？

義津君之殁今已逾歲，余懼其久而或湮，敢敬述焉。

抱潤軒記 丁亥

居宅前潔一室，予讀書其中，故未有名也。吴至父先生取北齊顔黄門詩，名之曰抱潤軒。軒凡再易，皆以是名。自予居此八九年，寒暑昏旦風雨歡悲喜愕皆於此焉寄，勤惰前卻可於此驗也。

一日，讀易至乾初九，喟然曰：『此可以觀矣！』易以前用，用莫神於龍，而其取象之初乃曰『潛龍勿用』，不潛，未有能用者也。蓋天道人事胥由此云。

予之幼也，雜於羣童，未嘗有頭角標異。既來居此，則就學數年矣，亦未嘗知學所以云之意也，縱吾心力之所能至，見凡業之足以爲名者而赴之，人之足以輕重吾者而賓敬之，人見其如此也，亦遂施一日之譽。士之泯焉無覺斯已耳，自餘心力少異於人者，莫不思有以自見於世。然古固有獨行高蹈，曠一世不見知而無所悶者，何邪？彼誠有得於己，則雖挾一藝之能，且於世有所不屑，況學先王之道有以待世而無待於世者，其自視何如哉！奔逐衆好之場，反之己而蕩無足恃，予是以有悔心也。朝剽暮竊，襮外乾中，喜忌雜鬭，一愠一忻，曩予居此，日不能摶揖心志，自堅其學，浮湛到今，吾齒日盛，米鹽淩雜之事日益紛，予方將有四方之志，又安能長居此乎？吾懼學之終奪於外也。

今夫龍之爲物也，其蟄也蟠汩於深淵，及其上下雲雨，開闔出没，御陰乘陽，而人莫能測其迹。其施無方，其斂若亡，其或藏或翔，蓋無所往而非潛焉，而又何用不用之異致邪？人之於學，儻亦有然者邪？是説也，與吾名軒之義其有合乎？其無合乎？將質之吴先生。遂書以爲之記。

吴先生曰：志業閎大，稱心而談，其文外茂密而内堅渾，亦於子固爲近。此爲集中詣極之文。

陳伯嚴曰：有莊生所稱『御風而行，泠然善也』之妙。

桐城附郭義山記 庚寅

桐城山脉自西北，縣治倚西北隅。民俗信風水，無貧富，營葬地綦難，賈或至千金。家貴盛，輒禁先壟樵採，雖族姓不得祔，喪數月外殯，貧者覆草槥上。地不即得，則數十年百年，子姓眇小衰絶，櫝朽敝，骼胔狼藉暴風日，穴狐鼠，郊野皆滿。於是，乃有儲壤收瘞，諸無主後及貧不克擇兆者，聽往自阡，號義山。

桐城附郭義山七十餘所，曰蛇山，曰木魚山，曰月山，曰蔭宗菴，在城北。曰丁家竹園，曰柳林菴，曰下烏石岡，曰魏家山，曰周家園，曰毛莊，在城東。咸豐初，忠壯營將士三千人殲於城南水上，曾文正公書碑爲『河沿義冢』，連綴大口墩、南茶菴、連魚地。西則池城，自竇公殉節處，越林家窪、古太霞宫、爽來林隱諸菴、香爐包，上至毛公洞、大小琵琶山、王家大窪、楊家嶺。邑西山薄城俯瞰，兵戰之所争也，故死者尤衆云。昭忠祠在太霞宫側。其在官莊山則有茶園，有河南窪、洪家尖、黄家朱家窪，在演武亭有烏石上岡中岡，有喬家院；在冷水澗有太平菴、官塘梢、駱駝卸寶。凡所在地，或巔或趾，或山之腹，或旁近左側，或一區，或數區相屬。其在境東南及西北去郭遠者，一族私者，寄寓客民若旌德山所自置者，不列此。

其歲時累土培冢，經費有官莊山、心莊、雙河坂、陳景莊、演武亭、富倍莊、古塘、劉莊田十八畝有奇，不能給，城内外斗母閣今圮，乃籍其田。在南，掘岡、挂車山者，六畝有奇，曰井莊，曰窯灣，歲凡租入百六十餘石。葉君泳濤督其事，益勤以慎，徵求山田處所，簿録之而鈐印於官。

嗟乎！人孰無不忍其死者之心？乃久視其暴骸中野，非情也；財力單索或益拘陰陽、畏忌人事遷易致零替耳。夫生者之居卑溼，固猶愈於露處者也；既死而藏非吉，固猶愈於不藏者也。北邙、蒿里，皆古士大夫叢葬處。今即瘞於此，深其碑刻，固其冢，或俟他時之改圖焉，君子所不譏也。至以時譏省，阻畜牧，塞鑿竇，毋俾即壞，則有賴後君子之踵其緒者，予故詳紀之以徵永久。凡山界糧畝租入有可考者，具列於後云。〔一二〕

陳伯嚴曰：瑣屑之處能以雅辭顯之，似曾子固救災諸記。

鬬影圖記 辛卯

閑伯既取平生所歷境，屬馮君筱伯作八圖，題曰鬬影。鬬影者，因范无錯去影圖名也。无錯善病，思所以自娱樂，乃圖去影而命其詩爲迴風集，閑伯覽而善之。及是圖成，无錯曰：『鬬影圖之詩，則亦可命之爲横風集也。』

予來安福，无錯行矣，閑伯則爲言兩人所相與樂者，出鬬影圖示余，謂『歷兹以往，倩善畫者補之，其樂且未有極也』。余笑曰：『影去矣，又可執邪？達者樂時而偕逝，過去之影與方來未至之影，何不相與忘之，而必鬬此戔戔者爲？尚得謂知樂者邪？天下惟忘者樂而不忘者苦。雖然，忘影可也，而其不可忘者則非影也，乃未始不寓乎影。人必有不忘也，而後可以忘。然則，君二人之爲此，其善忘邪？其又得謂非知樂者邪？』

其第二、第三圖，余之影蓋嘗在焉。閑伯既自爲記，又屬予書此。他日，无錯見之，亦有相視而笑，莫逆於心者乎？則吾三人者之樂，非圖所能狀，然亦安得而不圖也？

鄭東父曰：辭至纖譎而思甚正。

陳伯嚴曰：恉趣出自蒙莊而別成蹊徑。

西山精舍圖記　辛卯

距縣治三十里，有山曰挂車，紙棚河、南沖北沖河水出焉。北河之水將與南匯，地忽平衍，吴氏聚族於此。吾邑高明第室多環縣郭，粤寇距縣久，蓋燬矣。同治初，予家歸自上海，賃居吴氏之廬，大父方在堂，内外少長數十人。屋小如斗，倚山臨溪，田歌滿野。每大雨溪漲，則行人待溪外，皆坐室中望見。予從師讀書吴氏祠，時新脱兵亂，家人訢訢聚處，若其屋真我有也。明年，大父卒。又逾年，返城居。

其後，予冠而娶，外舅安福君方移病自免，則買吴氏廬，奉母屏居，而鬋茅作舍，三子讀書其中。叔節最少，最秀出，與兩兄齊稱，誦聲琅琅徹路衢。於是，又爲姚氏廬也。當是時，叔節族父有沈士翁者老矣，常依其家。而阮仲勉亦閉關山中。外舅喜歌詩，好酒，翁蕭然而已。予以歲時過從，則折簡招仲勉。村居無禁忌，放意高言，昏旦淹留而不厭，謂吾數人者天下之至豪也。又數年，姚氏復葺其先宅城中，而西山之廬遂空。承平漸久，故家以次規復舊業，宜可喜矣。

今年冬，叔節將北行，出其西山精舍圖，乞余爲記。觀其題詩，感歎若不勝其思者，予益愴然不可爲懷。念昔之居是宅，今存者無幾人耳。予方以衣食之故有事於奔走，而叔節亦新遘大母之戚，其兄弟皆當謀養外出。迺者不顧彼已無絜量之心，何可復有？仲勉尤困餓羈旅，至不能自存。求如異時之多暇，而此數人者乃羣萃乎一堂，無憂樂之關其慮，而深道其所願欲之懷，則已不知蹤迹合并之更在何年，第相與披圖遠想，而寄其思於無極也。嗚乎！其可慨也已。

吴先生曰：情韻最勝，氣亦完足。

陳伯嚴曰：澹逸奪熙甫之勝。

重修高忠憲公水居記 丙申

明高忠憲公當萬曆時謫官歸里，築室漆湖之濱，曰水居樓，其側曰可樓，蓋讀書棲息其中者二十餘年。誦公所自爲記，使人眇然有絶俗離世之思。公清修大節震天壤，其東林會講之盛，學者尤豔道之。風會所趨，遂與明代爲終始。嗟乎！夫孰知其植基寂寞幽隱之中，遯世數十年而無憾者固若此乎！

其昶嘗客金匱數月，識其邑人廉惠卿。暇與登九龍山，望太湖，飲惠泉之水，訪高顧二公之遺迹而慨焉，弔其既泯，益相與縱論學術興壞之由、世變之無窮已，太息者久之。當二公之都講東林，聲氣被遐邇。我朝承流矯失，痛刮虛見，淹晐鴻博之儒蔚興，後乃益獵取標末，則根本最初之事稍荒矣。吴中尤得風氣之朔，士習常先天下。然吾曩竊怪雍乾之際，漢學方熾，而先五世祖一齋先生以布衣講授虞山、松陵閒，硜硜守洛閩之藩，秒黍不軼，而一時從遊之徒廓然大變其所趨，終不歆彼而倍此，何也？豈所謂豪傑之士徵之已而不餒，固有非衆嗜所能奪者哉？

余之來也，念先人之舊遊，欲交其賢士，因以考求當時淵源之所漸，而故老已無可訊者。其後，得廉君，因廉君又知有許君静山、裘君葆良者，雖未之見，信其君子人也。於是，三君暨其邦人葺公水居既成，惠卿謁余爲記。

余謂今時事變之亟，亘古剖判以來未嘗有也。自堯、舜、三代之所已試，聖哲之所講求，皆若不足爲治，蓋西學興，儒術左矣。於斯時也，區區欲感發來學，躡公之後，納諸寂寞之塗，其毋迺迂大而不急與？抑吾觀前世所行，不爲儒術之迂者多矣，卒何救阽危之萬一也？夫以吴際江海，俗彌侈，遐夷狎處，耳目回駭日益新，而乃有不避迂行如諸君子者，吾又以知儒者之教澤蓋遠矣哉！

吴先生曰：議主守舊，而文特抑揚盡態。

陳伯嚴曰：高邈之思，神似六一。

姚叔節曰：筆執昌沛極矣，而時覺有所留藏，以從對面著筆，故足貴也。此爲微言。

書孫秀才事 丁酉

光緒二十二年，余客皖中。貴池王源瀚滌齋爲言其鄉孫秀才磏字選青號蒼鑑者，孝子也，今將乞文於當代能言之徒以張大其事。余謝不敏，則請之益力。其言曰：

秀才少孤，學未成，傭書養母。久之，補郡學生。其事母蓋天性，宿夜焚香祝哽噎，二十年如一日。母疾浸益，刺指血書疏，願促己算，病往往愈。其假館，必近村便歸省。會霆雨，不歸者十日矣。一夕，雨甚急，起索蓋去，主人止之，不可，曰：『吾母其不適乎！余心意怦怦何也？』拔關出。其從子果在途，告母病，速之歸。主人大駭。

其後遭喪，嘔血成塊，三日不食飲。殯母郊外，積潦滿道，引身障槥，竟體塗汙。殯訖，伏地大痛：『不忍吾母獨處此！』衆知不可奪，爲結茅蔽之。尋卜葬太婆石，復廬墓側，旦暮上食如生存。匍匐斷藁中，髮蓬蓬垂耳下，苴絰麻屨皆穿敝。家故貧，又讓産其兄，獨貨己田完宿逋，所餘畝才三分耳，至是益窘。好義者争持蔬米來餉，一謝不取。

有里豪葬地與孫氏先塋錯，貪地形，陰拔孫碣，反譸孫毀冢，訟於官，詞連秀才。官逮縶急，縣人大譁：『官巇吾孝子！　願救孫孝子者會學宫！』於是，會者四十二人，具列其孝行，白之令，事得解。

祥禫既屆，撤廬返，遐邇迎觀，有感歎泣下者。令慚其前事，議設義塾，聘秀才百金，則謹謝曰：『吾豈忍以親市！』

秀才母氏程，其遭喪在甲午春，年四十餘。『貴池先以廬墓受旌者，有桂復、李傳圭，暨秀才而三。』滌齋云。

王晉卿曰：窮形盡相，筆有化工。

遊冶父山記 丁酉

廬江縣治東北二十里，有山曰冶父，世傳歐冶子鑄劍於此。上有鑄劍池，淵澄清洌，可飲可溉。太平寰宇記以當春秋時楚羣帥囚處。水經注：治父城在郢都側。樂史誤也。

余以光緒二十三年冬十月己未，要其邑人錢凝和偕遊。至山麓，舍車，錢君老而僂，且憩且登，余步速而憊〔二四〕，先之五里陟其巔，暮色自遠而至。

唐時建無量殿，今猶存，殿無寸木，磚石嵌空，層轉而上，如城闉，如矼梁，幽敻陰肅，非得日咫尺不辨物。旁祀雷師。廟令言，山峻，多毒物，神逾歲輒一至，號洗殿，至則光氣內撼，山石飛鳴。寺僧皆伏，不敢窺，久之乃去云。余宿其前廂。

遲明登望江樓，晨光納牖，目際無垠。前至伏虎巖，箕踞石上，時則白湖、焦湖、黃陂諸湖雲氣坌起，窪隆環壅，皓若積雪，陽景騰薄，摩盪成采，然後，徐入山腹，盡勢極態。錢君躍喜，以謂觀雪乃無此奇也。

山有二徑，余來自西道。會錢君他事別去，余獨尋常明上人，循東道下，抵實際寺。傾崎既窮，足舒山屐，人意轉烈。竹樹翳薈，澗谷沈沈有聲。寺亦肇於唐，今圮矣。上人精醫術，蓋類有道者，不可知其迹，乃一飯而去。

吴先生曰：仍子厚體裁，要自峻厲。

潘氏墓祠記 戊戌

曩予客安徽布政使署，則聞潘刺史文鐸之賢。時安徽清田賦，刺史告養臥家，大臣奏起之，而奉天將軍亦以關外需才幹吏疏争。有詔往安徽。刺史奉母李太恭人至，予因緣得見，敦樸樂易，君子人也。又逾年，寄示所爲贈君事略，且曰：『先人死王事，文鐸稺昧，遺骸莫辨，虚祠望祭。使不有述，其奚以敕後昆？敢請！』其昶則謹條其世系，及所以死事狀，俾鑱之祠壁。

潘氏故隸瀋陽衛。國初，從入關，居京師，後徙廣州駐防。七傳至瑞隆，有隱德，生二子，君其長也，諱正錦，字卿雲，少厲志節，與人交無不盡。有友將助人殺仇，塗遇君，色沮。君挾之歸，開諭大誼，卒感悔爲善。

粤亂起，大府募兵擊賊，君方爲旗吏典書計，以文儒不在選，奮袂請行，曰：『此吾報國日也！』戰常陷堅。四年七月，師次唐夏鄉，軍覆，死之，年四十二，叢葬蕭岡西得勝山。

當是時，刺史十一齡矣，隨兩兄侍母。又十八年成進士，由工曹乞外，宰奉天安東，權復州、開原、海城，皆有名迹。一日，讀李二曲先生傳，見其尋父屍不得，立祠戰場，悲感出涕曰：『嗟乎！小子獨非人乎哉！』遂投劾，奉母徑歸，起祠棠下埠，繚以牆垣，嘉木葰楙，鑿前爲池，亭承其翼，儲茶以飲渴者。春秋拜奠，旁皇四望，靈兮歸來，愴惻行路。蓋刺史每述其事，未嘗不嗚噎也。

於是，其昶曰：嗟乎！觀於此者，雖我朝開國之初，八旗禁旅所以無敵於天下，其故豈不可知也哉！然則，如君父子纏綿忠孝之至情，曷可無述？況其在今？嗚乎悲夫！

陳伯嚴曰：澹遠。

柯鳳生曰：謹嚴高古。

潛川書院藏書記 戊戌

江油張侯宰廬江，甫到官，自以儒臣膺民社，不當惟簿書期會之知；又俗久敝，吾其章教。

邑故有潛川書院，中興後，縉紳大夫益增置三樂堂。異時，惟踵故常，校時蓺，稍未有以屬材傑之望。於是，咨謀於衆，合併一校，而分課其所業。闢齋舍以棲士，崇樸學以誘進於古，廓然大革前規，而謬以予專講席。風會肇啓，學不素儲無以拓其識器，乃廣聚典籍，用餉陋孤。自新購暨所舊藏，通得書若干卷，經史粗備，謂予不可無言。

予惟學者之志奚鵠乎？亦鵠乎忠孝而已。忠孝之性具於人人之心，不假外益。然而，在昔儒者之教必汲汲焉惟學是務，何也？人人所同具，言乎其朔也；識知闢進，奪於後起，厥性闇焉。聖賢者葆其朔，不祕其有。吾誦其言，所以明其明以明之我也。經也史也子集也，純駁不同，其明我一也。忠孝之不明，而曰經世者妄也，曰儒雅亦妄也。明乎忠孝之道，斯其所託業，於此焉於彼焉皆可也。學術之多途，載籍之浩博，執是衡之，無或爽者。是故讀其書而能明吾心所當明者，天人之要，古今之所賴也。

且吾嘗試觀於天下，横目之氓汶汶者皆是也，其或後之所就，能以德以功以言，如古所稱不朽者，其人乃往往有高世之懷。生今之世，惟古與稽，彼誠有所不屑耳。吾因是而知士之逐於風趨，皆其後之一無可立者也。世果有豪傑之徒出乎？志業雖宏，要之以嗜學爲始。

姚叔節曰：凝固質穆，彌鬱彌清。

三公祠記　庚子

西蜀梁令君濤觀，於光緒廿三年來攝縣事。攬圖册，咨耆庶，得明季蜀人竇成以死救城狀，邑人祀焉，縣治之西北故有竇祠，燬於亂。謀重建之，未幾，受代去，以屬少尉文宏基，少尉亦蜀産也。於是，邑人吴芬自請效功，寡斂遴出，役不逾時，凡成殿前後兩楹，用錢五十萬有奇。前殿祀竇，後殿以祀楊張二公。楊張二公異時，祀於縣署，署燬，曠不續，今併爲一祠，故號爲三公祠也。

當崇禎初，流賊起陝西，躪燕南、河北，復自澠池渡河而南，浸尋及於鳳、泗、江、淮、楚、蜀之閒，所在糜爛，而桐城實綰其衝。張獻忠屢悉衆來犯，死咋不得逞。當是時，史公可法提師捍衛，黄將軍得功馳驟赴警，而楊公、張公又相繼爲令，與縣士大夫喋血守禦，應變不窮，卒至明社可傾，而吾城終不可拔。蓋自崇禎七年以逮十四年秋，城不亡者，賴楊公〔一二五〕；十五年夏迄十七年冬，賴張公〔一二六〕。楊公年少，有奇才，張公寬仁長者，其得民心也同，其應機赴便卒完城也亦同。張公之來也，其年冬，城勢尤危。獻忠既破六安、太湖，誓且屠桐城。圍攻數重，城旦夕破。而桐城守將廖應登方率其卒竇成等數騎閒道謁巡撫史公於廬州，至舒城，爲賊得。賊使應登誘降桐，應登許諾，乃陽爲賊辭説，而盡以其虚實輸我。賊怒，殺之。再使成，成辭氣奮厲，大呼：『我成也，賊脅我降若，若必無降！賊畏黄將軍。黄將軍即至，賊破膽走矣！』賊大怒，遂支解成以死。城上人望見成感動，相與流涕，向成而拜，城守益堅。張公嚙指血然礮，礮發，中賊渠率，益募死士縋城請救。於是，黄將軍駐鳳陽，用三日夜踔六百里來援，賊大驚奔潰，獻忠跳而免。是役也，城得不屠，得忍死以待黄將軍救至者，竇成力也。

嗟乎！成在當時微耳，今巋然乃與諸公比德。史黄各有專享，衡宇相望。侯虜別於生存，義烈炳於殊世，運夷事往，天地傾岌，而其肸蠁於人心者，不以盛衰久暫而替，且使其鄉之人引之爲己重也，此豈有資於外至者哉！夫流賊誠慓悍，能亡明之天下，而不能亡此區區彈丸之一城，然則，國家廢興存亡之際，豈不以人乎哉！予是以慨然而書之。

楊公諱爾銘，四川筠連人。張公諱利民，福建侯官人。〔一七〕

吴先生曰：敘次斂散有法，修辭得古人意趣，結尤妙遠。

蕭敬孚丈曰：敘次磊落有古意。

校記

〔一〕「姊夫」　十卷本作「吾友」。

〔二〕「則取」句　十卷本作「往往爲之評騭書史」。

〔三〕十卷本此下有「連婚余家」。

〔四〕「忽心悸」云云　十卷本作「一旦心悸，乞假省覲，剋時日獨身走三千里以歸，而先生則已前歿矣。余既別鞠裳，有姚仲實者年少而才俊，交厚於余，與鞠裳同，姻戚亦同，余每對之輒益思鞠裳。及聞鞠裳歸，治喪浮山家祠，則往慰之。悼懷前事，相與流涕。鞠裳痛父之不可復見，無以寄其悲思，乃』。

〔五〕十卷本此下有『宜鞠裳痛之之深也』。

〔六〕『則固』句　十卷本作『則固無間於親之存歿，終身焉而已』。

〔七〕慕　十卷本作『志』。

〔八〕『開謨』句　十卷本作『開謨耕天林莊，攜婦廬田側』。

〔九〕『傭者』云云　十卷本作『夜三鼓，傭者呼婦起具飯，婦曰：「中夜胡爲者？」再呼，再不應』。

〔一〇〕户牢閉　十卷本作『婦大呼：「不可！　予且著衣起矣。」』

〔一一〕『仲勉』云云　十卷本作『仲勉有友曰程開振，與開謨從兄弟，假阮氏屋以居。仲勉爲人端潔自好，開振慕其風』。

〔一二〕『行未』云云　十卷本作『相距且一二里，天晻黑，不辨識道路，乃被縛，置肩輿中。婦大號痛，某毆其後，且行且歌，以亂其聲』。

〔一三〕『則事』句　十卷本作『則婦已行矣，事已不可爲，乃與仲勉諸人謀鳌田宅贍其孤耳』。

〔一四〕十卷本此下有『大罵』。

〔一五〕『婦哭』云云　十卷本作『婦於堂上毁其神櫝』。

〔一六〕『衆劫』云云　十卷本作『數婦人持之，好語慰之』。

〔一七〕『即更』云云　十卷本作『爲更衣，即手裂衣』。

〔一八〕『宿於』句上　十卷本有『不敢强，乃』。

〔一九〕泣下　十卷本作『唏嘘泣下』。

〔二〇〕『僉議』句　十卷本作『僉命開振迎歸，撫教其子』。

〔二一〕十卷本此下有『馬其昶聞而歎曰：嗟乎！此可風也已。乃書其事，請於學官，旌其閭以勵薄俗，且堅其末操云』。

〔二二〕『此段』云云　據一卷本輯補。

〔二三〕十卷本末署『光緒十六年冬十月，邑人馬其昶謹記』。

〔二四〕步　十卷本作『陟』。

〔二五〕賴　十卷本作『維』。

〔二六〕賴張公　十卷本作『城之存，維張公』。

〔二七〕十卷本末署『光緒二十六年夏四月，邑人馬其昶記』。

抱潤軒文集卷二十二

記

集虛草堂記 癸卯

李生健父，才敏而好讀書，從予學兩年矣〔一〕。其尊甫侍郎持節滇黔，家事一倚辦生〔二〕。張君子開曰：『世皆急仕宦，健父弱冠舉於鄉，乃唯學之急，玆其難也。每日晨興詣書室，事至決事；即事已，輒就案誦習〔三〕，晝未嘗及内〔四〕。其書室三楹，牆宇峻高，隘東天氣不得下。或曰是於衛生非宜，乃別築草堂於宅後隙圃，略仿泰西治室之法，窗櫺四啓以收納空氣。既成，予取莊子語，命其堂曰集虛。率分日之半處其中，乃使人有林野曠適之思，不知其爲城市居也。夫空氣之爲用博矣，民物資之以生長，運而入之，排而出之，是名炭養。炭養者，敗氣也。計屋容積，空氣之數幾何，人日嘘吸用氣當幾何，二者乘除相抵，而以法斂放之，必使空氣饒羨，則便體蠲疾；反是，亦往往生患。蓋泰西居宅衛生之學如此。』

予謂其説既信美矣，抑猶有進焉。氣盎然於太虚，有屈有騰，有濁有清。其騰焉者其清也，其屈焉者其濁也。吾之氣生於心。氣與氣相引視其類：吾騰之而來其清者，未之有也。彼呼吸猶是人耳，其天之亡也久矣，則雖置身曠莽之野，即又安望其與太虚之氣之上騰者訢合無閒也哉！

易曰，山澤『咸，君子以虚受人』。不虚，未有能受者。莊子之所以集道，泰西之所以衛生，於大易之恉胥有合焉。生既從予受易，其所志誠可謂邁俗。然吾願生之無以是遽足，益虚其心，以求造於古之人乎。吾則曰：匪虚也，積微以盈，塞乎天淵，亦且至實焉爾。

陳伯嚴曰：微眇之論，自成一子。

慈竹居圖記 丙午

吾友劉君訪渠，其爲人，古所稱悃愊無華者也。余嘗從其所見興化李君審言筆札，辭采蔚然，其用情尤深至。兩君之文質不同尚，其交厚乃有若骨肉。余於李君雖未見，然能知其爲人也。

李君淹雅，知名當世。余時方爲屈原賦注，寄江寧，求君是正，君幸教之無隱。君亦寓書丐題所爲慈竹居圖者，曰：『詳有老母，年八十矣。母昔長華腴，自歸先子，斥其嫁訾恤親振族，數年略盡。中更艱苦，有非人所堪者。今詳庸書四方，稍具甘旨，而母老病臥牀，旬有數警。明年歸家奉母，誓不再出。忍寄此閒，如負芒刺。比屬友人圖母支杖俛坐，詳由階而上，欲有所請。環蔭慈竹，清景絶勝。子幸爲之言，庶託不朽，亦詳報母之一耑。』訪渠益爲之請。

余推君交友之道，固知君之能事其母也。嘗以謂人子之得用其情於吾親者，獨有少時耳。交游盛而别離之事起，貧者尤甚焉，或歷歲不歸，或歲一再歸，皆坐席未安輒去。率十年計之，乃不能有一年之日，其餘時徒以貽其親憂。人亦何賴有此子爲也？而其勢又未可得已。此李君之所爲自傷。

而余之離吾父母遠逾二十，近且十餘年。思李君，蓋羡其猶有今日。然則，李君之圖余雖未見，而能言其圖之意者，宜莫如余也，因爲之記。

姚仲實曰：逸韻深情，聲流簡外。

游紫蓬山記 丁未

余客合肥今六年，時一至逍遥津、香花墩，謁包孝肅祠，顧未嘗遠出。歲三月上旬，樊稼亭有游大蜀山之約。健父曰：『可遂游紫蓬山也。』

紫蓬一名李陵山，肥水出焉，最爲邑西勝地。詰朝，偕子開、訪渠、石宜六人同往。出西平門廿里至大蜀，一峯障郡而峙，旁顧無侣，爾雅所謂『獨者，蜀』也。余與健父先至，憩山之半，以遠鏡窺同游者〔五〕，謦欬若可接，而聲寂不聞。飯後，各題名去。

西南行廿餘里，宿楊圩，距紫蓬猶可廿里所。明日，主人偕登。有寺踞山之巔，房廊蕭曼，與山爲卑崇。登閣遠矚，天宇開豁，念余一身寄此渺然。時大風塵起，僧言晴霽則巢湖中帆檣可指見。

水經注：肥水出良餘山，西北入淮。兹山之水，皆東南入巢湖，無能西北逾山而過。乃知郡縣志以紫蓬當良餘，而謂肥源久湮者，誤也。肥水實出將軍嶺，在紫蓬北六十里。自嶺以西之水入壽春者爲注淮之肥；其東流十里，經鷄鳴山繞郭迤南入湖者，今亦曰肥河，酈道元謂之施水也。爾雅『歸異出同流，肥』，合肥得名以此。吾意良餘山即將軍嶺。曹公征孫權，由渦入淮，出肥水至合肥，良餘扼其衝。吴魏戰争，必駐重師於此，將軍嶺之稱由此起也。紫蓬祠李陵，不知所由始。吾又疑魏將李典守合肥有功，廟故祀李將軍，或乃不知將軍爲李典，誤屬陵，因以名山，而并以肥水之出將軍嶺者亦移被於此，斯誠歧之又歧者耳。古今地志，非目驗則往往乖異。

周中書家謙居山下十里，曰周圩，多藏書。子開邀往過之。周亦以謂肥水不源於此矣。是日，觀蘇子瞻游定惠院二詩手稿，及他宋賢遺迹，久之不能去，秉燭至楊圩宿。明日返郡城書此。〔六〕

姚叔節曰：於柳歐外別出機杼。

柯鳳生曰：置之歸太僕集中，亦上乘文字。

安慶會館記 庚戌

南出宣武門外里許，東迤曰鐵門，有文昌館，蓋桐城館故址也。明季，左忠毅公遘璫禍，坐贓鉅，縣人斥賣以急其難。光緒初，文昌館移他所，六皖京朝官購得之，將以建府館也。桐人請別擇地以易，僉曰：『忠毅名德在天下，固非一縣所得私。且府館祀忠毅，於禮亦宜。』桐人遂不復言。又廿餘年，始搆西式樓五楹，署曰安慶會館，凡用錢以緡計者若干萬。

余惟人情，居鄉里，父老子弟朝夕見，此亦常耳。或乃失意相訢誶，若財賄、田宅之競，爾我仇視；又甚焉，仕宦退老至不願還歸。然而，孤遊久客，往往聞鄉音則喜者，何也？其出愈遠，則其思愈甚，而範圍之所届亦彌廣。於是，有省館、郡邑館之設，而游海外者且有中國會館焉。豈非遠其私暱，則心普而所羣者大與？私小己而忽大羣，其殆未馳域外之觀者與？

而吾縣人乃以忠毅故，至捐棄其邑公有之業而不顧。明社既久屋矣，到今數百年，所謂桐城故館者不必復有，而風義所感動未嘗不赫然存天壤也。然則，人之所以爲鄉人重，與鄉人所以會聚立館之意可知爾已。余幸生忠毅同里，敢發斯義以諗邦人君子。

柯鳳生曰：卓識偉論，真不朽之名作。

王晉卿曰：每發一義皆能見其大，知其所息者深矣。

高念慈先世行實記 辛亥

余論交莫夙於阮仲勉，因仲勉而交高君念慈。時仲勉二親亡矣，致嚴祭禮，不以駭俗自作。念慈母幸無恙，其心思志慮專壹於母，遊近地，離三五日，聞鴉鵲鳴噪，皆疑其爲母祥也。舉天下懿德美行可師法者，皆莫如吾母、吾先人若也。以是詔於家，亦數數稱述於人。

念慈述其大母王氏曰：『先大父故合肥人也，嘉慶初來桐城。既殁，貧不克歸，先君年十四。於是，大母晝督子操作市廛，中夜課諸女箴繡。各就寢，猶自刺帨巾一幅乃休。久之，家日以起，撫育兩從子，爲娶婦生子矣，一旦竊貲遁。當是時，天下大亂，迹得之，則挾寇勢，覬分其平生積苦所購産。大母雖痛其獸心，竟取産均分之。嘗道拾遺金，坐待還其人。大母治家嚴，子婦得一笑語私相慶，卒年八十。』

念慈又曰：『先君諱寶成，事大母，大母稱之曰孝。嘗深夜兩拒奔女。幼從師讀未竟，終身敬事師。大母均産從子，先君實成之，又分産以贍孤甥也。』念慈又述其母曰：『吾母之於親族篤矣。吳氏姑孀居，性忮很，嘗毆辱母，母懼失大母意，嘿不校。長姑貧，攜子女相依，再從世母亦以孤貧來依，吾母壹厚遇之。大姊、伯兄皆前母出，伯兄病，大姊歸視，見母所以調護狀，爲感泣。有族兒生七月而失母，將粥諸人，吾母攜之歸。兒羸瘠畏風，母暑夜撫兒，不納涼者三年。嘗曰：「行擇伴，居擇鄰。」高與阮姻也，剖屋而聚居，吾母誡念慈事仲勉若師，仲勉事吾母亦若母。』其祖曰：『賢哉母也！有達識矣！』仲勉亦嘗云然。

念慈又曰：『曩道光末大水，議振濟，吾家以客籍當倍輸，有怡軒馬公爲緩頰，得不困。今知馬公者君祖也。吾母聞之大喜，自是交益親。』念慈以附生官江蘇巡檢。母魏氏封太孺人，光緒庚寅卒，距今廿二年矣。念慈求紀其先德，見必再三言，蓋未嘗不涕。

余自孤露以來，出交當世賢士，往往多文儒政事之彦，顧質行無慚、久而可思者尤在少時交也；老貧阨困，零落乃無幾人。今年，處京師，懷舊事愴然，因書以寄之。

方常季曰：敘瑣事極見文法，於質行交誼流溢真味，大是歸方。

觀復堂記 癸丑

含山張君學寬，字筱春，十餘年前同客皖城，嘗一見人家坐上，未及深言别去。其後，各讀所著書，兩人交相慕。今年，復遇於皖城，筱春屬余題觀復堂額而記其事。余拙於書，爲轉乞方槃君書之。

老子曰：『致虚極，守静篤，萬物并作，吾以觀其復。』蓋聞，天道無往不復，往之極者，則其復也，遲或數十年，或百年以至數百千年，不敢知也。吾與筱春所處今何時乎？尚有能復之一日，而吾輩猶及觀之乎？淺識者眩於外而失所守，倍天地之恒經，快意背睢無所憚，若惟恐其往之不極，彼不知其終之必有復也，悲夫！

天地之無窮，其復之數十年，或百年以至於數百千年，猶旦暮爾，獨人之生於其際，而不及待焉者，可傷也。然則，老子之有取於觀者何也？易曰：『復其見天地之心。』老易之恉將無同邪？吾願從筱春問之。

吴辟疆曰：精理名言，以崇奥之筆出之，意態雄偉，光氣熊熊。掃羣言而躋不朽，端賴此等。

柯鳳生曰：讀此文可以見先生之易學。

吴江施氏義莊記 丙辰

人莫不欲安全其身。身之所親則有家，家之所寄則有鄉，鄉之所統則有國；國與國分，分則争。然而，圓首方趾横目之民，其欲避危殆、就安全，一也；而疏戚懸焉，而利害至於相反，則私之爲也。人病人，以私厚其身；家病家，鄉病鄉，國病國，以私厚其家、鄉、國。烏乎！自私自利之風熾，而相争相殺之禍起，吾求其安全，而至於争殺，何其不思之甚與！

易曰：『莫益之，或擊之，立心勿恒，凶。』恒者，可以常行之道也。己益而人危殆，則或擊之矣，擊則兩損也，是故兩益之謂益。聖人不諱言益利也，然必恒焉而後真利出；不然，而挾私以圖小利、暫利、獨利者，非利也，害也，皆不觀於其恒者也。

猝然覩深痛巨悲之事，雖暴夫亦有愴於心者。孟子曰：『人皆有不忍人之心。』葆是心而家施之則家睦，鄉施之而鄉順，國施之而國昌。推之至於天覆地載，無窮不可紀極之世宙，皆吾一心之所際也。天地無窮，吾心所際亦無窮，環而待於我者，未能悉副其所期也，則即耳目之接於前者，而次第施之有餘裕焉。

吴江施先生景熊，嘗有慕於范文正公置義莊贍族，力未逮歿，以屬之子。其諸子皆賢也，長子曰善昌，尤以勤義賑名天下。所賑徧各行省，集貲率巨萬計，皆躬其役；而義莊則力仍未逮，又以屬之子。於是，其子及從子曰則敬，曰肇曾，曰肇基，同時蔚起，用錢塘籍入學，獲鄉舉，登仕版，家益大。念先志之未竟，乃於原籍震澤鎮建支祠，購田千七百餘畝爲義莊，其族之孤嫠貧疾皆有贍。而於教督子弟尤兢兢，曰：『吾祖之訓云爾。』其猶范氏之遺乎！文正之殁且八九百年，而今施氏之族得所賴者，謂皆文正一心之所際可也。

余感昔賢意量之宏，而痛世風日競於私利，禍變相尋，莫知所届，故於施氏祖子孫三世之行，樂爲之記如此。蓋人道不明於天下久矣，彼世所驚駭，以謂彊武戰勝之國有榮譽者，卒其爭殺之禍何如哉！

陳伯嚴曰：盤曲緜邈，雅近習之。

王晉卿曰：手寫一事，而目瞀八表，是之謂有益之文。

柯鳳生曰：親親仁民愛物之理發揮精透，直儒者之言也。

姚叔節曰：慨乎其言，而以頓挫出之，故尤深惋。收處本正意，反作餘波，奇變不測。

潮安沈氏祠記 壬戌

民國十有一年，余在京師，被聘修清史。時南北戰爭甚烈，士競新學説，古昔聖賢所以綱紀人倫者務反之以爲快。而潮安沈氏清守、清龢兄弟服賈南洋，既爲其先考德齋建祠本籍，復具狀，自新加坡萬數千里達京師，丐余爲之記。

烏乎！禮失而求諸野，中原板蕩，遐陬販鬻之區猶有行義不怠、仍世愷弟如君父子者，史不暇詳，然亦安可使其無聞乎哉！

君諱潛光，字聲仰，德齋其别號也。始祖宋端宗時由福建之詔安來遷，都曰上蒲，鄉曰華美。十八傳而至君，生有智算，蚤孤，家貧寠，渡海至新加坡，依族父曰以成者。族父察其忠信，授之貲，使爲賈；復耗折，任之不疑。卒能有成功，致貲鉅萬。與族父處數十年，人信其不欺，其營業選任徒友亦無相欺倍者。至於興事造謀，老於商者皆自謂不及，推主本埠參事局、保良局，事悉辦治。建家廟以祀先，設同濟院以療貧疾，創養源學校於上蒲，禮敬師儒甚至。他若歲祲振災黎，築隄堰，脩衢道，施槥埋胔，凡可以利益人者，不顧慮費多寡，惟期事舉。諸子繼起，爲善行益力，遠近歸德。宣統初，以年老渡海歸，抵家一月遽卒。始，君援例爲候選道，加級封資政大夫。既卒之明年，祠成。

古者，別子有蹶起爲大夫者，則爲繼別之宗，祠而祀之，禮也。夫禮莫大於祭，祭莫尚於功德。漢儒許叔重之言曰：『德，升也。』『功，以勞定國也。』是故上達者德也，橫被者功也。貞介絕俗之士，往往憔悴困阨百倍於恒人。人或疑天道之無知，是不然。蓋命之制於人而不可易也久矣，知命之不可易，故無欣厭；無欣厭，故無累；無累之心，曠然可與神明交，其德盛者其氣升也。若夫功之所暨，則視及人之遠近以爲差：及人愈遠，其功愈大。由己推之人，更推之物，天地之大德曰生。彼人與物或不能自生存而吾生存之，則吾之所行者功也，而天地之大德寓焉。祠而祀之，豈不宜哉！況際滄海橫流之日乎？詩云：『風雨如晦，鷄鳴不已。』誠珍之也。故余發斯義，貞諸石，俾後覽者憬然知所慕焉。

柯鳳生曰：氣體遒古，説理尤精粹。

黟縣胡氏重建横岡宗祠記 壬戌

徽州之胡分兩宗：曰安定，曰明經。安定之來也，自青州。明經其先李氏，唐亡更姓胡，避居婺源、績溪。宋有雲峯先生講學婺源，建明經書院，因以明經别其族，然亦通稱安定。其自青州來者，始遷祖爲晉新安太守育，愛黟山水勝，卜宅横岡居焉。六傳至梁太常卿明星，諫武帝事佛，忤旨告歸。鑿渠引流，溉田三千餘畝，鄉人立祠横岡之上，春秋祀之。明尚書程敏政爲作承澤堂記，即今祠址也。其後，散處黟、婺源、太平，共十一派，皆祖太常。當明之初，有曰季發者始議脩族譜，至信陽令壽安而譜成。信陽以清節著，承澤堂之不圮也，亦賴信陽力。至咸豐初，搆粤寇之亂而毁。今六十餘年矣，其族君子某某等議建統祠横岡，衆樂趨工，不三載祠成。

當是時，余友曰元吉、敬安者，以學行用大臣薦爲令山東，國變棄官歸，因得襄族盛舉。于是僉曰：『胡氏在徽郡者如竹村、樸齋以經學震海内，然皆明經後。安定之裔聲名、文物雖若未逮，顧自晉迄今子孫數十傳，歷千餘載，承澤不墜，亦世所稀也。其前之廢興有程記，今幸祠成，聞子之友馬君善爲文，不可以無述。』乃來請。

吾聞敬安之歸也，以易教授鄉里。易曰：『天地閉，賢人隱。』賢人曷爲其隱也？曰善觀天下者，亦觀其勢之聚散而已：聚則全，散則傾。民之生也，各有其地，各本其族，各具其心。有血氣則有争心，以各地各族各心之人，出而握持政柄，以遂其血氣之所必争，其潰散四出不可復收也決矣。先王知其然也，系之維之，匡之直之，制爲君臣父子之五倫以綱紀之。其不能不散者勢也，而隱然有動於其中者焉。

萃渙之彖皆曰『王假有廟』。自天子以逮士，等級不同，而皆有廟，所以動其惻怛不容已之誠也。惻怛不容已之誠，始於廟祀，而推之及於家國天下。孔子於萃爲之傳曰：『君子以除戎器，戒不虞。』而渙則曰：『先王以享于帝，立廟。』夫立廟與除戎器並舉，此聖人治世之微權也。散而求聚，舍此莫由矣。而今之人乃惟恐其聚之不遽散也，烏乎！民散矣，如之何其不隱也！

余感胡氏不忘其先而聯宗族，書此以質於敬安，俾刻石祠中，用示來者，亦庶幾知所儆云。

柯鳳生曰：湛深經術之文，足與望溪並駕。

于中丞祠記 癸亥

前河南巡撫于公樾亭既卒二十年，其孤翰篤嬰家國之變，播越不遑。久之，避地雙城，將葺廬舍，先成家廟三楹，用祀公，而以夫人孫氏配，禮也。

公諱蔭霖，字次棠。先世籍山東濰縣。曾祖遷吉林，爲伯都訥廳人，今易廳爲縣，曰榆樹也。仍世種德，以孝友著聲。公既通籍，入翰林，從遊倭文端公，因得與聞性命之旨。出爲荆宜施道，勤政愛民，尤盡心災賑及農田水利。其教士也，仿宋湖州學制，設經義、治事兩齋，不時臨莅講習，士風丕變。其後，洊擢監司，至開府，風裁益峻，忠公之心與國爲體，諸公貴人咸病其剛直。撫鄂未幾，調中州，再調廣西，未上，遽開缺。貧不能歸，留寓治下。光緒三十年，年六十七卒，遂葬南陽李華莊。其田宅授自先人者，推讓親族。翰篤歸，無所資以爲生，至是乃始購地雙城十餘頃，徙居焉。而榆邑士紳懼歲月久遠，後之瞻對公祠者或且忘公榆樹人也，因合辭爲書致其昶，乞文紀其實。

余謂公道德行誼希蹤前哲，其意量所及恒在天下，固天下之賢也，豈一郡邑所得私哉！然而，自古名臣鉅儒忠義之彦蹶起一方，山川郡邑往往爲之增重，彼其杖履之所接，游讌之所憩，雖曠百世猶使人興起感奮，莫能自已。詩曰：『維桑與梓，必恭敬止。』以其情之私，成其好善之公，君子不謂爲私也。

曩者，公嘗布政吾皖矣，不以其昶不肖而居之幕下，朝夕承公教者一載。翰篤實從余遊，而余亦且自幸獲私於公也，故樂爲之記。

柯鳳生曰：詞簡理足，其體裁雅近望溪。

舫齋記　癸亥

清帝遜位之三年，秉軸者議修清史，闢館東華門内。于是，前東三省總督尚書趙公實爲館長。異時，國史館及實録、會典諸館皆在東而各自爲區，方略館在西，今取而合并之。東西相距遠，過從者憚之，或至累日及旬不相見。珥筆紀載其中，晨入暮出，閲十載，存亡聚散之可喟者多矣。而公獨巍然壽臻八十，聰明强固逾少壯人。同館之士謀所以爲公壽，公堅不許，衆乃莫復敢言，顧缺然無以展其敬意，慊慊不自釋也。

公曰：『東館迤南有三楹，南向而北户，適西館者必徑此。前臨小池，通御河，大槐二株蔭其旁，皆數百年物，舊顔曰舫齋，不知所由始，往往見先輩題詠。今與諸君獲聚此也，幸奮其十駕之力，逮吾身而覩厥成，則舫齋話舊，後之徵藝林故事者必及焉，安可以無述？』由是，館士二十有二人各賦詩或繪畫以進，而更屬其昶爲文紀其事。

余竊以謂，公之不言壽，公之不忘親也，豈以矯俗爲高哉！推不忘親之心而及於君國，舉三百年人物典章之鉅，所謂磊磊軒天地者，繫之身罔敢有失墜。下至賓僚宴遊，一日之雅，猶低回躑躅莫能忘焉。烏乎！公之用心何其厚也。

或曰：『今俗靡敝極矣，生日之侈乃尤甚。以公之名德，抑然自下如此，寧不可以風當世與？』曰：『奚爲不可？雖然，此其義推而得之，其殆非公本意之所存與？』

余辱公知愛久，因次其語，爲舫齋記，系之詩曰：

五十慕父母，曩聞有虞氏。而公登八十，念念乃在此。謂父昔殉義，訓育賴仁妣。坤厚復淪謝，百事長已矣。榮路雖獲躋，年華詎足紀？交親沿世尚，强欲寵暮齒。其意摯且堅，婁卻不能止。遂爲圖舫齋，隨例製百紙。煮茗得少聚，話舊良可喜。庶幾與羣賢，惇吾一代史。韙哉公此言，淳竺古無比。述以式邦人，頌詞固無取。

柯鳳生曰：高古似昌黎。

隴南修治道里記 癸亥

甘肅，古雍州地，南界秦蜀之交，山阜盤互，自來行軍轉粟運輸艱阻，目爲畏途。左文襄公當咸同閒平關隴，復新疆，用兵塞外，而甘新之車路通，顧猶未及隴南。民國建立，甘肅獨以僻遠免戰禍。于是，陸軍中將孔君鎮守隴南，乃鋭意平治道涂，以暢百貨，逸行旅，縱横四闢，而以天水爲之樞。

十年冬，始營西路。自天水西南至羅家堡，歷鹽官鎮、長道鎮，過西和，南至洛峪集，又西南，踰麒麟山至王家楞，長三百餘里。

明年春，營東路。自天水北出雲山集，東歷遠門鎮、白駝石，數折以達清水，北至閻家店入陝境，有大關山亘馬鹿鎮、固關鎮之閒，工尤巨，又東南抵隴，長五百餘里。

是年秋，營南路。自天水南出興隆鎮，東迤娘娘坝，逾八盤山、殷家溝、江洛坝，東南趨徽，更東經永寧鎮、趙家堡，東抵兩當，長五百餘里。

十二年，營北路。自天水西出三十里鋪至關子鎮，又西北至伏羌而東西分：西經盤安鎮、洛門鎮至武山，二百餘里，因故道加修治；東則由金山鎮至秦安，又東北至蓮花鎮，復折而東南，歷隴城、隴山二鎮，逾張家川以達閻家店。

自隴城東，凡所歷鎮各分支與東路會。其東路自雲山集分而西北行者，歷秦安、郭嘉鎮、碧玉鎮，度冉家川抵通渭以達定西，長四百餘里，亦北路也。其分自西路者，長道分而西行百里至於禮，西和分而東南行三百餘里，亦南路也，歷頁水河、譚土關、石峽關，乃折而東，至於成，北達江洛垻，東達徽，悉與南路會。閒皆榷幽鑿險，以砥周道，凡二千八百餘里，用銀十六萬有幾。君壹以自詭，不顧望。

時當地震菑變後，廬舍熸毀，饑饉流亡，死者無算。君輒募役興工作，雜民與卒而部勒之，凡所經畫，雖勞不罷。費雖鉅，使甿隸得贍，而又因以成吾之績。蓋道通無阻，非特軍事便也，即人文之蔚起，未嘗不資於此焉。是不可不詳述以告。後之人賡續前勞，以時飭治，毋俾即壞，其亦隴民之幸也與！

君名繁錦，字華清，合肥人，卒業北洋將弁學堂，至今職，特授銘威將軍。

柯鳳生曰：文如聚米畫沙，使道里遠近、工程先後，讀者一目瞭然。真有用之文也。

合肥孔氏祠堂記

民國十三年，歲次甲子，銘威將軍動五位隴南鎮守使孔君繁錦重建先祠合肥，既落成，而屬其昶紀其事。

孔氏當明初有希文公者，洪武十七年授曲阜世尹。後省親江南，阻於兵，樂舒城山水，因家焉。其子九人，四子詢遷合肥南學塘，人號之曰學塘孔家。自詢公上溯孔子，五十七世矣。又十七傳而至將軍，兄弟同時畢業北洋將弁、武備學堂。積勛伐，將軍至今職；弟繁琴以知府統領雲南巡防軍，殉國難。

知府君嘗念身託聖裔，自曲阜來遷七百餘年，子姓蕃碩，具詳於譜；顧祠宇陋陋，又歲久多傾圮，即今不營搆，奚以妥先靈、聯族屬？不幸賫志歿。於是，將軍乃毅然以自任，既捐田若干畝供祀事，復即舊祠址擴而新之，曰：『此吾弟之志也。』族祖前蘭山道尹曰獻廷者，亦出貲助其成。規制甚宏壯矣，祀始遷祖詢公，並奉先聖木主於中庭，春秋薦享，亦其族通例也。

惟合肥際洪楊之亂，旌旗光海宇。當時，將帥大臣自李文忠公以下，類皆嫻韜略，崇忠孝，以弼成中興盛烈。其後，淮軍替而國勢衰，士大夫乃侈言新學，期全國習兵，起與列强競力，綱紀文章蕩然埽地，詖邪淫遁之辭盈天下。武昌之變，綮始也，微耳。清室遜，共和成，北洋軍士力爲多。以故，政權常北而不南。然而，文忠不作，建威上將軍段公繼之，國有大謀大疑，惟建威是賴，是合肥者才傑之淵藪也，識者於此覘國命焉。

天道六十年一變，而閼逢、困敦實當運首。將軍本儒家子，遭逢際會，未五十勳績爛然，乃不曜厥武，而亟亟焉以敦宗睦族爲務。其祠祀之成，又適於是時也，人心厭亂之機其動於此乎？故不辭而爲之記，亦願須臾無死，而復覩承平如曩時。易曰：壯而『進必有所傷』，『傷於外者，必反於家』。以將軍之事推之，殆將不遠也已。

柯鳳生曰：根柢深厚，故言中有物，斯爲實大聲宏。

校記

〔一〕十卷本此下有『生少長貴盛』。
〔二〕十卷本此下有『絜綱持維，宏纖畢具』。
〔三〕『輒就』句　十卷本作『就案誦習不廢』。
〔四〕十卷本此下有『必至夜分始退』。
〔五〕同游者　十卷本作『從來者』。
〔六〕十卷本末署『桐城馬其昶記』。

抱潤軒遺集

抱潤軒遺集

書明史宋一鶴傳後 甲子〔一〕

一鶴傳載崇禎十五年十二月：襄陽、德安、荆州連告陷，一鶴趨承天護獻陵。賊犯獻陵，巡按御史李振聲、總兵官錢中選皆降。振聲米脂人，崇禎七年進士，與自成同縣、同姓，自成呼之爲兄，後復殺之。

嗚呼！二人者既降賊矣，胡爲殺之？殺之，則其非降可決矣。此所謂自相抵牾者也，奚待有他證哉？然而，無徵不信，則試徵之王鴻緒明史稿，徵之雍正十三年陝西通志：稿稱振聲被執去，自成以其同邑，善養之。後通書孫傳庭〔二〕，卒被殺。志稱賊執振聲，贈以金幣甚厚，皆不顧。又數置酒歡燕，振聲醉即厲辭斥詆，乃移之襄陽。及督師孫傳庭出關討賊，復移之裕州。或傳其通款督師，遂遇害。先是，賊入山西，榜列受職者名氏，用誑曜遐邇，列振聲名，朝野共詆之，其實誣也。米脂志亦同。或又疑紀載之辭，事非目覩，則更徵之陳明盛節烈見聞録。其言曰：闖賊之陷承天也，下令：敢傷李御史者斬。因被獲。賊聞公至，狂喜曰：『大兄爲我得，天下不足定矣！』公厲聲曰：『汝本一驛卒耳，柰何稱亂，爲滅族事？今曉汝以順逆，若能知悔者，吾爲汝請命；不然，當速殺我！』賊不忍聞其語，故遷之，公言益厲切。一日，兩卒以騎至，公怡然上馬，出南郊。至則北向九拜，復西向拜，自謝無狀，虧忠孝，拜畢，引領受刃。九月晦前一日也。初，賊得侍御，知不可屈，乃不無萬一冀。伺察雖嚴，同繫者猶得共語，故明盛乘間數與公接，親見其顛末如此。

順治七年，米脂令張禹謨將赴官，遇明盛道中，出所爲李侍御節烈録，屬訪其後嗣授之。於是，李氏子姓始知其先祖死事之詳也。又二百餘年，其裔孫蘊華復重刊是録，徧徵文當代。

桐城馬其昶讀而嘆曰：大哉！聖人之論人也。許管仲九匡之功，而不取匹夫溝瀆自經之小諒。侍御不幸與闖賊同宗，見縻之久，不自引决，其意蓋欲有所爲也。以彼凶殘嗜殺，猶慕族望，知所敬禮，則因其一瞬之明，導而誘之於善，天下生民之禍或可稍紓。勢不復濟，而從容就死無憾，與氣矜而激發於一朝者，孰爲難易乎？古豪傑之士，志行而世得所庇，不行則求慊其心，斯已耳，人之知不知，無所加損也。雖然，事久而論定，知其失實而務白之者，天下是非之公也。豈惟子孫？凡知人論世之君子，秉筆之際，安可不慎乎哉！

又，史稱總兵錢中選與侍御同降，中選實自殺，非降賊，亦見明史稿。

王晉卿曰：篇首言『既降賊矣，胡爲殺之？殺之則非降可決矣』，此三語已足定其生平，所謂老吏斷獄也。復爲之旁引曲證，苦心分明，公之冤可以白矣。

方柏堂先生七十壽序 丁亥〔二〕

光緒十有三年十月上旬，柏堂方先生壽登七十。於是，先生繼配蘇宜人年六十有一。前一歲，宗鄙姻舊咸趨庭稱觴爲祝。賢士大夫齒朝列者，諸方聞者，後進之晞學者，各爲歌詩綴文，以致頌禱。

其門下士馬其昶曰：『壽序於古無有。昔衛武公耄而進德，爲抑戒之詩，使人誦以自敕。若徒侈述其所已能，貢諛詞，長溢志，非君子義所當出。今先生志道不倦，有武公之風，又深達於文律，則吾鄙所以致敬先生者，要當在此，不得在彼。』乃獨謝不爲。既踰年，聞先生疾，其昶修候，倫叔、常季兄弟出所爲壽言鈔册視予，且曰：『子其可無言？』其昶曰：『敬諾。』

蓋先生少時家貧也，非課徒不足以營生，非博謀旁咨不足以自成其學。初歲，束脩所入僅十餘千耳，約其身，以至妻子賓客酬酢之資，無所不從其嗇。虚其中以從當代鉅人長德，下至一言一行之善，無所不接其誠。烽火達於四郊，飢餓經歲，居民無人色。而先生獨於是時考覽事變，析究理道，發憤箸書，成數百十卷。既而出贊幕府，以薦授官，治化大流，名譽益聞，而先生瘉益以其暇箸書，又數百十卷。今雖甚病，猶日手一編，神明不亂，少而劬學，至老而彌勤。

周公之訓无逸也，推之，勤則壽考，逸則夭亡。户樞不朽，流水不腐，勤之謂也。先生之不自暇逸如此，則其躬壽耇、享遐福，固然無疑。

夫人當年歲衰暮，志移情换，他無所幾幸，則往往有後嗣之虞，自賢達之士皆不免此。今倫叔、常季趾美競譽，諸孫蔚然秀立，見者羣推其門祚之將大。古之膺盛名而能賢子孫者要難，敢以此爲先生壽。

雖然，倫叔兄弟今所處境，視先生少時之遇蓋不侔矣：歷百艱，無資藉，且卒能自奮於學，成名天下，况其進於此乎？學問之無終極，與析薪負荷之匪易，倫叔兄弟其知之也。不以知之而不言，則必稱述艱危，用相劭勉，則朋友之情也。

至若先生道德之崇，政事文章之懿美，福祉之繁多，他人競能言者，乃皆不之及。區區致敬之心，恒不渝其初，諒亦先生所深許。故因倫叔之請而附陳末義如此。世有知道能文之君子，庶幾其無譏焉。

吴先生曰：後幅致戒其嗣人，最得古義。

鄭東父曰：辭義並好。（輯自一卷本）

劉雲樵封翁七十壽序 辛亥〔四〕

曩余家居，劉幼雲京卿方任大學堂總監督，求文科教師，不介而以書幣見招，其祉謝不敏。比入都，申前約至再三，堅不敢承。京卿不以爲忤，遇之益厚。

是年秋，詔開資政院，集諸議員京師。或務騰新説，讎視綱紀禮教，謂前古聖賢所津津講明者，首重家族；家族範圍狹，非所語於國民者也，必剗除之乃可言大同。其説絶怪誕。議員勞玉初提學犯衆怒爭之，幾不勝。京卿發憤，上言天子，請正兩觀之誅。羣議大譁，而識者以爲今三綱九法之不遽淪斁，兩君力也。

未幾，京卿聞其封翁雲樵先生臥疾里第，乞假覲省，數月還朝。一日，衣冠見過曰：『家公今年某月日壽七十矣，將乞文字，寄歸侑觴，以娱吾親。』其祉夙有壽文之戒，而於京卿之請，又有不能已於言者，則益願聞其詳。

京卿曰：『家公幼耆學。粵匪之亂，竄匿窮山，不廢吟誦。先大父困蟄諸生中，所屬望於嗣人者切。大父即世，家公益刻厲攻苦，旁涉輿地星曆之學，靡不通貫。同治丁卯舉於鄉，五試禮部不第。爲縣令浙江，上官重其文儒，凡分校鄉試者三，歷義烏、金華、嘉興、秀水、鄞縣知縣，遷乍浦同知，所至以休養爲政，而性疾惡，不能忍於顏面。嘗亭決一冤獄，大吏嚴訶，不爲動，曰：「殺人以媚人，吾不爲也。」以佐振功，特旨用道員，旋署兩浙鹽運使。嘗筦鹽釐局，爬剔蠹耗，歲贏數十萬金。憤世變日棘，不樂更進，巡撫張公小帆慰留之。張公去，亦遂告歸矣。家公宦浙久，更大吏十數，惟衛公靜瀾、趙公展如、張公小帆尤契之，繇其儒術同也。吾母李夫人儉勤恪恭，家公督家嚴，吾母以仁慈濟之。廷琛不肖，倖得通籍，齒朝列，家公手書告誡無虛日。顧惟愚鈍，闕焉無以奉其親。吾子其辱貺之言，幸甚！』

余謂封翁之治行賢矣，抑京卿所述拳拳君親之誼何其篤也！今之言事親者，輒以顯揚爲鵠。夫顯揚誠是也，若乃官榮禄厚，廣集賓僚，摛辭競藻，矜言世德者，所在多有；而質之吾親，果遂可告無歉焉否也？人世得意之遭寵光，恩澤被霑於宗族、交遊、姻婭、子姓、親昵，與夫所識窮乏望援干澤者，皆可躊躇而滿意；獨至鞠育之恩、庭幃之教，苟一返躬循省，未有不灑然易慮者，蓋繼述之大，固非名位之虛榮所可稱也。

封翁之爲治爲學，一以儒者之道行之。京卿秉家教，膺簡命，主大學，既爲當代宗師，其立朝大節侃侃不撓，又推之使凡世之爲人子者皆不敢背其親，由家族以及天下，儒者一本之教然也。如彼等者，或乃自其一身、妻若子外，雖父母且歧視焉，而高譚君國，將誰欺乎？其範圍果孰廣而孰狹乎？詩曰：『孝子不匱，永錫爾類。』京卿有焉。今其上壽也，猶退然若無可仰稱者，斯其意量出人遠矣。

本京卿之所以事其親，而資之以事君，推之及於天下者，可以爲封翁壽。而余區區不能自堅夙戒，欲持此論質之當世，亦藉以解其嘲焉。

方槃君曰：名論滔滔，鬱於中者深，故其發也肆。往復處尤饒曠逸深永之致，讀者宜三復焉。

王晉卿曰：每讀先生近歲諸作，矚時抒議，低徊感慨，皆有關人心世道之文，所謂金口而木舌也。

王太淑人壽序

秦君紹觀有賢母王太淑人，其先祖若父以儒術世家，慎所選壻，必得儒者。時紹觀先德贈資政公方以諸生試，經古冠一郡，名聲藉甚，遂聘爲繼室。

二親在堂，御下肅整。入門而操作承將，惟孝惟謹，能得其懽心。家故貧，歲比不登，重以寇亂，資政公遊客遠方，能無内顧憂。後爲儒官，禄入薄，又不幸早世。諸子幼，能不廢學，用科第起家，嶷然有立。蓋自太淑人爲婦、爲妻、爲母，躬百其艱，而始克臻此。

今太淑人年八十矣，安居閭井，含飴弄孫。而紹觀以才望爲當途所重，留羈京師，違晨昏之養，不自得於心，則具述少時危苦事，造請諸公長者，使爲文以彰其母德，將以冬歸，製錦稱祝於太淑人前。其所得於立言君子之誦美者既宏富矣，復介新城王晉卿先生徵文於其昶。

余之得交紹觀，自王先生始也。王先生曰：『聞子夙有壽文之戒，然乎？』曰：『然也。』『今能破例一爲秦君之母爲之乎？』則謹對曰：『諾。』

或疑焉，曰：『子與王先生交，宜不後於秦君。曩者，王先生母李太夫人壽登九十，子嘿無一言。今秦君之母則誠賢也，然吾見子頌祝人之親者三矣，或拒或否，義則云何？』曰：『吾嘗讀史，怪梁主天監之初猶祀南郊。後持佛戒，宗廟郊社之祭至不用犧牲，心譏其非禮。及來京師，嘗以暇日出遊，觀昔所謂天壇、社稷壇者，士女媟褻其上，比於溱洧，蓋祀典之廢不舉也久矣。嗟乎！父母之恩猶天地也。天地生成之大德，而報以犧牲，亦云微矣。梁主又易而蔬果之，誠爲非禮，然猶愈於悍然不顧者之所爲也。

『今天下昌言非孝矣。夫孝始於事親，中於事君，終於立身。不此之務，而惟圖宴飲一日之歡，此梁主之蔬果也，何足云報饗？然由今以觀，父母鞠育之恩至數十年之久，而人子之所爲自竭者，猶有奉觴行嘏之一日，又安得不推大之？謂人道猶存，此幾希也。事有舉世循之以爲俗，而君子亦不能外焉者，此類是也。故余讀秦君之所述，怫然動心而弗能已於言。若夫太淑人之懿德美行，老膺多祉，具於他人之篇者，仍未敢以瀆陳云。』

王晉卿曰：借題發議，誠有功世道之文。文亦跌宕夷猶，有流水行雲之妙。

林母陳夫人壽序 甲子

余嘗治易，而得坤乾之義焉：凡天下萬事萬物之成，皆乾始之，坤終之。坤終乾之事而不有其功，故曰地道无成而代終。臣之所以事君，與婦之所以相夫，其道一而已矣。世運推遷，窮則必變，唯善變者雖變而不失其常，是故易一名而涵三義：易簡者，德也；變易者，才也；不易者，操也。是三者不備，未有能終之者也。

竊持此義，質諸太傅閩縣陳公，太傅不余非也。始，太傅立朝以風節著。垂老侍經幄，不以盛衰易慮，間采余所著書，爲靖獻萬一之助。在蹇之井曰：『王臣蹇蹇，匪躬之故。』太傅有焉。哲弟叔毅庶常尤淵雅有識鑑，能預燭當世之變，高蹈以自潔。在遯之咸曰：『蜚遯，无不利。』庶常有焉。不幸前殞，太傅悼惜之，逾時越歲不可弭忘。

今者，太傅女弟林夫人年六十矣，夏五月初度之辰，僚友親故將於是日奉觴行嘏。嚴君叔夏，其子壻也，更述夫人之德及其才與操者，以書走京師，乞侑觴之辭於其昶。

余維閩擅山海奧區，聲名文物稱天下，而必推陳林兩姓爲之冠。夫人席内外宗之盛，嫻女誡，修婦職，尤致嚴祭先之禮。侍姑楊太夫人疾，夜恒不寢。太夫人疾革，握手泣曰：『願世世爲姑婦也！』

家本素豐，中更事變，其所處有至艱者。蓋自贈君捐館舍，天下多故矣，顛沛播越無甯歲。由臺内渡，卜宅廈門。會漳州教案起，外兵逼境，居民徙避猶洶洶，土賊乘間竊發，夫人静謐若無事。或怪之，夫人曰：『出慮擄掠，居患礮彈。死生命也，未亡人安之素矣。即有不測，不愈於拋頭面遭强暴邪？』楊太夫人聞其言，亦不肯去。未幾事平，舉室獲安，而倉皇出走者或被他禍，人始服其明決。

厥後，清理臺灣遺産，僑居福州，整齊家政，爲子女完婚嫁，更遣諸子東渡，學成而歸。凡經營況瘁，數十年如一日。當是時，太傅方家居，倡辦全省師範學，夫人捐金累萬助之成，更捐辦螺江女學。事聞，晉一品封。其平生恤孤寡，憫貧窮，慈祥出天性。今其諸子皆騰鶱自立，夫人之心固以大慰，而猶時時戒飭之，懼其滿而或溢也，曰：『汝若不勉，吾何以對若父？』儻所謂『无成而代有終』者非與？

詩曰：『彼君子女，謂之尹姞。』述女德而必詳其世族，自古然矣。是故觀於太傅，而夫人可知；抑觀夫人之行，而太傅以平格之壽任啓沃之重，所以弼主德、致成功，以副天下之望，豈有他哉！成而不居，有而不名，處變而不失其常，其於易殆將有取焉耳。余欽太傅一門盛德，因舉其事證之經誼，爲夫人壽，并以陳於太傅，或亦許爲知言云。

王晉卿曰：善言名理，蓋得於經義者深。筆意尤得畫家烘點之法。綜内外兩姓以立意，綰合處極費經營。手寫陳夫人，而神注陳太傅，作文之因然也。門人緒昌讀。（輯自藏本手批語）

光渾齋先生家傳

先生光氏，諱深，字引如，桐城人。九歲而孤，家甚貧，自奮於學。甫冠，即教授鄉里，資菽水以養母。年三十，入邑庠，益肆力科舉之學，私冀業成，以謂可進取矣，而粵寇之亂作。邑當孔道，賊猝至，母王太宜人趣先生出避，先生持母衣不舍，母曰：『勢不能兩全，而乃不計祖宗一脉邪？』泣而去。母遂自匿柴室。妻女皆墮井。井深，賊矛所不及，怒取巨石投之。逾七日賊退，二女死矣，妻馬宜人幸履石得生。已而館邑東鄙，復遇賊，脱身走家，則母前卒已數日，大痛不欲生。聞母疾亟思食杏，遂終身惡見杏，見之必泣。每忌日，哀涕若新喪。

同治癸酉，年五十六，舉江南鄉試。久之，以教職選亳州學正，在州十餘年。孫雲錦、雲章皆壯，家已裕，一門懽忻。年八十七，以光緒甲辰二月卒於家。

先生爲人温厚，而嚴正有守。始客湖南學使幕，繼主光州書院。評第文卷尤精慎，曰：『吾不忍於倉卒間捐棄他人精力所就，使不能者倖而獲之也。』以故，所至多得士。晚歲益淵静，不爲崖岸之行，嘗詔諸生曰：『渾厚不精明，曷足以任事？徒精明，則往往資刻薄。與其刻也，無甯不任事。』因自號渾齋云。

娶張氏，繼娶馬氏。一子某。孫二人，雲錦舉人，廣西藤縣知縣。

馬其昶曰：余家故與光氏有連，嘗親炙先生之教。丹顔白髮，出入里閈，人之見之者莫不加敬。今先生殁逾二十年，雲錦輯譜牒，出其事狀，乞余爲之傳。蓋里中風俗偷薄日甚，而先生精神意態猶存吾眉睫間，嗚呼！可謂古君子矣。

王晉卿曰：筆筆寫生，能使千載下如見其人。

方常季曰：渾勁無匹。

甘紹堂傳 甲子

大竹甘君紹堂，諱培紀。

先世明初有慶三公者自江南遷蜀，居潾水。七世孫曰文軒，再遷大竹。文軒子曰彬宇，彬宇之孫曰學潤，兩世皆貴顯，有政聲。學潤六傳至家本，君考也，潔身積行，鄉里稱長者。

君生五齡失母，十歲而父卒，零丁孤苦。適胡氏姊取語孟四子書口授之，讀悉成誦矣。姊年老乏嗣，自傷悼，君曰：『姊毋然，歲時奠醊，我自任之。我死，以誡子孫，終不使姊百歲後闕祭享也。』其後姊殁，爲經紀其殯殮。既葬矣，以時祭掃不替。嘗語諸子：『汝曹慎勿忘爾姑。吾一生受用，以得力於姊教者深也。』

其居鄉，喜倡行利濟事，苟力所能爲，爲之無倦容。歲凶，每減食以飯餓者。與人交，無疏戚，壹爲之傾盡，不言人負我，人亦不忍負之。大竹民俗質厚，爲蜀東之冠，人謂君有力焉。同邑舉人陳文甫，振奇士也，與君金石交，嘗目君爲今之太邱云。君晚而好易，造微詣精。以光緒三十三年卒，年五十二。

越十有七年，子大文遊京師，從予學易，且具狀，匄予爲君傳。予方訝大文年少有高志，爲舉世不爲之學，及讀狀，乃知君所藴而未發者庶其在此，故次敍之，俾登諸家乘。

姚仲實曰：敍庸行能使人感動，此境亦未易到。

虞景璜傳 甲子

虞景璜，字澹初。浙江鎮海人。光緒八年舉於鄉，一試禮部不第歸，遂絶意進取，罣然有望於古之作者，名其居曰澹園，讀書著文以終其身。

其論學以經爲歸，經學以禮爲本，謂孔子論治天下國家有九經，極之柔遠人、懷諸侯，而必推本於修身，曰『非禮不動』。其三千三百載於禮經者無論矣；若易象、春秋，韓宣謂爲周禮，詩爲樂歌，禮樂必相爲用，而讀之實足爲事父事君之助。則所謂經者，無非言禮之書也，踐之爲理學，發之爲經濟，藉以明其道爲詞章，一以貫之矣。若學不宗經，則是數者舉無所附。嫉世之治經者纖悉苛細，競立異同以名於世，而經學壞；經學壞，而人心風俗胥受其疵。居恒諄諄教戒徒友弗越此旨；匪惟言之，又必實之於躬，孤行特立，不苟隨俗尚。

同里黄以周，禮經大師也，年差長，景璜事之師友之間。後生有傚其行者，人輒目之曰『黄虞禮法』。

卒年三十二。著三古異同録、傳經興廢攷、石經興廢攷、澹園雜著、詩文集。

方槃君守敦曰：老勁稱題。

書大竹何宜人 乙丑

何宜人者，大竹甘大文之母也。大文父曰紹堂，敦行績學，不幸早世，宜人年三十有二矣。家綦貧，撫一子一女，嘗訓子曰：『吾聞孔孟乃兩家無父孤童，積學成聖。汝其勉哉！貧不足恤，立志爲先。』大文雖幼，聞其語，氣爲之壯，學益奮。

未幾，竹城盜起，挈子女逃避山澤，必挾兒所誦書自隨，乘間課之讀，曰：『汝父爲儒，雖不究其志，然吾終不以喪亂之故，使爾隳世業，以媿爾父也。』

同邑孝廉陳步武字文甫者，大文父友也，以宋儒之學都講縣中。宜人聞陳至，即命子趨往受學，持所爲讀書札記與謁偕入。孝廉得之，如獲瑰寶。已而曰：『吾誠不足以域子。

京師者，天下人文所萃集也。子有美志，盍往求焉？必得大師，能成德達材，以副子所期者。學成而遄歸，豈徒慰母氏之劬勞哉？予亦庶幾可藉手報故人於地下。』大文竦然異之。

歸而求命於母，母慨然允其去也。貧莫能具裝，孝廉則資之行。於是，大文自蜀走數千里至京師。居五六年，凡老儒宿學知名之士，有弗聞也，聞之無不致其禮敬，曰：『吾母之教也。』雖以予之荒陋失學，猶不鄙而禮先之弗倦。蓋其求師之意至誠，其日造請諸公，必稱述母德，丐一言以歸爲母壽，勤勤不已。

君子謂宜人之能教子也，不溺於私愛也；孝廉之篤故交也，不惜詘己以廣善也；大文之事師也，本母教，其娱母也惟師說：是三行皆有足多者。予故樂論次之如此。

姚仲實曰：於莊重之事，而運以瀟灑之機局，令人耳目一新。

方槃君曰：横峭入古，生氣迥出。

何君墓表

君諱令名，字漱嶠，何氏。世居懷甯受泉鄉。少嘗就塾受書，貧不能竟讀，徙爲商。

晝治簿計，夜分輒自力於學。久之，家日以殖。

君爲人有幹略，善飲，縱談笑，人莫敢慢侮。鄉里義行，力所能爲者罔不爲。又達識時務，非佔畢儒生所逮及也。皖河自石牌下湮塞，恒潰隄爲患。君倡議集貲濬河，益請帑，儲萬金，事垂成而異議紛起，争之累歲乃決。君出所儲金，無毫釐失損，人乃大服。

海内肇行新政，於是，君命長子霆佐己勤家。次子雯既獲鄉舉矣，猶遣赴日本習法律。幼子霽治路礦專科。諸孫以次入高小學校以至中校，應機赴時，不疑不沮。既教家子弟畢出於學，又益創建模範小學校、女子織布廠，皆躬往督課，如營己私。江鎮商會立，羣推爲會長。部立銀行蕪湖，又任爲清理處處長。宣統初，皖大府以財匱課丈洲增賦額，懷甯附郭邑當爲列縣倡，檄候補縣令曹昌浩司丈事。曹尤貪横，洲民忿，聚衆至萬人，將甘心焉。君聞變，馳往開諭禍福，奪曹出。曹匍匐謝曰：『公活我！』君乃命子雯謁巡撫言其情。已而，果泣訴巡撫，巡撫怒，劾罷之，因不復言清丈事。

君之領銀行也，值贛甯之役，諸少年蜂起響應，争欲掠取銀行貲，守以兵。君已先事輸金滬上，而密寄券簿蕪關税司，既威脅之無所得，則稍寬君，爲後圖，君因乘間以計免。人謂是役也，微君機智，耗損固不貲，即禍且滋甚。事定，遂謝疾歸。以民國六年卒，年六十有四。

君娶某氏，生子三人：霆、雯、霽；女一人，適楊元明。孫五人。雯充衆議院議員，與予識。霽權衡陽令。以日月某日葬君某所〔五〕，來乞文表墓。

始，君懋遷而喜興學，雯繼以儒奮，才辯傑出，一旦棄而學佛。君子嘉何氏父子之行誼也，其不易測知也。雖然，亦可以觀世變矣，於是乎書。

王晉卿曰：先生敘事之文多得力於史公，讀之凜凜有生氣。

張綺湖墓表

君張氏，諱宗忍，字執孫，號雪樵，又自署曰綺湖。

先世居長沙，同治初徙安徽郎溪，再徙南陵，君祖也，諱承裕，精於醫，以樂施伏其鄉。父諱淦，喜任俠，以軍功敘官同知。

君性孝友，端静而劬學。幼時肄業鍾山書院，研窮經史，名在儕輩上。二十入邑庠，輒不復求舉。族兄曰南勳，以道員從左文襄公至秦隴，歷膺要職，欲得君自助，終謝不應，而獨居，顓力於詩。其所爲詩嘖時狀物，動洽天趣。於近代詩人喜袁簡齋、張船山。著綺湖集若干卷。

然君雖耽吟詠，内行故甚篤。其律身及教子弟，必謹禮法，而又不囿於故常。逾四十，始主其縣高等小學及郁青儲才學堂。民國初建，迭充縣議會議長、教育會長、財政局長，區繁畫璅，弛病彍利，士論歸之，遂舉爲安徽省議會議員。時當兵亂未定，安徽實長江中紐，舉措繫東南重輕。君在議會，慎心扶接，凡所建白，多有匡救。民皆望君有爲，而君竟以病歸矣。辛酉十月二十四日卒，年五十七。

配李氏，生一女，嫁青陽劉應鈞。繼配秦氏，無子。遺命以弟子鳴周、鳴鳳嗣。鳴周，師範科舉人。鳴鳳，北京將校學堂畢業。其明年春二月，葬君於縣南阮村之阡，前夫人李氏祔。又三年，其從子和聲致君之顧言，來乞文揭墓上。

予嘗與君同事省議會，顧交淺，恒落落。今誦其遺令，意尤愧之。蓋君詩人也，隱然有當世之志焉，而其才之表見可傳於後者乃止於斯，而予又不及知之於其生時，吁！可悲也。

王晉卿曰：一結抑揚頓挫，此歐陽公擅長處也。

署湖南岳常澧道錢君墓表 甲子

君諱康榮，字晉甫，姓錢氏，推嘉興望族。乾隆時，贈太傅謚文端者，君五世祖也。王父友泗早卒。本生王父泰吉，海甯州訓導，以學行名天下。父炳森，舉人，揀選知縣。

君生四歲而孤，十一歲失母，依叔父恭勤公讀書。初若不甚專，師詰之，不遺一字。弱冠後，以諸生兼習申韓之學，屢充帥府幕僚。沈公秉成督兩江，密保，以道員簡放，特旨發湖南，尋權岳常澧道。署有避水樓，登之，喟然嘆曰：『官避矣，民其柰何？』于是，治事畢輒究心水利害，勇於有爲。卒坐是罷職，一蹶不復起矣。

初，君以名家子久居幕府，開敏精悍，於學術、政要、軍謀皆諳悉，能言其趣。朝右柄臣多雅故，既出任分巡，益伉直不阿，思欲振起選耎久弊之習，激廉懲墨，不顧望前卻。以謂人不輕爵禄，不足當大事；不置謬悠毁譽於不顧，則不能毅然自立。石門令渠綸閣貪酷無人理，大府以其翰林出爲縣，優容之，君按劾不少貸，以去就争之。自中興將帥多籍三湘，豪宗右族爲民患，郡邑守土吏屏息承事，無能發舒。君獨淬厲鋒，屢争事巡撫前。諸公貴人雖不快，未有以動之也。會南洲廳倅歆民財，縱民築隄官荒地，障水爲私利，水遏不流，常泛溢，並河州縣被其害。君親往巡視，即命決堤殺水怒。民獲全濟，而怨家不便其所爲者交口訾毀之。

君既與世忤，宦不遂，跌宕自喜益甚，不欲齷齪爲小謹。家有藏書數萬卷，他若法書、名畫、金石、玩好之屬，意所欣賞，無問價貴賤。又時徵歌舞，屬賓客飲酒高會酣嬉，窮日夜不倦。親故或從假貸，傾囊與之不責券。以此耗其貲，貧甚。君少而穎異，壯而强仕，老而豪放自若，意量蓋廓如也。張文襄公見所判公牘，招致之，終不出。久之，窮益甚，從兄新甫翰讀知其非常人也，時佐助之，不使乏。年六十二，以壬子十二月日客死京師。翰讀爲治棺斂。

君娶楊氏，先二年卒。妾顧氏、徐氏、陳氏、季氏。子八人：定爾、定安、定明、定鈞、定通、定斌、定奇、定　。女五人，其壻曰鄭家修、葉玉麟、譚彭壽、丁乃容、沈學愈。孫五人：弼臣、夔臣、枚臣、鄰臣、　臣。

君卒之十二年，葬嘉興某里，其次女壻玉麟從予遊，狀君行誼，請表於其阡云。

王晉卿曰：恣肆勁悍，文如其人。（謂如錢君也。）

浩氣流行。在集中不易見。緒昌讀。（輯自藏本手批語）

清故直隸州州判金君墓表 乙丑

君少孤，母倪太夫人居貧勵節，以誨以養。年十二，嘗外出負米。弟墉弱小，樵蘇佐之。作糜奉親，自咽糠覈。子母昆季相推讓破屋中，門無過者。會粤寇李世賢犯金華，縣人流散。君奉母竄山谷，倉卒失弟，窮晝夜奔呼求之，足攢刺血踝。既得免，棲浦江黄沙塘，勤役自給。弟忽殞，君哭之痛，又强自抑止以寬母。賊平歸里，用儒術課學徒，遐邇畢集，鄉邑推爲大師。同治五年，補博士弟子，旋食廩餼。光緒初，以恩貢候選直隸州州判。

君爲學務實踐，訓諸子讀書窮理，期盡性以致於命，無治亂一也。隱居教授二十年，旁通載籍，文辭貞雅。陽湖趙翰林曾向來爲郡，奇賞其文，爲梓行之，而世尤珍其書翰。君不談禪理，顧晚歲頗喜與方外之士遊。方銓選時，族人當道者屢趣之出，不應，曰：『母老，無兄弟，甯以斗米貿菽水邪？』年六十，丁母憂。又十一年而君卒。

平生襟抱開疏，籌筴鉤稽若不諳悉，及監中學校，董理育嬰，督巡警，條序秩秩，人竊怪之。

君諱城，字志甫，世家金華。祖文樞，兼祧文植。父光炳，兼祧光熙。本生父早卒。母即倪太夫人也。配蔣氏，有儀法，自乳六男：兆豐，二品銜，翰林院編修；兆棪，舉人，參議院議員；兆鑾，副貢生，鄞縣檢察廳廳長；兆鑣，廣東惠來場知事；兆梓，附生，外交部部員；兆鎣，早逝。一女，適胡順昌。孫男八，孫女十二。

君卒之歲，葬於十里鋪某山之陽，兆豐乞余撰文表墓。余謂君起孤童，窮乏困阨，卒能有立。仕達可期矣，乃邈然高蹈，遁世而無悶，其所蘊蓄未易闚也。系以銘曰：

有蘊莫施，以昌其支，厥問四馳。永奠幽宫，子孫錫釐。

宋母陳宜人墓表 乙丑

宜人紹興陳氏，年二十一歸懷遠宋君予九。歸十六年，生男女子四人，殤一人，而予九君卒。家貧也，姑段太宜人方在堂，諸孤穉弱。宜人忍死勤家，上奉姑，下育子女，凡三十九年，以民國六年，年七十八卒。

于是，長孫世履承重爲主後，偕其季父恒森，既卜葬宜人於某所，乃述行告哀，介予友張編修燕昌來徵文。其言曰：『哀宗仍世多故，惸惸孤嫠，卒能相保顛沛之餘，以至有今日者，實惟宜人是賴。不孝等伏念宜人之節行高矣，徒以年逾旌格，不獲具事狀上聞朝右。惟墓隧有石，冀得不朽之辭於先生，感且無極。』

予讀其言而悲之。蓋宜人所遭，誠有至艱而足隱者。自其在室，未笄即喪其母。既嫁而壻亡，則一以教子。子成立矣，又不幸死，則撫育孤孫，而教其季子益嚴以切。女嫁矣，避寇來歸，遽以疾殞，遺厥子女，又撫育之。君子謂宜人鬻子之勤，比於存亡繼絶。方其俯首伏匿帷闥之中，死亡相繼，毅然出其力，以與造物者競，折而不餒，宗祀以存。嗚呼！匹夫匹婦精誠之格於天，其驗此哉！豈其志望非奢，故易爲足與？不然，自古忠臣烈士竭其智勇之力，往往肝腦塗地而百無一幸焉，又何説也？

吾聞宜人病篤，季子恒森方榷税明當，宜人戒其清心定志，勿顧己私。恒森敏練，異日出爲世用，佩慈訓無忘，可以寡過矣。予論次畢，因坿著之。

方槃君曰：遒勁淋漓，文有直幹。

戴府君墓誌銘 甲子

余始識戴海珊主政於膠州柯先生許，時海珊方纂西夏記。柯先生爲言：蜀士之在都以史學稱者，莫海珊若也。後同廁清史館，朝夕見。海珊屬銘其先府君墓，誼不得辭。

府君諱啓榮，字堃山，湖北麻城人也。七世祖承龍官四川知縣，其後嗣隱不仕。君祖若父皆業農，家窶困。于是，君痛親養之不贍，以行賈致高貲，徙開縣，遂占籍焉。

初，君之少，從外祖鄒翁學賈，晝居肆，夜習書算不輟。已而自營販，屢折閱，思賈遠方，未及發而母卒，困益甚，乃之沙市依於鄒。鄒故僑沙巨商也，不幸翁前卒，不得留，轉徙至荆州。大水，刈草自給。嘗負薪道上，父執羅君見而歎曰：『道旁野卉猶及時而榮，吾與若豈竟無時乎！』君聞言，益自振厲。居久之，弟啓貴來相助，乃得遂遠賈之志，上下巴、渝、江、漢間，利輒倍蓰。有馮甲者，傾貲附之舟，俄而火，所失以巨萬計，馮大戚，君壹以自詭，不二年，竟償其值。又嘗泛舟三峽中，夜盜推蓬入〔六〕，出不意，揮盜退丈餘墮水死。人迹君行事類長者，敦樸退讓諄諄，及遇盜，又頗怪其勇也。

性慷慨，好施與，自遷開縣，未嘗忘麻城，越歲逾時必歸省先墓，攜兩從子辟賊開縣，而築舍置田麻城，奉宗祀，又修建祠堂及齊安館，皆有力焉。時鄒氏中落矣，佽以千金。君始好音樂，翁止之，終不復顧曲，曰：『吾不敢忘外祖之教也。』貧交假貸，無倦色，義聲大著。凡所行，夫人鄒氏實助之。季弟婦思析産，不時詬誶。夫人懼傷君意，默不校。以故，終君之世，兄弟無異居。

後六年，鄒夫人卒，啓其藏祔焉。子：錫章，即海珊也，光緒甲午舉人，法部主事；支潤，早卒；支灝、龍章，增廣生。孫三人。女適鄢開藩。銘曰：

鬱嵂兮佳城，翳唯君所自營。以植以榮，傍蘧廬兮幽清。德流子孫，永保兮令名。

姚仲實曰：意境高潔，揮灑自如。

鄭母陳夫人墓誌銘

歲辛酉春，甘肅全省警務處長歷城鄭君元良，以母夫人春秋高，辭職奉母歸。越三年，當甲子冬十二月晦前一日，母年七十六，考終於里舍。其明年某月日，藏柩某鄉某山，啓先贈君之兆祔焉，而屬予以銘。

夫人姓陳氏，亦歷城人也，處士諱滋厚女。少喪母，處士以其孝謹，特鍾愛之。年二十二，歸贈君諱相霖爲婦。

家世丁單，至贈君父，始有兄弟三人。而伯又早世，遺厥子女，夫人爲營婚配，勤不告勞。以食指衆，析産異居。不十載，死亡相繼，凡五六役。於是，贈君兼祧叔父，而元良復嗣伯祖爲主後。迎養鰥孀，則皆得所欲，而生死益絀〔七〕。

贈君多客遊，家有無壹仰倚夫人，勤工緝匱，條理斬斬。贈君嘗遘危疾，夫人不解帶侍湯藥者數閱月，夜則泣禱於神，贈君疾良已。又數年卒，元良纔冠耳。夫人日鬻針黹佐貲用，雖甚勞苦，然教子乃獨專，時其倦讀則垂涕誡曰：『汝家三世，惟汝一人，又貧不能具束脩；其能具者，皆吾心力所碎也。汝今弗勉學，將何賴邪？』元良謹受教。其後，以直隸州知州從煥威張將軍入隴治軍需，綰要職。先是，元良念母老，猶豫未決去，夫人曰：『張公待汝厚，今遠行，誼不可背！』遂舉室從。

夫人少歷多艱，克有賢子，致隆禄養，而儉約如初，獨喜周姻戚貧乏。已而隨子東歸，視棄榮利若敝屣，板輿游燕，精神健聰，鄉里嘉歎。蓋夫人非獨内治脩也，其教子於出處進退之義審之素矣。其賢也若此，固宜銘。銘曰：

士貴有志義罔顧，守道畢世甯論數？夫人百憂信莫訴，翻天駭濤乃得渡。一子長材足騰騖，爵禄寵光延休祚，片石閟辭匪諛墓。

姚仲實曰：簡浄。

劉府君夫人李氏墓誌銘

夫人德化李氏，贈資政大夫諱文暉之子，浙江鹽運使同縣劉府君諱喬祺之妻，而學部副大臣廷琛之母也。以清帝遜位十四年四月某甲子，年八十四卒。逾年某月日，祔葬蔡家墩先府君之塋兆。廷琛具狀請銘，述母德甚備，且泣曰：『不肖子行能無似，不知其不可，欲挽沉日於九淵，僑寄海隅，不忠不孝，以上貽親憂。惟先府君前吾母四年卒，陳吏部三立既有述矣。今吾母又不幸，子其無讓。』

謹按，夫人年二十來歸，怡色婉容，不自專斷，内外宗交口誦其賢。姑吴太夫人善治家，夫人率循不怠，雖貧約而賓祭彌飭，接遇族姻恩禮曲當，人謂與吴太夫人無以異也。

初，府君遊客湘閩，家事不何問。夫人績紡濯浣饎爨躬其役，無勞愠之色。已而，府君獲鄉舉，爲縣令浙江，歷宰劇邑，至監司，凡十餘年。廷琛亦由編修提學陝西。家門日盛，而夫人服食無改於初，恒自縫紉衣履。廷琛請稍休焉，夫人曰：『男業外，女業内，此天職也。若有墮業，是謂驕逸，驕逸者不祥。吾豈惡安樂哉？懼不克終耳。』平居樂道人善，見有過則戚然爲之喻，改而後已，雖婢媪未嘗重詈也。嘗在官舍，聞決囚笞扑聲，往往涕下，蓋其仁慈惻怛出於中誠，多類此。

辛亥，武昌變起，廷琛罷官，匿青島。其後，數轉徙，境益困。母壽八十，拜御書之賜。夫人奉之感泣，顧廷琛曰：『何以克報？爾能不辱先者，吾志甚樂，儉薄甘之久矣。』於是，廷琛聞誡，亦永矢而弗敢忘也。

夫人三子：長即廷琛，前大學堂總監督，學部副大臣；廷琦，補用道；廷瑜，庶出，夫人視之無歧異。孫六人，曾孫三人，詳府君前誌者，不具述。銘曰：

履蹈百艱，飭躬而閒。奚云豐瘁？惟義是攀。更厲忠貞，立世之頑。終受寵褒，偕老以惆。猗歟壽母，德振九寰。摛銘幽室，永世無患。

姚仲實曰：安雅。

錢母浦孺人墓誌銘

歲丙辰夏五月，嘉定錢梯丹母浦孺人卒，年六十三。越十年，葬於其縣某山，既竣事，乞其昶銘焉，而刻石墓上。

孺人性孝友，七歲喪母。父操航海業，終歲客游，念子女穉，家無足倚者，納婢邱氏以屬之。邱爲人殘酷，既秉内政，乃横施箠扑，日課孺人糊錁千數，不足輒抶。鄰媪以爲言，則益加抶不止。一日，孺人兄以事牾邱，被逐出，匄食無所得，乃匍匐籬落間。闞邱出，泣語孺人曰：『飢甚，若能餉我邪？』孺人納兄廚下，取所煮粥食之。兄曰：『粥少，若杖斃矣！』亟益水和粥而去。邱歸，視粥薄，大怒，掠考誰何？孺人泣言兄飢也。邱輒舉爐上叉扑之，體灼無完膚，退無愠語。嘗侍父疾，晝夜罔懈，父良已，而孺人病幾殆，幸不死。父喜曰：『孝哉！吾女天相之矣。』

年十七，歸錢君諱錫鸞。錢君兄弟數人，皆業賈，設肆市中，食指衆。孺人日就廚爨，夜辟纑，勤順恭儉，得舅姑懽。舅嚴整，鮮下借；即怒，孺人則委宛曲從，終以訴説。妯娌無閒言。家析産，錢君以季子，所得獨薄，恒慮不自給，而孺人處之裕然，惟勤内事以相其夫，家漸起。時孺人父若兄久歿，邱寄食清節堂，困阨甚，乃迎之歸。仍肆呵怒，終亦默默聽之。及卒，厚葬焉。

先是，孺人數産不育。舅病篤，執其姑手，指孺人曰：『婦事吾兩人久，日望其得男，而今莫待也。吾雖瞑，必將籲諸天。』後數歲，乃舉一男，梯丹也。梯丹年少有才勇，好任俠。辛亥，嘗參謀江南軍事。既定，孺人趣召歸，戒曰：『士誘於物久矣，莫能安保，以奉先人邱墓，義與命之謂何？』梯丹謹受教，奉母，遂不仕。嗚呼！不炫於流俗，而能克修其德，利禄交乎前而莫易其初，若孺人母子所相與敦勉者，皆世士大夫之所難，誠足稱哉！

女一人。婿某。孫幾人。銘曰：

德之窈，儀之窕。艱哉少，頤而老。厲厥衺，詒孤邈。迺有造，斯振藻。惟女表，媲王鮑。鐫兹兆，于永考。

姚仲實曰：事頗繁碎，獨得翦裁之妙，故能曲折盡致。

方槃君曰：敘事華妙處似漢書。〔八〕

校記

〔一〕甲子　遺集本無，據抱潤軒集外文稿補。此後林母陳夫人壽序及以下八篇同。

〔二〕孫傅庭　當作「孫傳庭」。下一處同。

〔三〕丁亥　遺集本無，據十卷本補。

〔四〕辛亥　遺集本無，據馬其昶文稿補。

〔五〕日月　當作「某月」。

〔六〕蓬　當作「篷」。

〔七〕生死　疑當作「生計」。

〔八〕藏本此後有一段手寫文字：

抱潤軒初集，昔曾讀，今亡之矣。桐城文派，方、姚、吴、馬各足名家。昔年先生授館於合肥某氏，愚師焉。先生以文章名天下。即以文論：六十歲以前，謹守先民矩矱，極意鍛煉；七十歲左右，有揮灑自如之樂，無意求工而自工，行己謹飭，神氣精鍊。讀所遺箸，誠卓然成一家，惜未詣精義入神之境，與宋明諸大儒相頡頏也。想由書册文字工夫深默，識性天功少歟？吾嘗謂安徽近代有二儒者：江南則胡止澄先輩，江北則通老，人品學力頗相當。後學緒昌謹讀。

抱潤軒文輯存

一卷本文集輯存

原學 甲戌〔一〕

今夫充天地中者，人與物二者而已。嘗試語於人曰：『子禽獸乎？木石乎？』未有不怫然怒者。『然則，其聖人乎？』則又必退然遜謝，弗克勝也。聖人亦人耳，不以人自任，是以物自處也；人忤之則怒，自忤之則安：弗思甚矣！而是人且曰：『予固人也。』吾嘗見夫猱之戲矣，衣人衣，冠人冠也，動止則大類人，吾烏知其心亦不自喜，曰『予人也』耶？悲夫！

吾之生二十年矣，立今茲以觀前，斯須也；倍今之年四十矣，再倍之六十矣，後觀茲，茲觀前也，不足恃耳矣。生果自今生耶？上觀之，不知其幾千年也，有聖人焉，其道同也。死果自今死耶？下觀之，不知其幾千年也，有聖人焉，其道同也。道生則生，道不没則不没，天地無終窮，聖人亦與之無終窮。吾之壽不得到乎百年也；壽而到百年，終亦死耳：此吾之所大懼也。懼之，則莫若勤學。

學之塗有四〔二〕，而異端不與焉〔三〕：曰考據，曰詞章，曰政事，曰義理。爲此之學者，則曰學焉者如此而已；爲彼之學者，則曰學焉者如彼而已。嘗試觀於天地之間，有日月風雷雨露水火木石，其高有山，其深且大有海，其物有飛潛動植，而天地無所不涵。今曰聖人之學必出於此一途，予不能無疑於其説也。雖然，此其中有本末焉，操其本所以貫通其末，逐其末則必至於失其本。義理者本也，考據以明之，詞章以著之，而政事則義理之發揮於事業者也。近世通儒之持論者，猥以義理與此三者并列，予又不能無疑於其説也。

人之患莫大乎不知學；知學矣，又莫患乎隘而不博；博矣，又莫患乎不知所統宗。躡數級之臺，所睇不出百步之外，固未足以語乎天下之大勢也。觀水者浮海，憑高者登岱。知流之無涯而泛涉於川瀆，知山之隆崇而偏陟乎岡阜，亦徒見其力之瘁而已矣。至於貌而襲之，迹而託之，衷桀而行堯，而曰『聖人聖人』，此又與於不學之甚者也。幼焉而少，少焉而壯而老且死，而竟不謀其所以立於斯世者，人耶？物耶？予不能知之也。〔四〕

校記

〔一〕陳三立批：『意境平静類習之。』

〔二〕『學之』句　陳三立改作『今學之塗號有四』。

〔三〕『而異』句　陳三立批：『擬删此句。』

〔四〕鄭杲末批：『轉接純在空處，是有得於古人。此篇可不必存。』

十卷本文集輯存

潘勖識語

右抱潤軒文集，都爲十卷。其爲類者九：曰論辨，曰雜著，曰序跋，曰書説，曰贈序，曰碑誌上、碑誌下，曰傳狀，曰雜記，曰哀祭。此與姚先生惜抱軒集編次略同而小别者。其書之體例、行式，悉仿諸汪容甫先生述學，而又參以包氏安吴四種，惟『總目』述學所無，其篇目首尾相銜，又與惜抱軒異焉。

釐定體例，則嘉興沈公、閩縣李公。始稽校元文，復校字者，則合肥張介尊明經。襄校録之役者，則後學懷甯潘勖。

宣統元年己酉嘉平月，繕寫將蕆，并識於左。

説需 己丑

予讀需彖辭、大象及序卦，與九五主爻義合，而諸爻則多取險象，義若有相反者，嘗疑焉。久之，乃始恍然於天下之事，未有不偏歷諸艱，而乃有從容自樂之一日也。

聞之，剛主進而柔主退，世有進而獲濟者矣，未有需待退懦而克有成者也。左氏曰需者事之賊，此需之泛義也。奮發之氣近陽，然能堅忍以自成，則亦陰之用也。需待之氣近陰，然能恒久以白貞，則亦陽之德也。爲學者之困心横慮，爲治者之遺大投艱，一切以躁率迫隘之意行之而不敗者，未之有也。屯之建侯，動乎險則曰盤桓居貞；蒙之養正，陰而止則亦曰利貞者：需之時義大矣，而惟處艱苦困塞之時爲尤切也。需之始，則于郊，于沙，于泥，于血，而後能貞吉以需酒食。學問之事，歷之久則其艱愈甚，艱愈甚則其自得之也愈深。四之『需血』，非親歷於學者不能知也；『出自穴』，非極困將通者機乎？難而後獲，艱而後吉，自身心家國天下之故皆如此矣。

雖然，四出穴而上入焉何也？懼其怠荒倦勤，而勉其需於終也。詩有之曰：『靡不有初，鮮克有終。』彼聖者之或罔念而朋從憧憧者，皆所謂『有不速之客來』也。然則，如之何而可？其在初曰：『利用恒，无咎。』在三與上，一則曰『敬慎不敗』，再則曰『敬之終吉』。

吴先生曰：義精鑿，文亦勁悍。

蕭敬孚丈曰：樹義精碻，老筆紛披。

雜説二首 甲戌

有盜焉，操戈入主人之室而劫其財，主人則知備之矣。備人之盜也，奈何己亦盜之乎？人之生也，資澤有定哉，彼肆其欲而取快一時，與陰覬於人而有之己者，皆己之盜也。吾烏知非盡其百年之所有者，而預捐於一旦耶？

今有十金於此，日用其一，可十日而支也；乃一日九其用焉，悲哉！一日誠樂也，將如之何而爲九日之用耶？

雜説二

輪迴施報之説有乎？曰無有。絶之乎？曰勿絶也。

教子，教以無誑，教者之道也。嬰兒啼，母恐之曰：『噬人者來！』啼則立止矣。輪迴施報之説，所以止衆人之啼者也。

嗟乎！人之爲不善無所顧忌也久矣，吾知其不善，不爲焉可也；衆人者，必先懾其心，而後可劫而進之。何則？彼衆人固非知道者也。知道之人，固非佛所能惑也。

今學者不務行聖人之行，第曰：『能詆佛，聖人之徒也。』亦見其爲滇人而已矣。滇人慕京師，意京里多冠蓋。他日，見貧賤者，遠避之，以爲吾京師人也，人則竊笑之矣。故凡有慕於京師者，慎自勵其行，毋徒避貧賤爲也。

吴至父先生曰：轉接不測。

陳伯嚴曰：緜邈有神致。

桐城古文集略序 丙戌

總集蓋源於尚書、詩三百篇。洎王逸楚詞、摯虞流別後，日興紛出。其義例可得而言：蕭選務取藻績，真氏文章正宗乃一根於理道，姚寶臣唐文粹、吕東萊宋文鑑，則意在備一朝文獻。三者，纂述之大凡也。其或録一郡一邑之文，則皆以備文獻者類也；録經世之文，則皆宗於理者類也；標格領奇如樓迂齋、謝疊山之所爲，則皆習於文者類也。由前所爲，有裨實用，然旁收泛濫，務盈卷帙，或失則蕪；由後所爲，塗抹古書，品藻狼藉，或失則陋。

唐宋以來，作者衆矣，而世之治古文者獨取韓、柳、歐、曾、王、蘇之作，一二深識之士又謂明歸氏及我朝方侍郎足以繼之，豈故隘其途哉？誠慎之也。侍郎爲吾邑文學之宗，再傳至姚姬傳先生，於是，遂本其所聞劉學博及世父編修君之緒論，爲古文辭類纂一書，刊僞砭俗，啓示徑途。然後，學者知由唐、宋、秦、漢，以上溯六經，蓋蔚乎大雅之林矣。

師友源瀾各有所自，文儒之興瘉乎他邑。昔戴存莊孝廉與方柏堂先生編桐城文録未就，其衵僭不自揆，有志重輯，懼其復蹈前所陳者之失也，凡所取録，義主於備文獻，又必其理高而辭尤雅者。起國初到今，文三十五家，以類區十二卷，其集佚及所未見者不與。夫論文而至限之一邑，固視天下以不廣；然而，一邑之文有非一邑所能私者。後之君子或欲考論文章體勢之正變、學派之流別，庶幾其有取焉。

書陸清獻公手札後 丁亥

陸清獻公手札三通，吾鄉蘇欽齋徵君得之杭州書肆。仁和邵位西先生題其後，稱陽明王氏出而朱子之學一變，我朝張武承、孫退谷輩稍能論著其失，顧其人德業聞望不足與相抗衡。且劉念臺、孫夏峯同時設教浙東、河北，皆陰祖王氏之旨，學者震其直節義行，無敢復置疑義；公獨大聲疾呼，不肯毫髮阿徇。其爲説既當矣。顧又謂王氏之學，例以楊墨亢儒，老、佛畔孔，殆不爲過，浸淫百有餘年，遂以亡明。因發公所爲功於聖道者繇闢王氏，則其詞旨乃不無少激。

蓋聖人之道大矣。易曰：『天下同歸而殊途，一致而百慮。』百川歧流，同納於海。雨暘寒暑晦明或愆其節，終成歲功。自聖人之存，其徒各本其所近以爲學，已不勝其互異，故曰：『夫子之門何其雜也！』然卒不害其同。何也？以其有仁義五常之德也，君臣父子兄弟夫婦朋友之倫也，詩書六藝之業也。畔此者謂之異端，揚、墨、佛、老是也。遵此者謂之儒，而其中有差焉：得其粗者，漢唐諸儒是也；得其偏者，金谿、姚江是也；其精且正者，惟程、朱氏爲得其宗。自是以降，儒者風趨，出此入彼，要不外此數端。而其精有差焉，其正有差焉，差之極則蔽生，至譏窮理爲支離，如心齋、龍谿之放恣，又偏之甚者也；薄義理爲空疏，如毛西河、戴東原之懻忮，又粗之甚者也。且夫仁義之德，君臣父子兄弟夫婦朋友之倫，詩書六藝之業，人道之大端也。使其學果出於此，雖有其粗且偏者之弊，君子猶將進之焉，謂其大端同也；使其學不出於此，則彌近理，大亂真，君子愈嚴之焉，謂其大端異也，孟子之拒揚墨，昌黎之闢老、佛是已。陽明之節義事功震耀一時，聞其風者且皆興起，可不謂豪傑士哉！特其初所得力之由不能無差，執而不返，遂成其一偏之詣，不謂之蔽不可也。是故，程朱爲孔氏不祧之宗，而金谿、姚江亦其支孽也，遽絶之聖人之徒，謂其學足以禍世夷民，毋乃亦少過歟？

清獻之崇正軌、排歧趨，爲功聖道誠大矣，要其所以能命世獨立者，亦其節義事功之可貴也，其行無纖不完，其言乃能立於不朽之域；不然，如陳清瀾、張武承、孫退谷輩之所持固正矣，又豈足以望劉孫諸公之萬一乎哉！

位西先生諱懿辰，以舉人官刑部員外郎，咸豐末死寇難，蓋庶幾能立言者。徵君之子强甫先生嘗爲其昶授讀，以是册見貽。其昶既敬受而藏之，又附著其所見於此，冀世有知言君子論定焉。

桐城後學馬其昶謹記。

吴先生曰：議論平恕，足以息争。

鄭東父曰：孟子惟辨異端用峻詞。其於儒家，一譏高叟之固而已；於七十子，明其得於孔子有大小多寡之數，要之皆稱美也。此文頗與孟子趨合。

和漢譯法新編序 甲辰

苟人與人之際將以達情愫、資學益，而語言文字不相通曉，則雖日促膝，其道無由傳。曰：『今天下車同軌，書同文。』誠哉！車同軌，不可不同其書文也。方今，海外諸部州乃無不連接航軫於吾國。有交際則必賴語言，賴語言則必尚文字，尚文字則必事翻譯，事翻譯則必求教師。雖然，爲教師者安取乎？取之吾國，固不知彼；取之彼，亦不知吾：兩者扞格，其勢然也。

泰西距吾國絶遠，其語文尤乖異。論者謂通泰西則莫便日本，日本固與吾國同文而小別者也。其國自『明治維新』，一意法泰西，凡泰西書之美善者，皆取而譯之。吾由日本以通泰西，則力省而功倍。故近時志士遊學東瀛者多至數千人，而各行省聘日本教師亦比比皆是焉。

熊本早川東民君教授吾邑兩年矣，意懇而課勤，諸生皆薰其德，近又患世之肆東文譯教科書者大率有五弊，因別著一書以矯正之。君素習經濟、法律，於漢文有深嗜，其所言皆深切時病。以謂文章者思想所憑依者也，立國於天地，莫不各有其語文，以發明其國古今之思想，是謂國語、國文。國語、國文之於我，猶波之於水，相抱合而不可離。外國之語文，吾國人不習也，今欲貫輸文明，必使之融化於吾之思想，而聯合對照於吾所熟習之語文，然則，國語、國文是其本矣。

嗚乎！君之言若此。而吾國之號爲新學者，視古昔聖賢留遺之經傳竟無有也，故吾於君所陳五弊之首，尤慨乎其念之。

姚叔節排印所著文詩五卷序〔一〕戊申

余年廿一就婚姚氏，時外舅安福君方謝官寓皖城，有三子：閑伯、仲實、叔節。叔節齒最穉，裁十歲，有成人之度。余居一月歸。其後，姚氏旋里，兩家過從益密。

吾縣先輩風教，必兼治義理、辭章，姚氏自惜抱先生後尤人士所歸嚮。外舅喜爲詩，詩精顓且多，其論學戒炫鬻，吾鄙硜硜守其軌轍無或軼。叔節學驟進，詩文並茂。余不能詩，甞一爲之，不工，遂棄去。已而外舅再出，莅安福，通州范肯堂亦就婚官舍，遂大爲詩，父子兄弟甥舅夫婦賡續和唱，裒然成編也。

余與肯堂始晤江甯，再晤天津。及外舅卒官，肯堂會喪桐城，時閑伯已前卒，肯堂亦被病清羸，感觸身世之際，幽燕俶擾，天子蒙塵，淒然苦語窮朝暮。余所著書平居不欲示人，即肯堂來，亦第取觀余文未及半而去。今肯堂則既死矣，幸仲實、叔節及余爲時所棄，假館近縣，歲時歸聚，猶得各出所業，從容質問，然誠不意今便爲逾五十人也。叔節當强仕之年，雖不出，乃與仲實並主皖學，教澤之覃及者遠，其竀薄可愧赧者唯余獨耳。

今年春，叔節見語，郡守惲公季申，録其文詩五卷，將排印之，徵序於余。余諾之，未及爲。先是，皖中校印肯堂詩，爲范伯子詩集十九卷。既成，叔節寄我，且評弟其詩爲國朝第一。余復書，論肯堂才雄思深，要自能不朽；顧詩家各有其性情體貌，正不容軒輊。且吾數人暱好，世所聞也，稱心而道，人疑其鄙，因相約刻集彼此不相爲序，叔節遂亦不余强也。

余既盡讀肯堂詩，私念今世甯復有是詩，又甯復有斯人者乎？世曷嘗無人？有之，而不與吾接，則等於無矣。幸而並生一域，又託爲骨肉親愛，當其生，不知其難得；及其既逝，而乃與古人同致其慕想，而平生所詣或頗猶有未相傾寫之慨，長此終古，何爲者耶？所謂戒炫鬻者，又豈此之謂乎？然則叔節之檢存所作用諗同志，有以哉！余雖欲不言，烏得已也？

肯堂之没，余未有紀述，敘叔節文詩，感而思焉。若夫叔節才美不後肯堂，同爲吴至父先生所激賞，其名聲已自能顯於世，余故不暇以詳，仍前志也。

上孫琴西先生書 乙亥

其昶聞之：山林閒放之士往往以傲自高尚。是大不然。公卿大臣果賢耶？是不當傲賢也；不賢耶？夫安所容其傲？且公卿大臣固朝廷所貴重矣，以彼之爵不足抗吾德而傲耶？庸詎知非己無可知而故匿其短也？慢一夫且大不可，將必傲公卿大臣之賢？傲其賢，固不知有賢，知有公卿大臣而已。夫公卿大臣之賢，又士庶標準也，而顧可傲之哉！見其重則傲之，與媚之同。一有其貴也，不見其重，則彼與我皆賢也；彼與我皆賢，與其傲之猶有其貴，不如兩忘於賢而化其迹。

或曰：『事非其人，則失之干進，無甯傲而猶可自守。』是説也，吾亦無以易之，然非所論其昶之於先生者。敢録其説，以獻於左右，惟垂鑑焉。不宣。

張廉卿先生曰：盤折瘦勁，最近似介甫。

陳伯嚴曰：委複盡意。

鄭東父曰：此文源出戰國策，有志爲孔子學者當亟悔之。

與劉仲魯書 乙酉

仲魯足下：

去年冬，接七月、十月兩書，良以爲慰。其昶求先母葬地久未得；邑人白皖生頗習形家言，聘之至家，迄今亦未得。自以罪大惡極，無可對知己，且胸中欲言者多。聞足下將出都往金華，寄書不若都中易矣。以吾與足下交契，而經歲不達一書；雖然，此一歲中何嘗旬日不念吾故人哉！頃閲直省題名録，知足下得舉鄉試第一，此可喜者！

方今，士人惟騖名利、重科舉，見有得者則羣焉慕之；其得之速且顯者，則慕之益甚。有不得者，則又必相與怪父以詔子，師以詔弟，必步趨之恐後，至其人之賢不肖則不問也。竊嘗以爲，天下之風趨視乎士，士人之習尚視乎科舉，科舉之得人與否則又有運數存焉。蓋自三代以來，選舉之法一壞而不可復，人主所操以鼓舞天下士者，惟出於文字之一途，而有司又挾一定之繩尺以擬其後。夫取士而第衡其文，已不足以得士，又況嚴其程度、多其忌諱，天下奇偉非常之儔，安能齪齪以就所謂繩尺哉！又其甚者，並無繩尺之可言，苟以便一時嗜好之私，而不足以爲去取之準。於是，科舉得失之故，不得不舉而歸之運數，豈非任法之窮，舍本求末，其弊固有所必至也？

天下之才，其下焉者則惟科舉之知；其上焉者，則持高明曠達之説，謂科舉何足輕重。而吾獨以謂，一士之黜陟，大乃係乎天下，小亦一鄉一邑，數十年之士習風趨視爲轉移，未可以爲偶然也：得其人，則士之賢者勸矣；不得其人，則士之不肖者勸矣。當斯時也，乃能得一仲魯，庶幾天下之勸而進於賢者多歟！故凡吾之喜，爲科舉得人喜也，此何足爲吾仲魯道哉！往者，仲魯應試，太夫人之屬望殷矣。今太夫人已不幸，悲夫！禄不足以逮親，吾爲仲魯悲也。

惠書所論學甚切。離羣久，頹惰日甚，每一展誦，受益甚大。足下進德之鋭無與比者。乃者閱歷所得不惜見教，幸甚幸甚！在浙何時還北？眠食何似？家人安否？生子否？此時留都中，抑已歸家耶？東父久無書來，其老母當康甯，在都必常晤，其近詣若何？自東父外，仍有往還者否？凡此，皆吾所渴欲問者，復書便一一告我。相見無由，祇益懷想耳。不具。

吴先生曰：文字迤邐而入，情趣亦極深。

與劉仲儀書 丙戌

今兄見過，述足下館中事，甚可駭怪。士方居約時，於人世榮顯炫赫之迹一無所取，獨自授經窮巷中，庶乎其免矣；乃獨見妒同儕，詬辱疊至。聞或勸足下愬學官，則於義似未盡。乃者，其昶買山葬先人，爲邑子所侮，奪山去，當時頗不能平，今思之，正不必耳。蓋嘗讀易，至大壯，見四陽盛長，道通行健，無有間隔，誠哉！極天下之至壯矣。而象曰『大壯利貞』，大象曰『君子以非禮弗履』，則是任理而不任氣也：戰乎己而不求勝於物也；不然，皆非所謂壯也。乾者，天下之至健也，君子以自强不息，其義亦猶是焉。蓋天下之壯，有求孟子論大勇在自反而縮，而之内者，有求之外者，雜卦傳『大壯則止』，則壯非求於外明矣。以剛大浩然之氣爲集義所生。先儒謂孟子之學深於易，兹非其一徵歟？其昶嘗妄謂學易莫切於知時，而其歸則要於戒懼。足下好學深思，方今盈虚消息之幾審之素矣，遵養時晦，期爲不食之碩果；至外侮之來，吾益恐懼修省可也，豈必與彼等者絜長短、争勝負之數哉！

索居久，人事日拂，感足下近事，輒書其誦習所偶獲者，效切磋之誼，惟足下幸辱教之！

吴先生曰：義意皆本新得，故文特淵懿。

復皖中紳士書 乙巳

頃辱損書，承皖中議設師範學堂，冀教育普及，甚盛甚盛〔一〕！而顧以監督重任屬之下走，聞命悚愧，罔知所措。

吾皖貧瘠特甚，開牖新機後於鄰域。今者，得集鉅貲，向非諸公熱心毅力孚於上下，何易辦此？此吾皖十世之利也。時艱至此，要當人人各盡其智能以效於世。今諸公能苦艱締造，宏兹遠略，其䄂獨非皖人乎？敦迫勸駕，猶不肯起，豈自待之不厚邪？其所以逡巡不敢承命者，公私約有數端，則付託重而自知之甚審也。

蓋欲教育後起人材，必先造成師範。師範之在今日，其勢至迫，而其事至爲苟簡，期以速成，故所重尤在普通知識。若其䄂所學，蟲魚佔畢，累世莫殫，以施之師範，正如莊生所稱，迎西江之水以蘇涸轍，將難爲待乎。此學術之不相入者，一也。

其䄂前十餘年聞通人緒論，即知新學之亟宜講求，然此特識解之事，於實詣無當也。學校管理之術絶未親歷，新譯書籍亦罕探究。今誠令其䄂得守其愚陋，或出所知以誘進時髦，不無萬一之效；若竟責以事任，決不能逮尋常流輩。此閱歷之無素者，二也。

今時所需，上之爲宏濟艱鉅之才，下之則綜核名實。鄙性疏簡，家事一不何問。賓客到門，十常九謝。其里鄙習見之人，往往廣坐相遇，了不憶其姓氏。屏居山野，所營有限，猶不免廢事，時見欺紿，今乃使之追隨薦紳，都試羣士，雖强自敦率，如素性何？此才質之不宜者，三也。

又年届五十，便已早衰。比歲假館合肥，地僻事簡，猶且不支，明年決意歸休，李生苦相挽留，人情懷舊，遂用因循。今不惟成約難悔，實自揣精神氣力無能爲役。此孱軀之不堪任者，四也。

會垣去家才兩日程耳，寒舍親鄰多失業無次，皇皇求援，勢必魚鱗雜襲而至。應之則安所湔洗？不應則怨讟叢生。此又私計之不便者，五也。

凡此所陳，皆本諸肝鬲。不量而受，鮮不敗覆。今諸公將使全皖之士皆得所成就，其昶固皖士之一也，其必有以善全之，幸矣！

連日接鄧君繩侯及外弟方子和書，亦以鄉里學務相責難，衆賢期待之厚如此，而朽鈍之不堪策厲者又如前所陳，負慚清議，徒自咎耳。子和頗涉新學，曾任山東高等學堂之聘，後移入幕府，以久客切思南歸，其學識材力皆遠過其昶。諸公物色所及，必多勝選；若猶未也，如子和者或亦足備甄録乎？

去年有答張楚寶觀察書，謹録稿呈覽，亦聊以明區區素志之所存，極願承教，不能自克，伏惟諸公曲鑑而赦原之，幸甚！

贈劉摭園序 癸未

君子之所以傑然而出於人人者，豈有他哉？自其一身之耳目百體，推而至於倫物，無一不納於禮焉而已矣。夫禮者，聖人導人心之自然，而節文於其外，劑輕重，酌損益，而定爲中制者也。稍或歉焉，則吾心之所旁皇鬱積必有不能自遂者也；稍或溢焉，則吾禮之所之，必有達此而塞彼者矣。是故，君子之於行也，未嘗斯須敢違於禮；而君子之於禮也，又未嘗斯須敢任於心。夫豈舍内而求外哉？誠知夫心之爲物，固不可使之無所據依也，必諏之聖人之經而得其意，稽之當世之典而觀其通，然後，吾之發於中而著於外者，庶幾無過不及焉爾。

吾之志於學有年矣，然而，耳目百體之爽其則、倫物之未當其分者，不可勝指也，吾甚自恨。吾之友有阮仲勉者，質甚美，行甚篤，其所以際倫物而範其耳目百體者過吾遠矣，然未能充其學問，故今尚未有所成，吾又爲仲勉恨之。既而來京師，得其可以爲師友者數人焉，孫君佩南、鄭君東父尤厚於予，皆賢而能從事於禮者也。最後，得交鹽山劉摭園若曾。

余初識摭園，見其衣布衣，冠素冠，鞠鞠而恭，何其有似仲勉之甚也！佩南又嘗稱摭園之孝行，余益有意其爲人。久之，始知摭園少孤，己卯秋赴省試，母夫人歿於家，摭園大慟，終喪三年，不食肉飲酒，不内寢。與予相見時，喪除矣，猶不忍釋服，蓋至今不食肉飲酒、不内寢者如故。予與東父皆諫其過禮，輒涕下不可止，人不能終其詞也。

嗟乎！風俗之頽薄久矣，如摭園者，其賢於人豈不遠哉！君子不貴有遠人之行，而貴得乎大中之制。何則？先王制禮，不敢過也。若人子不忍其父母之心，豈直三年乎？百年不能盡也。故曰始於事親，中於事君，終於立身。然則，摭園誠能立身以終其孝所暨也，則即抑情以赴先王之禮其可也。

予昔者將歸里〔三〕，摭園重惜予去，乞言以處之。予謂摭園之得於天者厚矣，厚於天而求其所以成於人者，舍禮之學而奚學哉！雖然，有歧焉而莫與析，有過焉而莫與匡，吾未見學之能成也。吾友孫佩南、鄭東父，此兩人者可就而問焉，是必有以益子矣。抑吾今之歸，方將偕一二三故人，益勵初志，以讀書事親稍釋隱微之疚，而又懼其力之未能自克也，摭園有可以益我者乎？

陳伯嚴曰：條晰似朱子説理之文。

孫節母何太恭人墓表 壬辰

今年夏，余族父月樵先生歸自京師，爲言壽州孫君傳奭字少鼎，持母何太恭人憂甚毀，朝夕躬守次，賓客走弔一不報，竟致其喪數千里歸葬。其昶心獨韙之。逾月，友人阮仲勉以君命來致狀徵文。

按狀，太恭人定遠何氏，甯國訓導諱錫瓚女。年十九，歸壽州孫氏贈中憲大夫諱家亨。甫三月，贈君卒。當是時，贈君母及繼母皆前歿，獨父在，有弟妹五人，家貧甚。贈君病，度不可起，則謂曰：『吾不幸失母，諸弟弱小，若善遇之。吾長，主祀，不可不後，俟弟舉子，撫嗣我也。』言訖而瞑。太恭人誓以身殉。於是，其舅及父訓導俱揮涕戒勿死，以卒夫志。太恭人泣受命，遂不復言死，益求所以爲婦且爲子也者，事其舅如事其父；求所以爲嫂且爲兄、爲母也者，撫其小姑、諸叔如撫其弟妹。

十有二年，而其夫弟始生子傳奭，遂告廟，定爲後。咸豐初，東南亂起，太恭人奉栗主，挈幼穉，轉徙溪谷。數年舅歿，茹哀抑痛，始飯含以訖殯殮，無纖毫廢闕。大禮克終，益督子力學，蓋自襁褓鞠育，歷艱難劬苦三十年，而其子始以進士通籍，仕於朝。太恭人儉約帥初，好稱述前世懿行，尤兢兢致嚴賓祭，在塞不廢，蹈豐益虔。

年六十九卒。始以節孝受旌，累封太恭人。子傳奭刑部奉天司主事，加四級。孫二人：多虡、多甸。其卒之明年，歸祔贈君兆於壽州南鄉窰溝集。編修馮煦既銘其幽。而桐城馬其昶以太恭人之行衷乎禮而不爲苟難，阨塞而代有終，足以厚風教，餝無窮。又其子孫君之所以事親者足尚也，乃述其大凡，揭諸墓道，俾來者知所則焉。

貤封奉直大夫張府君墓碣銘 戊戌

府君張氏，諱鵬翽，字梧岡。其上世籍湖北。雍正初，有挾藝游四川江油者，貧不歸，遂爲江油人。再傳而蕃，君其次孫也。

有心計，精疇人術。援例爲國子監典籍，以父老不就選，躬飭農殖，家日裕饒。性喜相馬，能一望別其凡駿。粤亂起，或招致軍幕，慨然曰：『天下擾擾，吾其扞桑梓。』未幾，而藍大順難作，乃建議練鄉兵，助城守。邑人某督團政，擁衆屯所居宅。君爭不能得，拂衣去，隱縣北觀霧山。未幾，城果陷。及賊平，君既懷奇無所施，務推行仁惠。中江楊某落招〔四〕，踵門舉數百金，再立其家，其子竟入武庠，儕於冠帶。鄰里屋火，伐木助構，餽穀與財，如己在厄。嘗創立文社，同里輸穀才十石。君慕嚮儒術，一以自詭，勾校贏絀，子母相權，積三十載，百倍其始輸。於是，置田八十畝，廓起廊舍。里豪睨其訾，不得，則搆之吏。吏與爲助，坐把持公穀，罰二千鍰充振，兼葺郡庠。人咸冤之，君謝曰：『二者微此訟，吾固當輸。』終不以人之齮我慍見色辭。又瘉益出財，增梁桷，蹈義彌堅，不自摧沮。

光緒十六年，年七十五卒，葬東山先塋側。娶安宜人，無出。納黄氏，生子恩培。復繼娶夏宜人，生三子：璠、志懿、志遜。女子子六，皆適士族。孫五人：大堃、大章、大輅、大鏞、大時。廿一年，以從子琴選翰林院庶吉士，貤封奉直大夫。琴宰廬江，璠隨到官，一年歸埽先墓，睇此幽窆，盡焉傷心。既來，以狀授其昶乞銘，乃揭其行於墓道，俾觀者興厲，而綴以辭曰：

匪彼齮之，吾罪宜之。吾罪宜之，匪荼維飴。烏乎！是誠鉅人長德之事，今之人不能此，我銘以徵其後祉。

姚閑伯墓表 丙午

君名永楷，字閑伯，桐城姚氏。當國初，刑部尚書端恪公有名臣之烈。其後，薑塢編修暨其從子姬傳先生爲世儒宗。編修曾孫石父先生，又有文章、政事名，於君爲大父。考諱濬昌，湖北竹山令。姚氏連世有聞，竹山君又詩人也。

君承嬗前休，思欲有立，日夜苦厲於學，體羸多疾，顧往往絀於力之所能覬。於是，君弟永樸、永概繼起，才業通敏，姚氏昆弟譽望駸駸聞遠邇矣。永概年少領解首，所至傾其坐人。君愿謹，寡笑言，造次莫能自達，遜愛諸弟，有行必咨，爲文必取正，愧謝弗逮。其屈己非獨於其弟然也，凡見儕偶若後生文字，一語一韻之工，退必手録而牢記之。其自爲詩絶清樸，無世俗氣。吴至父先生以謂，讀其詩，愬愬乎性情禮法人也。

君恥藉先業，不自食力，平居故不能無望於鄉舉。歲甲午，侍竹山君天津差次，將就試京兆，會日本釁起，乃躬挈庶母及穉弟南歸。或曰：『不即今試，當復三年邪？世事則誰其知者？』唯竹山君意亦難之。君逕去不顧。是歲，永樸獲舉，而君竟以諸生終。後一年，余授經皖中，君亦客揚州，以疾返，過皖，訪余布政使署齋。坐後園亭上，望江潮渺然，相與吟楚騷，哀人生之長勤。余謂君幸歸休矣，君歔欷，怯寒灑淅，默不一語，移時而別。逾年遂卒，年卅有八，光緒廿三年某月日也。

娶方氏，子二人：佐燧、佐焱，皆有雋才，留海上肄習西國文字，勤業不逐世囂，羣以爲難。君卒之幾年，葬龍眠山麓。其子嘗請銘，未具狀，余不時作。今年，其兩弟來，請益堅。余於君爲姊夫，知君深，固不待狀。

噫！使君而無死，且挾其所有以遊斯世，其操術當益窮。然而，學固有可與時變易者；其不可變易者，無古今中外一爾。姚氏以儒術質行世其家，今吾邑言新學亦自姚氏。余述君行一二，鑱之墓上，豈第欲其子姓之無忘？亦使吾邑人知先輩之所被服漸漬而成其門風者，非一日之積。彼懲士趨之橫流，則夫本身以施教於有家者，其可忽乎哉！

校記

〔一〕按，本文略同於二十二卷本卷三之慎宜軒集序。

〔二〕甚盛甚盛　疑當作『甚感甚感』。

〔三〕昔者　一卷本作『今者』。

〔四〕落招　當作『落拓』。

集外文稿輯存

青鶴雜志識語

馬通伯先生其昶，桐城人。諸生，官學部主事、清史館總纂。成儒林傳、文苑傳。但清史稿所刊各傳，非全出先生手，蓋已爲它人竄易矣。先生少嘗受業於張濂亭、吴摯父之門，年甫冠，爲文章有名。平生所著書，自抱潤軒文集外，尚有易費氏學、詩毛氏學、尚書誼證〔一〕、大學誼證、中庸誼證、孝經誼證、老子故、莊子故、屈賦微、桐城耆舊傳、左忠毅公年譜、金剛經次證等，俱行世。稱抱潤軒集外文稿者，乃先生癸亥以後所作，其高足合肥李木公先生國松以貽本志者也。

編者識。

彭菊齋七十壽序 癸亥

舉世之所共趨，而吾亦趨之，凡人也。豪傑之士，率其心意之所安：世與吾同，吾爲之，非徇也；世不與吾同，吾亦爲之，非矯也，而有時類於矯，矯之而俗習正，君子不以爲矯也。

當清之季世，採羣議，厲行新政，又慮其流失，詔設禮學館，徵天下博通之儒考論得失，欲陰以維持風教，未及頒而國變作。自是以來，干戈擾攘，迄無甯歲。其於先王典禮益芻狗視之矣，而獨於誕生之辰重其禮，又多謁文詞以張大之，位益尊則其侈益愈甚，風會之所趨，不如是則若於禮有闕然者。

于斯時也，長沙彭菊齋先生以歲之仲秋壽登七十。其嗣君靜仁方爲教育總長，留京師。先生先期寓書，切戒稱觴致賓客。蓋其平生躬儉樸之行，推以教于家。彭君不事生產，用或稍溢，則呵斥告誡之如童時。至是，益勉其盡力國事，曰：『吾不願汝濫用以長驕，苟取以自敗也。』彭君受命不敢違。

而凡與彭君僚友親舊，咸進而言曰：『先生嗛嗛之德至矣！以之自處可也，而非所論於人子之心。且天下風俗之成，有不知其所以然者。自一身服食居處以建朝野，萬事萬物無不日競於華靡。而先生嚻然畎畝之中，在約而能施，席豐而之戒，求其心意之安而已，豈徒儉德足風哉！其矯然特立，不與世爲推移，真豪傑之行矣。然則，紀述盛美，播爲詩歌，以詔當世，於禮其可。』

彭君聞之，亦懍懍不敢違也，則謹稱曰：『家君少習騎射，應武試，已而棄去。督允彝學，不少寬假。尤禮敬賢士，曰：「是可以益吾兒也。」性喜施與，往往焚券不責償。家無中人之産，夏施藥；冬施年米；每除夕，率僕役挾錢米陰給編户窮氓之尤甚者。以故鄰里鄉黨莫不頌家君之德。』

夫先生德被鄰里鄉黨，所施未爲遐也，然而，恩意周浹，行之數十年不倦。親見其子起徒步，握政椓。凡天下禮教風俗皆於彭君是賴，彭君之位亦崇矣。然而，處羣疑衆撼之中，下陵上替，雖聖哲無所展其能，居數月，鬱鬱不自得，輒引疾去。士或名顯天下，貴極富溢，而未可謂之遇；或身無一命之膺，其心乃暢然可以無憾：彼窮通顯晦之迹曷足道哉！吾知先生聞此，可以進一觴，而亦不能無慨於中也已！

貴池先哲遺書序 乙丑

貴池劉君聚卿，家世清顯，雅尚儒學。既彙刻聚學軒叢書行於世，復輯其縣自唐以來著述二百十有四卷，都爲一編，而屬予以序。

予惟叢書之刻尚矣，或謂始宋左圭，或謂始宋俞經，又或謂始南齊陸澄。其專收一縣之書，則自明樊氏始。予竊以謂，今之縣大者至百里、二百里，猶古之國也。一縣著述，猶國風、國語也。有國風，而後有入樂之詩；有語，而後有春秋傳。春秋杞、宋無詩，文獻不足徵，宋正考父校名頌於周太師，後又亡其七篇。楚有楚語，無詩，乃有楚辭。凡漢劉氏詩賦略所云屈原、宋玉賦，皆楚辭也，而唐勒賦四篇卒亡。魯雖有頌有語，顧太史氏所收書，自易象、春秋外亦多不傳。則有居今稽古之士各蒐輯其縣書，效古人之國別爲籍，述土風，存墜簡，用興起來學，其爲功鄉邑甚鉅，以視世炫奇鶩遠者，心醉瀛海以外荒野未化之俗，而鄙夷舊德之名氏，其用意厚薄何如哉！

予家桐城，與貴池雖異郡，而壤地鄰接，江流隔之，其山川人物之秀傑誠無以異。當道咸時，吾邑先達光律原布政嘗刻龍眠叢書九十餘種，布政遲慎，貪蒐訪，殺青未竟而亂作，並原稿俱燼。豈時際阽危，固有不遑久待者邪？然而，劉君生今之世，積數十年勤求博采，猶從容得遂其志事如此，蓋亦有幸有不幸也。予是以慨然而書之。

武昌蕭君墓誌銘 丙寅

君姓蕭氏，諱成濬，字明若，號文軒，晚號碧棲老人。先世居湖北黄岡，後遷武昌，遂爲武昌人。

君少讀書穎俊，遭亂，棄業客遊。有吏才，霩然志在用世，久從武進盛尚書宣懷。當是時，朝議方鋭意變法圖富强，尚書尤號知新政，航路電礦營建宏劇，所至管籥機要一以屬君。嘗敘勞，得知府四川，君辭不赴，留佐尚書。尚書罷官，君遂歸不出。

性樂易好善，族無遠近，必力周其急，待君舉火者歲數十家。建宗祠，置祭田若干畝。祠離家百里，君嘗盛暑往還督工。比祠成，君竟病疽，猶强起謁祭維謹。族人義君，將請旌於有司，君止勿以聞，曰：『此吾分也。』

君既歸，余始識君，每北遊道武昌，君輒布衣徒行，視予逆旅中，深言移晷不去。余聞尚書宏奬風流，幕府人才輻湊，争言事自見，尚書無所不容納；顧其所器信引與共要政者，乃往往爲勤篤有始終君子，一時，如君皆其選也。君嘗爲子正業就余求婚，自言年老，願得新婦任家事。余感其言，許之。及女之歸，君已前卒。余再至武昌，遂不復見君矣，悲夫！

君娶方氏，封淑人。側室王氏。男一，即正業也。女二：長適新城陳祖壬；次字陽湖汪祖栻，祖栻卒，守志不嫁。孫男二：道揆、道紀。君以庚申年九月卒，年六十有二。其年冬十一月某日，葬於其縣南湖之鄒魯店，距宗祠百步，從君志也。方淑人賢明慈惠，後君六年卒，祔葬墓右。正業以祖壬所爲狀來請銘，銘曰：

退如無有，目營四海。乃佐戟棨，富國謀始。一麾弗顧，而老于里。被仁三族，致孝長久。悕矣黄耇，允百世士。刊石薶幽，光采如在。

劉母楊太孺人家傳 戊辰

光緒之季，余久客合肥，習與其地人士遊。劉君錫仁，悃愊君子人也，昕夕與共幾十載。後二十餘年，余臥疾里中，劉君一旦叩門至。問所以來，則出示所撰母楊太孺人事狀，乞余文彰顯之。

劉氏有賢母，余固夙知之。蓋母合肥楊氏也，年十八歸贈君慶培，十年而寡，逮事王姑。咸豐初，粤寇陷合肥，王姑避遠鄉，太孺人皇遽不及偕，則負弱小膝行隨至，將侍維謹。王姑老，太孺人親乳之。其姑卒，諸叔小姑皆幼，惟太孺人是依。比成立，皆感德，事之如母。性勤縝儉肅，縫紉紡織，數十年無間。見族姻必正衣綦，非有事不外出。晚歲，持齋誦經，日有常程，寺刹中顧不一至也。年幾十幾，某年卒。有子幼殤，撫錫仁爲嗣。

錫仁之乞文也，述少時太孺人愛育甚具，涕下不可忍，且曰：『世之狀其親多溢美，文士又從而張之，是謂交欺，不足傳也。若吾母，艱貞執德，則誠有恒情所難者。余年已七十，大懼母之實不彰聞，重爲不肖子罪，敢固以請。』

嗚呼！遭變而志節完立，述哀而不苟於辭，是可以式爲人母與爲人子者矣，而況俗之壞至今日乎！余雖衰且疾，義不能已於言，乃次其大者，録之如此。

校記

〔一〕證　當作「詁」。其下大學誼證、中庸誼證、孝經誼證、金剛經次證，「證」均當作「詁」。

抱潤軒佚文零拾

安慶祠堂碑

辛酉冬，建德周慤慎公之喪歸自天津，將還葬於其邑。舟過安慶，鄉人士迎奠，謀所以祀公者。僉曰：『咸同間，東南俶擾，幸能芟夷大難而底定之，翳惟曾文正公收其成，李文忠公善其後。文正所爲未竟者，非文忠莫屬；而文忠所爲未竟者，非公莫屬。公之功在天下，與文忠相終始，然初受文忠之知遇，固於安慶發其軔也。鄉邦父老思中興之偉業，念公始事之勤劬，報饗之典烏可以闕？』爰臚上公狀，請於省會建專祠。報曰可。越兩載而祠成。以此見公之德澤涵濡於鄉者，時愈久而愈不能忘也。

天運循環，剥復相倚，當禍變方殷之時，其遷流誠不知所終極。粤寇披猖，自武昌以達金陵，都會所趨，聲勢蔓延數千里。其樹本堅，兵利卒頑，奪郛郭以據要害，荼毒之慘，視輓近爲尤烈。長江上下，賊蹤彌滿，縱横四出，而莫可如何。安慶當上下游之衝，郡城旋得而旋失，凶焰方張，如火燎原，不可嚮邇。迨安慶圍解，江浙又失利。文正自祁門移節兹土，籌戰守策應之計，倚文忠如左右手。幕客皆一時賢儁，人才輩出。公於是慨念時艱，建策自奮。文忠見而異之，遂留幕府，論兵事，敝精罷神，磨以歲月，致之蓋甚難也。踞安慶一危城，控制江淮，阻遏賊鋒，扼其吭而奪之氣，卒能落其牙距，鑿其巢窟，手夷大難，公之贊畫爲多。

嗟乎！古今非常之局，必得非常之人以任之。寇亂方熾，不患無已亂之日，而患無禦亂之才。文忠承文正之後，能建不世之勳，故亂未久而即定。然則，國家治亂盛衰之故，雖曰天命，豈非人事哉！其後，文忠督直數十年，經營百端，多設施而未及收效，乃竟一再蹶，齎志以殁。凡所爲吏治、河防、軍政、外交、路礦、郵電，與夫綏輯民教、通商約章、議和條款諸大計，胥賴公區處條理，終其事以告厥成功。宜乎文忠當日身膺艱鉅，四顧心傷，謂並世舍公無與共功名者也。宇内兵争日出而未有已，儻得如公與文忠艱難支拄、轉危爲安者，以匡時而應變，治平豈終無望已乎？

近歲，國家多故，吾皖郡城數驚，猶未若往時寇亂之甚，而居民弗寧，恒惴惴，朝不謀夕，若有風雨飄摇之嘆，其故何哉？舊澤湮而民生蹙也。此邦人士慨然念戒懼之無已時，而思復覩中興之盛事，抗懷公初受知文忠之日，假手奏功，安慶其嚆矢也，贊畫基於一鄉，而利賴遂磅礴乎天下。記曰：『有功德於民則祀之，能捍大患則祀之，能禦大災則祀之。』公之捍患禦災，其功德溉民者，在吾皖爲尤摯。故於其祠之成也，述往事以詔來者，因勒石而繫以詩曰：

屹屹皖城，大江東注。在昔祲氛，屢爲賊據。節帥投袂，牙纛前驅。憂國瘁矣，我民其痡。顧瞻江淮，實生兩傑。公佐合肥，左提右挈。上書當路，草檄能飛。出死入生，以戡大亂，以鬯皇威。甲子一周，河山頓異。遺耇云亡，天胡此醉！澎湃江濤，伏莽在野。後顧茫茫，誰繼公者？庭廡式廓，模範馨香。更千萬祀，來視公堂。

（輯自周慤慎公祀典禄卷三）

附録一　墓誌銘

桐城馬先生墓誌銘

陳三立

君諱其昶，字通白，晚號抱潤翁，姓馬氏，桐城人也。

器幹沈凝，少劬學，習爲古文辭。既從同邑方存之、吴摯甫，武昌張廉卿諸先生遊，文益工。及游京師，交鄭君東甫、柯君鳳孫輩，並進而治經，自兹始。君於學不務表襮，歸於自得，所治經尤邃易、詩、書。易宗費氏，詩宗毛氏，書宗大傳，旁列衆説，折衷去取，潛思而通其故，往往獲創解，爲前儒所未發。於爲文亦然，不踰鄉先輩所傳之法，而高潔純懿，醞釀而出，其深造孤詣亦爲諸鄉先輩所互名其家者莫能相掩也。

始，以諸生入貲助河工，獎敘中書科中書。數應鄉試，不獲舉，乃以其學教授，爲榆樹于公次棠，合肥李公仲僊延課子弟。主李公尤長，其子國松文章爾雅，最號爲能傳君學者也。前後復迭長廬江潛川書院、桐城中學校、師範學堂。訓士輸新學，一歸本彝倫道德。當是時，君譽望日隆，嚮慕者衆，總督建德周公舉經濟特科，巡撫金壇馮公薦人材，甯州朱公薦碩學通儒，皆未應。宣統庚戌，始就學部聘，任編纂。既入都，會中外大臣前所薦人材有續至者，吏部彙列奏聞。知友强君隨衆引見，遂授學部主事。丁國變，引去。癸巳，主安徽高等學校。甲寅，又入都，主法政學校教務，兼備員參政院。已而設籌安會，議更國體，重君名，遣使嬲君，爲陳説百端。君堅拒之，曰：『區區非能事二姓者也。』即日治裝歸。丙辰，復入都，應清史館總纂之聘。日疲撰述，績最著。久之病痺，乃還桐城。越三年，己巳十二月十四日卒，春秋七十有五。

所著書，已刊行者曰周易費氏學、詩毛氏學、禮記節本、中庸篇義、三經誼詁、老子故、莊子故、屈賦微、金剛經次詁、桐城耆舊傳、左忠毅公年譜定本、抱潤軒文集，待刊者曰尚書誼詁，清史儒林傳、文苑傳稿，桐城文録，存養詩鈔，佩言録，抱潤軒文遺集，筆記，尺牘。都二十種，三百餘卷。

君爲人耿介和易，中不可犯，而不立崖岸，或涉偏宕之道、矯激之行，矜己而駭世。以東南用兵未已，故久羈京師，假爲辟亂著書之所。柴立中央，與時推移，而孤狎萬古。不幸以病歸，遂不起。自邪詖交熾，陷溺人心，爲患烈且鉅，振古未有。大勢之所趨，固坐視無可如何。然猶冀一二魁儒老學究聖哲之藴，持維防之的，本其醇意高文，漸被徒友，轉相移奪，徐待其定。故於君之没，道術靡所寄，氣類日以孤，瞻四方，眷來者，愈有爚曜垂絶之懼也已！

君曾祖諱邦基，贈朝議大夫。祖諱樹章，太常寺典簿。父諱起升，議敘同知。初，父命祧大宗，襲雲騎尉。父卒，遂辭爵與遺産，歸承本生，大宗别立後。配姚恭人，先君四年卒。側室劉氏、韓氏。子男四：根碩，劉出，前卒；根偉、根蟠，韓出；根質，劉出。女七：長適方彦恂，次適張家騮，次適方時簡，次殤，皆姚恭人出；次適方時喬，次適蕭正業，次適姚震，皆劉出。孫四，孫女三。君卒前兩歲，自定兆域，葬姚恭人兆右，以根碩祔。庚午三月，根偉等遂卜日葬君於桐城北鄉阮莊之原。

其友陳三立者老矣，讀狀，爲之銘曰：

聖哲遺緒，道挾文昌。世儒汨之，或潰厥防。嶽嶽先正，桐城舊鄉。中聲在懸，輩和鏗鏘。君殿末運，翕合逾張。羣經有説，探微挈綱。魂精所鬭，上燭穹蒼。揉播粹美，攄爲篇章。雲敷飆咽，象緯低昂。控引萬靈，孤庇牆宇。亦游羿彀，迹拘志苦。道從隆汙，不改風雨。隱禦披猖，孰窺胇腑？絶續攸繫，踣我教父。紹古掖今，詔式抔土。〔一〕

（輯自抱潤軒遺集）

桐城馬先生墓誌銘〔二〕

姚永樸

君姓馬氏，諱其昶，字通伯。

先世由六安遷桐城。曾祖諱邦基，贈朝議大夫。祖諱樹章，太常寺典簿。考諱起升，議敘同知。先是，典簿君兄河南汝甯府通判諱樹華有二子，長霍邱訓導諱起泰，次諱起益。訓導年四十卒，無子。起益幼，未娶。通判君命君嗣訓導。其後，起益生子四，而同知未別有子，及卒，君爲狀上安徽巡撫，請達於朝，願還嗣本生。以通判君在籍殉難，所給雲騎尉世職歸起益子其昴承襲，並遺産與之，俾奉訓導祀。

時君補諸生已十餘年，數應鄉試不售，嘗捐貲助河工，奏奬中書科中書。光緒三十四年，詔舉人材，巡撫馮公煦以君應，獎主事，分學部，補總務司主事。君勤其職，筦部諸公甚重之。辛亥，以國變去職。逾兩年，會修清史，館長趙公爾巽聘充總纂。君搜討窮昕夕，撰稿最多，褒貶矜慎。丙寅，以病歸。己巳十二月十四日卒，年七十有五。

娶姚恭人，吾姊也，先君卒。側室劉氏、韓氏。子四：根碩、根偉、根蟠、根質，根碩先君卒。女七，皆適士族。孫四：茂元、茂炯、茂書、茂潁。孫女三。

君自少才敏且密，僉謂宜有所施於世。顧遭遇屯蹇，晚乃得一官。既不克行其志，則畢致其力於學，博覽載籍。足迹所至，必徧交賢士大夫，以恣采獲。撰述甚勤，於經有易費氏學，詩毛氏學，尚書誼詁，禮記讀本，大學中庸孝經合詁；於史有清史稿，桐城耆舊傳，左忠毅公年譜；於諸子百家有老子故，莊子故，屈賦微，金剛經次詁；其自爲之書曰抱潤軒集。都數十卷。嗚呼！何其多也。其詮釋諸書，皆考於古，無臆説，而扶微闡幽，往往有前人所未道者。爲文章閎深雅潔，成一家言，又何其精也！

始，君葬吾姊於縣北之阮莊，而自留穴墓左以待。庚午某月某日，根偉等遵遺命，奉君柩安葬，而請永樸爲之銘。永樸與君交六十年，申之以婚姻，義不敢辭。銘曰：

曩問君疾，執手語予。謂檢平生，未與衆殊。顧志乎古，冀味道腴。由童迨耄，舍是弗愉。予言君學，具所著書。爲之不厭，君其有諸。吾縣之山，蜿蟺扶輿。篤生哲人，訂譌砭愚。百餘年來，老學漸徂。君殿於終，卓爲士模。於縣之北，有冢巍如。埋辭詔後，中藏碩儒。

（輯自抱潤軒遺集）

校記

〔一〕藏本眉批：『陳公此傳，光焰萬丈，立言得體。近代文學，宜推公獨步。』

〔二〕標題爲整理者所加。

附録二　一卷本目録

附録三　十卷本目録

第一卷 論辨

雜説二首　李泌論　荀卿論　風俗論　爲人後辨　爲人後者其妻爲本生父母服辨　庶子爲其母黨服辨　爲長子服辨　葬期論　説需

第二卷 雜著

讀法言　讀藝文志　讀蒙恬傳　讀韓非子　讀荀子　讀梓材　讀九歌　讀封禪書　讀伯夷列傳　讀管子一　讀管子二　讀魯仲連鄒陽傳

第三卷 序跋

先孝子公血書梵經跋後　桐城耆舊傳序　桐城古文集略序　書陸清獻公手札後　幸餘求定稿書後　莊子故序　來安章氏家乘序　書張廉卿先生手札後　素光閣讀經記序　王謙齋先生詩集序　和漢譯法新編序　周易費氏學序　法言章義序　屈賦微序　姚叔節排印所著文詩五卷

第四卷 書説

上孫琴西先生書　與劉仲魯書　與劉仲儀書　荅鄭東父書　上姚静菴邑侯書　請歸宗改襲狀　荅方倫叔書　荅蕭敬甫丈書　奉吴至父先生書　荅劉仲魯書　荅章幼叔書　荅外舅論嫁取遭喪　上

于方伯論清賦書　荅金仲遠書　與程抑齋先生書　復張楚寶觀察書　復皖中紳士書　上巡撫馮侍郎書

第五卷 贈序

送阮仲勉序　贈鄭東父序　贈劉摭園序　送毛實君序　送姚叔節序　送教習早川東明君還日本序　方柏堂先生七十壽序

第六卷 碑誌上

孫氏節母何太恭人墓表　處士龍張二君墓表　贈道銜原任工部員外郎馬公墓表　貤封奉議大夫張府君墓碣銘　皇贈中議大夫道員候補知府陳君墓表　贈内閣學士山東登萊青兵備道劉公墓碑　翟孺人墓表　姚閑伯墓表　贈太子太保兵部尚書銜福建臺灣巡撫一等男爵劉壯肅公神道碑銘　贈光禄大夫甘肅甘涼道李公墓碑　清故建威將軍記名提督直隸通永鎮總兵吴君墓表　建威將軍提督銜記名總兵樊君墓表　貴池縣知縣長沙宋君墓表

第七卷 碑誌下

先考妣蓮花岡墓誌　怡軒府君墓石後志　蕭太恭人墓誌銘　女得壙銘　候選直隸州知州陳府君墓誌銘　强賡廷先生墓誌銘　新野縣知縣方君墓誌銘　誥封一品夫人陳夫人黄氏墓誌銘　方恭人蘇氏附葬誌　吴先生墓誌銘　石埭陳虎臣先生墓誌銘　清故中憲大夫四品銜刑部奉天司主事孫君墓誌銘　皇授中憲大夫署徐州府江君墓誌銘　建德周太夫人吴氏墓誌銘　方君墓誌銘　合肥高君墓

誌銘

第八卷 傳狀

先母行略　大父怡軒府君行狀　蘇廷光傳　廉府君家傳　鄭東父傳　龍泉老牧傳　沈石翁傳　江西南昌縣知縣江君家傳　歙許君家傳

第九卷 雜記

雪夜課經圖記　先太僕公逸事　抱潤軒記　記程節婦事　桐城附郭義山記　鬭影圖記　西山精舍圖記　重修高忠憲公水居記　書孫秀才事　遊冶父山記　潘氏墓祠記　潛山書院藏書記　三公祠記　集虚草堂記　慈竹居圖記　遊紫蓬山記

第十卷 哀祭

許宏聲哀辭　祭外舅竹山府君文

曾張而後，吴先生之文至矣。然過求壯觀，稍涉矜氣。作者之不逮吴先生，而淡簡天素或反掩吴先生者，以此也。環堵私言，敢質諸天下後世。丙午六月，義甯陳三立。

附　安徽古籍叢書已版書目

舊聞隨筆
定本莊子故
張籍集注
文學研究法
桐城文學淵源考・撰述考
包拯集編年校補
康輶紀行・東槎紀略
北山樓集
桐城耆舊傳
疑庵詩
三餘札記
方望溪遺集
爾雅翼
識小録・寸陰叢録

東萊詩詞集
明太祖集
王侍郎奏議
程氏家塾讀書分年日程
朱楓林集
敬孚類稿
施愚山集（四册）
吴敬梓吴烺詩文合集
張孝祥詞箋校
竇山公家議校注
翠微南征録・北征録合集
阮大鋮戲曲四種
老子注三種
杜詩説

朱書集
論語解注合編
郭祥正集
皖人詩話八種
唐詩評三種
左傳微
績學堂詩文鈔
鈍齋詩選
老子注譯
莊子詮詁
説文假借義證
劉銘傳文集
包世臣全集（三册）
戴震全書（七册）

田間易學
莊屈合詁
田間詩集
田間文集
古事比（二册）
安徽出土金文訂補
秋崖詩詞校注
道聽途説
蘭茗館外史
青泥蓮花記
舌華録
明語林
夜雨秋燈録・續録（二册）
包拯集校注
毛詩後箋（二册）

劉文典全集（四册，列入特輯）
壹齋集（二册）
孟子講義
楊仁山全集
弢翁藏書年譜（列入附輯）
不得已附二種
歙事閑譚（二册）
惜抱軒詩集訓纂
張孝祥詩文集
吴汝綸全集（四册）
朱子全書（二十七册）
明實録安徽經濟史料類編（列入附輯）
姚瑩年譜（列入附輯）
青溪集
藏山閣集

田間詩學
俞正燮全集（三册）
皖人戲曲選刊・鄭之珍卷
詠懷堂詩集
所知録附四種
文選箋證（二册）
歙紀
方孝標文集
七頌堂集
劉文典全集補編（列入特輯）
程瑶田全集（四册）
皖人戲曲選刊・方成培卷
皖人戲曲選刊・龍燮卷
凌廷堪全集（四册）
黄生全集（四册）

東輶紀程
蕭雲從詩文輯注
程文炳文集
程恩培集
方盦山詩集（二册）
趙紹祖金石學三種
小爾雅義證
勉行堂詩文集
貴池唐人集
龍眠風雅全編（十册）
無爲集校箋
杜詩提要
分篇水經注（二册）
松泉集（二册）
梅鼎祚戲曲集

通鑒注商・新舊唐書互證
杜徵三友朋手札
吴應箕文集
舒鴻貽著述二種
皖雅初集（三册）
桓譚新論校注
宛雅全編（二册）
李宗棠文集・東游紀念
李宗棠文集・考察日本學校記（二册）
李宗棠文集・光緒徵要録
李宗棠文集・奏議輯覽初編
李宗棠文集・學詩堂經解
李宗棠文集・千倉詩史初編
吴芝瑛集
施愚山集（增訂版　四册）

桐城方氏七代遺書
方以智全書（十册）
金聲集
徽州杜詩學二種
白鹿山房詩集
金粟齋遺集
文字蒙求廣義
施愚山集外編二種
安徽文獻總目（六册，列入特輯）
國朝詩品（二册）
姚鼐詩文集（三册）
吕美蓀詩文集
張潮全集（五册）
朱書全集（二册）